Al Rey

Tageswandler
~Mira~

AF144878

Für Isabelle und Nathalie

Über die Autorin

Al Rey ist in Solingen geboren und aufgewachsen. Jetzt lebt sie im schönen Rheinland. Tageswandler 1 – Mira ist ihr Debüt und entstand als Geburtstagsgeschenk.

Kontakt:
al-rey.jimdo.de
al-rey@gmx.de

Bibliografische Information der Deutschen Nationalbibliothek:
Die Deutsche Nationalbibliothek verzeichnet diese Publikation
in der Deutschen Nationalbibliografie; detaillierte
bibliografische Daten sind im Internet über dnb.dnb.de
abrufbar.

© 2019 Al Rey
Herstellung und Verlag:
BoD – Books on Demand, Norderstedt
Covergestaltung: VercoDesign, Unna

ISBN: 9783735741745

Al Rey

Tageswandler

~Mira~

1. Prolog

Norwegen. Ausgerechnet ein Land, in dem es bekanntermaßen sehr kühl und manche Tage im Jahr vollkommen finster war. Mira wäre viel lieber nach Süden in ein warmes Land geflogen. Missmutig sah sie aus dem kleinen Flugzeugfenster hinab auf die weite Ostsee. Bald kam die skandinavische Küste in Sicht. Nicht eine Wolke stand am Himmel und daher war der Blick frei auf die berühmten Fjorde. Schier endlos erstreckten sich die zerklüfteten Felsklippen am Horizont und genauso der dunkle Wald, der nur hin und wieder von kleinen Städten unterbrochen wurde. Der atemberaubende Anblick lenkte Mira wenigstens eine Weile von dem ab, was ihr bevorstand. Sie besaß keine Familie mehr. Ihre Eltern waren gestorben, als sie gerade zwei Jahre alt gewesen war. Sie war adoptiert worden, doch vor ein-einhalb Jahren war sie ausgezogen und gab sich seitdem keine große Mühe, den Kontakt zu ihren Adoptiveltern aufrecht zu erhalten. Nun hatte sich nach all den Jahren ein Notar namens Gunwald Larsson aus Oslo gemeldet, der eine Hinterlassen-schaft ihrer leiblichen Eltern besaß. Seine Einladung hatte Mira mitten in den Semesterferien erreicht. Sie hatte lange gezögert, da sie nichts mit ihren Eltern verband. Nicht eine Erinnerung war ihr geblieben. Dennoch hatte Mira sich entschieden, der Einla-dung zu folgen. Während der langen Reise von Brüssel nach Oslo waren ihre Gelenke ganz steif geworden. Sie war auffal-lend groß für ein Mädchen, ganze 1,82 Meter. Ihre Beine hatten kaum Platz zwischen den Flugzeugsitzen gehabt. Unbeholfen stakste Mira die schmale Treppe hinab, froh darüber, wieder festen Boden unter den Füßen zu haben. Nachdem sie ihre blaue Reisetasche im Terminal wieder gefunden hatte, machte sie sich auf den Weg zum Hotel. Das Treffen mit dem Notar sollte erst am folgenden Tag stattfinden. Zum Glück, denn es dämmerte bereits und im Dunkeln fand Mira sich nicht einmal in ihrer Heimatstadt gut zurecht. Im Hotelzimmer angekommen stellte sie positiv überrascht fest, dass es sogar einen Fernseher darin gab. In ihrem eigenen, winzigen Appartement zu Hause in Brüssel besaß Mira keinen. Obwohl sie kein Wort Norwegisch verstand, ließ sie das Gerät den ganzen Abend eingeschaltet. Den Bildern nach handelte es sich um einen Soap-Marathon. Leider gelang es Mira nicht, sich wirklich abzulenken. Ihr war unwohl bei dem Gedanken, etwas von ihren leiblichen Eltern zu lesen oder in der Hand zu halten. Niemals zuvor hatte sie einen Hinweis auf sie erhalten. Einige Monate nach ihrem Tod hatte die Familie Blanchard sie bei sich aufgenommen. Allerdings währte das Familienglück nur kurz. Nach kaum einem Jahr erkrankte ihr Adoptivbruder, der kleine Julien, an Leukämie. Auch Miras Spielkameraden passierten über die Jahre hinweg immer wieder Unfälle, manche wurden sogar krank. Irgendwann hatte Mira begonnen, diese Schicksale mit ihrer Gegenwart in Verbindung zu bringen. Sie schien das Unheil magisch anzuziehen. Natürlich sprach diesen Gedanken niemand aus, aber die Blicke ihrer Adoptivmutter Ester waren immer argwöhnischer geworden. Zunehmend hatte sie Mira spüren lassen, dass sie sich in ihrer Nähe nicht mehr wohl fühlte. Als sie vor etwa vier Jahren einmal gezwungenermaßen zusammen einkaufen gegangen waren, waren sie auf offener Straße von einer Gruppe Männer angegriffen worden. Aufgrund ihrer Verletzungen hatten sie sogar ins Krankenhaus gemusst. Nachdem sie beide nach Hause zurückgekehrt waren, hatte Ester freiwillig kein Wort mehr mit Mira gesprochen. Sie hatte stets ihr die Schuld an dem Überfall gegeben. Die Männer waren nie gefasst worden. Über die Jahre hatte Mira daher ihre Überlebensstrategie perfektioniert. Oder besser gesagt die Überlebensstrategie für die anderen. Je mehr sie sich abschottete, desto weniger Unfälle passierten um sie herum. Nur ein einziges Mädchen an der Uni redete mehr als jeder andere mit ihr. Ihr Name war Jacky und sie schrieben von Zeit zu Zeit gemeinsam an ihren Hausarbeiten. Da Mira sich permanent weigerte, mit ihr auszugehen, kamen sie sich nicht näher und dafür war Jacky bisher nichts passiert. Die Einsamkeit war ein akzeptabler Preis dafür. Durch eine Hinterlassenschaft ihrer Eltern würde sich daran garantiert nichts ändern. Vielleicht war sie der Einladung des Notars nur aus Pflichtgefühl gefolgt, sie wusste es selbst nicht so genau.

Schlafen konnte Mira kaum. Die Nacht verging schleppend. Schon kurz vor Sonnenaufgang begab sie sich unter die Dusche. Das warme Wasser betäubte ihre Bedenken, doch die angenehme Trance verging schnell wieder. Der Termin war auf 11:30 Uhr angesetzt, folglich hatte Mira reichlich Zeit zu frühstücken und die kürzeste Verbindung mit der Straßenbahn zu ihrem Zielort herauszusuchen. Das Büro des Notars lag in einem der teuren Außenbezirke von Oslo. Den Menschen, die Mira auf dem Weg von der U-Bahn zur Adresse des Notars begegneten, war schon an der Kleidung ihr Vermögen anzusehen. Sie fühlte sich völlig fehl am Platz in ihren zerrissenen Jeans und der abgetragenen Lederjacke. Ein kühler Wind kam auf. Mira verschränkte die Arme vor der Brust, um sich warm zu halten. Sie war wirklich froh darüber, dass sie bereits morgen wieder nach Belgien fliegen würde. Dort herrschten spätsommerliche 23 Grad Celsius, bei denen man keine Jacke tragen musste. Mira fragte sich ernsthaft, ob die Temperaturen in Norwegen jemals über 14 Grad stiegen. Vor dem Haus des Notars zögerte sie erneut eine ganze Weile. Gunwald Larsson nahm ihr letztendlich die Entscheidung ab, ob sie klingeln wollte, und kam ihr munter aus seiner Tür entgegen. Er war ein rundlicher Mann um die sechzig.

„Mira Blanchard?", fragte er freundlich. Auf Englisch wäre Mira mit Sicherheit auch zu Recht gekommen, aber zu ihrem

Glück sprach Larsson fließend Französisch. Er hieß sie etwas umständlich willkommen und bat sie, ihm durch sein Haus ins Büro zu folgen. Die geschmackvoll eingerichteten Zimmer zeugten ebenfalls davon, dass man als Notar in Norwegen reichlich Geld verdiente. Mira hatte das Gefühl, in seinem Besuchersessel zu versinken.

„Ihre Eltern haben vor über zwanzig Jahren einmal hier gewohnt. Wenn ich mich damals nicht völlig getäuscht habe, war Ihre Mutter schwanger, als ich sie zum letzten Mal gesehen habe." Sein warmherziges Lächeln war gut gemeint, doch Mira war nicht in der Stimmung, sich auf seine Erinnerungen an ihre Eltern einzulassen. Larsson verstand ihre abwehrende Miene und öffnete den Safe in der hölzern vertäfelten Wand hinter seinem Schreibtisch. Er nahm ein kleines Kästchen heraus, das er vor Mira auf den Tisch stellte.

„Es tut mir leid, dass es so lange gedauert hat. Es war nicht leicht, Sie zu finden, Mira."

„Vielen Dank." Sie versuchte, ihm ein aufrichtiges Lächeln zu schenken und verabschiedete sich bald darauf. Zügig verließ sie den Stadtbezirk, das Kästchen befand sich unangetastet in ihrer Tasche. Sie hatte es nicht über sich gebracht, es in Larssons Gegenwart zu öffnen. Während der Fahrt begann es zu regnen. Mira zog die Kapuze ihres Shirts unter der Jacke hervor und setzte sie auf. Das schwarze lange Haar passte kaum darunter. Zu beiden Seiten ihres Gesichts quoll es unter dem hellen Stoff hervor. Kurz bevor sie ausstieg, fiel ihr ein Mann auf, der ebenfalls eine Kapuze trug. Aus dem Schatten, den sie warf, schien er Mira unablässig anzustarren. Zum Glück stieg er nicht hinter ihr aus. Sie kehrte auf direktem Weg zum Hotel zurück. Angespannt stellte sie die Tasche ab und zog die Jacke aus. Ganz langsam holte Mira das Aluminiumkästchen aus ihrer Umhängetasche und setzte sich auf die Bettkante. Sie hielt den Atem an, als sie versuchte, den etwas verrosteten Schnappverschluss zu öffnen. Es klickte. Mira atmete tief durch und öffnete die Schatulle. Darin lag sage und schreibe ein Stein. Ungläubig nahm Mira den schwarzen, kühlen Stein heraus und drehte ihn in der Hand. Auf der Unterseite befand sich eine Gravur in einer sehr altmodischen, geschwungenen Schrift.

»Ich schwöre
Ich werde einen Weg finden«

Mit einem Schnauben steckte Mira den Stein in ihre Hosentasche und warf das unansehnliche Kästchen in den Mülleimer ihres Hotelzimmers. Sie rieb sich die Stirn. Dafür war sie nach Norwegen gekommen. Einen Stein! Sie ließ sich aufs Bett fallen und schloss die Augen, in der Hoffnung die Wut bändigen zu können. Sie hatte nicht viel erwartet, aber wenigstens irgendeinen Bezug. Doch keinen Stein und eine sinnlose Inschrift… Einen Weg wohin denn bloß? Und wer?

Der Regen peitschte mittlerweile regelrecht gegen das hohe Fenster. Mira war vor Erschöpfung eingenickt und hatte den gesamten Nachmittag verschlafen. Jetzt beschloss sie, noch irgendetwas aus diesem Abend zu machen und begab sich in die Hotelbar. Eigentlich trank sie nicht gerne Alkohol, aber ein Glas Wein konnte auf diese ernüchternde… Was war es eigentlich? Eine Erkenntnis? Was auch immer, es würde nicht schaden. Der Barkeeper erwies sich als jung, hübsch und der englischen Sprache mächtig. Gedankenverloren sah Mira ihm eine Weile bei der Arbeit zu, bis er ihren Blick erwiderte. Er schien nicht abgeneigt zu sein, obwohl Miras Erscheinungsbild um einiges von dem der norwegischen Frauen abwich. Kohlrabenschwarze Haare waren hier offenbar eine Seltenheit. Aus trainierter Höflichkeit lächelte sie den hochgewachsenen blonden Mann an und suchte sich dann doch lieber einen Platz am Fenster, zu weit weg von ihm, um ein Gespräch anzufangen. Der letzte Junge, den sie gemocht hatte, war vier Tage nach ihrem ersten Treffen vor ein Auto gelaufen.

„Na, hat dich der Kellner gelangweilt?"

Mira warf einen Blick in die Fensterscheibe links von ihr, in der sie auch die Spiegelung des Mannes am Nebentisch sehen konnte. Seine Augen schienen beinahe schwarz zu sein, was Mira ein ungutes Gefühl gab. Wortlos trank sie einen großen Schluck von ihrem Rotwein.

„Muss ich das als »Ja« auffassen?" Er schien sich köstlich zu amüsieren. Vor ihm auf dem Tisch stand eine unberührte Schale mit Erdnüssen. Er bleckte merklich die Zähne. Mira lief ein kalter Schauer über den Rücken. Warum konnte das ständige Unheil, das sie umgab, nicht solche Menschen fernhalten? Zügig trank sie ihr Glas leer und flüchtete aus der Bar, ohne ein Wort zu dem aufdringlichen Kerl am Nebentisch gesagt zu haben. Statt auf den Aufzug zu warten, nahm sie lieber die Treppe. Auf dem Korridor angelangt zerrte sie den Schlüssel zu ihrem Zimmer aus der Hosentasche. Mira würde sofort packen und nur noch darauf warten, dass sie zum Flughafen fahren konnte.

„Warum so abweisend?"

Mit einem entsetzten Keuchen fuhr sie herum. Der unheimliche Mann aus der Bar stand hinter ihr im Flur. Wie zur Hölle hatte er es geschafft, sie so schnell und lautlos zu finden? Mira wich mit dem Schlüssel in der Hand ein paar Schritte zurück.

„Verschwinden Sie! Sofort!", presste sie hervor.

„Nicht doch. Als ob ich dir widerstehen könnte." Mit einem breiten Grinsen kam er immer näher. Das aschblonde Haar fiel ihm in die Stirn. Seine tiefschwarzen Augen schienen Mira regelrecht zu durchbohren. Plötzlich stand er direkt vor ihr und drängte sie rückwärts gegen ihre Zimmertür. Die eine Hand presste er auf ihren Mund. Mit der anderen nahm er ihr den Schlüssel ab und öffnete die Tür. Mira wehrte sich mit aller

Kraft, doch er stieß sie erbarmungslos durch den Raum. Sie landete unsanft bäuchlings auf dem Bett. Als sie sich aufrappelte, war die Tür bereits wieder von innen verschlossen, aber dafür das Fenster geöffnet worden. Eisige Luft zog herein. Der aschblonde Mann warf sich auf sie und drückte sie zurück aufs Bett. Mira schluchzte ängstlich auf. Er war so unfassbar schnell. Und kalt.

„Ganz ruhig meine Große", flüsterte er ihr ins Ohr. Drei weitere blasse Gestalten kamen durchs Fenster herein. Dabei waren sie im dritten Stock! Mira zappelte hilflos in seinen Armen und begann vor Verzweiflung zu weinen. Bevor sie auch nur einmal um Hilfe hatte schreien können, hatten sie sie auf den Rücken gedreht und alle ihre Gliedmaßen überstreckt auf dem Bett fixiert. Sie zogen so sehr an ihren Armen, dass es fürchterlich in den Gelenken stach. Durch den Tränenfilm in ihren Augen konnte Mira gerade noch erkennen, dass einer von ihnen der Mann im Kapuzenpulli war, der sie in der U-Bahn angestarrt hatte. Eine Hand hielt ihr den Mund zu. Andere betasteten ihre Oberschenkel. Als sich eine unter ihr Shirt und eisig kalt über ihren Bauch schob, brachte Mira trotz allem einen erstickten, verzweifelten Laut heraus.

„Du hast nicht zu viel versprochen, James. Sie ist wirklich umwerfend."

Hohles Glucksen war die Antwort. Einer von ihnen öffnete ihren Gürtel. Plötzlich hielten sie inne. Mira blinzelte angestrengt. Noch ein schwarz gekleideter Mann war lautlos durchs Fenster hereingekommen. Das wurde ja immer besser.

„Seid ihr völlig verrückt geworden?" Die Frage war offenbar an Miras Angreifer gerichtet. Einer erhob sich, Mira spürte zwei Hände weniger, die sie bedrängten.

„Wen haben wir denn da? Anzheru, das Oberhaupt des Nördlichen Clans, persönlich. Welche Ehre." Seine Stimme triefte vor

Sarkasmus. Mira konnte im Augenwinkel sehen, dass er sich schwungvoll vor dem Neuankömmling verneigte.

„Lasst sofort von ihr ab! Ihr seid mitten unter Menschen. Und das ist nicht euer Jagdgebiet."

Trotz seines gebieterischen Tonfalls ließen die übrigen Mira nicht los. Ihr Wortführer schnaubte verächtlich. „Als ob du sie nicht selbst zehn Meilen gegen den Wind gerochen hättest! Wir waren eben schneller als unsere hochgeschätzten Nachbarn."

Die drei Männer über Mira lachten leise.

„Willst du auch etwas abhaben, obwohl es ebenfalls nicht dein Jagdgebiet ist, Anzheru?"

Das Lachen wurde etwas lauter. Auf einen Wink ihres Wortführers ritzte einer ihrer drei Peiniger Miras Wange an. Gerade so tief, dass es ein wenig blutete. Es musste eine ziemlich kleine Klinge gewesen sein. Mira hatte sie gar nicht gesehen. Augenblicklich veränderte sich die Stimmung im Raum. Die Männer packten noch fester zu, wenn das überhaupt möglich gewesen war. Die drei Paar Augen über ihr hatten normale, dunkle Farben gehabt, jetzt nahmen sie ein seltsames Blau an. Stechendes, eisiges Blau. Das war gar nicht möglich! Sicher spielten Miras Sinne ihr vor lauter Panik nur einen Streich.

„Nein", lautete die Antwort.

„Dann verschwinde, Anzheru! Mach dir keine Sorgen, wir legen sie hinterher in die Badewanne. Es wird aussehen als…"

„Nein, ihr befindet euch auf fremdem Territorium!" Anzherus Stimme war ganz ruhig geworden. Der Raum wurde plötzlich von einem tiefen, unmenschlichen Grollen erfüllt. Mira spürte, dass der Druck auf ihren Beinen nachließ. Nur noch einer der Männer hielt sie gepackt und presste ihr die Hand auf den Mund. Er zog sie grob auf die Füße und hielt sie zwischen sich und die anderen Wahnsinnigen wie einen Schutzschild. Sie schlichen langsam auf Anzheru zu, der mit dem Rücken zum Fenster stand. Der Angriff lief so schnell ab, dass Mira mit den Augen kaum folgen konnte. Nur das ohrenbetäubende Krachen hörte sie. Als die Männer wieder innehielten, blutete einer heftig im Gesicht, einer hielt sich den merkwürdig verdrehten Arm und der dritte hielt sich vorn über gebeugt den Brustkorb. Anzheru selbst hatte nur ein paar Kratzer an den Armen. Das Fenster war gesplittert und das Fußende des Hotelbetts zertrümmert. Die Männer gaben ein aggressives Knurren von sich, doch sie wichen zurück.

„Dem nächsten, der es wagt, trenne ich einen Arm ab."

Niemand schien an Anzherus Worten zu zweifeln. Widerwillig wurde Mira frei gegeben und sie verschwanden einer nach dem anderen mit hasserfüllten Blicken durch das Fenster. Nur Anzheru blieb zurück. Miras Knie gaben nach all der Anspannung nach. Völlig kraftlos sank sie zu Boden und blieb zwischen dem kleinen Nachtschränkchen und der angelehnten Badezimmertür sitzen. Anzheru kam näher. Auch seine Augen waren eisblau, sein Blick schien jedoch weniger stechend. Sein rotbraunes Haar war zu einem strengen Zopf zurückgebunden und bildete einen merkwürdigen Kontrast zu seiner hellen Haut. Er war groß, schlank, nicht zu muskulös –jedes andere Mädchen hätte ihn mit Sicherheit für sehr attraktiv gehalten. Was man von dem fürchterlichen James und seinen Kumpanen nicht behaupten konnte.

„Hast du Knochenbrüche?" Ausdruckslos sah er auf Mira hinab. Vorsichtig bewegte sie die Finger, dann die Füße und streckte einmal die Beine.

„Ich glaube nicht." Mira musste husten. Sie hatte kaum atmen können, solange einer der Männer ihr den Mund zugehalten hatte. Ihre Kehle brannte, als hätte sie versucht, Feuer zu schlucken. Anzheru ging vor ihr in die Hocke, sodass sie sein ebenmäßiges Gesicht aus der Nähe betrachten konnte. Er atmete konzentriert durch die Nase. Kurz wandte er den Blick ab, dann hob er die Hand, um Miras verletzte Wange zu berühren. Nur

15

einen Zentimeter entfernt hielt er inne, da sie ihn ängstlich anstarrte.

„Wer bist du?"

Anzheru antwortete nicht, sondern strich mit den Fingerspitzen über die kleine Wunde. Es kribbelte auf der Haut und seine Finger waren eisig kalt. Mira hatte das Bedürfnis, sich an der Wange zu kratzen. Aber da war keine Wunde mehr! Was sie als nächstes sah, steigerte ihre Angst und ihr Entsetzen ins Unermessliche. Anzheru leckte sich ihr Blut von den Fingern. Sie war davon ausgegangen, dass James und die anderen sie vergewaltigt, misshandelt und wohl auch getötet hätten. Aber was war das? Mira öffnete den Mund, um zu schreien, doch sie brachte nur einen unbestimmten Laut heraus. Um seine sonst so reglosen Mundwinkel zuckte ein wissendes Lächeln, aber dann begann Anzheru zu husten, als hätte er sich die Zunge verbrannt. Trotz aller Panik kam Mira nicht um ein ironisches Glucksen herum. Blut schmeckte nun einmal ekelhaft. Als Anzheru ihr wieder den Blick zuwandte, lag ernsthaftes Interesse darin. Das verhieß absolut nichts Gutes. Ruckartig stand der blasse Mann auf und griff sich Miras Sachen und ihre Umhängetasche. Er stopfte alles achtlos zurück in ihre blaue Reisetasche. „Ist das alles?"

Mira nickte stumm und kämpfte sich mühsam auf die Füße. „Was soll das?" Sie musste sich mit beiden Händen an der Wand abstützen, so wenig gehorchten ihr ihre Beine.

„Du kannst nicht hier bleiben, sie werden zurückkommen. Also werde ich dich mitnehmen"

„Ich fliege morgen nach Hause!" Trotz der geradezu greifbaren Gefahr empfand Mira plötzlich Wut. Bei den anderen vieren war wenigstens abzusehen gewesen, was sie vorhatten.

„Sicher nicht." Sein absolut ruhiger Tonfall verschlimmerte das Ganze noch.

„Komm." Er streckte ihr allen Ernstes eine feingliedrige, weiße Hand entgegen.

„Den Teufel werde ich tun!", knurrte Mira. Anzheru seufzte verärgert, dann stand er plötzlich wieder direkt vor ihr und legte ihr einen Finger an die Lippen. Einen Augenblick lauschte er aufmerksam. „Wir müssen uns beeilen."

Mira schlug mit beiden Händen gegen seine Brust, in der Hoffnung er würde wenigstens einen Schritt zurück machen. Sie war so sehr daran gewöhnt, andere auf Abstand zu halten, dass auch körperliche Nähe unangenehm war. Sie hätte genauso gut die Wand schlagen können. Anzheru schien es überhaupt nicht gespürt zu haben. Er packte ihr linkes Handgelenk und zog sie einfach mit sich in Richtung Fenster. Mira sträubte sich, doch es war hoffnungslos. „Nein! Lass mich los!"

„Sei jetzt still", erwiderte er ungerührt. Sein ruhiger Tonfall war zum aus der Haut fahren. Mit der freien Hand hatte er sich die Reisetasche geschnappt, den rechten Arm schlang er um Miras Hüfte.

„Doch nicht aus dem..." Bevor sie den Satz zu Ende kreischen konnte, verlor Mira den Boden unter den Füßen.

„Fenster", murmelte Anzheru und zog sie einfach weiter. Er hatte den Sprung aus dem dritten Stock so weich abgefedert, dass Mira nichts davon gespürt hatte. Als ob das alles normal wäre, zerrte er sie weiter über die Straße auf ein schwarzes Auto zu. Der kalte Regen durchnässte sie sofort.

„HILFE!"

Irgendjemand auf der Straße musste Mira doch hören. Anzheru drehte sie gewaltsam zu sich und starrte ihr in die Augen. Mira blieb die Luft weg. Nach und nach schwand ihre Wahrnehmung. Es schien nichts mehr auf der Welt zu geben, außer diesen eisigen, durchdringenden Augen. Dann wurde langsam alles schwarz.

2. Gewahrsam

Es war dunkel. Dunkel und kalt. Mira konnte sich auf dem harten Boden kaum rühren. Ihre Gliedmaßen waren bleiern schwer und irgendetwas schien auf ihren Brustkorb zu drücken, obwohl sie auf der Seite lag. Langsam setzte sie sich auf. Sie hatte keine Ahnung, wo sie sich befand. Nur langsam kehrten die Erinnerungen an James, seine fürchterlichen Kumpane und schließlich Anzheru zurück, der sie aus ihrem Hotelzimmer entführt hatte. Wie hatten sie bloß den Sprung aus dem dritten Stock überlebt? Niemand konnte mit einem zusätzlichen Gewicht von fast sechsundsiebzig Kilo so tief fallen und unbeschadet aufkommen. Geschweige denn auch noch weitergehen, als wäre nichts gewesen. Das ging alles nicht mit rechten Dingen zu. Mira studierte seit drei Semestern Literaturwissenschaften, nicht Medizin, aber das war einfach nicht möglich. Dieser rothaarige Kerl mit den durchdringenden, eisblauen Augen hatte sich ihr Blut von den Fingern geleckt... Ein Geräusch riss sie aus ihren Gedanken. Mira straffte die Schultern. In ein paar Schritten Entfernung öffnete sich eine Tür. Das hereinfallende Neonlicht war so grell, dass Mira nur den Umriss der Gestalt sehen konnte, die lautlos auf sie zukam. Derjenige packte sie am Arm und zog sie auf die Füße. Mira musste sich noch einige Sekunden die Hand vor Augen halten, bis sie klar sehen konnte. Bis dahin hatte Anzheru sie bereits am Arm eine kleine Treppe hinunter gezerrt. Jetzt befanden sie sich auf einem Flur, der zum Glück nicht von Neonröhren sondern von kleinen, runden Schirmlampen erhellt wurde. Die wenigen Türen waren geschlossen. Anzheru öffnete die letzte auf dem Flur und entließ Mira endlich aus seinem eisernen Griff in ein hell gefliestes Badezimmer. Sie rieb sich den Oberarm. Die Hände dieses Mannes waren so fürchterlich kalt, dass es auf der Haut schmerzte. Ihr war nicht ganz wohl bei dem Gedanken, dass ihr Entführer vor der Tür stand, aber immerhin musste sie nicht darum betteln, ins Bad zu dürfen. Im Moment zumindest. Nachdem sie sich erleichtert hatte, blieb Mira am Waschbecken stehen und betrachtete sich im Spiegel. Wie nicht anders zu erwarten war, sah sie furchtbar aus. Als sie die Ärmel ihres Shirts hochschob, fielen ihr einige dunkelblaue Flecken auf. James und die anderen hatten ihr nur durch Druck Hämatome zugefügt. Ihre Beine würden wohl kaum besser aussehen. Plötzlich wurde die Tür von außen aufgerissen.

„Wie lange brauchst du denn noch?" Anzheru schaute sie ungeduldig an. Verunsichert schob Mira ihre Ärmel wieder herunter.

„Das verheilt doch von allein, oder?" Er wies auf ihre Arme.

„Ja." Mira biss sich angespannt auf die Unterlippe. Das wusste er nicht? Mit ein paar langen Schritten durchquerte Anzheru den Raum und öffnete einen kleinen, weißen Schrank neben dem Waschbecken. Er reichte ihr ein Handtuch und ein Stück Seife heraus.

„Wasch dich. Du stinkst nach Angst. Und nach ihnen."

Es war klar, dass er James und die anderen meinte. Waren sie nicht seines gleichen? Zumindest kannten sie sich mit Namen. Mira drückte das weiche Handtuch an sich. Es war ein recht erbärmlicher Schutzschild angesichts eines Mannes, der sie mühelos mit einem Arm tragen konnte. Sie hatte ihn gefragt, wer er war. Eine andere Frage war wohl passender. „*Was* bist du?"

Das recht große Menschen-Mädchen stand mit hochgezogenen Schultern und unsicherer Miene vor ihm. Trotz allem schien sie nicht so viel Angst wie andere Menschen vor ihm zu haben. Dass jemand wütend wurde und mit beiden Fäusten gegen seine Brust schlug, statt sich wimmernd seinem Schicksal zu ergeben, hatte Anzheru lange nicht erlebt. Er hob mit den Fingerspitzen ihr Kinn an, damit sie den Hals strecken musste. Er konnte das Blut spüren, das verheißungsvoll in ihren Adern pulsierte. Zornig schlug sie gegen seine Hand. Das sollte wohl ein erneuter

Versuch sein, ihn loszuwerden. Allerdings hatte sie dem darauf-folgenden schmerzerfüllten Laut nach zu urteilen nur sich selbst wehgetan. Anzheru ließ von ihr ab. Der Geruch von James und seiner Gruppe, der immer noch an ihr haftete, war ekelhaft.

„Du wirst sehen. Gib mir deine Sachen." Er hatte vor, sie zu verbrennen. Das Mädchen starrte entgeistert zurück.

„Was ist?"

„Ich werde mich garantiert nicht vor dir ausziehen!", presste sie mit zusammengebissenen Zähnen hervor. Anzheru erinnerte sich dunkel daran, dass eines seiner Clan-Mitglieder davon erzählt hatte, wie empfindlich Menschen-Frauen in dieser Hinsicht waren. Er hätte ihr das Shirt und die ohnehin schon rissige Jeans mühelos abnehmen können, aber er wollte dieses Mädchen nicht unnötig gegen sich aufbringen. Es war einfacher, wenn sie sich freiwillig fügte, und das würde er sicher nicht erreichen, indem er ihr bei der ersten Gelegenheit seinen Willen aufzwang.

„Rühr dich nicht von der Stelle", sagte er ruhig. Sie schnappte nur hörbar nach Luft. Anzheru verließ das Bad und begab sich nach unten ins Kaminzimmer, wo er den Inhalt der Reisetasche auf einem großen Tisch ausgebreitet hatte. Ein kleines Note-book, ein Handy, ein Portemonnaie, einmal Wechselkleidung und Flüssigshampoo, das furchtbar süßlich roch. Mehr hatte das Mädchen nicht bei sich gehabt. Das Shampoo hatte Anzheru umgehend entsorgt, da es ihm lieber war, ihren eigenen Geruch wahrzunehmen statt einen künstlichen. Mit der Kleidung über dem Arm ging er wieder nach oben. Anzheru gab sich Mühe, das Mädchen nicht zu erschrecken, als er das Bad wieder betrat. Sie stand immer noch vor dem Spiegel und krallte die Finger in das beige Handtuch. Ihr misstrauischer Blick verriet auch ihren Zorn. Wortlos schnappte sie ihm ihre Sachen aus der Hand und wartete darauf, dass er den Raum verließ.

„Wie lautet dein Name?"

Sie antwortete nicht. Langsam begann ihre Sturheit ihn wirklich zu ärgern. Anzheru schlug sie mit der flachen Hand ins Gesicht. Sie taumelte rückwärts gegen das Waschbecken. An ihren Augen konnte er ablesen, dass es schmerzte, aber er hatte keinen Knochen brechen hören.

„Wie heißt du, Mädchen?", wiederholte er drohend.

„Mira." Ihre Stimme bebte.

„Schön, Mira. Lass mich eins klarstellen. Du gehörst jetzt mir. Und das bedeutet, du gehorchst."

Ihre Augen weiteten sich entsetzt. Offenbar verschlug es ihr die Sprache.

„Und jetzt dusch dich ab."

Er ließ sie einfach stehen. Mira zitterte heftig. Wie kam er auf die Idee, sie besitzen zu können wie eine… Sklavin. Es fiel ihr schwer, über dieses Wort nachzudenken. Auch die warme Dusche half kein bisschen, die erhoffte kurze Trance blieb aus. Ihre Wange schmerzte immer noch. In diesem Augenblick wünschte Mira sich so sehr, die Einladung des Notars ignoriert zu haben. Sie könnte jetzt in ihrem winzigen Appartement im warmen Brüssel sitzen und sich in eins ihrer geliebten Bücher vergraben, aber nein. Sie war in einem fremden Land unmenschlichen Wesen in die Fänge geraten und ein anderes hatte sie gerettet, um sie zu verschleppen und in seinem Haus gefangen zu halten. Dieses Mal hatte das Unheil sie selbst getroffen, das sie schon so lange verfolgte. Und das alles nur wegen eines lächerlichen Steins! Am liebsten hätte Mira ihn aus dem geschlossenen Fenster geschleudert, statt ihn in die Tasche ihrer frischen Hose zu stecken, als sie sich anzog. Allerdings wollte sie lieber nicht wissen, was Anzheru tat, wenn sie sein Haus demolierte. Hastig zog sie sich das Shirt über den Kopf. Nicht dass ihr Entführer wieder ins Bad kam, bevor sie angezogen war. Dieses Mal rührte sich allerdings nichts. Unsicher drückte Mira die Klinke herunter und öffnete die Tür. Anzheru lehnte rechts neben ihr mit verschränkten Armen an der Wand. Sein Blick war nachdenklich auf den Boden geheftet. Als Mira einen Schritt über die Türschwelle machte, sah er sie wieder mit diesem unergründlichen Interesse an. Er sog konzentriert die Luft ein.

„Besser."

Das war alles. Anzheru bedeutete ihr, ihm zu folgen. Sie befanden sich offenbar in der ersten Etage einer Villa. Der Raum, in dem Mira aufgewacht war, musste der Dachboden sein. Er öffnete eine der Türen auf dem Flur und ließ ihr den Vortritt. Es war ein kleines Schlafzimmer mit einem Bett, einem schmalen, dunklen Kleiderschrank und einer kleinen Kommode. Sämtliche Möbel waren alt, aber geschmackvoll.

„Sei brav, dann darfst du hier schlafen und ich sperre dich nicht wieder auf den Dachboden", sagte Anzheru gewohnt gefühllos. Mira wandte sich zu ihm um. Er bleckte einem Raubtier gleich die Zähne. Von diesem Augenblick an nahm sie einfach hin, dass er ein Vampir war, auch wenn es dem gesunden Menschenverstand widersprach.

„Was heißt brav?", fragte Mira mit bebender Stimme. Erst danach fiel ihr auf, dass sie die Antwort lieber gar nicht kennen wollte.

„In erster Linie Gehorsam. Wenn ich etwas sage, gehorchst du aufs Wort." Er kam näher. „Des Weiteren haust mein Clan auf diesem Gelände. Wenn du ihnen begegnest, wirst du schweigen und in meiner unmittelbaren Nähe bleiben. Ich werde dich nur dieses eine Mal warnen. Zwing mich nicht dazu, dich vor anderen Vampiren zu disziplinieren."

Vor körperlicher Gewalt würde er nicht zurückschrecken, das hatte er bereits bewiesen. Mira zuckte heftig zusammen, als er die Hand hob. Anstatt sie ein zweites Mal zu schlagen, zog Anzheru jedoch nur ihren Scheitel nach. Es war schon fast abstoßend zärtlich. Mira wollte davon laufen, so weit weg wie nur möglich.

„Du bist groß, das gefällt mir." Er überragte sie nur um wenige Zentimeter. Sie erschauderte, als er sie im Genick packte. Anzheru zwang sie, ihm in die Augen zu sehen. Wieder konnte Mira sich nicht rühren.

„Nimm es mir nicht übel, ich muss etwas überprüfen." Er legte die andere Hand geradezu sanft in ihren Rücken und senkte die Lippen auf ihren Nacken. Seine messerscharfen Zähne konnte sie zum Glück nicht sehen, als er zubiss. Die Lähmung verursachte auch so genug Panik. Mira konnte keinen Laut von sich geben, als er zu trinken begann. Es war nicht so schmerzhaft wie befürchtet, aber es fühlte sich widerlich an, wenn er schluckte. Der Vampir trank weniger, als sie erwartet hatte. Nach nur vier Schlucken hörte er auf und leckte über die Wunde. Außerdem entließ Anzheru sie endlich aus seinem geistigen Griff. Mira tastete kurz nach ihrem Hals und fand keine Verletzung. Wahrscheinlich würde sie nicht einmal Narben davon tragen, wenn er sie immer direkt heilte. Ihr gesamter Körper fühlte sich plötzlich seltsam taub an. Wie viel Blut brauchte ein Vampir eigentlich? Und wie oft?

„Du musst dich auf meinen Rhythmus einstellen, also nachts wach sein und tagsüber schlafen. In zwei Stunden geht die Sonne auf. Solange wirst du noch wach bleiben." Seine Stimme holte Mira aus ihren ausschweifenden Gedanken zurück.

„Ich bin überhaupt nicht müde", erwiderte sie wie in Trance.

„Auch gut." Anzheru zuckte mit den Schultern. Er legte eine Hand auf seinen Brustkorb und verzog das Gesicht. War ihm ihr Blut nicht bekommen? Ein schwacher Trost. Als er endlich gegangen war, zog Mira geistesabwesend den schwarzen Stein aus ihrer Hosentaschen und verstaute ihn in der Kommode. Er war wohl kaum von Nutzen. Sie legte sich zitternd ins Bett, konnte jedoch kaum die Augen schließen. Würde sein Biss genügen, damit sie sich jetzt in ein Monster verwandelte? Oder konnte dieser Vampir sich wirklich, solange er wollte, von ihr ernähren und sie würde ein Mensch bleiben?

Gegen Mittag war Mira doch vor Erschöpfung eingenickt. Anzheru weckte sie am frühen Abend, die Dämmerung war noch nicht vollständig vorüber. Sie rieb sich die brennenden Augen, während sie sich aufsetzte. Ganz so lichtempfindlich wie manche Filme es vermuten ließen, waren Vampire wohl doch nicht.

„Du schläfst nicht lange, oder?", fragte Mira vorsichtig.

„Ich schlafe nie. Ich lebe bereits lange genug, um das nicht mehr zu müssen."

Sie warf ihm einen erstaunten Blick zu, aber den ignorierte er. Der Vampir führte sie von dem kleinen Gästezimmer ins Erdgeschoss in einen gemütlich anmutenden Wohnraum mit offenem Kamin. Die Möblierung seiner Villa schien durchweg sehr spärlich zu sein. Mira hatte nur kurze Blicke in ein paar der anderen Zimmer erhaschen können, da Anzheru es wahnsinnig eilig hatte. Merkwürdig eigentlich, er hatte doch alle Zeit der Welt. Das prasselnde Feuer im Kamin war das erste im Haus, das Mira ein wenig aufmunterte. Davor lag ein dunkles Fell, das groß genug war, um von einem Bären zu stammen. Es gab sogar samtene, dunkelrote Polstermöbel und einen Fernseher, der irgendwie zu modern wirkte. Und endlich war es einmal warm. Mira hätte sich hier wohlfühlen können, wäre da nicht ein Vampir gewesen, der sich am anderen Ende des Raumes über ihre ausgebreiteten Sachen auf einem Esstisch beugte. Zu Miras Entsetzen öffnete er gerade ein reich verziertes Kästchen, in dem ein gebogenes Messer lag. Ausdruckslos wandte er sich mit der Klinge in der Hand zu ihr um. „Zieh dein Shirt aus. Am besten legst du dich auf den Bauch."

Das glaubte er doch nicht wirklich? Mira sprintete in Richtung Tür, Anzheru bekam sie jedoch meilenweit vor der Schwelle mit seiner freien Hand zu fassen. Er schleifte sie am Gürtel zurück zum Kamin.

Das Mädchen kreischte wie am Spieß, dabei wusste sie gar nicht, was auf sie zukam. Anzheru zog ihr die Füße weg, sodass sie bäuchlings auf dem Bärenfell landete. Mira blieb die Luft weg, dennoch kroch sie ein paar Zentimeter vorwärts. Ein wenig entnervt kniete Anzheru sich auf sie. Sein Gewicht genügte endlich, um das Mädchen auf dem Boden zu fixieren. Er legte das Zeremonienmesser seiner Familie auf die steinerne Kante des Kamins, sodass die Klinge durch die Flammen gereinigt wurde. Danach machte er sich daran, das dünne Shirt Miras Rücken hinaufzuschieben.

„Nein!", keuchte sie und versuchte schon wieder, nach ihm zu schlagen. Obwohl er unsterblich war, konnte Anzheru durchaus Schmerz empfinden. Aber Mira war beim besten Willen nicht dazu in der Lage, ihm ernsthaft weh zu tun. Es fühlte sich eher so an, als würde ein Kätzchen nach ihm schlagen, das seine Krallen noch nicht richtig benutzen konnte.

„Streck die Arme vor, sonst zerreiße ich es. Und du bekommst nichts von mir!", drohte er ungeduldig. Das Fell erstickte ihre widerwilligen Laute nur zum Teil, doch Mira gehorchte. Anzheru legte ihr Shirt bei Seite, strich sorgfältig ihr Haar aus ihrem Nacken und nahm dann das Zeremonienmesser zur Hand. Er konnte fühlen, wie schnell das Herz des Mädchens raste. Ihre Lungen mussten schmerzen, so hastig und unregelmäßig wie sie atmete. Hatte sie nur Angst oder schämte sie sich etwa schon, nur weil sie im BH vor ihm auf dem Boden lag?

„Du musst still halten. Ich werde dir das Siegel meiner Familie geben. In meiner Welt ist dies leider unumgänglich für dich."

Um sicher zu gehen, presste Anzheru die linke Hand in ihr Genick. Als er den ersten Schnitt unterhalb ihres Nackens setzte, schrie Mira schmerzerfüllt auf. Das Siegel würde nur den Durchmesser von drei seiner Fingerkuppen haben, aber für das Mädchen schien jeder einzelne Millimeter, den er durch ihre Haut schnitt, die Hölle zu sein.

Mira krallte die Finger so fest in das dunkle Fell, dass ihre Knöchel weiß hervor traten. Was wollte er ihr denn noch alles antun? Machte es ihm Spaß, sie zu quälen? Sie atmete erleichtert auf, als er ihr Genick losließ. Endlich war Anzheru fertig mit seinem verdammten Siegel.

„Ich werde nur die Blutung stoppen, damit eine deutliche Narbe entsteht. Mit diesem Siegel gehen wir einen Bund ein", erklärte er ungerührt. „Es bedeutet, du gehörst allein mir. Kein anderer Vampir darf dich anrühren, geschweige denn dein Blut nehmen. Im Gegenzug werde ich dich beschützen." Sanft strich er über die frische Wunde. Mira spürte, dass ihr Blut versiegte. Doch Anzheru dachte offenbar nicht daran, endlich von ihr herunter zu gehen. Die kühlen Finger zogen ihre Wirbelsäule nach. Etwa beim neunten Wirbel hielt er inne. „Dieser hier ist ein wenig schief im Vergleich zu den anderen. Er war einmal verletzt, nicht wahr?"

Mira befreite ihr Gesicht aus dem Fell. „Ja."

„Schränkt es dich in irgendeiner Form ein?"

„Nein", würgte sie hervor.

„Wie ist das passiert?", fragte Anzheru seelenruhig weiter.

„Es… war ein Unfall." Mira suchte fieberhaft nach einer plausiblen Erklärung. Es ging den Vampir nichts an, dass sie nach einem Einkauf auf der Straße schwer verletzt worden war. Die Erinnerung an Esters Vorwürfe war schon schlimm genug. Sie spürte, dass Anzheru das Gewicht nach vorn verlagerte. „Versuch erst gar nicht, mich anzulügen. Dein Herzschlag verrät dich."

Was er sonst mit ihr anstellen würde, wollte sie sich gar nicht vorstellen. Mira wand sich widerwillig am Boden, woraufhin Anzheru die Knie fester gegen ihren Rumpf drückte. Seine Körpertemperatur kam ihr gar nicht mehr so niedrig vor wie am vergangenen Morgen. Sank ihre Eigene etwa schon, weil er von ihr getrunken hatte? Langsam schien Anzheru die Geduld zu verlieren. Er lehnte sich so weit vor, dass sie seinen Atem im Nacken spüren konnte. „Ich höre. Oder ist etwa schon eine erste Lektion in Gehorsam fällig?"

Mira schluckte schwer gegen den Kloß in ihrem Hals an. Niemandem hatte sie jemals von dieser Sache erzählt. So kurz gefasst wie möglich berichtete sie von der Straßenbande, die der Polizei sogar schon bekannt dafür gewesen war, ihre Opfer mit Brecheisen anzugreifen.

„Hast du es gesehen? Das Brecheisen meine ich."

„Nein, es ging alles viel zu schnell. Warum ist das denn wichtig?" Mira drückte ihr Gesicht in das Fell unter ihr. Anzheru erhob sich plötzlich. Sofort schnappte sie sich, so schnell sie konnte, ihr Shirt und zog es wieder an.

„Schon gut. Vergiss die Frage." Anzheru wischte das Messer in einem Tuch ab und ging hinüber zum Tisch, während Mira sich auf die Füße kämpfte.

Er verstaute das Zeremonienmesser in seinem Kästchen. Als Anzheru sich wieder umwandte, starrte das Mädchen ihn wütend an. Offenbar reagierten auch Menschen ziemlich gereizt darauf, wenn man ihnen Schmerzen zufügte. Selbst wenn es einen guten Grund dafür gab. Nebenbei musterte er sie von oben bis unten. „Ich werde bald verreisen. Bis dahin sollten wir uns noch um deine Garderobe kümmern. Wenn ich Besuch habe, kann ich dich wohl kaum so präsentieren."

„Präsentieren?" Sie gab sich absolut keine Mühe, ihren Zorn zu verbergen. „Wem?"

„Ein anderes Clan-Oberhaupt wird mich nächsten Monat besuchen. Wir haben etwas... Diplomatisches zu besprechen und nebenbei wird er neugierig sein."

Auf einen fragenden Blick schob Anzheru die Hände in die Taschen seiner Hose. „Ich bin nicht gerade bekannt dafür, mir Sterbliche nach Hause zu holen. Es wird sich herumsprechen und er wird wissen wollen, was mich in deinem Fall umgestimmt hat. Abgesehen davon, dass dein Blut besser riecht als das der meisten Menschen, bist du schön. Das macht die Sache leicht."

Das war längst nicht die ganze Wahrheit, aber es musste genügen. Mira errötete ein klein wenig. Und offenbar nicht nur vor Zorn. „Und dieses Siegel verhindert, dass er mich massakriert?"

Er nickte. „Es gibt ein paar Gesetze, an die wir uns alle halten müssen."

Anzheru verzog das Gesicht. „Das explizite Gesetz, dass man die Menschen eines anderen Vampirs nicht anrühren darf, stammt aus einer wesentlich unzivilisierteren Zeit. Ich halte das für selbstverständlich."

„Die Ansicht, dass man Menschen besitzen kann wie einen Sack Getreide, ist wohl auch schon ziemlich alt!" Mira verschränkte abweisend die Arme vor der Brust. Er zuckte mit den Schultern. „Das ändert sich unter uns Vampiren nie. Du wirst einsehen, dass es seine Vorteile hat, nur einem von uns zu gehören. Ansonsten ergeben sich nämlich Situationen wie neulich in deinem Hotelzimmer."

„Und wann darf ich nach Hause?" Mira war bewusst, wie überflüssig diese Frage war. Anzheru reagierte wider Erwarten jedoch nicht ungeduldig.

„Da bist du jetzt", sagte er in einem erstaunlich sanften Tonfall. „Und du kannst mir glauben, dass du wesentlich mehr wert bist als ein Sack Getreide. Du…"

Ein elektronisches *Pling* unterbrach ihn. Anzheru klappte einen angeschalteten Laptop auf dem Tisch auf, der zum Glück sein eigener war. Miras Notebook lag mit ihren übrigen Sachen daneben. Nach einem kurzen Augenblick wandte er sich ihr wieder zu. „Ich habe einen Freund gebeten herzukommen. Er braucht noch bis morgen Abend."

Anzheru bedeutete Mira wieder, ihm zu folgen. In seiner Villa gab es tatsächlich eine Küche, wofür auch immer er eine brauchte. Massive Holzschränke und eine offene Feuerstelle in der Mitte des Raumes bildeten einen harten Kontrast zu einem leise surrenden Kühlschrank und einer Mikrowelle.

„Du musst essen. Sieh dich um." Der Vampir lehnte sich in den Türrahmen. Mira schaute skeptisch in die Schränke hinein. Anzheru besaß außer einem schier unerschöpflichen Teevorrat immerhin eine Packung Salz, etwas Reis und einiges an Trockenfleisch. Es schmeckte fürchterlich, aber es half gegen ihren knurrenden Magen. Nachdem sie unter Anzherus Aufsicht etwas von dem gegarten Fleisch herunter gewürgt hatte, das seinem Namen alle Ehre machte, verschwand Mira kurz nach oben ins Bad. Sie musste ihr Shirt nicht ausziehen. Es genügte, den Kragen nach hinten zu schieben, damit sie das Siegel im Spiegel sehen konnte. Blutrot schimmerte ein abstraktes Auge in ihrer Haut. Über der linken Seite fand sich eine Art Flamme. Obwohl sie schon oft in sehr alten Büchern geblättert hatte, kannte Mira dieses Symbol nicht. Was auch immer es darstellen sollte, ihr wurde einen Augenblick schlecht. Dieses Zeichen bedeutete, dass sie nun Anzheru gehörte. Wie ein Stück Vieh, dem man ein Brandzeichen verpasst hatte. Auch wenn es sie angeblich vor anderen Vampiren schützte, weinte Mira ein paar stumme Tränen. Hoffentlich konnte er sie nicht hören. Erst als Anzheru nach ihr rief, verließ sie das Bad und ging langsam wieder nach unten. Seine Stimme schien aus dem Raum gegenüber dem Kaminzimmer zu kommen. Hastig trocknete Mira ihre Wangen mit ihren Ärmeln und öffnete die Tür, die einen Spalt breit offen stand. Dieser Raum war tatsächlich eine Bibliothek! Sie empfand ein wenig Trost, als sie die zahlreichen Lederbände und auch modernere Bücher erblickte. Die Bibliothek ihrer Uni war ihr absoluter Lieblingsort. Endlich gab es irgendetwas Vertrautes in diesem Haus. Anzheru stand vor einem der Regale und suchte etwas. Er wandte sich kurz zu ihr um, als Mira den Raum betrat. „Wir werden den Tag nutzen müssen, um dir genug zum Anziehen zu besorgen. Bis dahin findest du mich hier."

Das Mädchen schien ihm gar nicht zuzuhören. Sie ging an den Bücherregalen entlang und berührte ein paar der eingestaubten Bände geradezu ehrfürchtig.
„Interessierst du dich etwa für alte Bücher?" Es war nicht das, was Anzheru von modernen, sterblichen Frauen gehört hatte. Mira warf ihm einen glückseligen Blick zu. „Ja. Ich liebe Bücher. Egal wie alt sie sind."
Es war das erste Mal, dass sie ihn weder zornig noch ängstlich ansah. Anzheru schöpfte ein wenig Hoffnung, dass sie ihn noch nicht endgültig abgrundtief hasste. Behutsam folgte er ihr in einigem Abstand, bis Mira vor dem Regal stehenblieb, in dem er einige aramäische und lateinische Schriften aufbewahrte.
„Wow. Wie alt sind die hier?"
„Älter als ich."
Mira gluckste. Ihr Sarkasmus störte, aber an dieses Geräusch hingegen könnte Anzheru sich gewöhnen.
„Wie alt bist du denn?", fragte sie erstaunlich unbefangen.
„Ich dachte immer, darüber sprechen Menschen nicht gern", antwortete er ausweichend. Mira zuckte die Achseln und schlug

einen phönizischen Geschichtsband aus dem nächsten Regal auf.

„Ich bin zweiundzwanzig, falls du das wissen möchtest."

Im Vergleich zu seinem Alter war das tatsächlich wenig, aber es deckte sich mit dem, was Anzheru bei ihrer ersten Begegnung geschätzt hatte.

„Ich wünschte, ich könnte das lesen", sagte sie gedankenverloren.

„Da drüben stehen ein paar englische Bücher", merkte er an.

„Französisch?" Ihre Augen leuchteten hoffnungsvoll auf.

„Ja, dort hinten." Er wies an die Wand gegenüber der Tür. „Ist das deine Muttersprache?"

Mira nickte und schwebte in die Richtung, in die er sie gewiesen hatte. Sie suchte sich etwas heraus und hockte sich direkt auf den Boden vor dem deckenhohen Regal, statt sich an den großen Lesetisch zu setzen. Im Stillen war Anzheru froh, dass Mira sich selbstständig beschäftigen konnte. Vermutlich lenkte es sie von ihrem Schmerz und ihrer Wut ab. Vorerst zumindest. Er selbst widmete sich wieder einem der Bände von Gregor Senorus, dem Vampir, der vor vielen Jahrhunderten die Blutarten der Menschen beschrieben hatte. Das, was die Sterblichen mittlerweile unter Blutgruppen verstanden, war nur ein Teil davon. Nach ein paar Stunden hörte er ein dumpfes Geräusch. Mira war das Buch aus den Händen geglitten und ihr Kopf war nach links gegen das Regal gesunken. Ihr ruhiger und gleichmäßiger Atem bestätigte Anzheru, dass sie schlief.

3. Subordination

Mira erwachte bei Tageslicht. Sie brauchte einen Moment, um sich zu orientieren. Offenbar lag sie auf der Rückbank eines fahrenden Autos. Anzheru saß am Steuer, sein Profil war auch von schräg hinten nicht zu verkennen. Leichter Nieselregen sammelte sich auf den Scheiben. Mira sah dahinter nur dichten Wald, der hin und wieder durch kleine Lichtungen unterbrochen war.

„Wo fahren wir hin?", fragte sie gerade heraus.

„Nach Oslo. Dort finden wir sicher Kleidung für dich."

„Und das Tageslicht?"

„Das macht nichts. Es soll den ganzen Tag regnen."

Mira hatte irrwitzigerweise einen Augenblick gehofft, dass die Sonne diesen besitzergreifenden Vampir pulverisieren würde. Aber dieses Risiko würde er wohl kaum eingehen, um T-Shirts für sie einzukaufen. So viele Fragen schwirrten ihr durch den Kopf. Wo sollte sie bloß anfangen? Mira beschloss, lieber nicht mit der aller wichtigsten anzufangen. Sie wollte behutsam testen, wie viel Anzheru freiwillig preisgab.

„Holen Vampire sich öfter Menschen als… Vorrätige Nahrungsquelle nach Hause?"

Anzheru antwortete erst nach einem kurzen Zögern. „Manche von uns tun das oft, ja. Vampire meines Clans manchmal auch. Es kann durchaus passieren, dass du auf unserem Gelände auch Menschen antriffst."

Mira erschauderte. Offenbar bemerkte er das.

„Keine Sorge, du musst dir nicht mit ansehen, was mit ihnen geschieht."

„Wie gütig." Sie biss sich auf die Unterlippe. „Werden sie auch zu Vampiren, wenn ihr sie aussaugt?"

„Nein." Anzheru schüttelte nachdrücklich den Kopf. „Eine Verwandlung ist wesentlich aufwendiger. Ich möchte mir gar nicht vorstellen, wie viele wir sonst schon wären."

Das beruhigte Mira tatsächlich ein wenig. Von den paar Schlucken, die er getrunken hatte, würde sie wenigsten nicht zum Monster werden.

„Und... Wie lange..." Sie musste schwer gegen den Kloß in ihrem Hals ankämpfen. „Willst du mich behalten, bis du..." *mich tötest* brachte sie nicht heraus. Anzheru schien ihre Gedanken zu erraten. „Ich habe nicht die Absicht, dich zu töten, Mira. Sei jetzt still."

Sie parkten in einem der Parkhäuser mitten in der City. Anzheru holte eine kleine Dose aus dem Handschuhfach. Darin lagen dunkle Kontaktlinsen. Mira sah ihn verwundert an, während er sie einsetzte.

„Mir ist durchaus bewusst, welche Wirkung meine Augen auf Sterbliche haben. Wir achten darauf, nicht zu sehr aufzufallen." Damit meinte Anzheru wohl alle Vampire. Außerdem gab er sich sichtlich Mühe, sich so langsam wie ein Mensch zu bewegen. Mira wurde schwindlig bei dem Gedanken, mit ihm bummeln zu gehen. Es war so grotesk normal. Benommen ging sie hinter dem Vampir her.

„Möchtest du zuerst etwas essen?", fragte er. Mira nickte stumm. Sie verließen gerade das Parkhaus.

„Dann hör erst einmal auf, die Fäuste zu ballen. Du wirkst ziemlich verkrampft."

Das würde sich so schnell nicht ändern. Missmutig verschränkte Mira stattdessen die Arme vor der Brust. Anzheru atmete hörbar aus, als er stehen blieb. Offenbar strapazierte sie bereits jetzt seine Geduld. Sanft aber bestimmt zog der Vampir ihre Arme auseinander. „Solange wir hier in der Stadt sind, wirst du dich vollkommen normal verhalten und mich weder wütend noch abweisend ansehen. Hast du das verstanden?"

„Soll ich etwa so tun, als wärst du mein Freund?", erwiderte Mira sarkastisch.

„Das ist ein akzeptabler Vorschlag. Ein Paar beim Einkauf ist eine gute Tarnung." Der leicht gereizte Unterton in seiner Stimme war nicht zu überhören. Anzheru legte den linken Arm um ihre Taille und lehnte sich so weit vor, dass er ihr direkt ins Ohr flüstern konnte. „Du wirst nicht einmal daran denken, wegzulaufen. Schließlich willst du doch nicht, dass ich ein Blutbad unter den Menschen anrichte, die dann sehen, wie ich dich wieder einfange."

Da hatte er allerdings Recht. Mira atmete durch, um sich zu beruhigen. Neben seiner Drohung machte ihr auch seine körperliche Nähe zu schaffen.

„Was sonst?", wisperte sie, um noch nicht klein bei zu geben.

Anzheru überlegte kurz. „Die Strafe, die ein Vampir für Ungehorsam erhält, würdest du nicht überleben. Also werde ich mir stattdessen irgendeine Demütigung ausdenken, die dich zur Vernunft bringt." Er umfasste ihre Hand wie eine Eisenfessel. „Und gib dir ein bisschen Mühe beim Schauspielern. Soweit ich es beurteilen kann, gehen menschliche Frauen gerne einkaufen."

„Ich nicht."

Der Vampir ignorierte ihren Einwand, was wohl zur Gewohnheit wurde. In einem Café bekam Mira ein sehr reichhaltiges Frühstück, während er eine Tasse Kaffee verkommen ließ. Dann ging es weiter in die Einkaufsmeile von Oslo. Dafür dass Anzheru selbst keine menschlichen Bedürfnisse hatte, dachte er wirklich an alles, sogar Socken. Eine gewisse Fürsorglichkeit konnte Mira ihm daher leider nicht absprechen. In der Abteilung für Unterwäsche versuchte sie verzweifelt, Anzheru wegzuschicken. „Ich komme schon allein zurecht. Oder sind hier etwa irgendwo Vampire, die mich angreifen könnten?"

„Nein, das nicht", gab er ungerührt zurück. „Aber wenn ich mit aussuche, kommen wir schneller voran."

Dass Mira am liebsten im Erdboden versunken wäre, während er ihr einen Bügel nach dem anderen reichte, interessierte ihn nicht. In dieser Angelegenheit war der Vampir völlig schmerzfrei. Wenigstens bestand Anzheru nicht auch noch darauf, dass sie ihm die Dessous an sich zeigte. Dieses kleine bisschen Distanz ließ er ihr, ohne dass sie darum betteln musste. Nachdem sie die Unterwäscheabteilung hinter sich gelassen hatten, entspannte Mira sich wieder ein wenig. Hier unter all den Menschen tat Anzheru nichts Schlimmeres, als sie an der Hand weiter zu ziehen. Nebenbei schien Geld für ihn keine Rolle zu spielen. Mira befürchtete, dass sie an diesem einen Tag mehr einkaufen würden, als sie selbst überhaupt besaß. Wobei das auch nicht schwierig war, ihre eigene Garderobe in Brüssel füllte kaum zwei Waschmaschinen. Er reichte ihr gerade einen Pullover in die Umkleidekabine, der die Dicke eines Schaffells hatte. „Mir fehlt das Empfinden dafür, wann die Kälte in meinem Haus für dich unangenehm wird. Brauchst du so etwas?"

Mira nickte eifrig. Seit zwei Nächten fror sie jämmerlich in den Räumen der Villa, sie hatte jedoch nicht ein Wort darüber verloren, um ein kleines bisschen Stolz zu wahren. Sie streifte den Wollpullover über und zupfte ihn zurecht. Anzheru musterte sie zufrieden.

„Gut, damit wirst du wohl eine Weile hinkommen. Wir bringen das jetzt zum Auto." Er wies nachlässig auf die Einkaufstüten.

„Es fehlen nur noch ein paar Kleider."

Mira schluckte. „Wozu das denn?"

„Glaubst du ernsthaft, du darfst in Jeans und Pullover herumlaufen, wenn ich hohen Besuch erwarte?", fragte er, als ob die Antwort ganz offensichtlich auf der Hand läge. Kühle Finger schlossen sich um Miras Hand. Wie immer wenn sie von Geschäft zu Geschäft gegangen waren. Während sie zum Parkhaus zurückgingen, überlegte sie fieberhaft, wie sie ihn davon abbringen konnte. Es gab nichts, worin Mira sich so unwohl fühlte wie in Kleidern. Sein schwarzes Auto kam viel zu schnell näher. Zufällig fiel ihr Blick auf das Emblem der Automarke, als sie vor dem Kofferraum standen. Vier Ringe griffen auf gerader Linie ineinander.

„Das ist ein Audi, oder?", fragte sie gedankenverloren.

„Richtig." Anzheru verstaute die Taschen, als wäre es das Normalste der Welt, dass ein Vampir eine Sterbliche einkleidete.

„Sind Autos auch unter Vampiren Statussymbole?" Es war ein plumper Versuch, Zeit zu schinden, aber Anzheru ging auf die Frage ein.

„Nein, ich habe diesen Wagen, weil er sich gut fährt, nicht weil deutsche Autos weltweit beliebt sind."

„Ihre Autos, ja", sagte Mira trocken. Anzheru schloss den Kofferraum ab und wollte sich offensichtlich wieder auf den Weg machen. Sie blieb jedoch stehen und scharrte mit dem Fuß auf dem Boden.

„Feindseligkeiten unter Nationalitäten spielen unter uns ebenfalls keine große Rolle. Ab seiner Verwandlung zählt für einen Vampir nur noch, welchem Clan er angehört. Selbst wenn es sich um Franzosen und Deutsche oder Nord- und Südkoreaner handelt. Komm jetzt."

„Schmeckt Blut immer gleich? Egal woher ein Mensch kommt?" Sie senkte die Stimme ein wenig, da sich ihnen zwei plaudernde Frauen mit ihren Taschen näherten.

„Nein, es hängt ein wenig von der Ernährung ab." Anzherus Augen wurden schmaler.

„Was darf ich denn nicht essen, damit du mein Blut nicht eklig findest?"

Der Vampir verzog keine Miene. „Versuch nicht, mich mit so einem Unsinn zu überlisten."

Mira zuckte mit den Schultern. Einen Versuch war es ihr wert gewesen, auch wenn er sie sofort durchschaut hatte. In der Gewalt eines Vampirs griff man eben nach jedem Strohhalm. Mit einem entnervten Schnauben wollte Anzheru wieder ihre Hand nehmen, doch sie entfernte sich schnell genug aus seiner Reichweite und verschränkte die Finger hinter dem Rücken. Das war unklug gewesen, denn er legte beide Arme um sie und zog ihre Finger wieder auseinander. „Du schaffst das sowieso nicht. Mach dir keine Hoffnungen, dass irgendein Vampir dir widerstehen könnte, wenn du nur zur freien Verfügung stehen würdest."

Etwas Ähnliches hatte der Vampir vor ihrer Hotelzimmertür auch gesagt. Mira fragte, woran das lag.

„Das erkläre ich dir ein anderes Mal. Wir müssen jetzt weiter, ich will heute Abend zurück sein."

„Ich hasse Kleider." Etwas Besseres war ihr nicht eingefallen.

„Das kümmert mich nicht." Mit diesen Worten zerrte er sie aus dem Parkhaus hinaus.

Das Geschäft, das er ausgesucht hatte, führte alles von Trachten bis hin zu modernen Abendkleidern in jeder erdenklichen Länge und Farbe. Anzheru bat eine der Verkäuferinnen, eine Vorauswahl zu treffen. Mira streifte auch selbst ein wenig durch die unzähligen Gänge voller Designerroben. Das Geschäft war gut besucht. Eine ganze Gruppe bildhübscher Norwegerinnen schien auf der Suche nach Brautjungfernkleidern zu sein. Andere schleiften ihre gestresst wirkenden Männer über die Etagen des Hauses. Mira musste schmunzeln, als sie einen Mann entdeckte, der neben einer der zahlreichen Umkleidekabinen eingenickt war. Sie betrat einen Gang, in dem auch Kleider in ihrem Lieblingsblauton hingen. Als sie mit Bedauern feststellte, dass diese zu kurz waren, lief ihr plötzlich ein eiskalter Schauer über den Rücken. Mira wandte den Blick nach links. Ein Mann stand am Ende des Ganges und starrte sie durchdringend an. Er war klein und hager, aber mit Sicherheit wahnsinnig stark. Mit Entsetzen sah Mira, dass sich seine Augen blau färbten. Und sie konnte sich nicht rühren. An diesem Vampir war etwas zutiefst Beängstigendes. Er würde sie angreifen, egal wie viele Menschen sie umgaben. Ganz langsam bewegte er sich auf sie zu. Endlich legte sich ein vertrauter Arm von hinten um ihre Taille. Mira konnte Anzherus Gesicht nicht sehen, doch die Drohung darin war spürbar. Er schob die Schulter wie einen Schild vor sie. Der hagere Vampir, dessen Adern unter seiner Haut durchschimmerten, machte sichtlich erbost ein paar Schritte rückwärts und wandte sich ab. Anzheru verharrte noch in dieser Haltung, bis der fremde Vampir aus ihrem Sichtfeld verschwunden war. Mira atmete tief durch, als sein Arm sich nicht mehr ganz so fest um ihre Taille schlang. Er schien seinen Teil des Bundes, den er ihr aufgezwungen hatte, sehr ernst zu nehmen. Zitternd wandte Mira sich um und klammerte sich in seine Jacke.

„Keine Sorge, er hat das Gebäude verlassen", sagte Anzheru ruhig.

„Ich ziehe deines Gleichen wirklich an wie das Licht die Motten. Sechs Vampire in drei Tagen sind mir definitiv zu viele. Oder war das wieder einer aus dem Hotel?"

„Nein, James und die anderen haben Oslo verlassen."

Mira legte den Kopf ein wenig zurück, um ihm ins Gesicht zu sehen. „Warum bist du dir da so sicher?"

„Ich habe meine Augen und Ohren überall." Er hielt sie noch immer im Arm. Dieses Mal wehrte sie sich nicht dagegen. So groß die Angst auch war, dass er sie wieder beißen würde oder was auch immer Anzheru von ihr wollte, im Augenblick beschützte er sie. Vielleicht war Mira nicht an den allerschlimmsten Vampir geraten. Kleider anzuprobieren war nach diesem Erlebnis gar nicht mehr so schlimm. Sie spielte brav mit, obwohl einige der Kleider viel zu kurz für ihren Geschmack waren. Manche der Frauen, die vorbei gingen, musterten Anzheru und dann Mira mit unverhohlenem Neid. Sie schienen überzeugt, dass der gutaussehende, rothaarige Mann tatsächlich ihr

Freund oder sogar noch mehr war. Es machte die Situation nur grotesker. Anzheru selbst schien sich seiner Anziehungskraft nicht bewusst zu sein. Zumindest schenkte er den interessierten Blicken keine Beachtung. Er suchte vier Kleider aus, darunter ein Blaues -in Miras Lieblingsblau- und sie machten sich endlich auf den Rückweg, jedoch nicht ohne noch einige Lebensmittel für die folgenden Tage mitzunehmen. Mira war ziemlich erschöpft, doch an Schlaf war noch nicht zu denken.

„Also warum finden mich die Vampire plötzlich alle so anziehend? Zu Hause in Brüssel ist mir das nie passiert." Und bestimmt gab es Vampire in Belgien. Anzheru antwortete eine ganze Weile nicht.

„Es gibt Menschen, die eine besondere… Gabe besitzen. Wie sie zu Stande kommt, wissen wir nicht genau, aber in dir ist sie jetzt erwacht. Genauer gesagt an dem Nachmittag bevor ich dich gefunden habe." Er warf ihr einen nachdenklichen Blick zu. „Es scheint zufällig zu sein, in welchem Alter die Gabe erwacht. Der Jüngste, von dem ich weiß, war gerade einmal sieben."

Mira erschauderte bei der Vorstellung, dass eine Horde hungriger Vampire über einen kleinen Jungen herfiel. „Und worin besteht diese Gabe?"

„Zu wärmen."

Ihr verständnisloser Blick brachte Anzheru zum Schmunzeln. „Normalerweise kühlt Menschenblut im Körper eines Vampirs sehr schnell ab."

„Aber meins nicht?"

„Genau. Um ehrlich zu sein, war ich sehr überrascht, wie anders sich das anfühlt. Es ist das erste Mal, dass ich von einem solchen Menschen getrunken habe."

Er hatte gehustet und sich den Brustkorb gehalten. Ein seltsamer Satz schwirrte Mira durch den Kopf. „Das meintest du mit »Ich muss etwas überprüfen«?"

Anzheru nickte. Auch wenn es im ersten Moment wohl unangenehm gewesen war, musste die Wärme den Vampir faszinieren. Das verrieten sein Tonfall und seine Mimik. Also hatte Mira sich doch nicht eingebildet, dass er sich weniger kalt angefühlt hatte, als er am Vorabend auf ihrem Rücken gesessen hatte. Sie senkte den Blick auf das Armaturenbrett. „Wenn mein Blut für dich so großartig ist, wie kommt es dann, dass du dich beherrschen kannst?"

„Ich sagte doch, ich habe nicht die Absicht, dich zu töten", erwiderte er abweisend. Mira schwieg eine Weile. Diese Antwort gab keinen Aufschluss über Anzherus Motive, aber offenbar wollte er das nicht erklären. Es gab noch etwas anderes, das sie brennend interessierte. „Wieso kann ich mich nicht bewegen, wenn ein Vampir mich anstarrt?"

„Du musst ihm schon in die Augen sehen, sonst funktioniert es nicht. Wir sind in der Lage, einen Menschen zu lähmen oder sogar ganz außer Gefecht zu setzen, wie du weißt. Ein etwas überflüssiger Vorteil bei der Jagd, aber recht nützlich, wenn man störrische Mädchen zum Schutz in Gewahrsam nimmt."

Mira verzog das Gesicht. „Und das können alle?"

„Ja, weibliche Vampire sind darin sogar noch wesentlich talentierter. Sie bekommen von Menschen so ziemlich alles, was sie wollen." Diese Bemerkung klang ein wenig nach Bedauern.

„Nur von Menschen?", bohrte Mira nach. Anzheru warf ihr einen warnenden Blick zu. „Vielleicht gibt es ein paar Vampirinnen, die mächtig genug sind, um ihres Gleichen zu beeinflussen."

„Dich auch?" Aus allem, was sie bisher gesehen hatte, schloss Mira, dass Anzheru ein sehr mächtiger Vampir war. Die Vorstellung, dass ihn ein zartes, elfenhaftes Mädchen mit eisblauen Augen nach Lust und Laune um den Finger wickeln konnte, war recht amüsant.

„Ich hatte vor, dir zu erlauben, dich frei im Haus zu bewegen, solange ich verreist bin. Möchtest du lieber auf den Dachboden gesperrt werden?"

„Also ja." Mira unterdrückte ein Lachen. Eine winzige Schwäche gefunden zu haben, war ihr seinen Zorn wert.

„Überspann den Bogen nicht", warnte Anzheru sie mit einem sachten Kopfschütteln.

„Woher soll ich wissen, wo die Grenzen deiner Geduld sind, wenn ich sie nicht ausreize?", gab sie ironisch zurück. Der Vampir schwieg daraufhin. Als Mira langsam die Augen zufielen, machte sie sich allerdings keine großen Sorgen, auf dem finsteren Dachboden aufzuwachen.

Später wachte Mira davon auf, dass der Wagen hielt. Sie standen vor einem schmiedeeisernen Tor. Anzheru stieg aus und unterhielt sich leise mit zwei Frauen, die offenbar Wache standen. Er nickte, dann kehrte er zum Wagen zurück. Im Vorbeifahren bemerkte Mira, dass die beiden Wachen sie teils neugierig teils argwöhnisch auf dem Beifahrersitz musterten. Anzheru hatte wohl nicht gelogen, als er gesagt hatte, er habe zuvor nie Menschen-Mädchen hergebracht. Mira hatte nun zum ersten Mal die Gelegenheit, sich auf dem Gelände des Clans umzusehen. Im Zentrum lag ein großes Gebäude. Es hatte keine Burgzinnen oder ähnliches und trotzdem mutete es wie eine Festung an. Zu beiden Seiten schlossen sich wesentlich kleinere Häuser an. Einige Autos waren davor geparkt. Anzheru stellte den Audi neben einem der riesigen Jeeps ab.

„Du wartest", sagte er knapp, bevor er wieder ausstieg. Mira hatte zwar noch keine Anstalten gemacht, sich abzuschnallen, aber damit stand es fest. Seinem Clan wollte er sie nicht präsentieren. Während Anzheru im Hauptquartier seines Clans beschäftigt war, hatte Mira Zeit nachzudenken. Was konnte dieser Vampir noch von ihr wollen außer ihrem Blut? Irgendeinen

Grund musste es geben, sonst wäre sie längst nicht mehr am Leben. Mira fröstelte. Wenn er ihr nicht mehr verriet, vielleicht gab es Hinweise in seinen Büchern? Wonach musste sie suchen?

Anzheru kam zurück. Der Weg zu seiner Villa war weiter als erwartet. Warum er wohl die Nähe seiner Vampire mied? Er half Mira, die Einkaufstüten nach oben ins Gästezimmer zu bringen.

„Dusch dich ab und zieh dich um, mein alter Freund wird bald eintreffen", sagte Anzheru im mittlerweile gewohnten Befehlston.

„Und was soll ich anziehen, my Lord?", fragte Mira ironisch.

„In diesem Fall was du willst." Er packte ihr Kinn. „Keine bissigen Scherze in seiner Gegenwart, verstanden? Noch ein einziger Fehltritt und ich zeige dir die Grenzen meiner Geduld."

Das war deutlich. Mira ließ sich dieses Mal trotzdem Zeit beim Duschen. Sollte er doch kommen und sie nackt nach unten schleifen.

Derweil öffnete Anzheru die Haustür. Konstantin stand wie erwartet bereits davor und schaute ihn erwartungsvoll an. „Da bin ich aber mal gespannt, warum du mich aus Spanien herrufst."

„Ich freue mich auch, dich zu sehen, Konstantin. Komm doch herein."

Er entschuldigte sich mit einem schiefen Lächeln und trat ein. Im Kaminzimmer setzten sie sich auf die dunkelroten Sessel.

„Deine Leute am Tor haben allen Ernstes erzählt, dass du dir ein Mädchen gefangen und hergebracht hast. Was ist passiert? Du verabscheust diese Angewohnheit der Alten." Konstantin stützte die Ellbogen auf die Knie und musterte ihn etwas ungläubig.

Anzheru nickte langsam. „Es gibt einen guten Grund dafür. Habe ich dein Vertrauen?"

„Uneingeschränkt."

„Deine Geduld muss ich leider auch beanspruchen. Ich werde nach Aberdeen fliegen und die Bibliothek durchsuchen. In meinen Büchern finde ich nicht genug über die Begabten."

Anzheru presste kurz die Lippen zusammen. „Ich habe nur ein bisschen von ihr getrunken. Es weitet sich noch nicht bis in die Extremitäten aus, aber ich habe das Gefühl, ich könnte mühelos einen Eisblock in meiner Brust schmelzen."

Konstantin erwiderte nichts. Er drückte gespannt die Fingerkuppen seiner Hände aneinander.

„Ich schätze, ich werde drei Nächte fort sein. Passt du solange für mich auf sie auf? Sie ist ein bisschen… schwierig", fuhr Anzheru fort.

„Ja, natürlich."

Damit war das wichtigste geklärt. Anzheru beschloss, das Kaminfeuer zu entzünden. Konstantin streckte die Beine aus.

„Wie steht es mit unseren Nachbarn? Hattet ihr viel Ärger in letzter Zeit?"

„Allerdings. James, Hikaru, Erik und sein merkwürdiger Bruder haben das Mädchen vor mir entdeckt."

„Hast du sie getötet?", fragte Konstantin gespannt.

„Nein, sie haben sich zurückgezogen. Dafür ist Kyrill in Oslo aufgetaucht. Das macht mir am meisten Sorgen." Anzheru setzte sich, während die ersten kleinen Flammen ein leises Knacken im Kamin verursachten. Sein alter Freund zog die Brauen hoch.

„Der Abtrünnige?"

„Eben jener." Er nickte bedächtig. Hin und wieder gab es Einzelgänger unter den Vampiren, daran war noch nichts Verwerfliches. Über Kyrill wusste Anzheru allerdings, dass er berüchtigt dafür war, Menschen wahllos abzuschlachten. Angeblich war er wahnsinnig und daher extrem gefährlich. Niemand hielt sich freiwillig in Kyrills Nähe auf. Irgendwann hatte sich der Begriff des Abtrünnigen zu seinem Eigennamen entwickelt.

„Sie muss sehr reizvoll sein, wenn Kyrill es wagt, sich dir zu zeigen", merkte Konstantin an.

„Ja." Anzheru wies zur Tür. Mira war endlich nach unten gekommen und lugte zurückhaltend um den Türrahmen.

„Komm her. Stell dich Konstantin vor", forderte er sie auf. Das Mädchen kam langsam auf sie zu und beäugte den ihr fremden Vampir argwöhnisch.

„Jetzt verstehe ich." Sein alter Freund warf ihr einen schon fast sehnsüchtigen Blick zu. „Kein Wunder."

Mira blieb unvermittelt stehen. Offenbar war sie kurz davor, die Flucht zu ergreifen.

„Keine Angst, er ist der Letzte, der die Regeln verletzt. Jetzt komm her, Mira." Anzheru streckte ihr eine Hand entgegen.

Nur widerwillig folgte Mira seiner Aufforderung. Konstantin wirkte etwas mitgenommen. Seine Kleidung war abgetragen und seine kurzen, blonden Haare standen in alle Richtungen ab. Seine Augen waren grün, offenbar würde er im Moment nicht auf sie losgehen. Sein Gesicht wirkte weicher als das von Anzheru. Er musste noch sehr jung gewesen sein, als er verwandelt worden war. Jünger als Mira jetzt mit ihren zweiundzwanzig Jahren.

„Ich reise noch diese Nacht ab. Solange ich weg bin, bist du ihm untergeordnet. Das bedeutet, du gehorchst ihm." Anzheru sah sie durchdringend an. „Und wenn er Fragen stellt, antwortest du selbstverständlich ehrlich. Hast du das verstanden?"

Mira verzog das Gesicht. Wie vielen Männern musste sie sich denn noch unterordnen? Bevor sie etwas Zorniges sagen konnte, hob Anzheru die Hand. „Denk darüber nach, was du jetzt sagst." Er stand auf und begann, sie zu umrunden. Mira hielt instinktiv still. Sie würde sich nie daran gewöhnen, dass seine Schritte absolut lautlos waren. Anzheru blieb genau zwischen ihr und Konstantin stehen.

„Hast du das verstanden?", wiederholte er leise drohend. Der Vampir biss unvermittelt zu und schloss die Wunde sofort wieder. Der plötzliche, stechende Schmerz an ihrem Hals ließ Mira unwillkürlich aufstöhnen.

„Ja", presste sie widerwillig hervor.

„Gut, jetzt darfst du gehen", sagte Anzheru kühl. Mira verließ hastig das Kaminzimmer und verschwand in die Bibliothek. Der Blutverlust war nicht der Rede wert, ihre Ohnmacht gegenüber diesem Vampir war umso schlimmer zu ertragen. Am liebsten hätte sie ihm für diesen Biss den Kiefer gebrochen. Aber für den bloßen Versuch hätte Anzheru sie wahrscheinlich vor Konstantins Augen verprügelt. Warum war er im einen Moment der vertrauenerweckende Beschützer und im nächsten wieder ein blutgieriges Monster?

„Sie ist widerspenstig, oder?"

„Du hast keine Ahnung. Wenn andere längst um Gnade flehen würden, wird sie erst wütend." Anzheru rieb sich die Stirn.

„Lass dir Zeit in Schottland. Ich bin gespannt." Konstantins Interesse war geweckt, so viel stand fest.

„Lass sie nicht einmal bis zur Mauer kommen, falls sie wegläuft", ordnete Anzheru ein wenig müde an.

„Soll ich sie gegebenenfalls bestrafen?"

„Nein. Das mache ich selbst."

Konstantin nickte.

„Und kein Wort über die Begabten oder ihr Potenzial."

4. Clan

Die erste Nacht über gelang es Mira weitgehend, Konstantin aus dem Weg zu gehen. Er ließ sie in Frieden lesen. Sie hatte sogar ihre Habseligkeiten zurückerhalten, außer Laptop und Handy natürlich. Nicht dass sie auf die Idee kam, Kontakt zur Außenwelt aufzunehmen. Gegen drei Uhr morgens legte sie den schweren Lederband über altgriechische Mythen beiseite und ging kurz nach oben ins Bad. Was sich hinter den übrigen Türen im Obergeschoss verbarg, hatte Anzheru ihr noch nicht gezeigt. Da ihr Bewacher scheinbar reglos unten im Kaminzimmer saß, beschloss Mira, es auf einen Versuch ankommen zu lassen. Direkt neben ihrem Gästezimmer befand sich eine ziemlich große Abstellkammer. Neben ein paar alten Truhen lagerten hier auch größere Gegenstände, die mit weißen Laken abgedeckt waren. Unter dem ersten befand sich ein altertümlicher Sessel, der wenig interessant erschien. Der nächste Gegenstand hatte in etwa die Form einer kopflosen Büste. War es vielleicht eine verschollene Statue? Als Mira vorsichtig das Laken anhob, rutschte es sofort von den Schultern der Büste und fiel zu Boden. Darunter befand sich keine Marmorfigur, sondern ein Kettenhemd auf einer stabilen Halterung. Es musste sehr alt sein, es rostete. Vom zugehörigen Waffenrock war nicht viel mehr als ein paar Fetzen übrig. Auf der Brust prangte ein seltsames Siegel, von dem ein Stück fehlte. In seinem Zentrum lag offenbar ein ähnliches Auge, wie Anzheru Mira in den Nacken eingeritzt hatte. Es gingen mehrere Zacken davon aus, an deren Spitzen sich Buchstaben befanden. Ein C und ein A waren erkennbar, der Rest war herausgerissen worden. Vorsichtig zog Mira den zerfetzten Rand des Stoffes mit den Fingerspitzen nach. Dieses Kettenhemd gehörte mit Sicherheit Anzheru. In wessen Heer er wohl einmal gedient hatte?

„Was tust du da?"

Konstantins Stimme riss Mira aus ihren Gedanken. Er war lautlos im Türrahmen erschienen und musterte sie mit strengem Blick.

„Nichts, ich war nur neugierig", sagte sie ausweichend. Der blonde Vampir durchquerte den Raum und deckte das Kettenhemd wieder sorgfältig mit dem weißen Laken ab. „Anzheru redet nicht über seine Vergangenheit, was einem Verbot gleichkommt, darin herumzustochern. Ist das klar?"

Mira nickte verunsichert.

„Da du nichts davon wusstest, werde ich darüber hinweg sehen. Geh jetzt wieder nach unten und betritt diesen Raum nie wieder allein."

„Ja."

Im Stillen war Mira darüber erstaunt, wie folgsam Konstantin die Geheimnisse seines Clan-Oberhaupts respektierte, ohne selbst neugierig zu werden. Wie hoch mochten Anzherus Strafen für Neugier sein? Oder wurde er tatsächlich so hoch geachtet, dass er nur etwas zu sagen brauchte und wirklich alle hielten sich bedingungslos daran?

Als Mira am zweiten Abend aufstand, hörte sie leise Stimmen im Erdgeschoss der Villa. Konstantin hatte den Fernseher eingeschaltet. Sie ging wieder in die Bibliothek und suchte etwas lustlos nach einem interessanten Buch. Wie es aussah, würde sie noch eine ganze Weile Zeit haben, alles in englischer und französischer Sprache zu lesen, was Anzheru besaß. Vielleicht würde er ihr ja sogar irgendwann eine dieser altertümlichen Sprachen beibringen, wenn sie nur brav genug war. Wobei...

Das Fenster der Bibliothek war nicht vergittert und sie befanden sich im Erdgeschoss. Wenn Konstantin nur lange genug abgelenkt war... Mira stand so leise wie möglich auf. Noch so eine Gelegenheit würde sie sicher nicht bekommen. Hastig öffnete sie das Fenster und schlüpfte nach draußen. Es war finster und bitter kalt. So schnell sie konnte, lief Mira am Gebäude vorbei und auf den Wald zu. Nach wenigen Sekunden erreichte sie die dichtstehenden Baumstämme. Tiefhängende Zweige und Sträucher rissen an ihren Kleidern. Plötzlich hatte sie das Gefühl, verfolgt zu werden. Das Unterholz wurde immer dichter. Es war so finster, dass sie die Wurzeln der Bäume nicht sehen konnte. Mira geriet ins Straucheln, ihr linker Fuß verfing sich in einer knorrigen Eichenwurzel und sie stürzte.

„Nicht dass du eine Chance gehabt hättest." Konstantin stand plötzlich über ihr und grinste selbstgefällig. Er packte ihren Oberarm, um sie auf die Füße zu ziehen. „Wir können dich riechen. Und davon abgesehen hat Anzheru dein Blut in sich, er würde dich sogar noch in fünfzig Kilometern Entfernung aufspüren."

Mira fluchte im Stillen. Ihre Situation war noch aussichtsloser, als sie gedacht hatte. Es war sinnlos, sich gegen Konstantins eisernen Griff zu wehren, aber sie versuchte es trotzdem. Er schien ihr allerdings nicht ernsthaft böse zu sein. Er zerrte sie zurück in die Villa und setzte sie im Bad ab, um sich den Dreck aus dem Gesicht zu waschen. Danach musste Mira mit ins Kaminzimmer und sich neben ihn auf das Sofa setzen. Der Fernseher lief noch. Sie schaute ihn eine Weile von der Seite an. Konstantin rührte sich nicht.

„Das war alles?", fragte Mira ungläubig.

„Ja." Der Vampir grinste. „Natürlich werde ich es Anzheru berichten. Es ist seine Sache, ob er dich bestraft."

Sie seufzte verärgert. Ob ihr Bewacher eine Ahnung hatte, wie fürchterlich es war, einem so viel stärkeren Wesen ausgeliefert zu sein? Konstantin wechselte den Sender. Es lief tatsächlich ein Film über Vampire. Mira folgte dem Gemetzel nur mit mäßigem Interesse.

„Ist das euer Bild von uns?" Er wirkte plötzlich ernsthaft interessiert. Mira warf ihm einen unsicheren Blick zu. Wollte er die Wahrheit hören?

„Naja… Es gibt einen ganzen Haufen Romane und Filme über Vampire. Es ist so ziemlich alles von blutrünstigen Monstern bis hin zu ritterlichen, wunderschönen Liebhabern dabei, die auch ja nicht töten."

Konstantin gluckste. „Liebhaber?"

„Ja, es gab da mal so eine Buch- und Filmreihe, in der sich ein Mädchen unsterblich in einen Vampir namens Edward verliebt, obwohl sie weiß, was er ist. Dummerweise mag sie auch einen Werwolf und es gibt eine Menge Ärger, aber am Ende ist wirklich alles wieder in Butter."

Der Vampir lachte laut auf. Es war das angenehmste Geräusch, das Mira seit Tagen gehört hatte.

„Ich erinnere mich, das war in der Menschenwelt so lange allgegenwärtig, dass selbst wir es mitbekommen haben." Er lachte wieder. „Wir haben einen Edward im Clan. Erwähne das bloß nie in seiner Gegenwart. Er ist immer noch sauer, weil wir ihn damit aufgezogen haben, dass er in der Sonne glitzern könnte."

Mira musste ebenfalls grinsen. Hatten Vampire etwa doch Humor? Nur aus Spaß fragte sie, was tatsächlich passierte, wenn sie in die Sonne traten.

„Wir zerfallen nicht sofort zu Staub, aber es ist nicht gerade angenehm. Irgendwann verbrennen wir langsam. Es kommt darauf an, wie alt und wie stark man ist. Gibt es noch mehr lustige Mythen?"

Mira zuckte die Achseln. Es erschien lächerlich nach Knoblauch zu fragen. „Wie reagiert ihr auf Silber?"

„Gar nicht", brummte Konstantin belustigt. „Ein Kreuz wird dir auch nicht helfen."

„Zu dumm, ich hatte schon angefangen, eins zu schnitzen", erwiderte Mira trocken. Darauf wäre sie gar nicht gekommen, wenn er es nicht angesprochen hätte.

„Da unser Ursprung menschlich war, scheiden religiöse Symbole als Waffen aus." Ihr Bewacher gab ihr einen Klaps auf die Schulter. Mira wurde hellhörig. „Menschlicher Ursprung?"

Konstantin schüttelte den Kopf. „Mehr weiß ich auch nicht. Hast du Familie?"

„Nein. Zumindest keine Blutsverwandten."

Tatsächlich schaute er sie etwas mitleidig an. Mira tat es mit einem Achselzucken ab. „Ich dachte, Vampire atmen nicht."

„Wir müssen es nicht, aber es ist physikalisch unmöglich zu riechen und zu sprechen, wenn man die Luft in den Atemwegen nicht bewegt."

Das war einleuchtend. „Und wie könnt ihr sonst noch sterben?"

„Köpfen hat noch keiner überlebt", sagte er trocken.

Mira schluckte. „Was hat es mit…"

„Jetzt darf ich mal wieder etwas fragen, Liebes." Konstantin stützte den Kopf auf. „Sucht bald jemand nach dir?"

Mira biss die Zähne zusammen. Darüber hatte sie sich noch gar keine Gedanken gemacht. Wenn der Universität auffiel, dass sie ihren Semesterbeitrag nicht gezahlt hatte, würde sie automatisch exmatrikuliert werden. Und Ester merkte vielleicht irgendwann, dass Mira sich überhaupt nicht mehr meldete. Aber… Vermissen würde sie wohl einzig und allein Jacky, ihre Partnerin für Hausarbeiten über Shakespeare und Sartre.

„Ehrliche Antwort", erinnerte er sie. Besonders geduldig war Konstantin jedenfalls auch nicht.

„Es gibt da eine Bekannte an der Uni…", begann Mira zögerlich.

„Eine? Das ist aber wenig. Ich dachte immer, Menschen wären geselliger."

„Ja, die meisten. Ich…"

„Ja?", bohrte er nach.

„In meiner Nähe ist den Leuten ständig etwas passiert. Wenn ich mich fernhalte und keine Freundschaften eingehe, passiert weniger bis nichts." Warum sie ausgerechnet mit diesem Vampir darüber redete, verstand Mira selbst nicht. Aber irgendwie tat es gut, diesen Gedanken zum ersten Mal in ihrem Leben laut auszusprechen.

„Ich verstehe…", sagte Konstantin schlicht. „Du hast dich also abgeschottet?"

Mira nickte. „Es ist nur eine Frage der Zeit, bis Anzheru sich das Genick bricht und du vor ein Auto läufst."

Der Vampir lachte, dann schenkte er ihr ein freundliches, aufmunterndes Lächeln. „Glaub mir, du bist nicht der einzige Mensch, der Unglück zu bringen scheint. Und wir sind dagegen immun. Keine Chance, uns loszuwerden."

„Wenn du das sagst." Mira fühlte sich zunehmend wohler mit ihrem Bewacher. Konstantin wirkte lässig und auf seine Art sogar ungefährlich.

„Jetzt bin ich wieder dran." Sie straffte ihre Rückenmuskulatur etwas. „Was hat es eigentlich mit euren Augen auf sich? Jetzt sind deine ja normal, aber wenn…" Sie zögerte.

„Du hast bei James und den anderen gesehen, dass sie sich verwandeln", stellte er fest. „Es war ihre Reaktion auf den Geruch von frischem Blut. Wenn man den Durst nicht unter Kontrolle hat, verwandelt man sich sofort."

„Dann tut ihr das also alle, bevor ihr… trinkt?"

„Ja und wenn wir kämpfen." In einer geschmeidigen Bewegung legte Konstantin sich auf den Rücken, sodass sein Kopf neben Miras Schoß lag. Seine schönen, grünen Augen nahmen das stechende, angsteinflößende Blau an, das Mira nur zu gut kannte. Sie zog die Knie an und legte das Kinn darauf ab. „Warum sind Anzherus Augen immer eisblau?"

„Daran erkennt man die Geborenen", lautete die Antwort. Ein paar Atemzüge lang schwiegen sie beide. Mira standen die Nackenhaare zu Berge. „Vampire können geboren werden?"

„Ja, es ist aber eine große Seltenheit." Er setzte sich wieder auf. „Ich kann verstehen, dass Anzheru für dich sogar noch unheimlicher ist als andere Vampire. Seine Augen warnen dich nicht vor seinem Durst."

Er tätschelte tröstend ihre Schulter. „Das hat mir auch Angst gemacht, als ich ihm zum ersten Mal begegnet bin. Ich wusste nicht, ob er mich im nächsten Moment angreift oder nicht. Und er ist definitiv stärker als ich."

Mira erwiderte nichts. Sie musste akzeptieren, dass der Vampir, der sie zu seiner Sklavin gemacht hatte, selbst nie ein Mensch gewesen war. Vermutlich waren Vampirkinder schon so stark wie zehn Männer. Anzheru konnte wohl kaum wissen, wie es sich anfühlte, zerbrechlich zu sein.

„Es ist ziemlich langweilig hier im Haus, oder?", nahm Konstantin das Gespräch wieder auf.

„Für mich nicht. Anzheru besitzt ein paar sehr interessante Bücher", erwiderte Mira tonlos. Konstantin schnaubte trotzig. „Lass uns hinüber zum Hauptquartier gehen. Die anderen interessiert bestimmt, wer du bist."

„Anzheru wollte mich ihnen nicht vorstellen."

„Er hat es mir nicht verboten." Der Vampir zwinkerte ihr zu. Mira war nicht wohl bei der Sache, aber ihr Bewacher ließ sich nicht beirren. Sie gingen zu Fuß. Mira hatte sich einen der dicken Pullover übergezogen. Allerdings betonte auch dieser ihre Figur sehr vorteilhaft. Etwas anderes hatte Anzheru überhaupt nicht ausgesucht.

„Du solltest da noch etwas wissen." Konstantins Stimme holte Mira aus der Erinnerung an den grotesken Einkaufsbummel in die Gegenwart zurück.

„Anzheru ist schon eine ganze Weile unser Clan-Oberhaupt, aber er hat sich immer noch keine Gefährtin genommen. Es gibt zwei Vampirinnen, die sich ernste Hoffnungen machen. Sie werden über deine Anwesenheit nicht besonders... erfreut sein."
Mira hob skeptisch die Augenbrauen. „Anzheru hält mich gefangen und wenn er gerade mal Durst hat, muss ich herhalten. Darauf kann man nicht wirklich eifersüchtig sein, oder sind Vampirinnen alle Masochistinnen?"
„Nein, das sicher nicht." Konstantin warf ihr einen sehr merkwürdigen Blick zu. Eine Mischung aus Überraschung und Belustigung lag darin. Mira ahnte, dass mehr dahinter steckte.

Das Hauptquartier des Nördlichen Clans schien von nahem genauso unveränderlich wie seine Bewohner. Das Gebäude musste mehrere Jahrhunderte alt sein, vielleicht das Herrenhaus einer sehr reichen norwegischen Familie, die längst ausgestorben war. Ähnlich wie in Anzherus Küche waren in der Eingangshalle Kombinationen aus alt und neu entstanden, bei denen jeder Innenarchitekt die Hände über dem Kopf zusammen geschlagen hätte. Neonröhren erhellten statt der leeren Kerzenhalter den Raum. Verrostete Schwerter zierten die linke Wand der Eingangshalle, daneben waren Scharfschützengewehre abgestellt worden. An der gegenüberliegenden Wand standen eine riesige Couch und einige Sessel von viktorianischem Stil bis hin zu Designerstücken, die man in aktuellen Hochglanzkatalogen finden konnte. Die wenigen Personen, die darauf saßen, beäugten Konstantin und Mira argwöhnisch. Er zupfte sie am Ärmel, als sie unwillkürlich langsamer ging.
„Ich grüße euch! Ich nehme an, die meisten sind hinten?", fragte er fröhlich. Einer der Männer nickte und schloss sich ihnen an. Auch eine der Frauen folgte ihnen auf dem Fuß.
„Das ist also Anzherus neues Haustier?"

Mira glaubte, ihren verächtlichen, eisigen Atem im Nacken spüren zu können, während sie an den Treppen vorbei gingen, die nach oben führten. Es kostete einiges an Kraft, sich nicht umzudrehen und die Vampirin anzufahren, wie sie es verdient hätte.

„Ich stelle sie gleich für alle vor, in Ordnung?" Konstantin gab sich unbeeindruckt. Gegen abwertende Ausdrücke nahm er Mira leider nicht in Schutz. Er öffnete ein schweres Holztor, das in einen Saal führte. Dieser hatte früher wohl einmal als Empfangs- halle für hohe Gäste gedient. Nun hockte dort ein ganzer Clan Vampire auf ähnlichen Möbelstücken wie in der Eingangshalle. Oder auf dem Schoß eines anderen Vampirs. Sie hatten die Stühle so gerückt, dass in der Mitte des Raumes eine recht große freie Fläche entstanden war. Im Hintergrund lief klassischen Musik. Das strahlend blonde Mädchen, das dazu tanzte, war atemberaubend. Sie war nicht nur wunderschön, sie schwebte elfengleich durch den Raum. Mira konnte sich nichts Vollkom- meneres vorstellen als dieses Vampirmädchen, das Ballett tanzte. Als sie die Neuankömmlinge entdeckte, kam sie auf sie zugeflogen. Ohne zu zögern, gab sie Konstantin eine kräftige Ohrfeige. Die Vampire lachten schadenfroh, aber Miras Bewa- cher nahm es ohne jede Gegenwehr hin.

„Kostja! Was fällt dir ein, mich warten zu lassen!"

„Ich bin auf Anzherus persönliche Anweisung hier. Ich habe mir eine Nacht Zeit gelassen, um sie zu beobachten." Er wies mit dem Kopf zu Mira hinüber. Dann schob er sie behutsam weiter nach vorn. „Diese Sterbliche hier ist Mira. Wem sie gehört, wisst ihr ja schon. Anzheru hat ihr sogar sein Siegel gegeben, kommt also nicht auf dumme Gedanken."

„Zu schade, dabei ist sie doch so ein Schätzchen."

Beim Klang dieser männlichen Stimme wurde Mira erst be- wusst, dass sie von wirklich allen gierig angestarrt wurde. Unwillkürlich schlang sie die Arme um den Oberkörper. Als ob sie das schützen könnte... Etwa fünfundzwanzig bis dreißig durstige Vampire hockten um sie herum. Zu welchem Zweck hatte Konstantin sie bloß her geschleift? Gerade tippte er mit Nachdruck auf die Stelle in ihrem Nacken, an der Anzheru sie markiert hatte. Ein Raunen ging durch die Reihen der Vampire. Die Frau, die ihnen aus der Eingangshalle gefolgt war, schnalzte missbilligend mit der Zunge, dann setzte sie sich zu einer anderen Vampirin auf einen samtenen Zweisitzer. Vor allem im Zusammenspiel waren sie unwiderstehlich schön. Die eine war groß und rothaarig, die andere brünett und etwas kleiner. Feine Züge, weich fallendes Haar und perfekt geformte Körper. Wahrscheinlich würden einige Menschen ihnen jeden Wunsch erfüllen, selbst wenn sie ihren hypnotischen Blick nicht benutzten. Mira war schleierhaft, warum Anzheru keine Gefährtin hatte, wenn er ständig von solchen Frauen umgeben war. Sie steckten die Köpfe zusammen und flüsterten leise miteinander. Worum es ging, wollte Mira jedoch lieber nicht wissen. Neben ihnen wirkten die anderen Vampire ein kleines bisschen unscheinbar, wenige sahen sogar recht normal aus. Abgesehen von ihrer fahlen, weißen Haut. Konstantin führte Mira weiter zu einer der Sitzgruppen, in denen noch reichlich Platz war. Die Tänzerin folgte ihnen in weichen, geschmeidigen Bewegungen. Etwas verkrampft setzte Mira sich neben ihren Bewacher. Das Mädchen nahm auf ihrer anderen Seite Platz.

„Mein Name ist übrigens Violetta." Sie durchbohrte Konstantin, der sich abgewandt hatte, mit ihrem Blick. „Er hat wirklich keine Manieren."

Er unterbrach sein Gespräch mit einem Mann, dem selbst im Sitzen anzusehen war, dass er ein wahrer Hüne sein musste. Konstantin warf Violetta ein entschuldigendes Lächeln zu. Offensichtlich waren die beiden schon länger ein Paar. Ihr Bewacher griff um Mira herum, um Violettas Gesicht zu streicheln, aber sie wich gerade weit genug zurück, damit er nicht an sie herankam.

„Nun erzähl Edward schon, was der Südliche Clan treibt, wenn du es nicht lassen kannst." Violettas Ton verriet, dass sie ihm bald verzeihen würde. Konstantin wandte sich glückselig wieder dem Hünen zu. Dieser Mann war also Edward. Ein über zwei Meter großer Vampir mit kurz geschorenen, dunklen Haaren und der Ausstrahlung eines Gladiators. Mira versuchte vergeblich, sich ein Grinsen zu verkneifen.

„Was ist so lustig, Blutsklavin?", fragte er mürrisch.

„Nichts." Sie wandte schnell den Blick ab. Anzheru hatte dieses Wort nie benutzt, aber es war bezeichnend für ihre Situation wie kein anderes. Violetta musterte sie von der anderen Seite. Auch einige andere Vampire warfen ihr immer wieder Blicke zu. Am meisten beunruhigten sie die beiden Grazien, die etwa fünfzehn Meter entfernt saßen. Sie waren ihr feindlich gesinnt, so viel stand fest.

„Ich besorge uns etwas zu trinken." Violetta erhob sich und ging hinüber zu einer breiten Theke. Sie war Mira dank der Balletttänzerin und den vielen auf sie gerichteten Augen gar nicht aufgefallen. Nach wenigen Augenblicken kehrte Violetta mit zwei bauchigen Gläsern zurück, in denen eine dunkelrote Flüssigkeit bei jedem ihrer eleganten Schritte hin und her schwappte. Mira drehte sich der Magen um.

„Das ist Wein", spottete Violetta bei Miras angewiderter Miene.

„Ihr trinkt Alkohol?" Verwundert nahm sie ihr eines der Gläser ab und probierte einen Schluck.

„Hin und wieder. Es verdünnt Blut. So zehren wir etwas länger von unserer Beute. Es wirkt natürlich besser, wenn der Mensch, von dem ich trinken will, vorher Alkohol trinkt."

Das war einleuchtend. Mira trank ihr Glas bewusst schneller aus, als gut für ihren Kopf war. Violetta hatte sichtlich ihren Spaß daran. Ob es etwas nützen würde, Anzheru im volltrunkenen

Zustand zu halten? Irgendetwas sagte Mira, dass er ihr diesen Gefallen nicht tun würde.

„Du bist keine Norwegerin, oder?", fragte die Tänzerin.

„Nein, Belgierin. Eigentlich wohne ich in Brüssel."

„Sag mal, Mira…" Violetta klang nachdenklich. „Hat Anzheru dir die Regeln erklärt?"

„Vio!" Konstantin warf ihr plötzlich einen erstaunlich drängenden Blick zu. Die Tänzerin erwiderte ihn ungerührt. „Denkst du nicht, es ist besser, ein bisschen Theater zu spielen, wenn Tristan herkommt?"

Mira sah verständnislos von einem zum anderen. Edward nahm nicht an der stummen Diskussion teil, worum auch immer es gehen mochte. Er schaute Mira aus seinen dunklen Augen an wie ein Raubtier auf der Lauer. Seine prankenartigen Hände lagen ruhig auf seinem Schoß, wahrscheinlich könnte er mit nur einer davon Miras Hals umfassen.

„Oder Asheroth?", fuhr Violetta unbeirrt fort. Dieser Name ließ die Vampire in Hörweite aufhorchen. Mira hatte noch nie von ihm gehört, aber es musste jemand Wichtiges sein.

„Na gut. Du hast Recht", gab Konstantin letztendlich nach. Violetta lächelte triumphierend. Mira spürte zarte kühle Finger, die ihre Hand ergriffen. Die Führung des Mädchens war so viel behutsamer als Anzherus Gezerre, sie dachte nicht einmal daran, sich zu widersetzen. Konstantin schüttelte den Kopf, aber Violetta blieb beharrlich. „Ich möchte ungestört sein."

Kaum merklich wies sie mit dem Kopf in Richtung der beiden Schönheiten. Konstantin verdrehte die Augen, aber er ließ sie ziehen. Sein Vertrauen in die kleine Tänzerin musste demnach grenzenlos sein.

Die beiden Mädchen gingen die Treppe in der Eingangshalle hinauf. Bei einem kurzen Blick zurück bemerkte Mira erneut die

Scharfschützengewehre. Aus Neugier fragte sie, wofür sie gebraucht wurden.

„Die Leibwache hat sie einmal ausprobiert, aber die Zielfernrohre lohnen sich bei unseren scharfen Sinnen nicht. Lass die Finger davon", warnte Violetta sie gut gelaunt. Sie erreichten die erste Etage. Die Anzahl der Türen allein in diesem Stockwerk ließ Mira vermuten, dass jeder Vampir seine eigenen Räume besaß.

„Wer sind Tristan und Ash…" Mira bekam den befremdlichen Namen nicht mehr zusammen.

„Asheroth." Violetta ging weiter zielstrebig über die langen Korridore des Herrenhauses. „Tristan ist das Oberhaupt des Westlichen Clans, das nächsten Monat zu Besuch herkommt. Also in nicht einmal zwei Wochen. Und Asheroth…" Ihr schien nicht wohl dabei zu sein, diesen Namen auszusprechen. „…ist ein Mann, dem du lieber gar nicht erst begegnest, aber man kann ja nie wissen."

Sie blieben stehen und Violetta öffnete die Tür zu ihrem Zimmer. Es war wesentlich hübscher eingerichtet als die Eingangshalle. Den größten Teil des Raumes nahm ein dunkel bezogenes Himmelbett ein. Außerdem besaß Violetta einen Kleiderschrank und einen Schminktisch mit einem riesigen Spiegel. Zwischen Schrank und Tisch befand sich noch eine Tür.

„Hast du etwa dein eigenes Bad?", fragte Mira überrascht.

„Ja." Violetta strahlte. „Ich teile es mit Tamara, aber das ist gut auszuhalten." Sie ließ sich rückwärts aufs Bett fallen. „Tamara ist übrigens die brünette Schönheit, die dich die ganze Zeit so argwöhnisch anstarrt und wenig schmeichelhafte Worte für dich erfindet. Die Rothaarige trägt den Namen Helena."

„Großartig, wenn der Antagonist einen Namen hat", brummte Mira. Violetta verzog das Gesicht. „Der was?"

„Entschuldige, vergiss es. Ich verstehe einfach nicht, warum die beiden so eifersüchtig sind."

„Na weil Anzheru, seit er dich hat, nur Zeit mir dir verbringt", erklärte die Vampirin, als ob das selbstverständlich auf der Hand läge. „Du hast keine Vorstellung, was die beiden darum geben würden, einmal das Bett mit ihm zu teilen. Nicht, um zu schlafen, versteht sich."

Darum ging es also. Mira schnaubte verächtlich. „Ich bin ihm vollkommen ausgeliefert, aber damit lässt er mich zum Glück in Ruhe. Das kannst du den beiden gerne ausrichten."

Violetta warf ihr einen erstaunten Blick zu. „Er zwingt dich nicht? Du kannst mir glauben, dass du wirklich noch großes Glück mit ihm als Herrn hast."

Mira tastete stumm nach dem Siegel in ihrem Nacken, das mittlerweile sauber vernarbt war. Dieser grässliche Bund bezog sich auf ihr Blut, nicht auf den Rest ihres Körpers. Die Vampirin setzte sich auf, ihre Miene wurde ernster. „Ich weiß, wie du dich fühlst. Meine letzten Wochen als Mensch war ich ebenfalls die Blutsklavin eines Vampirs."

Mira setzte sich gespannt zu ihr auf den Rand des riesigen Himmelbetts. Nun war ihr Interesse geweckt. „Was ist passiert?"

„Ich war siebzehn, als ich zum ersten Mal im Moskauer Staatsballett auftreten durfte. Es war Anfang des zwanzigsten Jahrhunderts das Großartigste, was einem Mädchen wie mir überhaupt passieren konnte. Nun, eines Abends nach der Vorstellung sprach mich ein Mann an. Ohne zu wissen, was er war, nahm ich seine Einladung an. Er wurde aufdringlich, aber ich wies ihn ab. Am nächsten Morgen bin ich in seinem Quartier beim Nördlichen Clan aufgewacht. Ich möchte dir die Details ersparen, aber er nahm sich alles mit Gewalt, was er von mir wollte."

Mira krallte die Finger fester um ihre Knie.

„Sein Name war Henry. Er war grauenhaft, aber niemand hielt ihn auf, weil er die rechte Hand von Stepan war, unserem alten Clan-Oberhaupt."

„Und Anzheru?"

„Er war zu diesem Zeitpunkt im Ausland. Er verstand sich überhaupt nicht mit Stepan. Und noch weit weniger mit Henry. Obwohl ich sein Siegel trug, wagte ein anderer Vampir namens Simar nach kaum zwei Wochen, mich zu verwandeln. Er sagte mir, ich solle mich wehren. Er hat gehofft, ich würde ihn aus Dankbarkeit lieben", fuhr Violetta fort.

„Wie hat Henry reagiert?"

„Er war völlig außer sich vor Wut. Er hat Simar in Stücke gerissen. Mich wollte er im nächsten Sonnenaufgang verbrennen. Ein paar Clan-Mitglieder waren dagegen, aber Stepan ließ ihn gewähren."

Mira biss die Zähne zusammen. Von den Gesetzen der Vampire wusste sie nur wenig, aber das alles klang so ungerecht. Wie konnte jemand einem so zauberhaften Mädchen etwas antun? Und zudem war Violetta doch nicht selbst an ihrem Schicksal schuld gewesen.

„Allerdings kehrte Anzheru vor jenem Sonnenaufgang überraschend zurück. Er verhinderte meine Hinrichtung und bat Tamara, mich unter ihre Fittiche zu nehmen. Sehr zum Ärger von Stepan. Es war schon öfter vorgekommen, dass Anzheru ihm widersprach und den Clan auf seiner Seite hatte." Sie machte eine kleine Pause, um ihre letzten Worte wirken zu lassen.

„Und dann?", fragte Mira gespannt.

„Henry griff mich bei der ersten Gelegenheit an. Er hatte nicht geahnt, dass Tamara mich verteidigen würde. Wir köpften ihn, eine andere Wahl hatten wir nicht. Du kannst dir vorstellen, dass es nicht mehr lange gedauert hat, bis Anzheru sich zwischen uns und Stepan stellen musste. Über seine Asche wurde er unser neues Clan-Oberhaupt."

Mira lief ein kalter Schauer über den Rücken. Da Anzheru als Vampir geboren worden war, hatte sie angenommen, er hätte den Clan einfach geerbt. Eine solche Regelung gab es offenbar nicht. Wenn es nötig war, war Anzheru also sehr wohl bereit dazu zu töten. Ein weiteres Mal tastete Mira nach seinem Siegel in ihrem Nacken.

„Hast du es noch? Das Siegel?", fragte sie tonlos. Violetta schüttelte den Kopf. „Henry ritzte es mir hier ein."

Zu Miras Entsetzen zeigte die kleine Tänzerin auf ihre makellose rechte Wange.

„Es hat ziemlich hässlich ausgesehen, also haben wir es entfernt. Tamara musste einiges an Haut mit dem Messer abschaben, aber ich habe nicht die geringste Narbe zurückbehalten."

Während Violetta völlig ruhig davon erzählte, wurde Mira übel. Entschuldigend tätschelte die Vampirin ihr Knie. „Keine Angst. Ich sehe keinen Grund dafür, dass du das über dich ergehen lassen musst."

„Hat es irgendeine Bedeutung, wohin ein Vampir sein Siegel ritzt?", fragte Mira unwirsch. Die Vampire hatten mit einem erstaunten Raunen reagiert, als Konstantin auf ihren Nacken getippt hatte.

„Nun…" Sie zögerte kurz. „Normalerweise gibt es da keine offizielle Regel, Blutsklavin ist Blutsklavin. Henry hatte offensichtlich vor, mich nur so lange zu behalten, wie er seinen Spaß hatte. Sonst hätte er wohl kaum mein Gesicht entstellt."

„Aber?", hakte Mira ungeduldig nach.

„Aber der Nacken ist die einzige Stelle, die noch für ein klein wenig Achtung steht. Das passt auch am ehesten zu Anzheru. Er quält Menschen nicht aus Vergnügen. Er nimmt dich ja noch nicht mal mit ins Bett, also heißt es: Dein Blut gegen seinen Schutz, solange du dich an die Regeln eures Bundes hältst."

Mira erschauderte „Und wie lange soll das so weitergehen?"

Violetta hob hilflos die Arme. „Das liegt in seinem Ermessen. Anzheru wird sich schon Gedanken um dich machen. Er ist sehr verantwortungsbewusst und wirklich ein guter Anführer. Er besitzt Eigenschaften, die kein anderes Oberhaupt je vertreten würde. Wenn es zum Kampf kommt, steht er an vorderster Linie. Wenn einer von uns einen Fehler macht, hat Anzheru Nachsicht."

„Aber nur euch gegenüber." Mira erinnerte sich gut an die Konsequenzen, wenn Anzheru ihr Verhalten missbilligte.

„Ich weiß…" Violetta schienen langsam die Argumente auszugehen. Aber was wollte sie eigentlich? Sie hatten sich nun ausführlich über ihre Vergangenheit und die Siegel unterhalten. Und immer wieder stellte Violetta heraus, dass Anzheru sich korrekt verhalten hatte. Das konnte nicht alles sein.

„Warum wolltest du mit mir alleine sein?", fragte Mira gerade heraus. „Von Anzheru schwärmen, darfst du doch sicher, wenn alle zuhören."

„Richtig." Sie legte sich wieder hin, dieses Mal allerdings auf die Seite und stützte sich auf den Ellbogen. „Ich möchte dich um einen Gefallen bitten."

Mira hob skeptisch die Augenbrauen. Die kleine Vampirin hatte plötzlich etwas Verschwörerisches an sich.

„Befehlen kann ich dir nicht. Anzheru hat dich mir nicht untergeordnet. Also muss ich bitten", fuhr Violetta unbeirrt fort.

„Worum?"

Sie atmete tief ein. „Es gibt ein paar recht… unangenehme Verhaltensregeln für Blutsklaven. In unserem Clan sind wir schon lange nicht mehr so erpicht darauf, aber andere Vampire schon. Tristan vom Westlichen Clan zum Beispiel. Ich möchte, dass du diese Regeln erlernst und bei dem Treffen streng befolgst, um Anzheru nicht in eine prekäre Situation zu bringen." Violetta fuhr sich mit den Fingern durch das blonde Haar.

„Prekär?"

„Wenn du dich unangemessen verhältst, muss er dich bestrafen und ich kann mir nicht vorstellen, dass Anzheru das möchte."

Daran hegte Mira Zweifel. Bisher hatte er nicht gezögert, sie zu schlagen oder zu beißen. Sie wurde langsam misstrauisch.

„Wenn Anzheru das für nötig hält, wird er es mir wohl noch befehlen. Warum ist dir das wichtig?"

„Er wird positiv überrascht sein, wenn du dich nicht sträubst und freiwillig richtig hinkniest. Für dich bedeutet das schlicht weniger Ärger mit ihm, also weniger Schläge." Violetta lächelte gewinnend. „Und ich habe seine Dankbarkeit. Das ist recht nützlich, wenn ich um seine Erlaubnis bitte, Kostja endlich zu meinem Gefährten zu machen." Ihr Lächeln wurde nun wirklich verschwörerisch. „Was hat Anzheru dir über dein Blut verraten?"

Mira erschien diese Frage völlig zusammenhangslos. „Er sagt, es kühlt nicht so schnell ab. Er nennt es die Gabe zu wärmen."

„Das ist nur die halbe Wahrheit." Sie zwinkerte. „Spiel brav mit und im Gegenzug verrate ich dir, was er dir vorenthält."

Mira bekam erneut ein flaues Gefühl in der Magengegend. Trotzdem nickte sie langsam.

„Gut knie dich auf den Boden. Wir fangen sofort an."

Das war allerdings unangenehm. Vor allem sich auf den Knien fortzubewegen, ohne die Hände zu benutzen, war auf die Dauer schmerzhaft, da es in Violettas Zimmer keinen Teppich, sondern Parkettboden gab. Die kleine Vampirin erwies sich als geduldig aber auch unnachgiebig. Das Hinknien an sich war für sie wohl eine Kunstform. Nach weit mehr als einer Stunde setzte Mira sich einfach normal hin und rieb sich die schmerzenden Glieder.

„Nur fünf Minuten. Wir haben noch viel Arbeit vor uns." Violetta machte mit Leichtigkeit ein paar Schritte auf den Zehenspitzen, während sie das sagte.

„Solange ich das da nicht auch lernen muss", erwiderte Mira trocken und wies auf die überstreckten Gelenke der Vampirin. Sie trug dunkle Spitzenschuhe, in denen ihre Füße zart und fragil wirkten.

„Nein, keine Angst." Violetta grinste. „Um Spitze perfekt zu beherrschen, musste ich Jahre lang üben. Dafür haben wir leider keine Zeit und außerdem bist du sowieso schon ziemlich groß. Wenn du auch noch auf den Zehenspitzen stehst, überragst du Anzheru und das darfst du nicht."

„Ach was?"

Violetta nickte. „Andererseits bricht bald der Tag an. Kostja wird dich bestimmt gleich abholen. Für heute bist du entlassen." Mira atmete erleichtert auf. Als sie etwas ungelenk aufstand, öffnete sich die Tür zum Badezimmer von innen.

„Vio, hast du meine…" Tamara brach mitten in ihrer Frage ab, als sie Mira erblickte. Ihre kühlen Augen wanderten zu der kleinen Tänzerin hinüber. „Sie ist noch da?"

„Wir haben uns ein wenig unterhalten", gab Vio zur Antwort. Die blendend schöne Vampirin schüttelte missbilligend den Kopf. Sie schien Mira wirklich für ihre bloße Anwesenheit zu hassen.

„Ich bin gespannt, wie lange es dauert, bis Anzheru dir aus Versehen ein paar Knochen bricht", sagte Tamara mit einem gehässigen Grinsen. „Dein Blut mag köstlich sein, aber seinen übrigen Wünschen bist du im Leben nicht gewachsen."

„Du musst es ja wissen", knurrte Mira ohne darüber nachzudenken. Eigentlich gab es keinen triftigen Grund für Tamaras Eifersucht, aber ihr herablassender Tonfall und ihre geringschätzige Miene trieben Mira langsam zur Weißglut. Vio starrte sie entsetzt an. Sie hätte wohl besser nichts erwidert. Tamara bleckte die Zähne. „Oh, da hält sich jemand für besonders mutig. Wie schön. Dann muss ich ja nicht einmal lange darauf warten, dass wir dich schreien hören, wenn er dir mit der Peitsche das Fleisch von den Knochen trennt."

Diese Vampirin schien sich ihrer Sache verdammt sicher zu sein. Sie machte auf dem Absatz kehrt und verschwand wieder in ihr Zimmer. Violetta zog es vor, über diesen Vorfall zu schweigen, und brachte Mira nach unten in die Eingangshalle des Hauptquartiers, in der Konstantin sie bereits erwartete.

5. Suche

Anzheru hatte Aberdeen planmäßig erreicht. Die Festung des Ältestenrats der Vampire lag einige Kilometer außerhalb der schottischen Hafenstadt. Menschen kamen normalerweise nicht her, da die Festung offiziell unter Denkmalschutz stand und das Betreten verboten war. Niemand sollte ahnen, wer sich hinter diesen mächtigen Mauern verbarg. Anzheru näherte sich dem Haupttor, wobei er trotz des andauernden Nieselregens seine Kapuze abstreifte. Von außen waren die Vampire, die das Tor bewachten, nur schwer zu erkennen. Aber er wusste, dass sie da waren und jeden seiner Schritte genau beobachteten. Das Tor wurde geöffnet, als er noch etwa zwanzig Schritte entfernt war. Ein relativ zierlicher Mann stand bereit, um ihn in Empfang zu nehmen. Es gab wohl keinen anderen Vampir unter den Leibwächtern der Ältesten, dessen Statur und Aussehen so sehr über seine wahren Fähigkeiten hinwegtäuschten. Kein Mensch würde ihm je misstrauen. Sein Name war Charles, Anzheru kannte ihn schon beinahe sein ganzes Leben lang.

„Willkommen, Anzheru. Was verschafft uns die Ehre?", fragte Charles mit einem strahlenden Lächeln. Anzheru erwiderte seine herzliche Begrüßung. „Es freut mich, dich zu sehen. Ich muss in die Bibliothek."

Der Leibwächter begleitete ihn bis zum Hauptgebäude. „Wie lange wirst du bleiben?"

„Höchstens drei Nächte."

Charles nickte fröhlich. „Ich bin ab jetzt für die Westmauer eingeteilt. Wir sehen uns dann."

Anzheru schaute ihm kurz nach, dann begab er sich über die schwach erleuchteten Korridore in die Bibliothek der Festung. Im Stillen überlegte er, ob er Charles überhaupt ins Vertrauen ziehen wollte. Tiefe Freundschaft verband sie, doch Rechenschaft und Loyalität schuldete der Leibwächter den Ältesten.

Diese fünf Vampire existierten bereits über zweieinhalb Jahrtausende und es barg immer ein gewisses Risiko, ihnen gegenüber Preis zu geben, dass man sich im Besitz von Begabten befand. Zum Glück war derzeit keiner von ihnen persönlich anwesend, sodass Anzheru fürs erste ungestört war. Die Bibliothek selbst wurde nicht von den rund fünfundzwanzig Leibwächtern der Ältesten bewacht.

Es dauerte etwa achtundvierzig Stunden, bis Charles sich zu ihm an den großen Lesetisch gesellte. Da er sich noch mit einem Handtuch die Haare abtrocknete, hatte es wohl mindestens die letzten Stunden seiner Schicht über geregnet. Mittlerweile türmten sich ganze Stapel von Büchern vor Anzheru. Seine Suche war bis jetzt einfach nur frustrierend gewesen. Es gab ein paar wenige Aufzeichnungen über Begabte, doch jede Quelle behauptete etwas anderes bezüglich ihrer Fähigkeiten und der Entwicklung ihrer Stärke, vom Ursprung der Gabe ganz zu schweigen.

„Wonach suchst du?", fragte Charles neugierig, als er sich auf einen der alten hölzernen Stühle setzte. Anzheru stützte missmutig das Kinn auf. Wenn er nicht völlig ergebnislos abreisen wollte, musste er seinen alten Freund wohl doch informieren.

„Irgendetwas ist anders an dir", stellte der Leibwächter unvermittelt fest. Ohne zu zögern, streckte er die Hand nach Anzheru aus und drückte sie kurz gegen seinen Brustkorb. Miras Blutwärme hatte sich weitgehend aufgezehrt, doch einen kleinen Temperaturunterschied gab es noch zwischen ihnen. Charles musterte ihn eindringlich. „Dir ist jemand Besonderes begegnet?"

Anzheru nickte langsam.

„Und du lässt denjenigen einfach bei deinem Clan zurück?" Der Leibwächter hob skeptisch die Brauen.

„Sie trägt mein Siegel. Außerdem habe ich sie unter die Aufsicht eines Freundes gestellt, der mein volles Vertrauen hat", entgegnete Anzheru. „Ihr wird nichts geschehen."

„Ach, es ist eine Frau?" Nun lehnte sich Charles gespannt nach vorn. Anzheru zuckte mit den Schultern. „Was spielt das schon für eine Rolle? Weißt du, was hiervon stimmt und was nicht?" Er wies auf die vielen Bücher.

„Nicht vieles. Begabte entwickeln sich nun einmal sehr unterschiedlich. Manche auch gar nicht." Charles schüttelte bedauernd den Kopf. „Die Entstehungsgeschichten sind ebenfalls an den Haaren herbei gezogen. Es ist schlicht und ergreifend erblich."

„Weißt du Näheres darüber?", fragte Anzheru interessiert. Das Wissen des Leibwächters war in dieser Sache wesentlich glaubhafter als die altertümlichen Aufzeichnungen. Charles zuckte mit den Schultern. „Mehr als zehn oder elf Familien behält der Rat, glaube ich, nicht im Auge. Du weißt, was das bedeutet."

Der Geborene nickte bedächtig.

„Das einzig klare sind wieder einmal unsere Gesetze. Niemand darf einem anderen Vampir seine Begabten stehlen und es ist verboten, ihr Blut gewaltsam stärker zu machen."

„Ein paar dieser Aufzeichnungen lesen sich trotzdem wie Folterberichte." Anzheru verzog angewidert das Gesicht. Niemals wäre er auf die Idee gekommen, Mira immer wieder kopfüber aufzuhängen oder ihr stellenweise die Haut abzuziehen, damit sich ihr Blut zur Wehr setzte. Er bezweifelte, dass diese Methoden überhaupt dazu führten, dass ihr Blut stärker wurde. Es war einfach passiert, als sie in Oslo Kleider für sie eingekauft hatten und hatte somit Kyrill in ihre unmittelbare Nähe gelockt. Darüber brauchte er mit Charles überhaupt nicht zu sprechen.

„Magst du sie mir beschreiben?", fragte der Leibwächter wieder mit einem neugierigen Lächeln.

„Ehm, nun…" Anzheru zögerte.

„Ja?"

„Sie ist fast so groß wie ich. Schwarzes Haar, dunkle Augen… und ziemlich schlank."

Charles schmunzelte. „Mehr nicht? Hat sie einen Namen?"

„Mira. Und sie ist alles andere als anschmiegsam", brummte Anzheru. Darüber hatte er eigentlich nicht sprechen wollen.

„Ist sie freiwillig mit dir gegangen?"

„Nein." Welcher Mensch würde das je tun, wenn er in die Augen eines geborenen Vampirs sah?

„Dann darfst du dich nicht darüber wundern, dass sie Widerstand leistet." Charles stützte den Ellbogen auf.

„Es wundert mich nicht, aber es stört." Anzheru räumte die Bücher zusammen, wobei der Leibwächter leise schnaubte. Offenbar versuchte er, sich das Lachen zu verkneifen. „Wenn ich mich recht erinnere, sind zu fügsame Frauen doch sowieso nicht dein Fall."

„Darum geht es nicht", knurrte Anzheru. Sein alter Freund hatte zwar Recht, aber das wollte er nicht zugeben.

„Nein? Du hast Mira einzig und allein wegen ihrer Gabe in dein Haus geschleift? Nicht weil sie dir gefällt?"

In dieser Frage war Anzheru sich nicht mehr ganz sicher, seit sich das Mädchen ängstlich in seine Jacke geklammert hatte. Ein wenig Vertrauen schien sie ihm doch entgegenzubringen. Miras herrlicher Geruch und vor allem die Wärme ihres Blutes fehlten ihm zunehmend.

6. Vermutung

Konstantin war mehr als erstaunt. Er hatte erwartet, dass Mira sich weigern würde je wieder ins Hauptquartier zu gehen, nachdem sie Bekanntschaft mit Tamara gemacht hatte. Er hatte sie nicht nur aus Langeweile den anderen Vampiren vorgestellt, sondern um Mira zu zeigen, wie sich der Clan in ihrer Gegenwart verhielt. Außerdem hatte er darauf gehofft, dass ihn seine geliebte Vio in der Villa besuchen würde, um ein paar schöne Stunden mit ihm zu verbringen, solange die Vampire bei Tageslicht ruhten. Weder das eine noch das andere trat ein. Mira drängte am nächsten Abend geradezu darauf, ins Herrenhaus zurückzukehren und Vio hatte ihm kein bisschen Aufmerksamkeit geschenkt. Die beiden Mädchen verschwanden im Herrenhaus wieder nach oben und in Vios Zimmer. Etwas enttäuscht setzte Konstantin sich zu Edward, Helena und Viktor, die Karten spielten.

„Na, hast du Sehnsucht nach deiner kleinen Fee?" Helena besaß ein großartiges Talent dafür, zielsicher in Wunden zu bohren. Konstantin zuckte die Achseln. Ihm war nicht danach, sich auf ihren Spott einzulassen.

„Konstantin hat schlechte Laune. Das hat Seltenheitswert." Edward klopfte ihm auf die Schulter. „Keine Sorge. In ein paar Stunden hast du die Kleine wieder ganz für dich. Anzheru hat mich angerufen. Ich werde gegen Mitternacht zum Flughafen fahren, um ihn abzuholen. Nach drei Nächten wird er sein Mädchen wohl für sich allein haben wollen."

„Ich will mir das nicht vorstellen müssen!", fauchte Helena ihn ungeduldig von der Seite an.

„Meine Güte… Falls du je von ihm ablassen kannst, weißt du, wo du mich findest." Edward ließ eine ihrer roten Haarsträhnen durch die Finger gleiten, doch sie zog ruckartig den Kopf weg.

Viktor verdrehte entnervt die Augen. Konstantin stellte schmunzelnd fest, dass es nach seiner langfristigen Spionage in Spanien schön war, wieder zu Hause zu sein.

Ein Stockwerk darüber übte Mira erneut, den Kopf im richtigen Winkel zu halten, wenn sie kniete. Angeblich musste es unterwürfig und hübsch zugleich aussehen, aber Violetta hatte gut reden. Sie kostete es keinerlei Mühe, hinreißend zu sein.
„Was musst du beachten, wenn du neben Anzheru stehst?"
Das hatte Mira sich merken können. „Mein Kopf darf nicht höher sein als seiner." Das würde bei dem geringen Größenunterschied zwischen ihnen allerdings schwierig werden.
„Und was tust du, wenn er dich berührt?", fragte die Vampirin weiter.
„Ich darf nicht zurückweichen."
„Wann darfst du sprechen?"
Dieser Punkt ärgerte Mira am meisten. „Wenn er mich dazu auffordert", presste sie zwischen den Zähnen hervor.
„Und das explizit. Sehr gut. Wenn wir weiter so gut vorankommen, meisterst du das Treffen mit Tristan mit links." Violetta schenkte ihr ein wunderschönes, zuversichtliches Lächeln und drückte ihren Kopf noch etwas mehr nach unten. „Du musst dir nur noch abgewöhnen, andere Vampire so direkt anzusehen, wie du gestern Edward gemustert hast. Das empfinden die meisten als anmaßend."
Mira wurde langsam ungeduldig. Sie erhob sich wieder und rieb sich den schmerzenden Nacken. „Was hast du mit halber Wahrheit gemeint?"
Violetta ließ sich auf dem Hocker vor ihrem Schminktisch nieder. „Nun… Es ist wohl eher eine Vermutung."
Mira fluchte innerlich. „Was?"

„Menschen mit der Gabe zu wärmen gibt es immer mal wieder. Natürlich sind sie selten, aber wenn Anzheru nicht eine Vermutung hätte, würde er nicht so einen Aufwand betreiben, um dich zu schützen."

Dieses Mädchen machte einen wahnsinnig. Lässig schlug Violetta die Beine übereinander. „Es heißt, wenn ein Mensch mit dieser Gabe sehr stark ist, kann er als einer von uns immer noch warm sein, das heißt, für immer warm bleiben."

Mira wusste nicht, was sie erwidern sollte. Sie brauchte eine Weile, um über die Worte der Vampirin nachzudenken.

„So jemanden nennt man Tageswandler. Ihm macht die Sonne nichts aus. Nicht einmal beim Sonnenaufgang, der für jüngere Vampire den sofortigen Tod bedeutet", erklärte Vio seelenruhig.

„Ein Vampir mit warmem Blut?" Es klang unglaublich.

„Ja. Du kannst nicht wissen, was das für uns bedeutet. Wärme zu spüren ist laut den Erzählungen derjenigen, die dieses Glück einmal hatten, unermesslich schön. Es gibt da sogar eine kleine Geschichte von einem Liebespaar. Ein Vampir namens Achilleas fand genauso eine Sterbliche. Er hielt sie lange versteckt, deshalb kennen wir ihren Namen nicht. Er verwandelte sie. Andere Vampire wollten sie auch, aber nur, weil ihr warmes Blut ihnen sehr viel Kraft verschaffte. Obwohl Achilleas sehr mächtig war, konnte er sie nicht beschützen. Sie wurde getötet."

Das flaue Gefühl in ihrer Magengegend meldete sich heftiger denn je zurück. Mira musste sich setzen. „Ich wäre bestimmt kein Tageswandler."

„Wie kannst du dir da so sicher sein?" Vio klang überrascht.

„Ich bin nicht stark." Sie zog die Knie an. Das durfte nicht sein. Um keinen Preis der Welt wollte sie eine Vampirin werden, die von allen anderen gejagt wurde, weil sie sich von ihrem Blut Macht versprachen. Hoffentlich hatte Anzheru nicht die Absicht, es darauf ankommen zu lassen. Lieber würde Mira sofort sterben.

„Vielleicht weißt du es nur noch nicht." Das sollte wohl ein Aufmunterungsversuch von Violetta sein. Mira seufzte.

„Verzeih, ich wollte dir keine Angst machen", entschuldigte sich die kleine Vampirin. Mira wollte nichts dazu sagen. Stattdessen fragte sie, was aus Achilleas geworden war. Vio senkte den Kopf ein kleines bisschen. „Ohne sie ergab seine Existenz wohl keinen Sinn mehr, er wollte sterben. Die Sonne konnte ihm jedoch nichts mehr anhaben, weil ihre Nähe ihn sehr stark gemacht hatte. Er musste einen anderen Weg finden zu sterben, um wieder bei ihr zu sein. Angeblich hinterließ Achilleas in einem der Steine, die er benutzt hatte, um ihren Körper zu bedecken die Inschrift: *Ich schwöre Ich werde einen Weg finden.* Aber das klingt meiner Meinung nach ein wenig zu kitschig für einen männlichen Vampir. Das wurde bestimmt nur von einer sehr einsamen Vampirin dazu erfunden."

Mira hatte das Gefühl, unter ihr würde der Boden aufbrechen und sie verschlingen. Violetta wusste nicht, dass jener Stein wirklich existierte, geschweige denn dass er versteckt in ihrer Kommode in Anzherus Villa lag.

„Da niemand Achilleas je wieder gesehen hat, hat er wohl Wort gehalten." Die Vampirin warf ihr einen mitleidigen Blick zu. „Wir wissen, dass es Tageswandler gegeben hat. Man kann sich bei keinem Begabten sicher sein, aber die Versuchung ist eben groß, wenn man erst einmal einen gefunden hat. Vor allem wenn derjenige dermaßen verführerisch riecht wie du."

Mira begann, heftig zu zittern. „Wie viele Menschen wurden denn verwandelt und haben diese… Erwartung dann doch enttäuscht?"

„Das weiß ich nicht." Sie lauschte und hörte offenbar Schritte, die sich näherten. „Konstantin kommt zu uns. Er wird dich holen wollen."

Mira nickte langsam. Fast drei Nächte lang war Anzheru fort gewesen. „Er wird durstig sein, oder?"

„Wahrscheinlich ja. Ich will dir keine falschen Hoffnungen machen. Sei lieb zu ihm. Vielleicht verschafft dir das Aufschub."

„Ich habe gestern versucht abzuhauen", flüsterte Mira, wobei ihr jegliche Farbe aus dem Gesicht wich. Violetta verzog ihrerseits das Gesicht. „Egal, was er macht, halt still", wisperte sie, bevor es laut an die Tür klopfte. Konstantin trat ein, ohne Violettas Reaktion abzuwarten, und winkte Mira zu sich. „Die Leibwache holt Anzheru vom Flughafen ab. Du musst in der Villa sein, wenn er zurückkommt."

Vio erhob sich und schmiegte sich an Konstantins Seite. „Denkst du, du hast dann Zeit für mich?"

„Wenn Anzheru keine Aufgaben mehr für mich hat, vielleicht", sagte er mit erstaunlich kühler Miene.

„Vielleicht?" Sie warf ihm einen trotzigen Blick zu und schob die Unterlippe ein klein wenig vor. Konstantin erwiderte nichts, aber er würde diesem Angebot wohl kaum widerstehen. Mira kämpfte sich derweil etwas mühsam auf die Beine.

„Meine Güte, was habt ihr die ganze Zeit gemacht? Sie ist ja völlig erschöpft." Konstantin löste sich aus Vios Umarmung und stützte Mira auf den Korridor hinaus.

„Es geht mir gut. Keine Sorge." Sie kämpfte mit aller Kraft gegen das Schwindelgefühl in ihrem Kopf an. Ein wesentlicher Bestandteil ihrer Abmachung mit der kleinen Balletttänzerin war, dass sie beide schwiegen. In der Villa verschwand Mira sofort unter die Dusche, um sich aufzuwärmen. Sie lehnte die Stirn gegen die kühlen Fliesen, um einen klaren Gedanken fassen zu können. *Sei lieb zu ihm, vielleicht verschafft dir das Aufschub.* Was genau verstanden Vampire unter lieb sein? Nach der Dusche wickelte Mira sich in eines der großen beigen Handtücher. Eilig huschte sie über den Flur in ihr Gästezimmer. Während Violetta sie ständig angefasst hatte, hatten sie festgestellt, dass ihre Fingerspitzen langsam aber sicher warm geworden waren. Falls Anzheru nur Wärme wollte, brauchte Mira ihm folglich nur nahe zu sein. Aber auch das barg eine gewisse Gefahr. Sich direkt beißen lassen oder riskieren, dass Anzheru auch noch ihren Körper wollte. Beides waren keine besonders aussichtsreichen Alternativen. Als Mira sich Unterwäsche heraussuchte, holte sie auch den Stein mit der Inschrift aus der Kommode hervor. Achilleas' Inschrift… Wie war dieser Stein bloß in den Besitz ihrer Eltern gelangt? Wie auch immer es dazu gekommen war, es war besser, ihn weiter zu verstecken. Wenn Mira versuchte, ihn loszuwerden, würde es bestimmt auffallen. Anzheru hatte ihre Hosentaschen nicht durchsucht, als er sie verschleppt hatte, er würde hoffentlich auch nicht in ihrem Zimmer herumschnüffeln. Der kühle, flache Stein verschwand in der untersten Schublade hinter den Socken. Die Haustür öffnete sich. Stimmen waren im Haus zu hören. Wie lange hatte Mira bloß geduscht? Hastig zog sie eine Jeans und eine weiße Bluse an. Ihre Haare auszukämmen dauerte eine Ewigkeit, aber bis jetzt rief noch niemand nach ihr.

Anzheru blieb mit seiner Leibwache, bestehend aus Edward und Viktor, in der geräumigen Diele stehen. Konstantin lehnte am Türrahmen zum Kaminzimmer und erwartete sie gespannt.
„Was hat Tristans kriecherischer Diener gewollt?" Edward traute niemandem aus dem Westlichen Clan und dem Mann, der Anzheru vor ein paar Minuten angerufen hatte, schon gar nicht.
„Tristan möchte unser Treffen nach Oslo verlegen", sagte Anzheru nachdenklich. „Wie es scheint, ist es ihm zu unsicher, mich hier aufzusuchen, da ich neulich eine kleine Auseinandersetzung mit seinen Vampiren hatte."
„So viel zum Thema Diplomatie." Viktor verschränkte die Arme vor der Brust.
„Er hat noch nichts Verwerfliches getan." Anzheru bedachte ihn mit einem warnenden Blick. Viktor war ein sehr impulsiver

Vampir. Bei Streitereien im Clan ließ er keine Gelegenheit aus, seine Kräfte mit anderen zu messen.

„Es ist verdammt unhöflich, unsere Gastfreundschaft abzulehnen. Und außerdem ist es so viel gefährlicher. Wer weiß, wie viele seiner Ratten er mit nach Oslo bringt?", fragte Edward entrüstet.

„Er sagte fünf und seine derzeitige Sterbliche." Anzheru wahrte seinen ruhigen Tonfall. Edward stöhnte entnervt auf. Ein leises Geräusch auf dem oberen Absatz der Treppe ließ die Vampire aufhorchen. Mira sah sie von dort aus vorsichtig an. Ihr Blick blieb an Anzheru hängen.

„Willst du etwa *sie* mitnehmen?" Edward wies unwirsch in ihre Richtung.

„Ich habe keine Wahl. Der Ältestenrat hat Regeln für Konflikte zwischen den Clans festgelegt und ich werde sie nicht brechen", erwiderte Anzheru, wobei er versuchte, Miras seltsamen Blick zu deuten. „Wir müssen zahlmäßig ausgeglichen sein. Und wenn er seine Sterbliche mit herbringt, muss ich das auch."

„Dann sorg dafür, dass sie sich bis dahin benehmen kann!" Edward wies ein zweites Mal energisch in ihre Richtung.

Mira lauschte dem Gespräch mit einigem Unbehagen. Ein Treffen außerhalb des Clan-Geländes war in Vios Plan nicht vorgesehen, aber bestimmt wusste sie Rat.

„Sicher, ich sorge dafür." Anzheru warf ihr einen durchdringenden Blick zu. „Lasst uns jetzt allein."

Mira fröstelte ein wenig, es klang wie eine unheilvolle Drohung. Konstantin löste sich vom Türrahmen und blieb neben Anzheru stehen, während die anderen das Haus verließen.

„Sie hat einmal versucht wegzulaufen. Es war schon fast langweilig." Er lächelte schelmisch. „Und sie hat übrigens noch nie einen Mann an sich herangelassen, falls das wichtig ist."

Mira spürte augenblicklich, dass sie rot wurde. Das hatte sie überhaupt nicht gesagt! Aber Konstantin hatte es wohl aus ihrem Gespräch zwei Nächte zuvor schließen können. Sie biss sich auf die Unterlippe. Hoffentlich war ihr Marktwert gerade nicht noch weiter gestiegen.

„Grüße Violetta von mir", sagte Anzheru nur. Konstantin senkte ergeben den Kopf und ging.

Anzheru forderte das Mädchen mit einer Geste auf, zu ihm zu kommen. Gegen seinen Willen hatte sie ihm während seiner Reise irgendwie gefehlt. Sie roch so gut. Ihr Haar war noch feucht von der Dusche. Am liebsten hätte er noch eine Ewigkeit ihren Duft in sich aufgesogen. Er wusste, wie sich ihre Haut anfühlte, wenn sie Angst hatte, aber wie mochte es sein, wenn Mira sich nicht fürchtete? Anzheru straffte sich. Weder war jetzt Zeit dafür, noch fühlte sie sich in seiner Gegenwart sicher. Ihr Herzschlag verriet ihre Angst. Sie gingen ins Kaminzimmer hinüber. Hier würden sie reichlich Platz haben. Mira verzog die Mundwinkel, als versuchte sie zu lächeln. „Was muss ich tun, damit wir diese Verhandlung mit Tristan unversehrt überstehen?"

„Einiges. Es geht nicht nur um uns persönlich. Wir stehen kurz vor einem Krieg mit dem Westlichen Clan, weil sie auf unserem Territorium gejagt und noch ein paar andere Regeln verletzt haben."

Mira nickte aufmerksam. „Krieg heißt auch bei Vampiren, dass es viele Tote und Verletzte geben wird, oder?"

„Ja. Es würde darauf hinauslaufen, dass einer der involvierten Clans mehr oder weniger ausgelöscht wird", erklärte Anzheru sachlich. In ihrem Gesicht spiegelte sich daraufhin tatsächlich ein wenig Sorge. Das überraschte ihn allerdings. Anzheru hatte erwartet, Mira mit Gewalt aus dem Gästezimmer schleifen zu müssen, aber sie war freiwillig zu ihm herunter gekommen. Sie sträubte sich nicht, als er verlangte, dass sie sich hinknien sollte und sie zuckte bei Weitem nicht so heftig zurück wie sonst, als er ihren Kopf berührte. Mira gab sich wirklich Mühe, aufs Wort zu gehorchen. Da stimmte etwas nicht.

„Wenn du mich in Tristans Gegenwart ansprechen solltest, nennst du mich Gebieter und nicht beim Namen." Anzheru hatte vermutet, dass Mira wütend auf diese Forderung reagieren würde, doch sie nickte nur stumm. Er entschied, die Probe aufs Exempel zu stellen.

„Kommen wir noch kurz auf deinen Fluchtversuch zurück, bevor wir näher auf deine Verhaltensregeln eingehen", setzte er in einem ausdruckslosen Ton an. Nun begann Mira doch zu zittern. Sie kniete auf dem Kaminvorleger und schaute verängstigt zu ihm auf.

„Habe ich dir erlaubt, den Kopf zu heben?" Anzheru hob die Augenbrauen zu einem strengen Fragezeichen. Bebend heftete das Mädchen den Blick wieder auf das dunkle Bärenfell unter ihr.

„Alte Bekannte von mir pflegen, ihren Blutsklaven pro Fluchtversuch einen Zeh abzuschneiden." Er selbst verabscheute diesen Umgang mit Sterblichen, aber die Erzählung war nützlich, um Mira aus der Reserve zu locken. Sie krallte die Finger bereits wieder fest in das Fell. Er stellte sich hinter sie und betrachtete ihre Füße, die logischerweise überstreckt auf dem Boden auflagen. Miras Herz raste, doch sie bettelte noch nicht um Gnade. Ihre Beherrschung war wirklich bemerkenswert. Anzheru berührte ihr kohlrabenschwarzes Haar, das zu einem hoch angesetzten Zopf gebunden war.

„Was denkst du? Warum sollte ich davon absehen?" Er spürte, dass sich die feinen Härchen in ihrem Nacken aufstellten, als er darüber strich. Mira beugte sich weiter vor, um seine Hand loszuwerden. Ihre Ellbogen berührten schon beinahe den Boden.

„Verzeih mir, Gebieter", flüsterte sie aufgeregt. Das war nicht, was er hören wollte. Diese Drohung genügte offenbar noch nicht, um sie zum Reden zu bringen. Anzheru schob den linken Fuß in ihre Seite, bis sie sich gezwungener Maßen von den Knien auf die Seite rollte. Mira starrte mit weit aufgerissenen Augen geradeaus in den erloschenen Kamin. Anzheru senkte die Schultern ein wenig, ohne dass sie es bemerkte. Es kostete Überwindung, den drohenden Tonfall beizubehalten. „Du hast Glück, denn in den kommenden Tagen wirst du dich viel bewegen müssen. Daher werde ich von einer solchen körperlichen Bestrafung absehen."

Mira zog die Arme enger an den Körper, als er sich über sie kniete.

„Ein Tag in Ketten und nackt auf dem Dachboden sollte den gleichen Effekt haben, meinst du nicht auch? Oder soll ich dich lieber hier unten behalten, wo ich dich sehen kann? Sag du es." Anzheru legte die Fingerspitzen unter ihr Kinn, um ihr Gesicht ein wenig zu sich zu drehen. Sie war so warm. Mira atmete kaum, während sie nach einer Antwort suchte. Ein leichtes Zucken ihrer rechten Braue verriet, dass ihr eine Idee gekommen war.

„Weder noch, Gebieter", brachte sie stockend hervor. Anzheru hasste diese förmliche Anrede aus ihrem Mund jetzt schon, aber er durfte sich nichts anmerken lassen.

„Ich habe eingesehen, dass es sehr dumm von mir war, fliehen zu wollen", fügte sie nun mit etwas festerer Stimme hinzu. „Ich hätte mich sowieso verlaufen oder wäre diesem unheimlichen Vampir mit der durchschimmernden Haut begegnet. Dann gehöre ich doch lieber dir. Es wird nicht wieder vorkommen. Ich verspreche es."

Anzheru erwiderte nichts. Mit einer solchen Reaktion hatte er nicht gerechnet. Ohne dass er Mira die Regeln für Blutsklavinnen näher erklärt hatte, verhielt sie sich teils schon wie eine. Und

nebenbei bewies sie trotz ihrer Angst ein erstaunliches Verhand-
lungsgeschick. Diese Antwort war die beste gewesen, die sie
überhaupt hatte geben können. Es hatte sich jemand einge-
mischt. Da war Anzheru sich nun sicher.

„Wie schön, ich werde dich beim Wort nehmen." Er erhob sich
und bedeutete ihr, dass sie sich wieder hinknien sollte. Sie hatten
noch zehn Nächte Zeit bis zur Verhandlung mit Tristan. Er hatte
mindestens die Erste eingeplant, um Miras Willen zu brechen.
Vielleicht sogar noch eine Zweite, aber das war offensichtlich
überflüssig geworden. Ihre Augen verrieten, dass sie sich fürchtete, dennoch kooperierte sie. Anzheru musste einen anderen
Weg finden, statt ihr Angst zu machen, wenn er die Wahrheit
herausfinden wollte.

7. Gewissheit

„Kannst du tanzen?", fragte Anzheru am zweiten Abend, nachdem Mira eine damenhafte Verneigung eingeübt hatte. Sie verzog abwehrend das Gesicht und schüttelte den Kopf. „Dafür besitze ich wirklich gar kein Talent."

„Dann lernst du es eben langsamer als andere." In diesem Fall würde er keinen Widerspruch dulden. Auf der anstehenden Verhandlung würden sie zwar nicht tanzen müssen, aber für andere Anlässe war es unabdingbar, dass Mira wenigstens ein paar Standardtänze beherrschte. Anzheru verlangte nicht, dass sie eins ihrer Kleider anzog, damit sie sich nicht noch unwohler fühlte. Trotzdem tat Mira sich sichtlich schwer damit, seine Hand zu halten und ihm so nahe zu sein. Walzer lernte sie entgegen ihrer eigenen Erwartung recht schnell, mit Tango sah es anders aus.

„Es wäre einfacher, wenn du kleinere Schritte machst", merkte Anzheru nach einer Weile an. „Und ich führe."

Sie nahm es kommentarlos hin. Dass ihr Tango weder schön aussah, noch flüssig ablief, lag vor allem daran, dass Mira sich merklich dagegen sträubte, sich an ihn zu schmiegen. Aber daran konnte Anzheru im Moment wohl nichts ändern. Wenn er ihr Schmerzen zufügte, würde es nur noch schlimmer werden. Nach nicht einmal drei Stunden ließ sich das Mädchen erschöpft auf einen der Sessel fallen. Anzheru stellte die Musik leiser.

„Besonders ausdauernd bist du nicht."

„Kein Mensch tanzt stundenlang ohne Pause!", brummte sie.

„Worauf muss ich mich noch einstellen?"

„Menuette und Benimmregeln."

„Ich habe keine Ahnung, was das ist", gab sie ironisch zurück.

Anzheru stützte die Ellbogen auf die Rückenlehne ihres Sessels. Dass er sie für ihren Fluchtversuch tatsächlich nicht bestraft hatte, schien Mira ihren Mut zurückgegeben zu haben.

„Zum Beispiel wie du sitzt und wann du was sagen darfst", erklärte er geduldig. Sie warf ihm endlich wieder einen gewohnt trotzigen Blick zu und machte absolut keine Anstalten, sich ordentlich hinzusetzen. Ihre störrische Art hatte Anzheru am Anfang sehr gestört. Paradoxerweise hatte er sie in den letzten Nächten auch ein wenig vermisst. Ihre merkwürdig brave Fassade hatte allerdings gerade einen Riss bekommen. Wer hatte Mira bloß überzeugt, sich zu fügen? Er ging um den Sessel herum und zog ihre Unterschenkel, die quer über der Armlehne gehangen hatten, nach vorn. „Ab jetzt musst du auch darauf achten, den Kopf tiefer zu halten als ich. Egal ob du neben mir stehst oder sitzt."

„Am einfachsten wäre wohl, ich sitze zu deinen Füßen auf dem Boden", erwiderte Mira trocken.

„Das wäre zu plump. Du wirst es üben."

„Selbstverständlich, Gebieter."

Anzheru entschied, ihren Sarkasmus geflissentlich zu überhören. „Wenn wir allein sind, musst du mich nicht so ansprechen. Es gibt Vampire, die darauf bestehen, von ihrem Clan so genannt zu werden, aber das halte ich für einen sehr fragwürdigen Weg, Respekt einzufordern."

Sie nickte stumm.

„Und innerhalb dieses Hauses darfst du sprechen, wann du willst. Es kümmert mich nicht, was meine Vampire davon halten", fügte er hinzu. Damit lockerte Anzheru bewusst eine Regel, die bereits ab der Nacht für Mira gegolten hatte, in der er sie unter seine Obhut gestellt hatte. Sie wirkte ein wenig überrascht, aber äußerte sich nicht dazu. Als Mira in der nächsten Nacht wieder eine Pause vom Tanzen brauchte, begab sie sich in die Küche, um sich Tee zu kochen. Nebenbei schnitt sie sich auf der Anrichte ihr letztes frisches Gemüse klein. Sie besaß eine natürliche, gerade Körperhaltung, wenn sie sich nicht gerade auf ihre Rolle als seine Sklavin konzentrierte. Probehalber lehnte

Anzheru sich gegen die Anrichte und knickte leicht in der Hüfte ein. Es genügte bereits, um mit Mira auf einer Höhe zu sein. Sie wandte ihm das Gesicht zu, als wolle sie etwas sagen. Sie hielt jedoch inne und probierte, sich kleiner zu machen als er.

„Das ist gar nicht so einfach." Mira versuchte ein entschuldigendes Lächeln. Anzheru zuckte nachsichtig mit den Schultern. Vio hatte Recht behalten. Lieb sein und Kooperation hatten ihr schon zwei Nächte Aufschub verschafft und der geborene Vampir begann sogar, seine eigenen Befehle für sie aufzuheben. Er selbst schien wirklich nicht so sehr auf die alten Verhaltensregeln für Blutsklaven fixiert zu sein. Nur nach außen musste der Schein gewahrt werden. Endlich richtete er sich wieder zu seiner vollen Größe auf. Allerdings stellte er sich jetzt hinter sie. Mira spürte seine Hände im Rücken. Sie waren durch den ständigen Kontakt mit ihr warm geworden.

„Du musst beim Tanzen etwas lockerer bleiben. Deine Schultern sind verspannt." Der Vampir begann, sie zu massieren. Mira entspannte sich überhaupt nicht. Die Angst davor, er könnte sie doch irgendwann verwandeln wollen, weil sie diese verfluchte Gabe besaß, zerrte an ihren Nerven und ließ sie kaum schlafen. Andererseits war es auch irgendwie schön, jemandem nahe zu sein. Im Moment verhielt Anzheru sich fürsorglicher als je zuvor. Tief im Inneren hatte Mira die Nähe zu anderen so sehr vermisst… Anzheru war jedoch ein Vampir. Ein Wesen, das sich von Blut ernährte und ihres wollte. Sie straffte die Schultern und drehte sich um, damit er endlich aufhörte. Anzheru wich jedoch kaum zurück. Er stand schon wieder nicht gerade genug, um sie definitiv zu überragen. Es kostete Überwindung, den Kopf wieder zu senken, doch Mira wollte seine positive Stimmung lieber nicht aufs Spiel setzen. Anzheru neigte ebenfalls den Kopf. Mira spürte kurz seine kühle Stirn an ihrer, dann legte er die linke Hand sanft in ihr Genick. Wollte er jetzt plötzlich doch Blut?

Seine immer eisblauen Augen verrieten es nicht. Oder wollte er sie etwa küssen? In einem Anflug von Panik senkte Mira den Kopf noch tiefer zur rechten Seite, sodass ihre Stirn schon fast auf seiner Schulter lag. Anzheru atmete hörbar aus. „Jetzt solltest du nicht ausweichen."

„Bitte lass uns wieder tanzen gehen." Es schien eine herrliche Alternative zu dieser Situation zu sein.

„Aber du hast doch noch nichts von deinem Essen angerührt", hielt Anzheru dagegen. Mira spürte seine kühlen Lippen an ihrem Hals. Er biss nicht zu. Mit einem zärtlichen Kuss nach dem anderen arbeitete Anzheru sich ihren Nacken hinauf. Es kribbelte ein wenig auf der Haut, aber sich dagegen zu wehren kam Mira überhaupt nicht in den Sinn. Sanft drückte er mit dem Daumen ihr Kinn nach oben, damit er ungehindert ihre Wange erreichen konnte. Der Kuss direkt unter ihrem Ohr ließ Mira unwillkürlich erschauern. Selbst wenn Anzheru warm gewesen wäre, hätte es bestimmt wie verrückt gekribbelt. Er hielt inne und schaute sie fragend an.

„Das kitzelt", murmelte Mira schüchtern, woraufhin er nur grinste. Sie konnte nicht entscheiden, ob es gut oder schlecht für sie war, dass Anzheru sie küsste, statt zuzubeißen. Ihr Verstand sagte ihr, es sei grotesk und falsch, ein so gefährliches Geschöpf an sich heranzulassen. Trotzdem konnte sie nicht leugnen, dass ihr Herz vor Aufregung schlug, als wollte es ihre Rippen durchbrechen. Einen Augenblick war Mira versucht zu sagen, er solle nicht aufhören. Anzheru gab ihr jedoch vorher einen weiteren kühlen Kuss mitten auf die Wange, dann gab er ihr Genick frei. Er nahm sich ohne Umschweife ein Stück Tomate und probierte es mit skeptischem Blick, während Mira sich kaum rühren konnte.

„Das magst du?" Der Vampir erschauderte. „Widerlich."

„Ich finde, Blut schmeckt widerlich", erwiderte sie herausfordernder, als sie eigentlich gewollt hatte. Anzheru hob eine Braue. „Du bist vorwitzig."

Es klang überhaupt nicht mehr nach einer akuten Drohung. Mira beschloss, ihre neuen Grenzen auszutesten. „Und du bist aufdringlich."

Er zuckte mit den Schultern. „Das haben noch nicht viele Vampirinnen behauptet. Es ist also wohl keine meiner herausstechenden Eigenschaften."

„Wie viele?"

Auf diese Nachfrage war er offenbar nicht vorbereitet. Anzheru hob die Brauen. „Keine meines Clans jedenfalls. Und ich bin schon fast ein Jahrhundert Oberhaupt. Also muss es wohl auch schon eine ganze Weile her sein. Da macht es jetzt auch nichts mehr aus zu warten, bis du von alleine zu mir kommst."

Mira verkniff sich ein belustigtes Grinsen. „Ich fürchte, darauf musst du noch wesentlich länger warten, als darauf dass ich dieses brave Kopf-unten-halten überzeugend bewerkstellige."

„Das fürchte ich auch" Er lächelte sanft. „Mit Violetta wäre das einfacher. Selbst auf den Zehenspitzen reicht sie mir nur bis zum Kinn."

„Stimmt." Mira musste ebenfalls lächeln bei der Vorstellung, die kleine Vio würde sich zwischen Anzheru und Edward verzweifelt in die Höhe strecken. Moment! Ihrem Wissen nach hatte keiner der Vampire Anzheru mehr in der Villa besucht. Wer hatte ihm also verraten, dass sie sich näher kannten? Seine Miene verfinsterte sich schlagartig. Er stieß sie grob gegen die Anrichte und stützte die Hände zu beiden Seiten von ihr ab, sodass es kein Entkommen gab.

„Vio war es also. Ich hätte es wissen müssen. Was hat sie dir gesagt?"

Mira biss die Zähne zusammen. Sie hatte Vio versprochen, nichts zu sagen, und so einfach hatte er sie überlistet.

Wenige Minuten später saß sie mit angezogenen Knien auf dem Sofa im Kaminzimmer. Anzheru hatte sie rückwärts am Gürtel her geschleift und ihr befohlen, sich nicht zu rühren. Warum war er bloß so wütend? Er hatte telefoniert, jetzt wartete er ungeduldig in der Diele. Die Haustür öffnete sich. Mira hielt den Atem an. Anzheru betrat mit forschen Schritten das Kaminzimmer, gefolgt von Violetta. Als die beiden Mädchen einen Blick austauschten, wusste die kleine Vampirin, was geschehen war.

„Sie verweigert die Antwort, also wirst du mit mir reden. Was hast du ihr gesagt?", fragte er barsch. Mira schaute ihn erschüttert an. Anzheru hatte hingenommen, dass sie nichts erwidert hatte, statt sie erneut zu schlagen oder zu beißen. Nun musste einzig und allein ihre Verbündete herhalten und das machte es umso schlimmer. Vio presste kurz die Lippen zusammen. „Dass es sinnvoll wäre, sich in Tristans Gegenwart ordentlich zu verhalten. Ich habe gehofft, es hilft dir."

„Was war deine Gegenleistung?" Anzheru beugte sich zu ihr hinunter. Seine Miene war steinern. Genau jetzt war er noch bedrohlicher als in dem Moment, in dem er Mira vor James und den anderen bewahrt hatte. Violettas Blick wanderte zu ihr. Mira konnte ihn nur reumütig erwidern.

„Du hast sie nicht verprügelt, oder? Das ist ihr einiges wert, Anzheru. Sie ist ein Mensch, zerbrechlicher als du es jemals warst." Er knurrte zornig und packte Violetta an den Handgelenken. Mira konnte nur hilflos zusehen, wie er sie gegen einen der Sessel stieß, sodass sie sich rücklings über die Lehne beugen musste.

„Bitte nicht!", flehte sie, doch es half nicht. Er schlug blitzschnell die Zähne in ihren Nacken. Die Bewegung selbst hatte Mira kaum sehen können. Vios schmerzerfülltes Wimmern erfüllte den Raum. Sekunden vergingen.

„Hör auf! Du bringst sie um!" Mira war aufgestanden. Wann, wusste sie nicht. Er durfte der einen Verbündeten, die sie hatte, nichts antun. Anzheru ließ von ihr ab und richtete sich auf. Allerdings schenkte er Mira keinerlei Beachtung. Gehört hatte er sie wohl, aber ihre lautstarke Forderung hatte keinen Einfluss auf ihn gehabt. Vio stolperte ein paar Schritte von ihm weg und hielt sich den Hals.

„War dir nicht klar, dass ich einen guten Grund hatte, ihr nichts davon zu sagen?" Anzheru rieb sich die Stirn. „Durch ihre Angst wird es nur noch schlimmer!"

„Ja, Gebieter." Violettas Stimme bebte noch immer.

„Du hast niemandem geholfen. Am wenigsten dir selbst!"

Sie schluchzte leise. „Kostja wusste nichts davon. Bitte…"

Anzheru machte eine abwehrende Geste. „Nach Ältestenrecht bist du seine Gefährtin, seit du mit ihm geschlafen hast. Was andere Clans darüber denken, interessiert mich nicht."

Darauf erwiderte Violetta nichts mehr. Anzheru packte erneut ihr Handgelenk und zog es gewaltsam von ihrem Nacken weg. Die Bisswunde blutete immer noch.

„Warum heilst du nicht? Wie lange warst du nicht auf der Jagd?" Er ließ sie los und verließ kopfschüttelnd den Raum.

„Es tut mir so leid. Er hat mich reingelegt", flüsterte Mira. Vio brachte ein schwaches Lächeln zu Stande. „Schon gut. Ich trage selbst die Schuld daran."

„Nein! Das ist unfair. Warum wehrst du dich nicht?" Mira schüttelte ungläubig den Kopf.

„Ich habe seine Situation nicht gut genug bedacht." Sie machte ein trauriges Gesicht. Als wäre das Schlimmste, was ihr überhaupt passieren konnte, Anzheru zu enttäuschen. „Er will nicht, dass du Angst vor ihm hast."

Violetta senkte schnell wieder den Kopf. Der geborene Vampir kam mit einem merkwürdigen Plastikbeutel zurück, in dem sich eine rote Flüssigkeit befand. Erst als Violetta ihn entgegennahm, begriff Mira, dass es eine Blutkonserve war.

„Danke", murmelte sie und verließ hastig die Villa. Einen Augenblick war es völlig still. Anzheru rührte sich nicht. Wie versteinert starrte er Mira aus seinen eisblauen Augen an. Sie setzte sich kraftlos wieder auf die Couch und zog die Knie an.

Sie schluchzte ganz leise auf. Anzheru löste sich aus seiner Starre und schob sich einen der schweren Sessel so, dass er im 90 Grad Winkel zur Couch stand. Mira rückte sofort weiter weg, damit er sie nicht ohne weiteres berühren konnte. Ihre Brust hob und senkte sich etwas ungleichmäßig. Er konnte hören, wie panisch ihr Herz schlug. Nach Tradition der Ältesten hätte er sie bestrafen müssen, weil sie ihn belogen hatte. Zwanzig Peitschenhiebe und anschließend Kerker wären wohl das Mindeste gewesen. Anzheru bohrte die Fingernägel in die Armlehne des Sessels beim bloßen Gedanken daran. Er würde es mittlerweile überhaupt nicht mehr über sich bringen, Mira absichtlich wehzutun. Anfangs hatte ihn nur ihre Gabe interessiert, doch von Tag zu Tag wuchs seine Sehnsucht nach ihrer Zuneigung. Vorhin in der Küche hatte er auf ein klein wenig Entgegenkommen gehofft, trotz allem, was zwischen ihnen stand. Sogar trotz seines eigenen Misstrauens. Das Pulsieren ihres Blutes klang mittlerweile wie das verheißungsvolle Singen einer Sirene. Beides konnte er jedoch sicher nicht haben.

„Was hast du ihr angetan?" Ihre Stimme war schwach. Mira wagte es noch nicht einmal, ihn anzusehen. Ihre Stirn lag auf ihren Knien.

„Ich besitze die Fähigkeit, ihre Erinnerungen in ihrem Blut zu lesen. Ich kenne jedes Detail eures Gesprächs."

Sie erschauderte.

„Es ist wahr. Ich halte es für möglich, dass du eine Tageswandlerin werden könntest."

Das Mädchen starrte ihn entsetzt an und schüttelte kaum merklich den Kopf.

„Mira, von dem bisschen Blut, das ich von dir getrunken habe, hatte ich drei Tage lang das Gefühl, mein Brustkorb würde kochen. Und ich spüre, dass du immer stärker wirst."

Eine Träne ran ihre Wange hinab.

„Das heißt nicht, dass ich dich verwandeln will. Es heißt nur, dass andere Vampire Jagd auf dich machen und deshalb stehst du unter meinem Schutz."

„Warum? Warum tust du das?"

„Weil ich denke, du solltest die Wahl haben. Am Ende der Nahrungskette zu stehen, bedeutet nicht, gottgleich alles entscheiden zu dürfen." Anzheru rieb sich die Stirn.

Damit meinte er wohl erneut alle Vampire. Mira sank tiefer in die Couch zurück. Diese Antwort haute sie buchstäblich um. Anzheru stützte den Kopf auf und schloss die Augen. „Wir beenden den Unterricht für heute. Ließ, wenn du magst."

Er ging ohne ein weiteres Wort hinüber in die Bibliothek. Als Mira versuchte aufzustehen, wurde ihr schwindlig, aber sie schaffte es, geradeaus zu gehen und ihm zu folgen. Anzheru räumte ein paar Bücher wieder an ihre Plätze, die er auf dem großen Lesetisch liegen gelassen hatte. Sie musste noch ein paar Fragen stellen.

„Kannst du vorher wirklich nicht sicher sein, dass ich mich in einen Tageswandler verwandle?"

Er hielt mitten in der Bewegung inne, obwohl er einen schweren Lederband in der ausgestreckten Hand hielt. „Nein, es gibt keinen Test. Zumindest keinen zuverlässigen, bei dem du nicht sofort in Lebensgefahr gerätst. Ich habe selbst in der großen Bibliothek der Ältesten in Schottland nichts Brauchbares darüber gefunden."

Mira nickte, jetzt mit mehr Bestimmtheit. Seine Worte hatten ihr ein klein wenig Mut gegeben.

„Was muss… *darf* ich noch wissen?"

Anzheru stellte das Buch an seinen Platz. „Dein Blut wärmt und stärkt nicht nur, es besitzt auch eine weit überdurchschnittliche Heilkraft für Vampire. Angeblich wärst du als Tageswandlerin dazu in der Lage, jede Wunde zu heilen. Solange der Vampir noch am Leben ist jedenfalls."

Sie neigte den Kopf. „Werde ich schnell stärker?"

„Es ist keine allmähliche Entwicklung. Es steigt sprunghaft." Er stellte das letzte Buch ab. „Seit ein paar Tagen herrscht Ruhe. Ich kann dir nicht sagen, wann es das nächste Mal soweit sein wird, aber wenn es passiert, sendet dein Blut einen Impuls aus. Jeder Vampir auf dem Gelände wird es spüren können. Vielleicht sogar noch weit darüber hinaus."

Anzheru verzog das Gesicht zu einem kleinen, wehmütigen Lächeln. „Als die Gabe in dir erwacht ist, war ich schon auf dem Weg nach Oslo. Es war so heftig, dass ich fast einen Autounfall gebaut hätte."

Mira musste ebenfalls lächeln. Es war wohl für sie beide an der Zeit, mit offenen Karten zu spielen. „Ich muss dir etwas zeigen." Sie wankte die Treppe hinauf und holte den Stein aus ihrer Sockenschublade. Als sie sich umwandte, stand Anzheru wie erwartet bereits im Türrahmen.

„Hier." Mira streckte die Hand aus, der Stein lag mit der Inschrift nach oben in ihrer Handfläche. Der Vampir kam verhältnismäßig langsam auf sie zu, als müsste er nachdenken. Er zog die Worte von Achilleas mit den Fingerspitzen nach. „Das hättest du mir früher sagen sollen."

„Ich…" Mira fiel nichts Vernünftiges ein. Es fühlte sich wirklich elend an, wenn Anzheru enttäuscht war. Seine Miene nahm zum Glück wieder einen weicheren Ausdruck an. „Es ist ein wenig unfair von Vio, es kitschig zu nennen, wenn man bedenkt, dass er sie über alles geliebt hat. Woher hast du ihn?"

„Ich habe ihn von meinen leiblichen Eltern geerbt. Nur deshalb bin ich nach Norwegen gekommen", erzählte sie hastig.

Anzheru nickte und schloss ihre Hand um den kühlen Stein. „Ich verstehe…"

„Was?" Sie atmete kaum.

„Mira…" Der Vampir schüttelte langsam den Kopf, als wollte er sie vor einer unangenehmen Wahrheit bewahren.

„Bitte, sag es. Ich will es verstehen!"

Er seufzte nachgiebig. „Was ich jetzt sage, hält der Ältestenrat der Vampire seit Jahrhunderten geheim. Als einer von uns das Grab von Achilleas' geliebtem Mädchen besuchte, war dieser Stein verschwunden. Ihre menschlichen Verwandten hatten sich dieses eine Andenken an sie zurückgeholt. Nach ein paar Generationen gab es wieder einen sehr begabten Menschen unter ihnen."

„Und das heißt…" In Miras Gedanken ergab sich die einzig logische Schlussfolgerung. Anzheru verzog ein wenig reumütig das Gesicht. „Ich war nicht ganz ehrlich zu dir, was den Ursprung der Gabe angeht. Sie ist erblich. Es gibt weltweit höchstens zehn oder elf betroffene Familien, die Tageswandler hervorgebracht haben und nicht einfach nur Begabte. Deine hatte der Rat aus den Augen verloren, doch dein Potenzial führte dich unwissend wieder zu uns. Direkt in meinen Einflussbereich. Es mag dir ungerecht erscheinen, aber die Familien der Begabten sind an uns gebunden. Für uns seid ihr ein Segen, für die Menschen ein Fluch. Du hast den Sterblichen in deinem Umfeld nur so viel Pech gebracht, damit es für uns leichter war, dich zu finden."

Dafür dass Miras herrlicher Geruch großes Potenzial versprach, war die Gabe in ihr relativ spät erwacht. Aber das sagte Anzheru lieber nicht. Sie ballte zornig die Fäuste und senkte den Kopf. „Ich kannte sie nicht. Keinen von ihnen. Es ist mehr als ungerecht!"

Hoffentlich konnte er sie irgendwie trösten. Er wollte nicht, dass sie auch noch weinte. Leider fielen ihm keine geeigneten Worte ein, um sein Mitgefühl auszudrücken. Behutsam berührte Anzheru ihre Wange. Entgegen seiner Erwartung schlang Mira augenblicklich die Arme um ihn und legte den Kopf auf seiner Schulter ab. Nach ein paar Atemzügen entspannten sich ihre Finger, die sich in sein Hemd gekrallt hatten. Ihre Wut ebbte langsam wieder ab.

„Ich weiß nicht mehr, was ich denken soll. Vor allem über dich. Du bist furchtbar!"

Trotz dieser verzweifelten Aussage ließ sie ihn paradoxerweise noch nicht los. Anzheru glaubte dennoch zu verstehen, was Mira meinte. Ihre Nähe war wunderbar, am liebsten hätte er sie den Rest der Nacht an sich gedrückt, bis sie endlich einschlafen konnte. Aber ihre Umarmung machte den Durst unerträglich. Anzheru löste sich vorsichtig von ihr und verließ eilig das Gästezimmer. In der Küche nahm er zum zweiten Mal in dieser Nacht eine der Konserven aus dem Kühlschrank. Lieber trank er einen dieser widerlichen, entmenschlichten Blutbeutel, als in Miras Gegenwart die Selbstbeherrschung zu verlieren.

Mira legte sich mit dem Gesicht nach unten ins Bett, in der Hoffnung Anzheru würde ihr leises Schluchzen durch die Kissen nicht hören. Sie hatte den Menschen in ihrer Umgebung nur Unglück gebracht, damit die Vampire sie finden konnten? Waren deshalb etwa ihre Eltern gestorben, als sie fast noch ein Baby gewesen war? Seitdem hatte es schließlich niemanden mehr gegeben, der sie von Herzen liebte und beschützte. Der Gedanke war grässlich, aber er lag nahe. Anzherus Worte erklärten vieles. Mira wünschte sich so sehr, dass er sie noch festhalten würde. Wenigstens ein bisschen.

8. Impuls

Die folgenden Abende hielt Anzheru seinen Unterricht möglichst kurz. Einerseits war Mira dankbar dafür, nicht stundenlang tanzen, hinknien und verbeugen üben zu müssen. Andererseits hatte sie das Gefühl, der Vampir würde sie nun auf gehörigem Abstand halten. Ihr war nie bewusst gewesen, wie andere sich fühlen mussten, wenn man sie ständig abwies, und wenn es nur durch die Körpersprache geschah. Schließlich war es sonst immer sie selbst gewesen, die andere auf Abstand hielt. Warum, wollte sie sich selbst nicht erklären, aber es machte Mira traurig, Anzheru nicht noch einmal umarmen zu dürfen. Außerdem hatte er ihr verboten, hinüber ins Hauptquartier zu gehen, sodass sie auch Violetta und Konstantin nicht sehen konnte. Die übrigen Regeln hatten sich allerdings nicht geändert. Mira durfte in seinem Haus sprechen, wann sie es für richtig hielt. Nach einer dieser kurzen Tanz- und Benimmlektionen besuchten Edward und ein weiterer Vampir Anzheru in der Villa. Mira lag mit einem Buch auf dem Bärenfell vor dem warmen Kamin und lauschte angestrengt dem Gespräch in der Diele.

„Viktor und ich dachten, es wäre mal wieder an der Zeit für ein paar Übungskämpfe. Wer weiß, was demnächst noch alles auf uns zukommt."

„Ja, dem stimme ich zu. Geht schon vor und ruft die anderen. Ich ziehe mich um."

Mira erhob sich neugierig und folgte Anzheru die Treppe hinauf.

„Darf ich zusehen?"

Er warf ihr einen skeptischen Blick zu. „Du kannst uns doch kaum sehen, wenn wir kämpfen, oder?"

„Das stimmt, aber…"

„Was soll das dann bringen?", unterbrach Anzheru ihren Überredungsversuch und öffnete eine der Türen in der ersten Etage. Offenbar waren dies seine privaten Räume. Mira sah sich vorsichtig um, während er eine schwere Lederjacke aus dem Schrank hervorholte. Er hatte doch gesagt, er würde nie schlafen. Trotzdem besaß Anzheru ein Bett. Und zwar ein recht Großes, auf das er nun die Lederjacke warf. Mira wandte sich lieber davon ab. „Ich würde eben gerne zusehen. Dein Haus wird irgendwann zu eng, wenn man nie raus darf."

Anzheru verzog missbilligend das Gesicht. Anstatt etwas zu erwidern, zog er sein weißes Hemd aus und ließ es in einen Korb fallen. Mira konnte gar nicht anders, als ihn anzusehen. Sein nackter Oberkörper war genauso perfekt wie vermutet. Er wandte sich kurz ab, um sich ein frisches Hemd aus dem Schrank zu nehmen. Auf seinem Rücken hatte Anzheru erstaunlicherweise flächige Narben. Mira wägte ab, ob sie danach fragen sollte. Mehr als Nein sagen konnte er auch in diesem Fall nicht.

„Wie kann es sein, dass du Narben hast?"

„Das ist ein kleines Andenken an meinen Ungehorsam gegenüber einem Ältesten. Statt der üblichen hundert Peitschenhiebe setzte er mich der Sonne aus. Und zwar bevor ich ausgewachsen war. Deshalb sind sie nie ganz verblasst." Er zog etwas zu hastig sein schwarzes Hemd an und wollte schon nach seiner Jacke greifen.

„Warte! Du hast dich verknöpft." Mira kniff die Lippen zusammen, um ihn nicht breit anzugrinsen. Außerdem senkte sie brav den Kopf ein wenig, um ja nicht auf gleicher Höhe mit ihm zu sein, als sie ein paar der Knöpfe wieder öffnete und sie dann in der richtigen Reihenfolge schloss. Mira hatte erwartet, dass er sie von sich schieben würde, wie er es jetzt immer tat, wenn ihre Tanzstunde beendet war. Aber Anzheru hielt absolut still. Sie konnte spüren, dass seine Haut kühl und glatt war.

„Na gut, du darfst heute zusehen", gestand er ihr zu. „Aber stell dich darauf ein, dass es den Rest der Nacht dauert. Vampire werden nicht so schnell müde."

Stunden vergingen schnell, wenn man den Vampiren beim Training auf der großen Freifläche hinter dem Hauptquartier zusah. Manche kämpften nur mit ihren Händen, manche trugen Schwerter. Nicht alle nahmen teil, drei Frauen und ein Mann schauten nur zu. Erst hatten sie mit wechselnden Partnern den Einzelkampf geübt, jetzt hatten sie sich in zwei Gruppen aufgeteilt und kämpften in Formation. Anzheru unterbrach das Geschehen kurz, um die Zusammensetzung der Teams zu ändern.

„Konstantin rüber, Helena und Vio zu mir! Edward übernimmt jetzt das andere Team."

„Team Edward also."

Obwohl sie einige Meter entfernt auf der Terrasse des Hauptquartiers saß, konnte Mira Konstantins Stimme und das anschließende Gelächter deutlich hören. Der Hüne, der nun das angreifende Team führte, knurrte so bedrohlich, dass ihr ein Schauer über den Rücken lief. Mira konnte den Bewegungsabläufen kaum folgen. Eines war jedoch klar ersichtlich. Anzheru war gut darin, zu verteidigen. Wahnsinnig gut. Er trug nur ein paar kleine Kratzer davon. Edwards Team musste sich nach einer Weile geschlagen geben. Wenige Minuten vor Sonnenaufgang wurde das Training beendet. Mira näherte sich Anzheru, wobei ihr zwei Dinge auffielen. Zum einen musterte die bildschöne Tamara sie wieder einmal, als wäre sie ein wertloses Stück Vieh. Sie rümpfte sogar die Nase, als Anzheru die Hand nach ihrem Arm ausstreckte. Danach gesellte sie sich zu Helena. Zum anderen warf Violetta ihrem Oberhaupt einen glückseligen Blick zu, bevor sie sich an Konstantins Arm hängte. Offenbar hatte der Wechsel in sein Team für sie bedeutet, dass Anzheru nicht mehr wütend auf sie war. Das gab auch Mira ein wenig Hoffnung darauf, Vio bald wiedersehen zu dürfen. Tamara und auch Helena konnten ihr gestohlen bleiben.

In der folgenden Nacht plante Anzheru einen ähnlichen Ablauf. Sein Versuch, Mira wenigstens etwas deutsch beizubringen, scheiterte kläglich. Dafür tanzte sie inzwischen wirklich passabel. Zumindest nach ihrer eigenen Meinung.

„Heute kommst du nicht mit zum Kampftraining. Ich will sehen, ob wir eine Verteidigungslinie um das Hauptquartier halten können. Dabei beschädigen wir es bestimmt und es wäre sehr unerfreulich, wenn du von herabstürzenden Balken erschlagen wirst", eröffnete ihr der Vampir in der Diele. Mira verzog das Gesicht. „Unerfreulich wäre das..."

Anzheru bedachte sie mit einem warnenden Blick, bevor er seine Jacke anzog und sich zur Haustür begab. Seine Humorlosigkeit wurde langsam wirklich nervig.

„Soll ich mich nachher um deine Kratzer kümmern?", fragte Mira scherzhaft. Es war Unsinn, denn seine Wunden heilten ganz von selbst in Windeseile. Von den Kratzern vom Vortag war absolut nichts mehr zu sehen. Anzheru wandte sich jedoch wieder vollständig zu ihr um. Seine Miene verhieß nichts Gutes. Bedrohlich kam er näher und drängte Mira rückwärts gegen die Wand, bis er die Hände jeweils seitlich von ihr abstützen konnte. „Oh gut, das heißt, du gibst mir freiwillig Blut?"

Mira versuchte entsetzt, ihn von sich wegzudrücken.

„Das habe ich mir gedacht. Mach keine Witze darüber." Ruckartig ließ Anzheru von ihr ab. Als er die Haustür öffnete, stand Violetta davor. Sie strahlte ihn glücklich an.

„Nur heute. Und bring sie ja nicht auf dumme Gedanken, ist das klar!", warnte er die kleine Vampirin.

„Jawohl, Gebieter." Vio wich mit einem breiten Lächeln seiner Hand aus, die sie selbst für menschliche Geschwindigkeit nur langsam getroffen hätte. Mira hob gespannt die Augenbrauen. Als Anzheru gegangen war, erklärte Vio, dass er ihr endlich erlaubt hatte, Mira zu besuchen. „Er hat sich ganz schön lange gesträubt. Er scheint wirklich zu glauben, ich könnte dem nächsten Impuls nicht widerstehen."

„Wenn ich stärker werde?", hakte Mira nach.

„Genau."

„Dummerweise merke ich selbst nichts davon. Ich bin schwach wie eh und je."

„Das kommt noch." Vio zwinkerte ihr zu. Sie ließen sich im Kaminzimmer nieder. Die kleine Vampirin hatte eine ganze Tasche voller Essen und Wein mitgebracht. Es handelte sich um allerlei Knabberkram. Außerdem hatte sie offenbar ihren Schminktisch geplündert.

„Tamara und Helena sind nicht so begeistert von gemütlichen Nächten vor dem Fernseher. Schauen wir uns die Hannibal-Filme an? Ich finde sie total lustig."

„Sind das nicht die mit dem Kannibalen?"

Vio nickte eifrig.

„Ja. Lustig…" Mira warf ihr einen skeptischen Blick zu.

„Entspann dich. Wir machen es uns gemütlich und Anzheru reagiert sich derweil an den anderen ab. Besser kann es für dich kaum laufen." Vios leuchtende Augen überzeugten. Es war grotesk, dass Mira ihren ersten Mädelsabend mit einer Vampirin verbrachte, aber es war ein gutes Gefühl, die kleine Tänzerin um sich zu haben.

Anzherus Taktikentwurf funktionierte, aber die Schwächen im verteidigenden Team waren leicht auszumachen. Viktor und Heed waren nicht in der Lage, die linke Seite des Hauptquartiers dauerhaft zu halten. Anzheru hob die Hand als Signal zum Angriffsabbruch.

„Wir wechseln! Mein Team verteidigt, Konstantin und die anderen greifen an."

Bei ihm konnte er sich wenigstens darauf verlassen, dass er wirklich angriff. Edward hatte es sich zur Lebensaufgabe gemacht, Anzheru zu beschützen und daher kämpfte er nie mit voller Kraft gegen ihn. Manche Übungskämpfe hätten sonst vielleicht schon anders geendet. Er selbst übernahm die Position vor dem Eingangstor, wo der heftigste Frontalangriff stattfinden würde.

„Anzheru!" Es war Tamaras glockenhelle Stimme, die ihn aus dem Inneren des Hauses rief. Er bedeutete Konstantin zu warten. „Was ist?"

„Die Wache vom nördlichen Tor hat sich gemeldet. Asheroth will dich sprechen!"

Diese unwillkommene Nachricht schnürte Anzheru regelrecht die Kehle zu. Er fasste sich sofort wieder und wies seine Vampire an, das Training abzubrechen.

„Er wollte direkt zu deiner Villa", fügte Tamara völlig unbefangen hinzu. Ihre Worte dröhnten ihm in den Ohren. Konstantin war sofort neben ihm. Er wusste schließlich, wo sich seine Violetta befand. Zu zweit sprinteten sie über das Gelände.

Vio hatte Mira mittlerweile die Zehennägel lackiert und ihre Augen geschminkt. In den Spiegel hatte sie noch nicht gesehen, aber die kleine Vampirin hatte keine allzu knalligen Farben ausgesucht. Zufrieden lehnte Vio sich zurück, um ihr Werk zu betrachten.

„Perfekt." Sie zwinkerte verschwörerisch.

„Es wundert mich, dass schminken überhaupt erlaubt ist. Mein Shampoo hat Anzheru sofort weggeworfen, weil es ihm zu künstlich war." Mira trank einen kleinen Schluck Wein.

„Ich habe darauf geachtet, dass es noch sehr natürlich aussieht. Sonst würde er dir nachher sofort befehlen, es abzuwaschen. Ich weiß auch nicht, warum gerade ältere Vampire da so empfindlich sind." Violetta rückte näher an sie heran. „Aber bei dir muss ich sowieso nicht viel machen. Dein Gesicht ist von ganz allein sehr hübsch."

Mira lächelte schüchtern, bis die kleine Vampirin am hochgeschlossenen Kragen ihres Pullovers herumzupfte.

„Suchst du etwas?", fragte sie verunsichert.

„Anzheru heilt deine Bisswunden sehr gewissenhaft, wie ich sehe. Nicht die kleinste Narbe und keine Liebesmahle." Vio schien ein bisschen enttäuscht. Darauf, dass Anzheru nicht mehr von ihr getrunken hatte, wollte Mira lieber nicht eingehen. „Was versteht ihr nun wieder unter Liebesmahlen?"

„Naja, etwas Ähnliches wie Knutschflecken bei Menschen", erklärte Vio. „Biss- und Kratzspuren, die entstehen, wenn Vampire sich lieben."

Bevor die kleine Tänzerin ihren Pullover hochzog, um auch ihre Flanken nach Liebesmahlen abzusuchen, krallte Mira die Finger in den dicken Stoff. „Du wirst nichts finden! Ich sagte doch, er zwingt mich nicht dazu."

„Meine Güte, bist du verklemmt", lachte Vio. „Ihr seid ja nur seit Tagen hier alleine, als ob man da nicht irgendwann auf dumme Gedanken kommt."

Derweil hängte Hannibal Lector im Film einen Mann namens Pazzi mit aufgeschlitztem Bauch an einer berühmten Hauswand in Florenz auf. Mira wandte sich angewidert ab, während Violetta leise kicherte. Sie mussten sich dringend weiter unterhalten.

„Warum dachtest du eigentlich, du brauchst Anzherus Erlaubnis, um Konstantin zu heiraten?", fragte Mira, wobei sie lieber die hübsche Vampirin anschaute als den Fernseher. Vio schenkte sich Wein nach. „Es ist Gesetz. Nach Clan-Recht hat Anzheru als Oberhaupt die erste Wahl unter allen Vampirinnen des Clans, aber das hat ihn noch nie sonderlich interessiert. Er hat mich nie angerührt, weil er weiß, was Konstantin und ich füreinander empfinden. Ich komme mir wirklich dumm vor. Ich hätte ihn einfach nur um seine offizielle Zustimmung bitten müssen, er hätte bestimmt nicht nein gesagt."

„Ich verstehe. Gilt dieses Vorrecht auch für weibliche Oberhäupter, wenn es sie überhaupt gibt?" Miras Neugier war geweckt.

„Ja klar. Jasmina vom Östlichen Clan darf das auch." Vio musterte sie eindringlich. „Ich glaube, sie kennt Anzheru schon ziemlich lange. Angeblich hatten sie mal was miteinander."

„Aha", erwiderte Mira nur. Was sollte sie mit dieser Information? Vio neigte den Kopf zu ihr hinüber. „Magst du ihn denn gar nicht? Eifersüchtig wirst du ja nicht besonders schnell."

Mira zögerte mit der Antwort, schon allein, weil sie mehreres beeinflusste. Anzheru hatte ihr große Schmerzen zugefügt. Andererseits konnte sie nicht leugnen, dass der geborene Vampir eine immense Anziehungskraft besaß. Sie wollte seine Nähe. Und er beschützte sie.

„Nun… ich ehm…"

Die Haustür wurde geöffnet. Vio lächelte erst, dann ergriff die blanke Angst ihre Züge. „Runter. Sofort!"

Mira war verwirrt. „Was ist?"

Vio schaltete den Fernseher ab. „Kopf runter und schweig!"

Mira kniete sich neben dem Sofa auf den Boden. Als sie den Kopf heben wollte, um zu sehen, wer den Raum betrat, packte Vio ihre Haare und presste ihn unerbittlich wieder nach unten. Derjenige bewegte sich lautlos auf sie zu.

„Ich grüße dich, Violetta." Seine Stimme war hart wie Stein.

„Willkommen, Gebieter."

Mira nahm aus dem Augenwinkel wahr, dass Vio sich tief verbeugte. Er kam so nah, dass sie die Spitzen seiner Schuhe sehen konnte. Augenblicklich packte auch sie eine unerklärliche Angst. Die Vampirin ließ endlich ihr Haar los und trat einen Schritt beiseite.

„Anmutig wie eh und je", sagte der Fremde zu ihr. Vio erwiderte nichts. Ihre Anspannung war erdrückend.

„Und das ist also Anzherus Blutsklavin?"

„Ja, Gebieter."

„Steh auf. Ich will dich ansehen", forderte er unnötig barsch.

„Bitte, Gebieter…" Vios Stimme enthielt einen Hauch von Panik.

„Du solltest deinen eigenen Rat befolgen, mein Kind. Kopf runter und schweig."

Vio gehorchte umstandslos. Mira atmete angestrengt, als sie sich etwas ungelenk erhob. Im ersten Augenblick hatte der Vampir, der vor ihr stand, etwas Vertrautes, doch dieser Eindruck verschwand schnell wieder. Er sah Anzheru nur äußerlich ähnlich. Niemals würde dieser Mann nachsichtig mit den Schultern zucken oder sie tröstend in den Arm nehmen. Seine Augen waren nicht eisblau. Sie waren dunkel, aber sie schimmerten auch rötlich. Er umfasste ihr Kinn. Mira hielt den Atem an, während er ihr Gesicht abtastete. Sie verstand nicht, warum er das tat, denn blind war er ganz sicher nicht. Es war, als könnte er durch ihre Augen hindurch in ihre Gedanken sehen. Gegen ihren Willen begann sie zu zittern.

„Interessant." Er wandte sich unvermittelt ab und setzte sich auf die Couch. Mit einer kurzen Handbewegung bedeutete er Vio, neben ihm Platz zu nehmen. Im Vorbeigehen stieß die Vampirin unsanft mit dem Handrücken gegen Miras Oberschenkel. Sie musste sich offenbar sofort wieder hinknien. Trotz aller Angst gab Mira sich Mühe, die kontrollierten Bewegungen einzuhalten, die sie in den letzten Tagen geübt hatte. Sie kroch auf den Knien langsam rückwärts, um ein paar Schritte Abstand zu gewinnen. Dieser Vampir verbreitete durch seine bloße Anwesenheit das Gefühl absoluter Hoffnungslosigkeit. Jetzt strich er mit den Fingerspitzen Vios Nacken hinauf und zog ihren Haaransatz nach. „Du riechst nach diesem Jungen. Wie war sein Name? Konstantin?"

„Ja, Gebieter."

„Du solltest noch einmal über Leandros' Angebot nachdenken. Es sei denn, du willst noch ewig auf diesen Herumtreiber warten."

„Er ist Anzherus Spion", hauchte Vio. „Deshalb ist er ständig fort."

Mira wagte nicht, die beiden direkt anzustarren. Obwohl sie den Kopf halb gesenkt hielt, nahm sie wahr, dass ihre Freundin mit aller Kraft um Fassung rang.

„Leandros' Aufmerksamkeit ehrt mich, aber ich möchte lieber hier bleiben. Bei meinem Clan", brachte sie sichtlich mühsam heraus.

„Leandros wird enttäuscht sein." Er packte Vios Genick und zog sie zu sich. Sie musste den Kopf seitlich auf seinen Schoß legen und den Hals strecken.

„Du weißt, dass es unklug ist, sich einer Leibwache des Ältestenrats zu widersetzen. Er wird ungeduldig." Der Vampir ritzte die Haut an ihrem Hals mit den Fingernägeln an. „Aber genug davon. Verrate mir, was in letzter Zeit geschehen ist."

Vio schien den Tränen nahe zu sein. Mira konnte die Panik in ihren Augen flackern sehen. Sie senkte die Lider, bevor er zubiss und zu trinken begann. Mira hob den Kopf ein wenig. Offensichtlich besaß auch dieser Vampir die Fähigkeit, die Gedanken eines anderen in seinem Blut zu lesen. Sekunden verstrichen, es kam Mira wie eine Ewigkeit vor. Aber er hörte nicht auf. Vio begann, ihn leise darum anzuflehen, aber er war erbarmungslos.

„HÖR SOFORT AUF!" Mira war aufgestanden, dieses Mal mit voller Absicht. Der Vampir sah auf und es war sicherlich eine Reaktion auf ihre lautstarke Forderung. Die Verblüffung wich schnell einem steinernen Ausdruck, der verriet, dass er sie bestrafen würde. Endlich ließ er Vios Genick los. Die kleine Vampirin stützte sich völlig erschöpft auf den Ellbogen. Auf ihrem Gesicht stand das blanke Entsetzten. Mira straffte die Schultern. Bestimmt würde er sie schlagen oder ihr sofort das Genick brechen.

„Wie kannst du es wagen, mir zu befehlen!" Er stand auf und kam näher, hielt jedoch plötzlich mitten in der Bewegung inne. Mira stockte der Atem, als sich seine und auch Violettas Augen eisblau färbten. Alle Gefühle der beiden Vampire wichen einem einzigen. Gier. Unendlicher Blutgier. Mira wagte nicht, zu blinzeln. Trotzdem stand der Vampir, der Anzheru so furchtbar ähnlich sah, im nächsten Augenblick direkt vor ihr. Das Eisblau seiner Augen ließ ihr das Blut in den Adern gefrieren. Es gab keine Hoffnung, diese Nacht heil zu überstehen. Sein geistiger Griff war unüberwindlich. Sie konnte nicht einmal atmen. Entsetzlich kontrolliert führte er ihre Hand an seine Lippen und schlug die Zähne in die Innenseite ihres Handgelenks. Trotz des Schmerzes ließ die Lähmung absolut nicht nach. Die aufsteigende Panik ließ Mira keinen klaren Gedanken mehr fassen. Sie wollte nur noch weg. Weg von ihm! Aber sie konnte nicht einmal die Augen schließen. Plötzlich erschienen Bilder in ihrem Kopf. Halluzinierte sie etwa schon?

„ASHEROTH!" Es war das tiefe Grollen in Anzherus Brust, das die Villa mit diesem unheilvollen Namen erfüllte. Er betrat das Kaminzimmer, gefolgt von Konstantin, der noch bleicher war als sonst.

„Lass sie los! Du erstickst sie!" Anzherus Gesicht war befremdlich verzerrt, so zornig war er. Asheroth erwiderte seinen Blick herablässig. „Wie du wünschst."

Mira spürte, wie sich die Fesseln von ihr lösten. Der Vampir schloss ihre Bisswunde nur halbherzig. Keuchend taumelte sie ein paar Schritte in Anzherus Richtung. Er packte sie am Arm und zog sie hinter sich.

„Sie ist mehr als anmaßend. Eine Blutsklavin hat in meiner Gegenwart nicht zu sprechen, geschweige denn zu fordern." Asheroth sah kurz zu Violetta hinüber, die kraftlos auf der dunkelroten Couch zusammengesunken war. Sie hatte sich zurückverwandelt. Konstantin stellte sich demonstrativ vor sie.

„Ich behandle meine Blutsklavin, wie ich es für richtig halte. Wo ist deine Leibwache?", forderte Anzheru ungerührt. Mira hatte nicht für möglich gehalten, dass er dermaßen wütend werden konnte und sein Gegenüber dagegen so ruhig blieb. Normalerweise verhielt es sich schließlich anders herum.

„Ich kam allein, in der Hoffnung, du würdest mich als Gast ansehen und nicht als akute Bedrohung", entgegnete Asheroth.

„Erfahrungsgemäß entwickelst du dich sehr schnell vom einen zum anderen!" Anzheru gab seine Verteidigungshaltung immer noch nicht auf, Konstantin ebenso wenig. Asheroth stand ganz ruhig da. Seine Miene nahm einen merkwürdigen Ausdruck an.

„Es schmerzt mich, dass du mir dermaßen wenig vertraust."

Anzheru ging nicht darauf ein. „Was willst du?"

Mira fürchtete, sie würden im Bruchteil einer Sekunde aufeinander losgehen und das nur, weil sie nicht den Mund gehalten hatte. Am liebsten hätte sie ihren Beschützer an sich gedrückt, um ihn zu beruhigen, aber noch eine rein emotionale Reaktion erlaubte sie sich nicht. Nicht solange Asheroth näher als fünfhundert Meter war.

„Einer von Tristans Dienern bat mich, an eurer Verhandlung in zwei Nächten teilzunehmen. Er sorgt sich wohl um ihren Ausgang."

Anzheru schnaubte verächtlich. „Und?"

„Ich war zuerst in ihrem Quartier in Paris. Du kennst Tristan. Er legt sich einmal mehr alles so zurecht, wie er es braucht." Asheroths Blick streifte Mira. „Aber ich wollte auch deine Version hören, bevor ich entscheide."

Anzheru richtete sich auf. Konstantin wirkte unsicher, aber er tat es ihm gleich.

„Das ist sonst nicht deine Art. Was verschafft mir die Ehre?", fragte der Geborene.

„Der Westliche Clan hat allein im vergangenen Monat vier Menschen verwandelt und kann sie kaum ernähren. Der Rat missbilligt das."

„Ich verstehe." Anzheru entspannte sich langsam. „Dann sieh dir meine Gedanken dazu an. Violetta konnte dir wohl kaum alles sagen." Er streckte die rechte Hand vor. Mira konnte kaum hinsehen, als Asheroth sein Handgelenk ergriff und die Innenseite zu seinen Zähnen drehte. Wie viel wollte er denn noch? Es dauerte zum Glück bei weitem nicht so lange, wie er Vio gequält hatte. Anzheru atmete angestrengt aus und leckte sein Handgelenk ab, als es vorüber war. Asheroth dachte derweil einen Augenblick nach und verwandelte sich endlich zurück.

„Ich werde nicht teilnehmen", sagte er schließlich. „Tristan hat dich mir gegenüber angeklagt, aber das wird er dir selbst erklären."

Anzheru nickte. „Gut. Was noch?"

Sein Blick wanderte wieder zu Mira. „Vielleicht sollten wir das allein besprechen."

„Gut, gehen wir. Ich begleite dich zum Tor." Der geborene Vampir wies mit Nachdruck zur Tür. Asheroths Mundwinkel zuckte leicht. Offenbar verhielt Anzheru sich im Moment sehr unhöflich, aber er beharrte auf seiner Entscheidung. Die beiden Vampire verließen Seite an Seite die Villa. Mira stützte sich erschöpft an der Wand neben dem Kamin ab. Diese Begegnung würde noch Konsequenzen haben. Konstantin beugte sich über

Violetta, die immer noch auf der Couch lag. Besorgt streichelte er ihre Wange. „Du brauchst Blut."

„Nein nein, es geht schon. Ich überlebe es", sagte sie leise. Der blonde Vampir verdrehte entnervt die Augen und schnitt sich mit dem Daumennagel die Innenseite der Oberlippe auf. Dann senkte er die Lippen auf ihre. Mira schaute mit verschränkten Armen zu. Ob Vampire sich öfter so küssten? Nach wenigen Atemzügen drückte Vio ihren Geliebten von sich weg. „Das ist jetzt wirklich genug. Vorm Haus wird es unruhig. Ich glaube, es ist Edward. Siehst du nach ihm?"

Konstantin nickte gezwungen und ging. Mira hatte nichts gehört, aber die Sinne der Vampire waren bekanntlich schärfer. Vio winkte sie heran. „Du zitterst. Ist dir kalt?"

Sie hatte es selbst kaum bemerkt. Mira zitterte immer noch buchstäblich wie Espenlaub. Mit verschränkten Armen ließ sie sich neben ihrer Freundin auf dem Sofa nieder, ihre Knie gaben nur zu bereitwillig nach. Die Bilder, die sie gesehen hatte, während Asheroth getrunken hatte, ließen sie nicht los. Mittlerweile war sie sich sicher, dass sie nicht halluziniert hatte. Anzheru und ihn musste wesentlich mehr verbinden als ein paar Jahre gemeinsamer Vergangenheit.

„Wer ist dieser Mann?", fragte sie etwas heiser. Vio atmete hörbar aus. Sie dachte gründlich nach, bevor sie antwortete. „Du kannst dir den Ältestenrat als unsere höchste Instanz vorstellen. Sie entscheiden über unsere Gesetze und überwachen die Clans, damit wir vor den Menschen im Verborgenen bleiben. Asheroth ist ihre Speerspitze. *Der Speer* ist sogar irgendwann zu seinem Titel geworden. Er wird geschickt, um zu exekutieren, wenn jemand gegen die Regeln verstößt."

„Verstehe. Der Tod hat für Vampire also ein Gesicht", sagte Mira tonlos.

„Ja, so kann man es auch sagen."

Wieder trat eine kurze Pause ein. Mira zog Vio schutzsuchend an sich. Die kleine Vampirin schmiegte sich mit einem Lächeln an ihre Seite und genoss die Wärme.

„Warum ist es in seiner Nähe so furchtbar? Man kann nicht hoffen." Das verstörte sie am aller meisten.

„Es liegt an seiner Aura. Jedem Vampir ergeht es so. Angeblich hatte er sie sogar schon, als er noch ein Mensch war, aber das ist nur ein Gerücht. Sei bloß vorsichtig, falls du Anzheru darauf ansprichst!", warnte Violetta sie mit Nachdruck. „Keiner von uns fragt nach seiner Vergangenheit."

Das wusste Mira bereits. „Was ist zwischen Anzheru und ihm?"

Vio schüttelte ausweichend den Kopf. „Ich weiß nicht genau, warum sie sich so sehr hassen und dabei sind sie Vater und Sohn."

Damit war Miras Befürchtung bestätigt. Wie könnten sie sich auch sonst so ähnlich sehen? Es war bloß kaum zu glauben, da Asheroth nicht um einen Tag älter wirkte als sein Sohn. Auf seine Art war sogar auch er unwiderstehlich schön. Ob Anzheru überhaupt darüber sprechen würde? Das elfenhafte Mädchen drückte sanft den Kopf an ihre Schulter. „Du hast mir vorhin nicht geantwortet."

Mira warf ihr einen irritierten Blick zu.

„Auf die Frage, ob du Anzheru inzwischen lieben gelernt hast."

„Ernsthaft? Das ist jetzt wichtig?"

Vio nickte eifrig. „Umso mehr."

Ihre fröhlichen Züge kehrten langsam zurück. Regeneration war für Vampire wohl nur eine Frage von Minuten. Mira versuchte, die Gedanken in ihrem Kopf wieder halbwegs zu ordnen. Unter all der Anspannung war es erstaunlich leicht, ihre Zuneigung für Anzheru wieder zu finden. Ein weiteres Mal hatte er sie vor dem Tod bewahrt. Allerdings hatte er nicht Wort gehalten, dass nur er von ihr trinken würde. Sie seufzte, immer noch um eine Antwort verlegen.

„Wenn du so ewig nachdenken musst, kenne ich die Antwort schon." Vio warf ihr einen schelmischen Blick zu.

„Wenn es mal so einfach wäre, ihn zu mögen. Er ist furchtbar abweisend, seit er mir die Tageswandler näher erklärt hat. Ich darf ihn nicht anfassen", brummte Mira. Darüber zu reden, war vielleicht gar nicht so falsch.

„Wenn ich die Situation dieses Mal richtig einschätze, will er dich nur nicht verletzen. Es ist für einen Menschen nicht ganz ungefährlich, von einem Vampir geliebt zu werden."

Mira verzog das Gesicht. „Was du nicht sagst. Ich will ja nicht sofort alles. Und schon gar nicht diese Liebesmahle."

„Es ist bloß so, Mira... Männliche Vampire sind keine Kuscheltiere. Sie sind einfach gierig und dazu ist Anzheru ein Geborener. Er weiß nicht, wie schnell ein Mensch erschöpft sein kann. Und je nach Stellung..."

„Bitte keine Details, ich weiß schon, was du meinst!" Miras Wangen glühten. „Warum hackst du überhaupt darauf herum?"

„Ich fragte nur nach deinen Gefühlen, nicht ob du dich ihm hingeben willst. Du hast gesagt, du darfst ihn nicht anfassen. Andererseits... Von seiner Ausdauer wärst du bestimmt nicht enttäuscht." Diesen letzten Kommentar zum Thema konnte Vio sich nicht verkneifen. Sie besaß ein unglaubliches Talent, von dem Schrecken abzulenken, der ihnen beiden in den Gliedern saß. Ihre Nähe tat wirklich gut. Mira strich ihr bekümmert über den Arm. „Also ist es normal, dass gleich mehrere Vampire hinter dir her sind, obwohl du vergeben bist? Sie sind einfach gierig?"

Vio wollte antworten, aber sie hielt inne, als Konstantin den Raum wieder betrat.

„Das Übliche. Anzheru hat Edward untersagt, ihn zu begleiten." Er musterte die beiden Mädchen kurz. Mit einem etwas eifersüchtigen Blick nahm er Mira die Vampirin aus den Armen und setzte sich mit ihr auf dem Schoß in einen der Sessel.

„Ich wollte euch nicht unterbrechen." Konstantin schloss die Augen und lehnte die Stirn gegen Vios Hinterkopf. Sein Gesicht verschwand in ihren leuchtend blonden Haaren. Vio lächelte mit geschlossenen Augen, dann sah sie Mira wieder ernster an. „Nein, das ist nicht normal. Auch ich besitze eine seltene Gabe. Und zwar bin ich eine der wenigen Vampirinnen, die unsterbliche Nachkommen zur Welt bringen können. Das besitzt leider Anziehungskraft."

Mira nickte. „Wollt ihr welche?"

„Nein, bloß nicht!" Konstantin zog das Mädchen noch enger an sich. „Im Austausch für so ein kleines Monster würde ich nie ihr Leben aufs Spiel setzen. Fast alle Vampirinnen sind bei den Geburten gestorben!"

Darauf erwiderte Mira lieber nichts.

„Und außerdem sind geborene Vampirkinder grauenhaft, wie frisch Verwandelte. Sie wollen ständig immer mehr Blut und sind vollkommen unberechenbar."

Sie hörten, dass die Haustür erneut geschlossen wurde. Konstantin zog den Kopf ein, als Anzheru mit einem etwas gereizten Gesichtsausdruck das Kaminzimmer betrat.

„Nichts für ungut", murmelte er. Anzheru schüttelte sacht den Kopf. „Du hast ja Recht. Wie fühlst du dich jetzt, Vio?"

„Es geht schon."

„Verzeih, ich hätte das nicht zulassen dürfen." Seine Betroffenheit war ihm deutlich anzumerken. Vio brauchte ihn nur anzulächeln, damit er sich entspannte. Dann wanderte Anzherus Blick zu Mira. Seine eisblauen Augen drohten, sie zu durchbohren, aber sie hielt stand. Konstantin schien die Anspannung zu spüren. Er stand mit Vio auf und legte sie über seine Schulter, um die Villa zu verlassen.

„Lass mich bitte runter. Ich kann laufen", versicherte die kleine Vampirin.

„Ja." Konstantin machte keine Anstalten, ihrer Bitte zu folgen. Anzheru forderte ihn auf, kurz zu warten, woraufhin er Violetta etwas ins Ohr flüsterte.

„Danke, dass du sie in Schutz genommen hast", sagte Konstantin an Mira gewandt. Es verbesserte Anzherus Laune kein bisschen. Er wartete, bis die beiden die Haustür hinter sich geschlossen hatten.

„Bist du völlig wahnsinnig geworden, oder spürst du seine Aura nicht?", platzte er heraus.

„Du meinst das Gefühl, dass in seiner Gegenwart keine Hoffnung auf den nächsten Sonnenaufgang besteht, obwohl sich die Erde weiterdreht? Doch das habe ich gespürt!", erwiderte Mira genauso aggressiv.

„Also wie kommst du auf die Idee, *Asheroth* herauszufordern?" Sie zuckte die Achseln. „Ich hatte Angst um Vio. Vielleicht hättest du mir sagen sollen, was der Ältestenrat ist, und dass dein Vater dazu gehört."

Anzheru verzog das Gesicht. Er schien Asheroth wirklich abgrundtief zu hassen. „Ja…"

„Und außerdem hast du gesagt, nur du trinkst von mir. NIEMAND sonst!" Nach all der Angst und der Anspannung war plötzlich Platz für Wut. Anzheru ließ die Schultern sinken. „Es ist das Familiensiegel nicht mein Siegel."

Dass er klein bei gab, würde ihn nicht retten. Mira stemmte sich von der Couch. „Oh großartig! Wie viele Verwandte hast du denn noch?"

„Es gibt nur ihn", würgte der Vampir hervor.

Mira starrte ihn enttäuscht an. Sie hatte allen Grund dazu und das machte es umso schlimmer. Anzheru ging langsam auf sie zu. „Es ist verboten, Menschen alles über unsere Welt zu sagen. Was du jetzt weißt, ist im Grunde schon zu gefährlich für dich.

Dass die Familien der Begabten geheim gehalten werden, zum Beispiel. Es gibt Vampire, die für dieses Wissen töten würden." Sie schnaubte nur verächtlich.

„Zeig mir dein Handgelenk", bat er sie in einem möglichst versöhnlichen Tonfall. Widerwillig hielt Mira ihm den traktierten Unterarm hin. Asheroths Bissabdruck sah fürchterlich aus.

„Es tut mir wirklich leid. Ich habe nie von seinen Sklaven getrunken. Ich hatte gehofft, er würde dich im Gegenzug verschonen." Anzheru ergriff behutsam ihre Hand. „Aber selbst ich hätte nicht widerstehen können, wenn ich vorhin im Raum gewesen wäre."

Mira schluckte schwer. „Der Impuls war stark, oder?"

„Ja, unheimlich stark. Es hat mich gewundert, dass nicht der gesamte Clan sofort hier aufgetaucht ist. Andererseits begibt sich niemand freiwillig in die Nähe von Asheroth."

„Warum ist es ausgerechnet heute passiert?" Sie klang verzweifelt.

„Ich weiß es nicht. Vielleicht ist es an starke Gefühle gekoppelt." Er fühlte sich elend hilflos.

„Dann kann ich es niemals steuern", erwiderte sie wütend und entzog ihm ihren Arm.

„Ja."

Hastig schob Mira sich an ihm vorbei. Anzheru widerstand dem Drang, sie zurückzuhalten und an sich zu drücken. Er musste sich wohl damit begnügen, dass ihr außer dem Blutverlust nichts weiter passiert war. Er lauschte ihren Schritten in der ersten Etage. Mira duschte sich ab und ging sofort ins Bett, obwohl der Sonnenaufgang noch etwa eine Stunde hin war. Anzheru räumte das Kaminzimmer auf und begab sich ebenfalls in sein Schlafzimmer. Es war seit Jahren das erste Mal, dass er das Bedürfnis verspürte, sich auszuruhen. So lang wie Mira würde er natürlich nicht schlafen müssen. Vielleicht würde er später ein Bad nehmen, wenn das Mädchen noch schlief. Ihr Herzschlag war jedoch lauter denn je. Die Geschwindigkeit ihres Pulses ließ darauf schließen, dass sie noch hellwach war. Stunden später war es immer noch nicht besser. Mira war unruhiger als je zuvor. Anzheru begann, sich ernsthafte Sorgen zu machen. Es war ihm schon öfter aufgefallen, dass sie nicht besonders gut schlief, aber heute war es anders. Was hielt sie bloß wach? Anzheru beschloss, nachzusehen. Als er vor der Tür zum Gästezimmer stand, nahm er wahr, dass Mira plötzlich noch viel angestrengter atmete. Und es roch nach ihrem Blut. Anzheru bohrte die Fingernägel in seine Oberschenkel, um einen klaren Gedanken zu fassen. Erst dann war er dazu in der Lage, behutsam die Tür zu öffnen, statt sofort über sie herzufallen. Mira setzte sich ruckartig im Bett auf und starrte ihn entsetzt an. Panisch presste sie die rechte Hand auf die Innenseite ihres linken Handgelenks.

„Ist die Wunde wieder aufgerissen?", fragte Anzheru besorgt.

„Geh weg!" In ihrer Stimme schwang Verzweiflung mit. Er seufzte matt. „Mira, du blutest. Wunden, die einem ein Ältester zufügt, verheilen schlecht." Der Vampir hielt ihr zum Beweis seinen eigenen Arm hin, an dem der Bissabdruck ebenfalls noch zu sehen war. „Selbst bei mir. Bitte lass mich deine Wunde versorgen."

Argwöhnisch betrachtete Mira die Narben an seinem Handgelenk.

„Du wirst trinken", stellte sie nüchtern fest.

„Ich muss tiefer zubeißen als er, um die Wunde zu säubern, ja. Aber ich werde so wenig trinken wie möglich, dein Kreislauf ist schlimm genug angeschlagen."

Mira zog ihre Decke fester um sich, wie einen Schutzschild, doch sie ließ es zu. Anzheru setzte sich auf die Bettkante und war so vorsichtig wie möglich. Selbst die wenigen Tropfen, die er nicht vermeiden konnte, schmeckten so köstlich, dass es in der Kehle brannte. Ihre samtweiche Haut ließ sich im Gegensatz

zu vampirischem Gewebe problemlos wieder schließen. Trotzdem verkrampfte sich Mira, als würde er ihren Arm häuten, statt
ihn zu heilen. Danach zog sie ihn sofort unter ihre Decke. Das
Mädchen schaute ihn irritiert an.

„Was ist?", fragte Anzheru verwirrt.

„Hast du gerade daran gedacht, zu baden?"

Der Vampir hob verblüfft die Augenbrauen. Das hatte er
wirklich. „Wie kommst du darauf?"

„Ich weiß nicht. War so eine Eingebung." Mira versuchte hastig,
sich vollständig unter der Decke vor ihm zu verbergen, aber
dafür war sie zu groß. Sobald sie die Decke über den Kopf zog,
lugten ihre nackten Füße darunter hervor. Anzheru wickelte sie
geduldig wieder aus, obwohl sie sich nach Kräften wehrte. Miras
Hände konnte er mit Leichtigkeit festhalten.

„Hast du es gesehen?"

Sie schaute ihn widerwillig an. „Ja. Es war so harmlos, dass ich
es kaum glauben konnte."

Anzheru schüttelte erstaunt den Kopf. „Es ist also doch wahr."

„Was?", fragte Mira gereizt.

„Tageswandler sind Vampire mit warmem Blut, was völlig
wider unserer Natur ist. Warum sollten sie nicht auch unsere
Fähigkeiten umkehren können."

Sie schluckte schwer. Er ließ sie los. „Ich sehe die Gedanken von
anderen in ihrem Blut. Du siehst jetzt also schon die Gedanken
desjenigen, der von dir trinkt. Du bist wirklich erstaunlich."

„Aber ich bin ein Mensch!" Mira begann zu weinen, weshalb
Anzheru sich hilfloser denn je fühlte.

„Beruhige dich. Du solltest langsam wirklich schlafen."

„Ich kann nicht!", schrie sie. „Ich werde verschleppt, ich habe
diese verfluchte Gabe geerbt, ich könnte eine Tageswandlerin
sein, der Tod in Person kreuzt hier auf und übermorgen müssen
wir zu dieser Verhandlung, von der abhängt, ob dein Clan in den
Krieg zieht oder nicht!" Sie atmete angestrengt ein und aus. „Für

dich ist das vielleicht normal, aber für mich ist das alles viel zu viel!"

Das konnte er nachvollziehen, obwohl er selbst nie zerbrechlich wie ein Sterblicher gewesen war. Anzheru strich mit den Fingerknöcheln über ihre Wange.

„Was hast du in Asheroths Gedanken gesehen? Das ist es doch, was dich so sehr beschäftigt, oder?", fragte er ruhig. Wenn sie sich alles von der Seele redete, würde sie sich vielleicht endlich wieder etwas beruhigen. Mira wischte sich unwirsch die Tränen aus dem Gesicht. „Ich habe die Vampire gesehen, die mich im Hotel angegriffen haben. Und dich, aber du warst kleiner... Und verletzt."

Die letzten zwei Worte klangen nach ernsthafter Sorge. Anzheru schüttelte sacht den Kopf, damit sie nicht weiter danach fragte. Für heute hatte sie bereits einen reichlich einprägsamen Eindruck von Asheroth erhalten, welche Geschichte auch immer dahinter steckte. Mühelos hob er Mira in seine Arme. In dieser Nacht siegte seine Fürsorge über den Blutdurst.

„Wo gehen wir hin?", fragte sie schon fast heiser.

„Dein Bett ist zu klein für uns beide."

Mira erschauderte leicht, aber sie wehrte sich nicht, als er sie in seinem Bett ablegte, eine große, dicke Decke über ihr ausbreitete und diese sorgsam um sie feststeckte. Anschließend legte Anzheru sich neben ihr aufs Bett und schlang einen Arm fest um sie, in der Hoffnung, dass es ihr ein klein wenig Sicherheit vermittelte. Es dauerte tatsächlich nur ein paar Minuten, bis sie wieder ruhig atmete, dann schloss sie die Augen.

„Anzheru?"

„Ja?"

„Warum hasst ihr euch eigentlich so sehr? Asheroth und du?"

„Er hasst mich nicht. Er ist enttäuscht."

Mira öffnete mühsam das linke Auge. „Warum?"

„Er ließ mich zur Leibwache ausbilden. Ich habe ihn eine Weile bei seinen Aufgaben unterstützt, aber wir hatten zu viele Meinungsverschiedenheiten. Ich verließ die Leibwache, um bei einem Clan zu leben. Darüber wird er niemals hinweg sehen."

„Und was ist mit dir?"

„Schlaf jetzt, Mira." Er zog sie näher an sich.

„Vio hat sich verschätzt", murmelte sie ganz leise.

„Inwiefern?"

„Ach nichts. Schon gut." Sie lächelte mit geschlossenen Augen und schob eine Hand unter der Decke hervor. Ihre schlanken Finger tasteten nach ihm, bis sie sein Hemd gefunden hatten. Mira hielt sich an ihm fest. Selbst noch als sie längst eingeschlafen war. Anzheru beobachtete aufmerksam ihre Augen, die von Zeit zu Zeit unter den Lidern zuckten. Ihr Atem ging gleichmäßig. Der Vampir fasste einen Entschluss. Wenn noch einmal ein anderer es wagte, sie anzurühren, würde er denjenigen schlichtweg köpfen. Ob es Asheroth persönlich war oder nicht.

9. Diplomatie

Als Mira erwachte, war es draußen dunkel. Sie konnte sich kaum rühren, Anzheru hatte einen regelrechten Kokon aus der schweren Decke geformt, während sie wohl im Tiefschlaf gewesen war. Der Vampir lag leider nicht mehr neben ihr im Bett. Mira rief nach ihm, erhielt jedoch keine Antwort. Er schien überhaupt nicht zu Hause zu sein. Sie ging nach unten und stellte mit Bedauern fest, dass ihre Vorräte in der Küche sich langsam dem Ende neigten. Heute stand wieder einmal Trockenfleisch auf dem Speiseplan. Trotzdem fühlte sie sich besser ausgeruht als die gesamte letzte Woche, auch wenn Anzheru sie nicht den ganzen Tag bewacht hatte. Als sie die Haustür hörte, wandte Mira sich hoffnungsvoll um, doch es war Konstantin, der die Küche betrat. Der blonde junge Mann warf ihr einen besorgten Blick zu. „Alles in Ordnung?"

„Ja, es geht mir gut. Ist etwas passiert? Wo ist Anzheru?"

„Nein, es ist nichts. Ich wollte nur nach dir sehen. Vio macht sich Sorgen um dich."

Mira lächelte. „Sag ihr, es ist wirklich alles in Ordnung."

„Kein Wunder, du hast über vierzehn Stunden geschlafen." Er erwiderte ihr Lächeln, wobei es eher wie ein amüsiertes Grinsen aussah.

„Also wo ist Anzheru?", wiederholte Mira unbeirrt.

„Er wollte noch etwas für dich besorgen und ein paar andere Dinge erledigen. Sag ihm nachher bitte nicht, dass ich hier war. Er hat verboten, dass irgendjemand die Villa betritt. Und ich fürchte, er trennt mich von einem Großteil meiner Haut, wenn er davon erfährt."

„Warum das?" Dieses Verbot stimmte sie traurig. Musste er sie unbedingt isolieren?

„Zu deinem Schutz natürlich. Der Clan ist etwas unruhig, seit dein Blut gestern diesen Impuls ausgesendet hat. Er war so stark, dass er sogar Vampire vom Östlichen Clan angelockt hat, die zufällig in der Nähe waren."

Mira schlang verängstigt die Arme um ihren Oberkörper. Konstantin hob entschuldigend die Hände. „Keine Sorge, sie sind wieder gegangen."

Sie wandte sich ab. Diese Gabe war ein Fluch, egal was die Vampire darüber dachten. Was würde passieren, wenn ihr Blut morgen in Tristans Gegenwart den nächsten Impuls aussendete? Mira wollte sich gar nicht vorstellen, wie sich ein Dutzend Vampire blutgierig auf sie stürzte. Wahrscheinlich würden sie sogar gegeneinander kämpfen und sie war der Hauptgewinn für den Sieger. Konstantin sah sie wieder besorgt an. „Machst du dir Sorgen wegen der Verhandlung?"

Sie nickte. „Gibt es so eine Art Protokoll, das ich kennen muss? Ich will Anzheru und seine Leibwache nicht gefährden."

Er überlegte kurz. „Sie werden sich begrüßen. Während sie reden, werden sich die Leibwachen schweigend gegenüber stehen."

„Darf ich neben Anzheru sitzen?"

Der Vampir schüttelte bedauernd den Kopf. „Du und Tristans Mädchen werdet höchstwahrscheinlich etwas abseits sitzen. Kein Wort zu ihr. Halte dich einfach daran, was Vio und Anzheru dir eingebläut haben. Sei eine brave Blutsklavin, sieh zu Boden und rühr dich nicht." Seine Miene sollte Mira wohl aufmuntern. Betrübt ließ sie die Schultern sinken. „Wirst du dabei sein?"

Konstantin nickte. „Ich weiß, wie sehr manche der alten Gewohnheiten Anzheru zuwider sind. Er hat mich gern zur Unterstützung dabei."

Sein Tonfall ließ vermuten, dass Anzheru Konstantin nicht zu befehlen brauchte, ihn zu begleiten. Es war selbstverständlich.

„Ihr seid schon eine ganze Weile befreundet, oder?" Mira nahm ihren Teller und wies in Richtung Diele. Der Vampir folgte ihr bereitwillig bis ins Kaminzimmer.

„Ja, ein paar Jahre werden es wohl schon sein." Er lachte kurz auf, dann schaute er Mira nachdenklich an. „Kurz gesagt bin ich zu ihm übergelaufen, weil mein erstes Clan-Oberhaupt ein grausamer, selbstsüchtiger Mann war. Ich wollte nicht mehr die Leichen hinter ihm verschwinden lassen und Anzheru sagte, in seinem Haus sei ich stets willkommen. Er ist der Ansicht, dass auch wir uns mit der Welt verändern müssen, auch wenn wir unsterblich sind. Ich bin nicht der Einzige, der sich ihm bereitwillig angeschlossen hat."

„Geht das so einfach?", fragte sie neugierig.

„Nein, Samuel schickte ein Exekutionskommando."

Mira erschauderte. Wer den Kampf gewonnen hatte, brauchte Konstantin nicht auszusprechen. Langsam verstand sie, warum Anzheru als Oberhaupt so beliebt war. Sicher gab es noch mehr Vampire im Clan, die eine persönliche Bindung zu ihm hatten. Was war mit ihr? Akzeptierten sie ihre Anwesenheit irgendwann, oder blieb Mira immer nur sein *Haustier*, wie Tamara sie abfällig bezeichnet hatte? Konstantin verabschiedete sich nach diesem kurzen Gespräch. Der Rest der Nacht verging schleppend, da Anzheru auf sich warten ließ. Was musste er denn noch für sie besorgen? Andererseits rückte die Verhandlung mit Tristan unaufhaltsam näher. Mira schaute ein wenig fern und las, aber nichts lenkte sie erfolgreich ab. Erst mitten am Tag schlief sie über einem Buch auf dem Bärenfell vor dem Kamin ein. Kühle Finger weckten sie aus einem furchtbar wirren Traum, in dem zahllose Vampire gegeneinander angetreten waren. Als Mira die Augen aufschlug, saß Anzheru neben ihr auf dem Rand des Fells. Sanft strich er ihr eine Haarsträhne aus dem Gesicht. „Wie fühlst du dich?"

„Es geht, danke." Sie rieb sich die Augen und setzte sich auf. Er schaute sie dennoch ein wenig besorgt an.

„Ich werde das irgendwie schaffen, ohne diese Vampire zu provozieren", wollte sie ihm versprechen, aber ihre Stimme klang nicht so überzeugend, wie Mira es sich gewünscht hatte.

„Darum ging es mir eigentlich nicht." Anzheru lächelte sanft. Sie senkte schüchtern den Blick. Die Art seiner Aufmerksamkeit hatte sich so grundlegend verändert, sie würde eine Weile brauchen, um sich auch nur halbwegs daran zu gewöhnen. Bevor Mira ernsthaft überlegen konnte, in welchem Bett sie wohl am folgenden Tag schlafen würde, reichte Anzheru ihr eine flache, weiße Schachtel. „Iss zuerst etwas. Dann musst du dich fertig machen. Vio kommt gleich her, um sich um dein Haar zu kümmern."

Mira nickte, wobei sie hoffte, dass sie sich nicht Anzherus neuer Frisur anpassen musste. Ihm stand der Kurzhaarschnitt ausgezeichnet, aber ihr sicher nicht. Zaghaft strich sie über die Haare in seinem Nacken. Sie waren samtweich. Auf einen fragenden Blick sagte er, lange Haare seien im Zweifelsfall unpraktisch im Kampf. „Es war schon lange überfällig. Aber das ist nur meine Meinung. Helena sieht das anders."

Der besagten Schönheit reichte das flammend rote Haar bis zu den Ellbogen.

„Wird sie uns begleiten?", fragte Mira möglichst unverfänglich.

„Natürlich. Sie gehört zu meiner Leibwache."

Dieser Gedanke gefiel ihr überhaupt nicht. Hoffentlich musste sie nicht auch noch Tamaras herablässigen Blick ertragen, während sie sich auf ihre Rolle in der Verhandlung konzentrieren musste. Nachdem Mira gefrühstückt und geduscht hatte, steckte Vio ihre Haare zu einem komplizierten Knoten hoch, schminkte sie dezent und öffnete neugierig die weiße Schachtel. Darin lag ein schwarzes Kleid. Es fühlte sich an wie Seide und war doch schwer genug, um nicht ungünstig zu verrutschen. Es schmiegte

sich perfekt an und betonte Miras weibliche Züge. Dankbarer-
weise bedeckte der schwarze Stoff aber immer noch ihre Knie.
Vio strahlte sie schon beinahe neidisch an, als sie fertig waren.
Mira betrachtete sich kurz im Spiegel. Sie hatte früher nie viel
Aufwand um ihr Aussehen betrieben, da sie ohnehin jeden Ver-
ehrer aus gutem Grund ferngehalten hatte. Ein Geschenk von
Anzheru und eine Stunde mit Vio genügten und sie hätte zum
Empfang des norwegischen Königs gehen können. Anzheru
wartete in der Diele mit ihrem dünnen Mantel über dem Arm. Er
selbst trug eine merkwürdige dunkle Robe, die vielleicht vor
Jahrhunderten einmal modisch gewesen war. Auf den Stilettos,
die die kleine Vampirin ausgesucht hatte, lief Mira etwas unsicher. Sicher war hingegen, dass sie auf diesen Schuhen genauso
groß wie Anzheru war. Er nickte Vio zufrieden zu und hielt Mira
ihren Mantel auf. Bevor sie hinein schlüpfte, konnte sie kurz
Violettas Gesicht hinter seiner Schulter sehen. Die Vampirin sah
sie herausfordernd an, als wäre es jetzt Pflicht, sich zu küssen.
Mira versuchte, sie böse anzusehen, was so gut wie unmöglich
war. Sie hatte Vio einfach lieb gewonnen. Anzheru bemerkte ihr
stummes Blickduell und musterte Mira eindringlich. Während
die kleine Vampirin schnell hinaus huschte, senkte sie bedacht
den Kopf, um ihm auszuweichen. „Es ist nichts. Fahren wir?"
Anzheru ließ eine der Haarsträhnen durch die Finger gleiten, die
Vio absichtlich aus dem Knoten heraus gelassen hatte.
„Nur eins noch." Er neigte den Kopf zur Seite und küsste sie
ohne zu zögern auf den Mund. Mira war zu perplex, um zu
reagieren. Erst nach einem flachen Atemzug schloss sie die
Augen. Seine Lippen waren kühl, aber sie konnte sich nichts
Schöneres vorstellen. Viel zu schnell zog er sich wieder zurück.
Anzheru sah sie ernst an. „Ich brauche etwas Blut von dir, dann
finde ich dich überall."
„Noch mehr?", fragte Mira widerwillig.

„Es zehrt sich in meinem Körper auf. Leider… Aber du bekommst etwas von mir zurück, keine Sorge."

Sie wich unwillkürlich einen halben Schritt zurück, aber Anzheru legte einen Arm um ihre Taille.

„Entspann dich", flüsterte er ihr ins Ohr. Dass er Blut wollte, war gar nicht so schlimm, aber was meinte er mit »du bekommst etwas zurück«? Dieses Mal benutzte Anzheru auch nicht seinen hypnotischen Blick, Mira hielt einfach still, während er die Lippen auf ihren Nacken senkte. Es war bei weitem nicht so schmerzhaft wie die letzten Male, was vielleicht auch daran lag, dass Anzheru sich Zeit ließ. In seinen Gedanken zeigte er ihr eine weite, unberührte Landschaft. Die sanften Hügel waren mit hohem, trockenem Gras bedeckt. Jenseits der Hügel lag das Meer. Anzheru konnte das leise Rauschen der Brandung hören und das Salz riechen. Er trank wirklich nur ein bisschen und heilte die Wunde wie immer narbenlos.

„Wo warst du damals?", fragte Mira leise.

„In der Normandie. Dort wurde ich geboren." Anzheru strich über ihren Rücken. „Heute sieht es dort etwas anders aus."

Mira nickte bedächtig. Der Vampir zog sich daraufhin den Daumennagel über die Innenseite seiner Oberlippe.

„Nein nein. Ich brauche nichts. Es geht mir gut!" Sie versuchte verzweifelt, ihn von sich weg zu drücken, doch er packte mit sanfter Gewalt ihr Genick. Es gab keine Chance, diesem blutigen Kuss zu entkommen. Mira fürchtete, vampirische Züge anzunehmen, wenn sie sein Blut in sich hatte. Anzheru hingegen schien sich absolut keine Sorgen zu machen. Er schloss die Augen und genoss den kurzen Moment. Sein Blut war nicht so eisig wie vermutet. Es schmeckte nicht so süßlich-metallisch wie menschliches Blut, es war… Dafür fiel Mira noch nicht mal ein Wort ein. Sie wollte mehr. Erst als sich jemand geräuschvoll im Hintergrund räusperte, bemerkte sie, dass sie den Vampir gierig an sich drückte. Edward stand im Rahmen der Haustür und wies ungeduldig nach draußen zu einem der Jeeps. Anzheru löste sich aus ihren Armen und führte Mira hinaus. Viktor, Helena und ein weiterer Vampir mit dunkelbraunen, kurzen Haaren warteten im zweiten Jeep. Mira nahm neben Konstantin auf der Rückbank hinter Edward und Anzheru Platz. Sie fühlte sich wie betäubt. Von der Fahrt wusste sie später nur noch, dass sie den Kragen von Anzherus altmodischer Robe betrachtet hatte, in der Hoffnung darunter gäbe es mehr von seinem Blut.

Der Verhandlungsort war der kleine Saal eines Osloer Hotels. Die Nachtschicht des Personals beäugte sie ein wenig verwundert, da es kurz vor Mitternacht war, aber keiner wagte es, Fragen zu stellen. Offenbar hatte genügend Geld den Besitzer gewechselt, sodass die Türen hinter ihnen umstandslos geschlossen wurden. Tristan erwartete sie. Er hatte die Finger auf dem Rücken verschränkt und schaute aus dem meterhohen Fenster, das gegenüber des Eingangs lag. Zwei seiner Leibwachen säumten die doppelflügelige Tür, drei weitere Vampire saßen an der langen Festtafel und schauten sie misstrauisch an. Mira wagte nur einen kurzen Blick, dann schaute sie zu der Gestalt hinüber, die auf einem von zwei Stühlen saß, die ein paar Meter entfernt vom Kopfende der Tafel aufgestellt worden waren. Sie war ohne Zweifel ein Mensch, aber das war es nicht, was Miras Blick fesselte. Sie erkannte die roten, kurzen Haare, die strubbelig abstanden. Jacky! Konstantin stieß Mira leicht gegen den Arm, um sie an die Verhaltensregeln zu erinnern. Sie zwang sich mit aller Kraft, nicht aufzuschreien, als Tristan mit einer sehr förmlichen Begrüßung auf sie zukam. Anzheru war vorangegangen, die anderen bildeten eine Art V-Formation hinter ihm, die Mira zu beiden Seiten einschloss.

„Ich grüße dich, Tristan", antwortete Anzheru.

„Wie ich sehe, hast du an alles gedacht, die Gruppen sind ausgeglichen. Aber wer kennt die Regeln, wenn nicht du."

Mira spürte seinen Blick auf sich. Seine Stimme klang seltsam weich und gleichzeitig gierig.

„Natürlich." Anzheru streckte eine Hand nach hinten, um mit den Fingerspitzen Miras Kinn anzuheben. Sie wandte den Blick zur Seite, um Tristan auszuweichen. Andernfalls hätte sie ihn sofort ins Gesicht geschlagen dafür, dass er Jacky hergebracht hatte.

„Als Frau wäre sie mir zu groß, aber die Geschmäcker sind bekanntlich verschieden", lautete Tristans Kommentar. Anzheru stimmte zu. Sein Tonfall ließ absolut nicht vermuten, dass Mira mehr für ihn war als eine reizvolle Nahrungsquelle. Tristan sollte es also nicht einmal ahnen.

„Jacky, komm her!"

Miras Nackenhaare stellten sich auf, als sie hörte, in welchem Ton er mit ihr sprach. Sie hielt den Blick mit aller Kraft am Boden. Jackys Füße kamen hinter Tristans Stiefeln zum Stehen. Offenbar wurde sie jetzt Anzheru vorgeführt wie etwas zu essen. Auch sie war in ein schwarzes Kleid gesteckt worden, dessen Saum Mira sehen konnte.

„Was?!" Ihr Entsetzen war unüberhörbar. Tristan wartete einen berechneten Augenblick ab, dann fauchte er sie an, still zu sein. Jacky wich zurück.

„Verzeih, ich muss sie noch erziehen."

„Allerdings." Anzheru ließ sich absolut nichts anmerken. Seine Stimme jagte Mira einen Schauer über den Rücken. Wenn er wollte, konnte er so erbarmungslos klingen wie Asheroth. Tristan schlug vor, Platz zu nehmen. Tatsächlich setzten sich nur er und Anzheru an die lange Festtafel. Seine Leibwachen erhoben sich und bezogen in einer Reihe hinter ihm Position. Auch die beiden Vampire, die die Tür bewacht hatten, schlossen sich ihnen an. Konstantin und die anderen stellten sich in gleicher Form hinter Anzheru auf, sodass sich die beiden Parteien exakt gegenüber standen. Mira und Jacky setzten sich nebeneinander auf die abseits stehenden Stühle, jede auf die Seite ihrer Vampire. Jacky zitterte am ganzen Leib. Warum ausgerechnet sie? Es durfte einfach nicht wahr sein, dass Miras Fluch sie getroffen hatte! Ganz vorsichtig streifte Mira ihren Arm, doch Jacky zuckte nur heftig zusammen und rückte ein kleines Stück von ihr ab, ohne den Stuhl zu bewegen. Da ihr Kleid beim Hinsetzen ein wenig hochgerutscht war, kamen blaue Flecke an ihren Oberschenkeln zum Vorschein. Mira wollte sich gar nicht vorstellen, wie Jacky von Tristan misshandelt worden war. Es steigerte ihre Wut auf diesen Vampir in bisher unbekannte Höhe. Den Regeln zum Trotz wagte Mira, Tristan und seine Männer genauer anzusehen. Er trug eine ähnliche Robe wie Anzheru, allerdings in einem schmutzigen Braunton, seine Leibwachen trugen schlichte schwarze Jacken und besaßen sehr unterschiedliche Staturen. Ein Hüne wie Edward zu sein, bedeutete unter Vampiren offenbar nicht automatisch, der Stärkste zu sein. In diesem Moment warf einer der Vampire Mira einen kurzen, durchdringenden Blick zu. Mit Schrecken erkannte sie James wieder. Die Vampire, die sie in ihrem Hotelzimmer angegriffen hatten, gehörten zum Westlichen Clan! Panisch huschten ihre Augen zu Anzheru, doch bei ihm war kein Trost zu finden. Im Gegenteil, er hatte den Blickkontakt zwischen ihr und James bemerkt, obwohl sie sich insgesamt höchstens zwei Sekunden umgesehen hatte. Als sie ihm in die Augen sah, durchzuckte Mira plötzlich ein stechender Schmerz. Er verging so schnell, wie er gekommen war, aber er ließ sie atemlos zurück. Sie senkte sofort wieder den Kopf. Was war geschehen?

„Verzeih, Tristan. Wie es aussieht, braucht auch mein Mädchen noch etwas Nachhilfe", sagte Anzheru streng.

„Bloß brauchst du nicht die Hand zu erheben. Eine bemerkenswerte Fähigkeit. Erklärst du sie mir?"

„Es ist eine präzise Form der Lähmung. Statt sie komplett erstarren zu lassen, habe ich nur einige bestimmte Nervenbahnen blockiert." Anzherus Tonfall war grausam geschäftig geworden.

„Das klingt sehr effektiv", stellte Tristan amüsiert fest.

„Allerdings, das ist es. Aber lass uns jetzt zur Sache kommen."

In der kurzen Pause, die entstand, versuchte Mira zu verarbeiten, was sie gerade gehört hatte. Diese Fähigkeit hatte Anzheru noch nie gegen sie eingesetzt und gewarnt hatte er sie auch nicht. Es hatte sich zwar nur wie eine mahnende Ohrfeige angefühlt, aber es verletzte Mira trotzdem innerlich, wie er sie jetzt behandelte.

„Wo waren wir doch gleich beim letzten Mal stehen geblieben, Anzheru?", fragte Tristan, als ob er wirklich überlegen müsste. Dabei wusste jeder im Raum, dass Vampire nicht vergaßen.

„Deine Leute haben Helena und Tamara nahe Straßburg angegriffen."

„Ja, nun. Woher sollten sie auch wissen, dass die beiden nur auf der Durchreise waren? Soweit ich mich erinnere, sind auch unsere Frauen immer durstig. Und ein paar junge Franzosen kommen da sehr gelegen."

„Gut, lassen wir das bei Seite." Anzherus Stimme war so emotionslos, dass es einem Angst machte. „Jeanne und ihre Gruppe haben in Kopenhagen drei Menschen getötet. Und Kopenhagen liegt eindeutig auf unserer Seite der Grenze."

„Sie waren so geschwächt, dass sie es nicht mehr nach Hause geschafft hätten", hielt Tristan dagegen.

„Unsinn! Wenn das Übergriffe rechtfertigt, sind Territorialgrenzen sinnlos. Dann können wir alle überall jagen."

„Wenn du das so siehst", erwiderte Tristan gereizt. „Da du dich so gut mit unseren Gesetzen auskennst, erkläre mir doch bitte, seit wann es erlaubt ist, auf neutralem Gebiet zu kämpfen."

Wieder trat eine kurze Pause ein. Darum ging es also, statt um irgendwelche zurückliegenden Vergehen. Mira ging die Auseinandersetzung im Hotel in Gedanken durch. Anzheru hatte sich doch im Grunde nur verteidigt. Aber einen Notwehrparagraphen gab es unter Vampiren bestimmt nicht. Sie bezweifelte, dass sie die Anspannung noch lange durchhalten würde. Jacky schien kurz vor einem Nervenzusammenbruch zu stehen. Außerdem war ihre Haut ungesund blass.

„Deine Untergebenen wollten auf jenem neutralen Gebiet wildern, weil sie sich nicht unter Kontrolle haben. Ich habe sie nur davon abgehalten. Du kannst mir glauben, dass ihre Verletzungen harmlos waren, im Vergleich zu dem, was ihnen bevorgestanden hätte, wenn sie von den Ältesten verurteilt worden wären", gab Anzheru ungerührt zurück.

„Ach wie gütig von dir. Hättest du dann nicht folgerichtig das Mädchen einfach beseitigen müssen, weil sie uns als Vampire erkannt hat?"

Mira spürte, wie sich mehrere Blicke auf sie richteten.

„Stattdessen hast du sie zu deiner Sklavin gemacht und wartest nun seelenruhig darauf, dass ihr Blut noch mächtiger wird", stellte Tristan fest, als wäre es ein unverzeihliches Verbrechen. „Ihr Duft spricht für sich."

Anzheru erwiderte nichts.

„Du hast meinen Männern nicht irgendeine Beute gestohlen, sondern einen Menschen, der die Gabe zu wärmen besitzt. Unsere Gesetze verbieten es, einander Begabte abzujagen, seit sich mehrere Clans um ihretwillen gegenseitig abgeschlachtet haben. Weißt du noch?" Tristan schien sich seines Sieges bereits sicher zu sein. „Daher haben *wir* Anspruch auf die Begabte. Um dir ein wenig entgegenzukommen, habe ich dir dieses Mädchen dort mitgebracht. Bisher hat niemand ihr Blut gekostet, was auf die Begabte wohl kaum mehr zutrifft."

Seine Worte fraßen sich durch Miras Trommelfelle wie ätzendes Gift. Ihr wurde kurz schwarz vor Augen bei dem Gedanken, gegen Jacky eingetauscht zu werden. Im Westlichen Clan gab es mit absoluter Sicherheit niemanden, der sie beschützte. Sie würden sie zu Tode quälen, wie James es bei ihrer ersten Begegnung gesagt hatte. Aber Jacky wäre in Sicherheit. Anzheru würde sie nicht nach Lust und Laune misshandeln. Wenigstens das. Mira hob erneut den Blick, aber dieses Mal richtete sie ihn starr auf den geborenen Vampir. Still flehte sie um eine rasche Antwort, wie auch immer sie ausfallen mochte.

„Ein Austausch? So einfach stellst du dir die Lösung unseres Konfliktes vor?", fragte Anzheru kühl. „Oslo gehört als neutrales Gebiet dem Ältestenrat. Sie entscheiden."

„Korrekt. Und bis sie entschieden haben, gilt mein Anspruch. Tauscht die Plätze!", forderte er barsch. Jacky gab einen erstickten Laut von sich. Mira spürte, dass ihr die Tränen über die Wangen liefen. Anzheru sah sie nicht an, aber er bedeutete ihr mit einer Geste, zu warten.

„Hast du nicht bereits einen Ältesten informiert?", fragte er, obwohl er die Antwort kannte. Tristan schnaubte leise. „Ja. Zu meinem Bedauern teilte Asheroth mir mit, dass er nicht herkommen könne. Sonst wäre diese Sache schneller erledigt."

„Er besuchte auch mich, nachdem er deine Anklagepunkte gegen mich kannte. Sein Urteil ist bereits gefallen."

Es herrschte absolute Stille, abgesehen von Jackys flacher Atmung.

„Asheroth spricht die Begabte nicht euch zu."

Plötzlich ertönte das tiefe, unmenschliche Grollen im Raum, das den Zorn der Vampire enthüllte. Lauter als Mira es je zuvor wahrgenommen hatte. Tristans Leibwachen waren zur Angriffshaltung übergegangen, Edward und die anderen hatten ihr Verteidigungs-V hinter Anzheru eingenommen. Zu Miras Entsetzen hatte Konstantin sich ganz allein vor sie gestellt, um sie abzuschirmen. Im Augenwinkel nahm sie wahr, dass Jacky sich auf so wenig Raum wie möglich am Boden zusammenrollte. Sie war mit den Nerven am Ende.

„Natürlich nicht! Er ergreift Partei für seinen kleinen Sohn!", knurrte Tristan.

„Asheroth ergreift nicht aus Sympathie Partei. Wenn es etwas gibt, das er niemals tut, dann das. Egal, um wen es sich handelt." Anzheru erhob sich betont langsam. „Um die Situation zu deeskalieren, schlage ich vor, wir ziehen uns zurück. Du hast mich ja vorhin darüber belehrt, dass es verboten ist, auf neutralem Boden zu kämpfen."

Tristan schnaubte verächtlich, doch er bedeutete seinen Wachen, sich zurückzuziehen. Konstantin zog Mira auf die Füße und übergab sie Anzheru so schnell wie möglich, während sie das Hotel verließen. Er spürte, dass sie heftig zitterte. Kalter Regen hatte eingesetzt, die Straßen waren völlig leer. Die Jeeps hatten sie in der nächsten Seitenstraße abgestellt. Viktor schüttelte ungläubig den Kopf. „Damit dürfte die Diplomatie endgültig beendet sein."

„Allerdings", knurrte Anzheru. Dank Asheroth hatte er Tristans Plan bereits gekannt. Er bezweifelte, dass er andernfalls Ruhe hätte bewahren können.

„Was für ein einfältiger Bastard", murmelte Edward, der direkt neben ihm lief.

„Werden sie uns angreifen?", fragte Konstantin angespannt.

„Möglich, aber nicht hier."

Mira blieb ruckartig stehen. Anzheru war gezwungen ebenfalls innezuhalten, um ihr nicht den Arm zu brechen. „Mira, wir müssen hier weg. Es werden bestimmt noch mehr von ihnen herkommen."

Sie schaute ihn nur zornig an und versuchte, sich aus seinem Griff zu winden. Anzheru konnte sich vorstellen, warum. „Ich weiß, dass du wütend bist, aber bedenke, dass du mir die Hoffnung gemacht hast, ich müsste diese Art von Schmerz nie einsetzen." Es hatte ihn mehr Überwindung gekostet als in jeden Kampf zu ziehen. Das Blockieren von Nerven eines anderen

Geschöpfes war eine äußerst gefährliche Waffe, die er nie wieder hatte einsetzen wollen.

„Das ist unwichtig. Ich weiß, warum du es getan hast. Was passiert mit Jacky?" In ihrer Stimme schwang Verzweiflung mit. Anzheru verstand nicht, warum das jetzt wichtig war. Tristan hatte sich dieses Mädchen nur genommen, um den Austausch vorschlagen zu können. Er hob sie hoch und trug sie weiter zum Auto.

„Anzheru, bitte…" Miras Stimme erstarb. Er setzte sie vor der Beifahrertür des Jeeps ab. Sie weinte.

„Beruhige dich, es ist vorüber." Behutsam berührte er ihre Wange. „Es gab keinen Impuls und du hast still gehalten. Besser konntest du die Situation wirklich nicht meistern."

Sie schüttelte kaum merklich den Kopf. Konstantin erschien neben ihnen, während Viktor, Heed und Helena bereits in ihren Wagen einstiegen. Edward sah sie drängend über den Jeep hinweg an. Konstantin reichte Mira ein weißes Taschentuch, das sie dankend annahm.

„Sag nicht, sie ist deine eine Freundin an der Universität?", fragte er mitfühlend und ungläubig zugleich.

„Doch", schluchzte sie. Anzheru biss sich so fest auf die Unterlippe, dass es schon fast blutete. Das war also der Grund für ihre Aufregung. Konstantin warf Anzheru einen irritierten Blick zu. „Hatte Tristan etwa geplant, dass die Mädchen aus der Rolle fallen?"

„Bestimmt hatte er sich auch dafür eine Strategie zurechtgelegt. Er wollte sehen, ob ich sie bestrafe." Er legte Mira einen Arm um die Taille. „Wenn ich es nicht über mich gebracht hätte, hätte Tristan mir unterstellt, dass ich dich aus persönlichen Gefühlen behalten habe und dann wäre es wirklich schwierig geworden. Zuneigung gilt in solchen Verhandlungen nie als Argument. Du hast dich richtig verhalten." Er spürte mit Bedauern, dass sie sich gegen seine Umarmung sträubte.

„Setz du dich nach vorn, Konstantin." Er selbst hob Mira auf die Rückbank und setzte sich neben sie. Sie wich seinem Blick so konsequent aus, dass es schmerzte, aber Anzheru musste sich jetzt wieder auf die Situation konzentrieren. Er schätzte, dass Tristan Jacky jetzt nicht mehr brauchen würde, aber das würde er auf keinen Fall aussprechen. Viel mehr interessierte ihn, wie Tristan auf die Verbindung zwischen ihr und Mira aufmerksam geworden war.

„Wer wusste, dass du aus Belgien stammst?", fragte er Mira. Konstantin seufzte. „Alle. Vio hat danach gefragt, als wir im alten Empfangssaal waren."

Anzheru rieb sich den Nasenrücken. Das machte es nicht einfacher. Mira bewegte sich in seinem Arm, um die Schuhe abzustreifen, auf denen sie nur unsicher gelaufen war.

„Denkst du, einer von uns will sie loswerden?", fragte Konstantin.

„Und damit das Risiko eingehen, einen Krieg vom Zaun zu brechen?", warf Edward ein.

„Du musst es in Betracht ziehen!" Konstantin wandte sich auf dem Beifahrersitz nach hinten. Das hatte Anzheru im Stillen bereits. Vio war nicht von ganz allein auf Mira zugegangen, das hatte er in ihren Gedanken erahnen können. Allerdings hatte sie sich vollkommen auf Miras Seite gestellt. Seit er von der Wache am nördlichen Tor wusste, dass Asheroth bereits ein paar Minuten auf dem Gelände gewesen war, bevor Tamara ihm Bescheid gesagt hatte, hegte er einen Verdacht. Sie hatte ihn schon immer gewollt und vielleicht darauf gesetzt, dass Asheroth Mira töten würde. Wenn sie nun tatsächlich dafür verantwortlich war, dass Tristan Miras menschliche Freundin aufgespürt hatte, war das Hochverrat. Schließlich hatte es die Verhandlung gefährdet und somit sie alle. Auf Hochverrat stand der Tod. Sie verließen das Stadtgebiet. Edward trat aufs Gas. Bei diesem Tempo würden sie kaum zwei Stunden bis nach Hause brauchen. Anzheru holte sein Handy aus der Innentasche seiner Robe und wählte Vios Nummer. Sie meldete sich sofort. „Ist alles in Ordnung?"

„Ja, wir sind jetzt auf dem Rückweg. Weißt du, wo Tamara ist?"

„Ehm… Nein, ich habe sie heute noch nicht gesehen, aber sie geht ja oft allein auf die Jagd."

„Sag Artorius, er soll uns entgegen kommen."

„Jawohl."

Er legte auf. Mira hatte die Arme vor der Brust verschränkt und starrte die Lehne des Vordersitzes an. „Können wir denn gar nichts für sie tun?"

„Bedauere, aber nein." Anzheru zog sie näher an sich, aber Mira wandte das Gesicht von ihm ab. Es gab wohl nichts, was sie trösten konnte. Nach ein paar Atemzügen spannte sich ihre Schultermuskulatur an. „»Er spricht sie nicht euch zu« heißt noch nicht, dass ich allein zu dir gehöre, oder?"

Er zögerte mit der Antwort. Mira hatte erstaunlich genau hingehört und war zum richtigen Schluss gekommen. Der Wald wurde immer dichter. Nur Mond und Sterne warfen ihr schwaches Licht auf die Straße. Die Lichter der Autos hatten sie vorsichtshalber ausgeschaltet.

„Wir sollten das nicht hier im Auto…", setzte Anzheru an, doch ein lautes Krachen unterbrach ihn. Mira zuckte entsetzt zusammen. Eine dunkle Gestalt hatte den anderen Jeep so schwer getroffen, dass er von der Straße abkam. Edward wich einem weiteren Angreifer aus und brachte den Wagen quietschend zum Stehen. Blitzschnell verließen die Vampire mit Mira den Jeep. Anzheru setzte sie ab und kehrte ihr den Rücken zu. „Rühr dich nicht!"

Edward und Konstantin gingen neben ihm in Verteidigungsstellung. Der Jeep, in dem Helena und die anderen gesessen hatten, war gegen einen Baum geprallt und lag auf der Seite. Viktor stemmte sich aus dem gesplitterten Fenster, dann Helena. Gemeinsam zogen sie Heed aus dem Jeep.

„Wie schlimm ist es?" Anzheru bekam keine Antwort. Der nächste Angriff erfolgte. Er konnte sieben Vampire ausmachen, zwei griffen Helena und Viktor an, die anderen kamen von zwei Seiten auf sie zu.

Mira sah sie kommen. Ihre eisblauen Augen glühten im Dunkel der Nacht. Das wütende, aggressive Grollen der Vampire dröhnte ihr in den Ohren. Konstantin wurde von ihrer Seite gerissen, er wirbelte einige Meter durch die Luft. Mira konnte vor Angst nicht atmen. Wessen Kopf vor Anzheru auf dem Boden aufschlug, konnte sie nicht erkennen, doch ihr brach der kalte Schweiß aus. Auch den nächsten Angriff konnten Anzheru und Edward abwehren, doch sie waren eine Sekunde lang gezwungen, sich weiter von Mira zu entfernen. Ein harter Schlag traf sie von der rechten Seite und riss sie neben der Straße den Hang hinunter. Sie landete mit dem Gesicht auf der Erde. Eine Hand zerrte sie wieder auf die Füße und weiter durch das dichte Gebüsch. Als sie sich halbwegs aufgerichtet hatte, erkannte Mira den Vampir, der sie in den Wald hinein schleifte. Es war der kleine, hagere Mann, der sie beinahe im Kleidergeschäft in Oslo angefallen hätte. Mit aller Kraft stemmte sie sich gegen ihn oder hielt sich an Ästen fest, doch er zerrte sie erbarmungslos weiter. Mira wollte sich nicht ausmalen, was dieser Vampir außer ihrem Blut noch alles wollen könnte. Irgendwie musste sie ihn doch aufhalten können. Plötzlich erfasste ihn eine riesige Gestalt von schräg hinten und er ließ los. Mira stürzte zu Boden.

„Lauf zurück!", brüllte Edward, der sich erneut auf den hageren Vampir mit der durchschimmernden Haut stürzte. Mira rappelte sich auf und lief, so schnell sie konnte. Das Grollen der kämpfenden Vampire und ein fürchterliches metallisches Kreischen wiesen ihr den Weg. Mittlerweile war wohl auch der zweite Jeep schwer beschädigt worden. Sie erreichte den Hang, über dem die Straße lag. Mira fuhr sich verzweifelt durch das zerzauste Haar. Barfuß würde sie es wohl kaum schaffen. Ein schmerzerfülltes Stöhnen zog ihre Aufmerksamkeit auf sich. Mira bog ein paar Zweige zur Seite, hinter denen sie Konstantin entdeckte. Er lag blutüberströmt am Boden. Sie zwängte sich durch das dichte Gebüsch und kniete sich neben ihn. Hastig tastete sie am Hals nach seinem Puls, aber hatten Vampire denn überhaupt einen? Zum Glück griff Konstantin nach ihrer Hand, was die Antwort darauf überflüssig machte.

„Du musst hier weg!", würgte er schmerzerfüllt hervor. „Es ist Kyrill!"

Damit musste er den hageren Wahnsinnigen meinen. Ein lautes Knacken ließ Mira aufhorchen. Wieder bewegten sich glühende Augen wahnsinnig schnell auf sie zu. Anzheru zischte aus der anderen Richtung mit einem tiefen Grollen an ihr vorbei, um ihn zu stellen. Die beiden Vampire trieben sich in gewaltigen Sätzen den Hang hinauf. Sie schienen sich in der Luft zu zerfetzen. Mira starrte ihnen entsetzt nach. Dass Edward sich hinter ihr verletzt aus dem Wald schleppte und zwei andere Vampire abwehrte, bemerkte sie kaum. Anzheru gegen Kyrill kämpfen zu sehen, stellte alles andere in den Schatten. Immer wieder spritzte Blut oder ein dumpfes Knacken wie von Knochen war zu hören. Mira hatte sich nie Gedanken darum gemacht, was passieren könnte, wenn Anzheru starb. Würde sie dann einfach in den Besitz des Vampirs übergehen, der ihn besiegt hatte? Sie verspürte stechende Schmerzen in den Flanken, weshalb sie sich zwang wieder zu atmen. Anzheru und Kyrill verschwanden aus ihrem Sichtfeld. Als sie sich umwandte, sah sie gerade noch rechtzeitig, dass ein Körper auf sie zuflog. Um Haaresbreite wich Mira aus. Es war Helena, die neben ihr gegen einen Baumstamm prallte. Dieser gab mit einem ohrenbetäubenden Ächzen nach. Mira beugte sich über Konstantin, um ihn vor herabstürzenden

Ästen zu schützen. Wo die anderen beiden Leibwachen waren, wusste sie nicht. Vor lauter Verzweiflung rannen ihr Tränen über die Wangen. Was konnte sie bloß tun? Konstantin verdrehte die Augen und stöhnte erneut vor Schmerz. Es musste doch irgendeine Möglichkeit geben zu helfen! An seinem Gürtel trug er einen Dolch. Mira nahm die Waffe an sich, ein lauter Schrei ließ sie jedoch wieder panisch zur Straße hinauf sehen. Anzheru stieß Kyrill von sich, der ihn offenbar in den Nacken gebissen hatte. Sie stürzten sich in den Wald. Miras Blick wanderte wieder zu dem Dolch. Sie atmete tief ein und schnitt sich das linke Handgelenk auf. Konstantins Mund stand weit offen. Wenn es doch nur funktionieren würde. Angeblich besaß ihr Blut doch so große Heilkraft.

„Bitte! Bitte, du musst ihm helfen!" Mira brachte nur ein heiseres Flüstern heraus, während sie ihm ihr Blut einflößte. Nach nur einem Atemzug packte er ihr Handgelenk und trank aus eigener Kraft. Er sog so heftig an ihren Adern, dass es schmerzte, obwohl er nicht selbst zugebissen hatte.

„Bitte", wiederholte Mira schwach. Der Vampir schloss die eisblauen Augen und ließ los. Konstantin setzte sich mit einem leisen Stöhnen auf. Seine Wunden heilten zusehends. Mit ein klein wenig Hoffnung schaute Mira sich nach Anzheru um. Er und sein Gegner waren nirgends zu sehen. Um sie herum waren immer wieder das laute Krachen von brechenden Ästen und vereinzelte Kampfschreie aus der Dunkelheit zu hören. Konstantin stemmte sich auf die Knie. Mit einem verwunderten Blick nahm er Miras Handgelenk und schloss die Schnittwunde.

„Hilf ihm!", forderte sie bestimmter, als sie sich selbst überhaupt noch zugetraut hatte. Er nickte in ungewohnter Ergebenheit und erhob sich. Schon nach einem kurzen Blinzeln brach der nächste Angreifer durch das Dickicht und fiel Konstantin an. Er drängte ihn mehrere Meter ab. Mira war plötzlich allein. Dann erschien Anzheru wieder in ihrem Blickfeld aus dem Wald. Ihr Herz setzte für einen Schlag aus. Kyrill durchbohrte seinen Brustkorb mit den bloßen Klauen seiner rechten Hand. Mira schrie auf. Vor Verzweiflung, vor Wut, vor Angst. Und vor Trauer.

Kyrill befreite seinen Arm, woraufhin Anzheru in sich zusammensackte. Er blieb reglos auf der Seite liegen. Mira konnte im Mondlicht sehen, dass sein Blut im Boden versickerte. Wie gelähmt starrte sie den leblosen Körper an. Kyrill kam auf sie zu und packte ihr Kinn, sodass sie ihn ansehen musste. So sehr sie es auch wollte, sie konnte die Augen nicht schließen. Die Dunkelheit umfing Mira wie ein eiserner Käfig. Ihr war noch bewusst, dass er sie nicht betäubte, um sie in Sicherheit zu bringen, wie Anzheru es getan hatte. Ob ihr Blut auch ihn hätte retten können? Sie hätte es darauf ankommen lassen.

10. Schild

Anzheru spürte Arme, die ihn trugen. Als er die Augen öffnete, erkannte er Konstantins Gesicht. Er trug ihn zurück zur Straße. Edward ging neben ihm, der Helena stützen musste. Miras vertrauter Herzschlag fehlte. Er hatte sie verloren.

„Lass mich runter, es geht schon. Wie lange?", fragte Anzheru unwirsch.

„Du warst sieben Minuten weg." Konstantin stellte ihn auf die Füße. Er streifte die traditionelle Robe ab und tastete nach der tiefen Verletzung in seinem Brustkorb. Der körperliche Schmerz ebbte langsam ab. Für Viktor und Heed kam jede Hilfe zu spät. Viktors Kopf lag auf der Straße, Heeds Überreste würden sie im Wald suchen müssen. Edward war nicht allzu schwer verletzt, Helena würde sich bald erholt haben. Nur Konstantin schien unversehrt zu sein. Kyrills erster Angriff hatte ihn mit voller Wucht getroffen, also wie war das möglich? Er roch auch anders, so vertraut. Schuldbewusst erwiderte sein alter Freund seinen Blick.

„Was ist passiert?", würgte Anzheru hervor.

„Kyrill hat sie mitgenommen und noch einer ist uns entwischt. Es war James."

„Und du?", bohrte Anzheru weiter. Konstantin rieb sich den Brustkorb. Bevor er etwas sagen konnte, drückte Anzheru eine Hand gegen seine Rippen. Der Junge war warm. Unwillkürlich verkrampften sich seine Finger und es kümmerte ihn nicht, dass seine Nägel Schnittwunden hinterließen.

„Du hast Miras Blut in dir", presste er hervor. Konstantin verzog schmerzlich das Gesicht. „Sie hat sich selbst den Arm aufgeschnitten und mich angefleht, dir zu helfen. Ich konnte es nicht verhindern! Dummerweise habe ich nur Erik erwischt und nicht Kyrill. Er muss geahnt haben, was passiert war, und hat sich schnellstmöglich mit ihr aus dem Staub gemacht."

Anzheru ließ ihn los. Konstantin würde ihn niemals belügen, trotzdem war unfassbar, was er sagte. Mira hatte sich über den Siegelbund hinweg gesetzt und ihr Blut geopfert, um ihn und seine Vampire zu schützen. Anzheru hatte nicht für möglich gehalten, dass sich der Schmerz über ihren Verlust noch steigern konnte, aber das tat er genau jetzt.

„Und nun?", fragte Edward in diesem Tonfall, den er nur dann anschlug, wenn er wusste, dass Anzheru sich elend fühlte. Er brauchte nicht darüber nachzudenken. „Ihr wartet auf Artorius, beide Jeeps sind hinüber. Beseitigt die Spuren dieses Blutbads."

Anzheru wandte sich ab und ging auf den Waldrand zu. Er wusste, in welche Richtung er gehen musste, wenn er Mira finden wollte.

„Willst du sie etwa ganz allein verfolgen?", schrie Konstantin wütend. „Ist es nicht schlimm genug, dass ich sie nicht retten konnte? Du lässt mich zurück?"

„Ja. Edward, du übernimmst vorerst den Clan, falls ich nicht zurückkomme, und du…" Anzheru blieb stehen, um Konstantin einen Blick über die Schulter zuzuwerfen. „Du fliegst nach Aberdeen und berichtest dem Ältestenrat, was hier vorgefallen ist."

„Dann trink vorher wenigstens noch! Du hungerst seit Wochen!" Anzheru hielt inne. Angesichts seiner Verletzungen war dies ein durchaus sinnvoller Vorschlag. Mit einem Satz war Konstantin neben ihm und neigte den Kopf zur Seite.

Kaltes Wasser! Jemand kippte Mira kaltes Wasser ins Gesicht. Mit einem Schrei fuhr sie hoch. Eine männliche Stimme lachte über ihr, eine Hand packte sie am Hals und zog sie auf die Füße, nur um sie ein paar Meter weiter gegen einen breiten hölzernen Pfahl zu stoßen. Der Aufprall trieb Mira die Luft aus den Lungen. Nachdem das Flimmern vor ihren Augen nachgelassen hatte, gewöhnte sie sich langsam an das schwache Licht. Es war

James, der ihre Handgelenke hoch über ihrem Kopf an den Pfahl fesselte. Das grobe Seil fraß sich in ihre Haut. Auch ihre nackten Füße wurden festgezurrt. Ihr Kopf schmerzte so heftig wie noch nie in ihrem Leben.

„Was tun wir jetzt?", fragte James.

„Wir lösen den nächsten Impuls aus." Diese Stimme klang nicht nur gnadenlos, sondern auch wahnsinnig. Mira konnte den zugehörigen Vampir nicht sehen, aber sie vermutete, dass es sich um Kyrill handelte. Er musste sich irgendwo hinter ihr in dem kühlen Saal befinden. Die steinernen Wände erinnerten Mira an den Empfangssaal im Hauptquartier des Nördlichen Clans. Der Gedanke tröstete sie keineswegs, denn bestimmt lag dieses Gebäude genauso versteckt im tiefen Wald. Selbst wenn es ihr irgendwie gelingen sollte zu fliehen, aus dem Wald würde sie nie herausfinden.

„Wie willst du das anstellen?", fragte James skeptisch.

„Das ist einfacher, als du denkst." Kyrills Stimme war jetzt ganz nah. Er schlitzte ihr Kleid vom Nacken bis zur Taille auf. „Wir müssen sie nur aufregen, damit sich ihr Blut zur Wehr setzt."

Mira spürte seine Fingerspitzen auf der Haut. Sein geschäftiger Tonfall ließ ihr das Blut in den Adern gefrieren. Kyrill sprach darüber sie zu quälen, als wäre es sein tägliches Brot.

„Ein hübsches Siegel hast du da, meine Große. So geschichtsträchtig und mächtig. Du wirst es bloß nicht mehr brauchen." Seine Zähne gruben sich unvermittelt in ihr Fleisch. Mira schrie auf vor Schmerz. Er schabte es mit den Zähnen ab! Das Siegel zu entfernen war noch tausendmal schlimmer als es zu bekommen. Nur weil sie in Kyrills Gedanken sehen konnte, wurde sie nicht ohnmächtig. Sie waren voller Begierde und gleichzeitig undeutlich, wie hinter einem dichten Schleier.

„Meine Güte, was für ein Geschrei", bemerkte James, als es vorüber war. Doch den gewünschten Effekt hatte diese Folter wohl nicht gehabt.

„Schmerz reicht bei ihr offenbar nicht mehr aus", erwiderte Kyrill gelassen. Noch einmal leckte er über die Wunde, damit sie heilte. Mira war kurz davor, sich zu übergeben. In ihrem Kopf pochte der Schmerz so heftig weiter, dass sie glaubte, ihre Schädelknochen würden nicht mehr lange dagegen ankommen. Trotzdem weigerte sie sich, jetzt schon aufzugeben. So einfach würde sie es den Vampiren nicht machen.

„Warten wir auf Tristan. Ich habe ihn gebeten, etwas mitzubringen." Kyrills Stimme entfernte sich. Mira wandte den Kopf, um ihre Wange anlehnen zu können. Ihre Atmung ging flach. James lehnte sich neben ihr an den Pfahl, sodass sie ihm in die dunklen Augen sehen konnte. „Heute holen wir den Spaß nach, den du im Hotel verpasst hast, Süße."

Mira schnaubte verächtlich. „Weißt du, wo ich dich das letzte Mal gesehen habe? In Asheroths Gedanken. Er überlegt, dich hinzurichten."

„DU LÜGST!"

Er schlug sie, also hatte Mira wohl ins Schwarze getroffen.

„He! Brich ihr gefälligst nichts! Eine innere Blutung wäre reinste Verschwendung, du Idiot!", fuhr Kyrill dazwischen. „Stopf ihr einfach das Maul!"

James gab ein wütendes Schnauben von sich, dann schob er Mira mit aller Gewalt ein großes Stück Stoff zwischen die Zähne. Nur mit Mühe konnte sie noch durch die Nase atmen. Die Tür in ihrem Rücken wurde geöffnet.

„Was ist denn hier los?" Tristans weiche Stimme war unverkennbar.

„Sie hat behauptet, sie hätte Asheroths Gedanken gesehen!" James war mittlerweile panisch.

„Unsinn, das wird Anzheru ihr gesagt haben. Apropos, wie geht es dem verehrten Oberhaupt des Nördlichen Clans derzeit?"

„Als ich ihn zuletzt gesehen habe, hatte er ein faustgroßes Loch in der Brust", gab Kyrill belustigt zur Antwort. Mira hätte alles darum gegeben stark zu sein, aber sie schluchzte unwillkürlich gegen den Knebel in ihrem Mund auf. Die Vampire lachten amüsiert. Mit Ausnahme von James.

„Als ob das einen Geborenen tötet!", knurrte er.

„Das musste es nicht", erwiderte Tristan in seinem weichen Gesäusel. „Es genügt, wenn wir ihn eine Weile los sind. Der Hubschrauber ist auf dem Weg her."

„Denk an unsere Abmachung", warf Kyrill drohend ein. „Ich will ihr Blut nach dem nächsten Impuls."

„Dann sollten wir uns beeilen, ihn auszulösen", erwiderte Tristan gereizt. „Aber lass gefälligst genug übrig, damit sie überlebt. Ich habe einen ganzen Clan mit ihrem Blut zu wappnen, wenn Anzheru mit seinem ach so treu ergebenem Ungeziefer angreift."

Darum ging es Tristan also. Er wollte Miras Blut als Waffe gegen ihre eigenen Verbündeten einsetzen. Und wenn sie überlebte, vielleicht auch gegen andere Clans. Am allermeisten ärgerte Mira, dass sie selbst überhaupt nichts von der Macht ihres Blutes hatte. Wie gern sie dem Oberhaupt des Westlichen Clans jeden Knochen im Leib zertrümmert hätte, allerdings konnte sie sich im Moment nicht nennenswert rühren.

„Wo ist das andere Mädchen?", fragte Kyrill. Ihr Magen verkrampfte sich, als er diese unheilvollen Worte aussprach. Sie wollten doch nicht etwa Jacky etwas antun, damit Mira etwas Ähnliches empfand, wie als Asheroth Vio gebissen hatte?

„Nein, vergiss sie. Wir kürzen das Ganze ab", sagte Tristan ungeduldig. Ein Verschluss wurde aufgeschraubt. Kurz darauf spürte Mira einen leichten Biss an ihrem Hals.

„Hast du je Drogen ausprobiert, Blutsklavin? Diese hier ist etwas ganz Besonderes. Dein Körper wird glauben, dass er stirbt und daher wird sich dein Blut nach Kräften wehren. Aber in ein paar Stunden ist der Spuk vorbei und du erholst dich. Ist das nicht großartig? Dein Blut wird stärker, aber du musst nicht sterben." Tristan flüsterte nur, wobei er Miras schutzlosen Rücken streichelte. „Wenn ich mich nicht irre, werden Sterbliche süchtig nach solchen Substanzen. Es ist eine recht amüsante Vorstellung, dass du mich bald um die nächste Dosis anbettelst. Ich werde Anzheru gefangen nehmen lassen, wenn wir seinen Clan besiegt haben. Er wird zusehen, wenn du dich windest."

In diesem Augenblick wünschte Mira sich nichts mehr als stark genug zu sein, um es mit ihnen allen aufzunehmen. Sie ballte die Hände zu Fäusten, obwohl sich das Seil dadurch tiefer in ihre Haut grub.

„Geh jetzt, James. Sag den anderen, sie sollen sich bereithalten. Und Cedric soll die Rothaarige entsorgen, ich brauche sie nicht mehr", säuselte Tristan, als wäre Jacky ein gebrauchtes Spielzeug.

„Ich habe sie dir auch beschafft. Warum muss ich warten?", erwiderte James gereizt. Er fühlte sich offenbar um seinen Anteil an der Beute betrogen.

„Ich sagte, verschwinde!", giftete Tristan. Mira hörte das Schaben der Tür. Die beiden Vampire wollten offenbar geduldig warten, bis sich irgendetwas tat. Bis jetzt spürte sie bloß ein unangenehmes Kribbeln an der Stelle, an der sie gebissen worden war. Ihre Kopfschmerzen ließen langsam nach.

Als Anzheru der Fährte etwa zwei Kilometer nach Nordwesten gefolgt war, beschlich ihn das Gefühl, dass ihm jemand folgte. Und derjenige näherte sich, obwohl Anzheru so schnell rannte, wie er konnte. Er sprang auf einen Felsen hinauf und wandte sich um. Im Dunkeln war nur eine einzige Gestalt zu erspähen und ihr Geruch, ihre Präsenz war allzu vertraut. Es dauerte nur zwei Atemzüge, bis Asheroth zu ihm aufschloss.

„Was willst du denn schon wieder?", brüllte Anzheru ihm entgegen. Der Älteste sah ihn emotionslos an. „Ich sagte, töte

Tristan bei der ersten Gelegenheit. Warum hörst du bloß nicht auf mich?"

„Mitten unter Menschen? Du hast auch gesagt, ich solle Mira töten, bevor ein anderer Clan sie in die Finger bekommt! Du kommst, um mir Ungehorsam vorzuwerfen?"

„Nein. Die Entscheidung lag bei dir." Er betrachtete das Loch in Anzherus Hemd. „Und nun haben sie dir deine Sterbliche entrissen."

„Was willst du?", wiederholte Anzheru zornig.

„Ich habe bereits Achilleas wegen seiner Tageswandlerin verloren. Ich dulde nicht, dass du dich ins Verderben stürzt." Seiner Miene nach war es ihm absolut ernst. Der Verlust dieses Mannes musste Asheroth sehr nahe gegangen sein. Offenbar hatte Anzheru sich geirrt, was die persönlichen Motive seines Vaters in dieser Sache anging. Er nickte grimmig. „Dann musst du wohl mit mir kommen."

Mittlerweile umgab Mira ein seltsames Gefühl von Betäubung. Ihre Schmerzen waren verebbt, sie spürte den Boden nicht mehr unter den Füßen und den Holzbalken nicht mehr an ihrem Körper. Ihr war so warm geworden, dass sie zu schwitzen begann. Das Krachen der Tür schien weit entfernt zu sein, als sie aufgestoßen wurde. Eine Stimme rief nach einem Gebieter. Dann folgte irgendetwas von einem Speer und einem Schild. Mira verstand den Inhalt dieser Worte nicht. Es herrschte einiger Lärm in dem alten Haus in Norwegen. Das einzige, was in ihrem Kopf noch Sinn ergab, war die Erinnerung an zwei wunderschöne eisblaue Augen, die sie sehnsüchtig ansahen.

Der Schild. Dieser Titel war Anzheru lange nicht mehr zu Ohren gekommen. Er stammte aus der Zeit, in der er zu Asheroths Leibwache gezählt hatte. Über Jahrhunderte hatte ihn dieser

Name begleitet und ohne sein eigenes Zutun bis heute überdauert. Tristans Vampire bildeten eine Verteidigungslinie vor dem verfallenen Herrenhaus, als sie ihn auf sich zukommen sahen. Asheroth lief direkt neben ihm, in exakt der Angriffshaltung, in der sie früher immer gekämpft hatten. Im letzten Moment sprangen sie zur Seite, statt einen Frontalangriff auszuführen. Ihre Gegner hatten einige Mühe, sich darauf einzustellen, sodass bereits die ersten beiden fielen. Die übrigen vier erwiesen sich als zähere Gegner. Plötzlich hielten sie alle inne. Miras Blut hatte einen Impuls ausgesendet. Er war bei weitem nicht so stark gewesen wie der letzte in der Villa, doch er ließ die jüngeren unter ihren Feinden die Kontrolle verlieren. Anzheru und Asheroth waren gezwungen, den rasenden Vampiren auszuweichen, die zurück ins Gebäude stürzten. Nur einer blieb draußen, der Asheroth schnell zum Opfer fiel. So sehr Anzheru manchmal verabscheut hatte, was sein Vater war, er war verdammt gut darin zu töten. Hastig sammelte er eins der Schwerter seiner Feinde auf, die zu Boden gefallen waren. Im Gebäude gestaltete sich der Kampf schwieriger. Tristans übrige Kämpfer verteilten sich. Anzheru hatte James unter ihnen erkannt, doch Kyrill und Tristan waren noch nicht aufgetaucht. Er tastete sich an der Wand des Korridors im Erdgeschoss entlang. Asheroth war einige Schritte schräg hinter ihm. Anzheru war sich absolut sicher, dass sich im Raum neben ihm ein Vampir befand, aber da war noch ein anderer Herzschlag, ein panisches, menschliches Herz. „Der Abtrünnige gehört mir", flüsterte Asheroth kühl. Anzheru erwiderte nichts. Wenn Kyrill es gewagt hatte, Mira etwas anzutun, würde er ihn in tausend Stücke reißen, egal was Asheroth verlangte. Voller Zorn schlug er die Wand zu seiner Linken mit der bloßen Faust ein, statt sich noch drei Meter weiter bis zur Tür zu schleichen. Der Vampir im Raum dahinter taumelte vor ihm zurück und fiel auf Knie.

„Bitte nicht!" Der dünne Junge mit silbrigen Haaren hob flehend die Arme. Der rasende, menschliche Herzschlag gehörte zu dem rothaarigen Mädchen, das von Tristan in diese Sache hinein gezogen worden war. Sie kauerte an der Wand hinter dem Vampir und weinte stumm.

„Ich will nicht mit dir kämpfen! Tristan hat mich reingelegt!"

„Was willst du dann?" Anzheru fletschte die Zähne und ging weiter auf ihn zu.

„Ich will sie." Er wies hinter sich auf Jacky. „Und ich beweise es, wenn du es verlangst."

Anzheru packte sein Handgelenk und biss zu. Cedrics Gedanken waren glasklar. Er war auf Jacky angesetzt worden und sie hatte sich von ihm anlocken lassen. Dann hatte Tristan sie ihm weggenommen. Gegen jede Vernunft hatte er sich allerdings in das zierliche Mädchen verliebt, das die Vampire jetzt ängstlich anstarrte. Cedric atmete auf, als er los ließ.

„Verschwindet und versteckt euch", befahl Anzheru. Cedric nickte erleichtert und hob Jacky in seine Arme. Mit gesenktem Kopf lief er an Asheroth vorbei, der am Wanddurchbruch wartete.

„Du lässt ihn ziehen?", fragte er missbilligend.

„Gnade vor Recht", bemerkte Anzheru tonlos, als er wieder auf den Korridor hinaus trat. Sie hatten sich schon viel zu lang mit den beiden aufgehalten. Ihre Feinde schienen sich fürs Erste beruhigt zu haben. Im Haus war es absolut still, bis auf einen menschlichen und fünf feindliche, vampirische Herzschläge. Anzheru setzte einen Fuß auf die unterste Stufe der Treppe in den ersten Stock. Ein weiterer schwacher Impuls von Miras Blut ließ ihn innehalten.

„Wie ist das möglich?", wisperte er über die Schulter. Asheroth hob die Braue. „Sie zwingen ihr Blut dazu, sich zu wehren, damit es stärker wird. Diese Praktik wurde vor langer Zeit verboten, aber da Kyrill hier ist, wundert es mich nicht."

Anzheru hatte eine Ahnung, was das bedeutete. Mit einem Sprung erreichte er den oberen Treppenabsatz. Hinter der Ecke zum Flur erwarteten ihn zwei weitere seiner Feinde. Es kostete einen gebrochenen Arm und zwei tiefe Fleischwunden, sie zu überwältigen. Mit zusammengebissenen Zähnen richtete Anzheru seine Knochen, Schmerz war jetzt nebensächlich. Nun ging Asheroth voran. Sie näherten sich der Tür am Ende des Korridors, die nur angelehnt war. Anzheru konnte Mira jetzt riechen. Unter ihrem verheißungsvollen, warmen Duft lag ein anderer, bitter und beißend. Die schwere Holztür wurde aus den Angeln gesprengt, wobei einige Steine aus der Wand brachen. James rappelte sich unter den Trümmern auf und brüllte. Offenbar hatte Kyrill ihn zurück gestoßen. Mira lag reglos am Boden. Kyrill ging wieder in Angriffshaltung, seine Augen glühten vor Kampfeslust. Tristan hingegen wich langsam zurück. Erfahrungsgemäß wollte er sich aus dem Gröbsten heraus halten, doch diesen Gefallen würde Anzheru ihm nicht tun. Asheroth nahm sein Schwert zur Hand. Sie spürten deutlich, dass Miras Blut Tristan und Kyrill gestärkt hatte. James hatte offenbar nichts abbekommen. Tristan zuckte nicht einmal, als Asheroth blitzschnell den Hals seines Untergebenen durchtrennte. Kyrill stürzte sich unmittelbar mit aller Kraft auf den Ältesten. Ob er bereits in seinem menschlichen Leben wahnsinnig gewesen oder es erst als Vampir geworden war, wusste niemand. Asheroth krachte rücklings gegen die Wand, die dem Druck sofort nachgab. Kyrill sprang ihm hinterher. Folglich gingen sie zum Einzelkampf über. Anzheru wandte sich Tristan zu, der ausnahmsweise ganz alleine dastand.

„Musst du nicht deinen Vater schützen?" Er ging noch ein paar Schritte rückwärts. Hinter ihm befanden sich dicht verhangene Fenster.

„Dieses Mal kannst du nicht weglaufen", erwiderte Anzheru absolut ruhig. In einigen Metern Entfernung brach die nächste

Wand ein. Kyrills wütendes Geschrei ließ vermuten, dass er Asheroth nicht so leicht besiegen konnte, wie er gehofft hatte. Tristan verzog die Mundwinkel und lehnte sich leicht nach vorn. Im nächsten Augenblick krachten sie in der Mitte des Raumes aufeinander. Anzheru hatte Mühe, sich Tristans Zähne vom Leib zu halten. Er spürte Miras Blut, das in seinen Adern pulsierte und ihn so viel stärker machte. Mit einem einzelnen Angriff war er nicht zu besiegen wie seine Untergebenen. Anzheru kam ein verhängnisvoller Gedanke. Ohne ihr Blut würde Tristan vielleicht wieder schwächer werden. Der rasende Vampir versuchte, ihn von oben zu überwältigen. Anzheru wich aus, wobei es ihm gelang, Tristan die Flanke aufzureißen. Seine Wunde heilte schnell, doch er verlor Blut. Ein weiteres Mal ließ Anzheru ihn angreifen. Im letzten Moment duckte er sich unter seinem mächtigen Schlag weg und schlitzte ihm den Oberschenkel bis zum Knochen auf. Tristan brüllte laut vor Schmerz. Ganz langsam begann der Blutverlust, ihn zu schwächen. Wenn Anzheru bloß an seine Halsschlagadern herankäme, dann wäre er dem Sieg einen gewaltigen Schritt näher. Plötzlich zuckte Mira am Boden zusammen und gab einen leisen Laut von sich. Es klang wie die erste Silbe seines Namens. Anzheru stürzte in einem gewaltigen Satz knapp an Tristan vorbei. Sein Gegner hatte ihn zwar seinerseits in der Seite erwischt, doch Anzherus Reichweite hatte genügt, um seinem Hals eine tiefe Schnittwunde zuzufügen. Ein breiter Blutschwall ergoss sich über den Boden und auch über den Körper des vergifteten Mädchens. Mit dem nächsten Angriff würde Anzheru Tristan endlich köpfen.

Mira versuchte, sich zu rühren. Sie wusste noch, dass sie gebissen worden war. Mit ihrem Blut war auch die Wirkung der Drogen geschwunden. Der dichte Dunstschleier, der sich über alles gelegt hatte, hatte sich etwas gelichtet. Tristans Plan war fehlgeschlagen. Auch er hatte geradezu panisch von ihr getrunken, statt sie mitzunehmen. Völlig entkräftet hob sie die Augenlider. Es herrschte fürchterlicher Lärm, als würde das Haus einstürzen. Etwas zuckte vor ihren Augen vorbei, das hart auf dem Boden aufschlug. Es fühlte sich alles so furchtbar nass an. Regnete es? Etwas Kühles, Vertrautes legte sich auf ihre Wange. Es gelang ihr nicht länger, gegen die Ohnmacht anzukämpfen.

Gegen Kyrill erwies sich dieselbe Taktik als effektiv. Asheroth betrachtete, was von seinem Schwert übrig geblieben war. Seine Schulter war ebenfalls arg in Mitleidenschaft gezogen worden. Anzheru war sich jedoch sicher, dass er sich problemlos erholen würde. Mira hingegen wurde immer schwächer. Anzheru kniete sich hin und hob ihren Oberkörper auf seinen Schoß. Asheroth tastete ihre Handgelenke und ihre Knöchel ab. „Das Gift hätte sie vielleicht überlebt, aber sie haben ihr viel zu viel Blut genommen. Es bleiben etwa sieben Minuten, dann werden ihre Organe versagen. Wenn du ihr restliches Blut trinkst, erleichterst du ihr den Weg ein wenig."

Anzheru stand mit ihr auf, um das finstere Herrenhaus zu verlassen. Sie fühlte sich kalt an, ihr Kopf hing schlaff herab. Bei einem so hohen Blutverlust wäre sie wahrscheinlich sogar ohne das Gift dem Tod sehr nahe.

„Es ist erstaunlich, dass die Impulse nicht stärker waren", bemerkte Asheroth, als sie endlich ins Freie traten. „Sie hat den Instinkt ihres eigenen Blutes unterdrückt, sodass es nicht unermesslich stark wurde."

„Du klingst ja schon fast, als wärst du beeindruckt." Anzheru gelang es nicht, seinen Kummer zu verbergen.

„Ein wenig ja. So viel Kampfeswille ist selten geworden unter den Menschen."

Sie blieben kurz vor dem Waldrand stehen. Die Dämmerung hatte bereits eingesetzt. Wieder berührte Asheroth Miras Hände, dann ihre Schultern. „Vier Minuten. Du musst dich entscheiden. Hast du mit ihr über eine Verwandlung gesprochen?"

„Nein."

„Dann gib ihr Frieden."

Anzheru nickte. Die Sonne erhob sich über die Wipfel der Bäume. Asheroth hob sofort die Hand, um seine Augen zu schützen.

„Daran gewöhnt man sich nie, nicht wahr?"

„Überdaure zu deinem einen Jahrtausend noch eineinhalb weitere. Dann sag es mir, Sohn." Asheroth ging. Anzheru betrat den Wald. Nach einigen Metern setzte Anzheru sich mit Mira unter einen großen Baum, der reichlich Schatten bot. Ihre Muskeln krampften leicht, ihr Körper würde nicht mehr lange gegen den Tod ankämpfen können. Er strich über ihre Stirn, ihre Wange, dann nahm er ihre Hand.

„Ich wollte, dass du die Wahl hast", flüsterte er, während er Miras linke Handfläche küsste. „Wenn ich dich gefragt hätte, hättest du nein gesagt?"

Er biss zu. Wenigstens das unregelmäßige Herzrasen, das in wenigen Augenblicken einsetzen würde, wollte er Mira ersparen. Der Rest ihres Blutes schmeckte ein wenig nach dem Gift, aber es war warm. Der Gedanke, nie wieder ihre Wärme zu fühlen war unerträglich, nie wieder ihr Lächeln und das Leuchten in ihren Augen zu sehen noch viel schlimmer. Anzheru schloss die Augen. Mira stand in der Bibliothek und schaute auf die unzähligen Buchrücken. Doch es war nicht sein Haus. Anzheru wurde bewusst, dass er ihre Erinnerungen sah. Noch nie hatte er durch die Augen eines Menschen gesehen. Normalerweise war dies überhaupt nicht möglich. Kein Vampir hatte jemals die Gedanken eines Sterblichen lesen können. Er trank die letzten Tropfen ihres Blutes so langsam, wie es nur ging, um sie noch einen Augenblick länger zu sehen. An diesem Ort fühlte sie sich wohl. Es war ruhig und ihren geliebten Büchern geschah zum Glück kein Unheil durch ihre Nähe. Die letzten Studenten, die hier gewesen waren, hatten heilloses Chaos hinterlassen. Sorgsam sortierte Mira die schweren Bände wieder in ihrer ursprünglichen Reihenfolge, wobei ihr eines auffiel, das überhaupt nicht hergehörte. Es war ein Roman aus einer weit entfernten Abteilung der Bibliothek, der laut der Liste am Empfang verloren gegangen war. Tief im Innern fühlte sie sich manchmal genauso verloren, bloß stand sie auf niemandes Liste. Nach ihr suchte niemand. Oder doch? Unvermittelt drehte Mira sich um und sah Anzheru direkt in die Augen.

„Da bist du ja. Ich habe auf dich gewartet."

Ihr Blut war verbraucht. Schwer atmend legte Anzheru ihre Hand auf ihrem Bauch ab. Was war das? Hatte sie im Augenblick ihres Todes halluziniert und Erinnerungen mit Dingen vermischt, die nie geschehen waren? Anzheru hörte auf zu atmen. Entschlossen riss er sich das Handgelenk mit den Zähnen auf und presste es auf Miras Lippen. Noch war es nicht zu spät. Sie musste nur genug trinken. Es war eine schwindend geringe Hoffnung, an die er sich klammerte. Aber mit diesem Wissen konnte er Miras Tod nicht mehr verwinden.

11. Erwachen

Dumpfer Schmerz. Sollte sich so etwa der Tod anfühlen? In ihrem Kopf wirbelten einige Bilder durcheinander, von Vampiren, die sie nie gesehen hatte, Gegenden, die sie nie bereist hatte. Gesprächsfetzen. Wut und Verzweiflung, die nicht ihre eigene war. Und ein warmes, erfüllendes Gefühl, das alles andere erblassen ließ. Es waren Anzherus Empfindungen für sie gewesen. Mira rollte sich auf den Bauch. Die Laken unter ihr besaßen einen vertrauten Geruch. Anzheru… Mira krallte die Finger in sein Kopfkissen. Der Schmerz war nicht länger dumpf, sondern brennend. Als sie die Augen öffnete, wurde ihr endgültig bewusst, dass sie immer noch existierte. Sie lag in Anzherus Bett. Er lag neben ihr auf den Ellbogen gestützt und sah sie unendlich erleichtert an. „Du hast fünf Tage lang geschlafen. Ich dachte, du öffnest nie mehr die Augen."

Während er sprach, definierte sich der Schmerz in Miras Körper genauer. Ihre Kehle brannte wie Feuer vor Durst. Anzheru strich ihr liebevoll übers Haar. „Du willst bestimmt Blut, warte."

Er verließ eilig das Zimmer. Mira konnte jeden seiner federnden Schritte hören. Überhaupt nahm sie mit Augen und Ohren Details wahr, die noch nie da gewesen zu sein schienen. Jede Unebenheit im Boden, sanfte Bewegungen der Luft, Anzherus langsame Atmung und seinen Herzschlag. Er klang melodisch, herrlich. Mira erhob sich mühsam. Paradoxerweise spürte sie den Boden unter ihren Füßen kaum, als sie die Beine aus dem Bett schwang. Erst jetzt bemerkte sie, dass sie bis auf Unterwäsche und ein Männer-Hemd nackt war. Anzheru kam zurück. Er brachte gleich drei Blutkonserven mit. „Das ist alles, was ich noch habe. Ich hoffe, damit kommst du über den Tag."

„Wie spät ist es?"

„Die Sonne geht gleich auf." Er hielt ihr die Blutkonserven hin. Mira zögerte einen Augenblick zwischen Ekel und Verlangen,

dann nahm sie ihm die Beutel ab und sog gierig einen nach dem anderen leer. Es gab ihr augenblicklich mehr Kraft, als sie je für möglich gehalten hatte. Anzheru setzte sich neben ihr auf die Bettkante. „Es tut mir so leid, was geschehen ist. Es war schon zu spät, als ich dich gefunden habe. Ich habe deine Erinnerung gesehen, als du in meinen Armen gestorben bist. Du warst so einsam... Und dann hast du mich angesehen. Ich konnte nicht…"
Sie legte ihm die Fingerspitzen an die Lippen. „Ich habe gesehen und gefühlt, was du empfunden hast. Und ich wollte dich auch zurück." Der Klang ihrer eigenen Stimme erschreckte sie noch ein wenig. „Es ist bloß alles etwas… unsortiert."
Anzheru lächelte erneut erleichtert. „Frag alles, was du willst."
Mira brauchte nicht weiter zu fragen, warum er sie verwandelt hatte. Er hätte es nicht verkraftet, sie zu verlieren. So einfach war es. Und damit konnte sie gut leben.
„Hatte ich nicht ein Kleid an?" Es war eine unwichtige Frage, aber ein Einstieg in ihre Unterhaltung, der Mira gefiel.
„Ehm… Ja, aber du warst von oben bis unten mit Tristans Blut besudelt. Ich habe es verbrannt, nachdem ich mir erlaubt habe, dich zu baden."
„WAS?" Sie schlug nach ihm. Er hatte sie gebadet? Anzheru hob lachend die Arme vor sein Gesicht, um sich zu schützen. Sie glaubte, ihr müsste die Schamesröte ins Gesicht steigen, aber konnte sie das überhaupt noch oder war Mira unveränderlich bleich wie alle Vampirinnen geworden? Es kostete einige Mühe aufzustehen, da ihre Füße so heftig kribbelten, als wären sie ewig nicht durchblutet worden. Mit wackligen Schritten ging sie zum Spiegel hinüber. Ihre Augen waren eisblau, ihre Haut war bleicher als vorher, aber nicht so ungesund blass wie die mancher Vampire. Rot wurde sie tatsächlich nicht.
„Haben die anderen überlebt?", fragte Mira unsicher.
„Wir haben Heed und Viktor verloren, aber alle anderen sind wohl auf. Dank dir. Mit deinem Eingreifen hast du dir übrigens

die Loyalität meiner Leibwache gesichert." In seiner Stimme schwang ein wenig Stolz mit. Anzheru verübelte ihr also nicht, dass sie sich über den Siegelbund hinweg gesetzt hatte. Mira lächelte erleichtert und steckte sich ein paar Haarsträhnen hinter die Ohren. „Was wolltest du vor dem ersten Angriff sagen? Im Auto meine ich."

Anzheru verzog schmerzlich das Gesicht. „Asheroth sagte mir vieles, als ich ihn neulich zum Tor gebracht habe, weißt du. Er verriet mir, was Tristan vorhatte, er riet mir, ihn zu töten, und er verlangte, dass ich dich töten sollte, bevor dich ein anderer Clan bekommt und missbraucht, um seine Macht zu vergrößern. Sollte der Konflikt zu unseren Gunsten enden, will er dich demnächst als Begleitung bei sich haben, wenn er die Gestaltwandler besucht. Es gibt nicht nur uns, Mira."

„Das überrascht mich nicht besonders." Sie lächelte ihn aufmunternd an, obwohl es keine besonders schöne Aussicht war, den Ältesten begleiten zu müssen. In dem großen Durcheinander aus Anzherus Erinnerungen und Gefühlen waren irgendwo Männer gewesen, die sich in große Hunde verwandelt hatten. Die Details waren bestimmt hoch interessant, aber für Mira war etwas anderes wichtiger. „Was ist mit Jacky passiert?"

„Ein junger Vampir namens Cedric hat sie in Sicherheit gebracht. Er ist in sie verliebt, er wird ihr nichts antun."

Sie atmete erleichtert auf. Ihre Freundin war nicht getötet worden, wie Tristan es verlangt hatte. Cedric würde Jacky hoffentlich gut behandeln und nach Hause bringen. Sie zog den Hemdkragen ein wenig nach hinten, um ihren Nacken im Spiegel zu untersuchen. Das Siegel war fort und keine Narbe war zu sehen.

„Ich bin nicht mehr dein Eigentum", stellte Mira fest.

„Selbst wenn das Siegel noch da wäre, wärst du keine Sklavin mehr. Als Vampirin bist du mir gleichgestellt." Anzherus

151

Tonfall verriet, dass er dies für wesentlich besser hielt als ihr vorheriges Verhältnis.

„Wenn ich jetzt eine von euch bin, muss ich dann mit Tamara und Helena um dich kämpfen?", fragte Mira über ihre Schulter hinweg. Der geborene Vampir schien sich wieder entspannt zu haben. Lässig stützt er die Ellbogen auf den Knien ab. „Nein, wenn ich meine Gefährtin gewählt habe, können andere Vampirinnen nichts mehr daran ändern. Und ganz nebenbei haben die beiden das Interesse an mir verloren."

„Wie kommt das?" Mira war erstaunt.

„Nun, Edward hat Helena im Wald vor Hikaru und Erik gerettet. Das hat sie wohl beeindruckt und er mochte sie schon immer. Sie geben ein hübsches Paar ab." Anzheru lächelte amüsiert. „Sie trifft auch keine Schuld am Verrat gegen dich."

„Verrat? Was hat Tamara denn getan?"

„Wir haben herausgefunden, dass sie immer wieder heimlich versucht hat, dich loszuwerden. Zuerst hat sie Vio auf dich angesetzt. Angeblich nur, um herauszufinden, ob wir Gefühle füreinander hegen, damit Vio keinen Verdacht schöpft. Aber unsere kleine Tänzerin hat bekanntlich eigene Ziele verfolgt. Als Asheroth hier war, hat Tamara es mir erst viel zu spät mitgeteilt. Sie hat sich wirklich Mühe gegeben, nicht offen in Erscheinung zu treten. Tristan von deiner Herkunft zu erzählen war allerdings klarer Hochverrat. Ich habe Vio noch nie so wütend erlebt… Und auch andere Vampire im Clan waren extrem erbost darüber, dass sie mich hintergangen hat."

Mira konnte sich vorstellen, was passiert war. Tamara war getötet worden, während sie geschlafen hatte.

„Also gehörst du jetzt mir?", fragte sie mit einem gespielt strengen Unterton.

„Ja", antwortete er prompt. „Mit Haut und Haaren."

Sie lächelte Anzheru fröhlich an, wobei ihre Augen ihr menschliches dunkelbraun annahmen. Anzheru hob verwundert die

Brauen. „Du bist wirklich erstaunlich. Normalerweise dauert es nach der Verwandlung Stunden oder sogar Tage, bis man seine menschlichen Augen wieder annehmen kann."

„Ist das bei jedem anders?"

„Ja, genauso wie die Länge des Verwandlungsschlafes. Unter den Unsterblichen gibt es zahllose Unregelmäßigkeiten. Manche von uns werden während der Verwandlung sogar größer. Auf dich trifft das zum Glück nicht zu."

Mira zupfte ihr Hemd etwas zurecht. Eine dumpfe Erinnerung über das Menschliche an Vampiren kam ihr in den Sinn. „Ist es wahr, dass Vampire von Menschen abstammen?"

„Ja, es gibt keine Legende über gefallene Engel oder einen Pakt mit dem Teufel. Allerdings wahren die Ältesten striktes Schweigen darüber. Ich weiß leider auch nichts Näheres. Vermutlich wollen sie nichts über ihre eigene menschliche Geschichte preisgeben. Jetzt komm endlich her. Du hast mir wirklich Sorgen gemacht." Anzheru streckte die Arme nach ihr aus. Vorfreudig machte Mira ein paar Schritte auf ihn zu, doch sie wollte ihn noch ein kleines bisschen zappeln lassen. „Und wie ist es mit dem Licht?"

Die Vorhänge waren zugezogen.

„Das habe ich natürlich nicht getestet, während du noch geschlafen hast." Anzherus Tonfall war schon fast vorwurfsvoll. Mira sah ihn herausfordernd an. „Lassen wir es darauf ankommen!" Mit nun etwas sichereren Schritten ging sie zum Fenster hinüber, dessen Vorhänge nicht das geringste Licht herein ließen.

„Lass das bitte! Wenn der Tag die Nacht besiegt, sind wir am schwächsten." Anzheru sprang vom Bett auf, um sie vom Fenster wegzuziehen. Mira hielt mit aller Kraft dagegen und tatsächlich konnte der Vampir sie nicht mehr so einfach fortschleifen.

„Ich will es wissen", beharrte Mira. Anzheru biss sich auf die Unterlippe, dann ließ er ihren Arm und ihre Taille los. Sie schob sich an ihm vorbei und zog den schweren Vorhang beiseite. Die aufgehende Sonne erfüllte den Raum augenblicklich mit ihrem warmen Licht. Es kribbelte ein wenig auf der Haut, aber Schmerzen wie bei einer Verbrennung kamen nicht ansatzweise auf. Anzheru legte von hinten die Arme um sie. Mira spürte kaum einen Temperaturunterschied zwischen seinem und ihrem Körper. Sie lehnte den Kopf ein wenig zurück. Anzheru küsste ihre Schläfe, dann ihre Wange.

„Bist du warm, oder bin ich kalt?", fragte sie leise.

„Wir sind beide warm. Du für immer, ich solange du da bist. Du bist wohl doch, was du nie sein wolltest. Eine Tageswandlerin." Seine Arme legten sich ein wenig fester um sie. Mira schloss die Augen. Es fühlte sich wunderbar an, ihn so nah bei sich zu haben. Außerdem brauchte sie sich keine Sorgen mehr um ihren Fluch zu machen, der den Menschen in ihrer Umgebung so viel Unglück gebracht hatte. Anzheru war unsterblich. Ihm würde nichts geschehen.

„Ach, weißt du…", setzte sie zögerlich an.

„Ja?"

„Im Dunkeln habe ich mich noch nie besonders wohl gefühlt. Es ist ganz schön, dass ich nicht auf das Sonnenlicht verzichten muss." Damit wollte sie eigentlich sagen, dass sie lernen wollte, mit ihrer Gabe umzugehen. Anzheru schien sich jedoch das Lachen verkneifen zu müssen. Mira löste sich aus seiner Umarmung, um sich umzudrehen. „Was ist daran so lustig?"

„Nichts", erwiderte der geborene Vampir ausweichend. „Ich habe mich nur gefragt, wie sich gewisse Bekannte von mir verhalten würden, wenn sie wie du Angst vor der Dunkelheit hätten."

„Ich habe keine Angst! Es ist nur…"

Anzheru unterbrach sie mit einem Kuss. Mira schlang sofort die Arme um seinen Nacken.

„Ich werde dich beschützen. Wovor auch immer du dich fürchtest", flüsterte er, wobei er seine Stirn gegen ihre lehnte.

„Ich will kämpfen lernen, damit ich das selbst kann."

Anzheru zögerte einen Augenblick, dann versprach er es. Immer noch standen sie gemeinsam im Licht.

„Bist du müde?", fragte er nach einer Weile.

„Ja etwas."

„Das ist normal. Die ersten Wochen wirst du sehr viel schlafen, wie ein Katzenbaby."

Dieser Vergleich brachte Mira zum Lachen. „Bist du dann hier?"

„Ich habe Verpflichtungen, ich kann nicht den ganzen Tag bei dir im Bett liegen." Es klang, als würde er es trotzdem so oft tun, wie er wollte.

„Du musst nur da sein, wenn ich einschlafe und wenn ich wieder aufwache."

„Ich denke, diesen Kompromiss kann ich eingehen."

12. Gefährten

Es vergingen ein paar Wochen. Anzheru ging jede Nacht mit Mira auf die Jagd. Langsam wurde sie besser darin, Hirsche zu fangen. Beim ersten Mal hatte es Überwindung gekostet zuzubeißen, aber sie hatte immer solchen Durst. Anzheru hatte ihr zwar gesagt, dass Menschenblut am nahrhaftesten war, aber Menschen zu jagen kam für Mira überhaupt nicht in Frage. Wenn es sich nur irgendwie vermeiden ließ, wollte sie nie direkt von Menschen trinken. Anzheru hatte auch nicht damit übertrieben, dass sie sehr viel Schlaf brauchen würde. Mira hatte wieder einmal über zehn Stunden geschlafen, als sie an diesem Abend aufwachte. Sie rollte sich auf dem breiten Bett auf den Bauch. Im Gästebett hatte sie seit ihrem Erwachen als Tageswandlerin nie wieder geschlafen. Auch ihre Sachen waren mittlerweile in ein paar freie Fächer im großen Schlafzimmer gewandert. Anzheru betrat den Raum und ließ sich direkt neben ihr aufs Bett fallen. „Entschuldige, ich bin ein bisschen zu spät."

Mira gelang es nur kurz, ihn enttäuscht anzusehen, dann gab sie sich seinem leidenschaftlichen Kuss hin. Sie spürte seine kühlen Fingerspitzen im Nacken. Der Rest seines Körpers war noch genauso warm wie sie. Er brauchte sie nicht lange im Arm zu halten, bis seine Fingerspitzen keine Anzeichen von Auskühlung mehr zeigten. Mira schmiegte sich dichter an ihn. „Was hast du heute alles mit mir vor?"

Normalerweise beschäftigte ihr Gefährte sie die ganze Nacht über. Mittlerweile kannte sie alle Vampire des Clans mit Namen und Herkunft, Anzheru brachte ihr Norwegisch bei, dann ging es mit der Geschichte der Vampire weiter. Mira hörte ihm gerne zu, jedoch war sie noch nicht wieder in der Lage, sich über einen längeren Zeitraum zu konzentrieren. Oft gewann der Durst überhand oder sie wollte unbedingt noch einen Kuss von Anzheru.

„Ich dachte, heute gehen wir etwas weiter nach Norden, um zu jagen. Konstantin hat dort ein kleines Rudel Wölfe gesichtet."

„Wölfe?" Mira hob ironisch die Brauen. Anzheru hatte sie bisher noch nicht in die Nähe von Tieren mit halbwegs kräftigen Zähnen gelassen. Dass sie als Vampirin nun wesentlich stärker war, stellte für ihn in dieser Frage kein Argument dar.

„Ja, keine Sorge. Ich passe auf dich auf", sagte er.

„Du meinst, du passt auf die Wölfe auf", erwiderte Mira trocken. Sie konnte sich nicht vorstellen, dass er sie einfach jagen ließ, wie es ihr gefiel. Anzheru schnaubte leise. „Ihr Blut ist wesentlich nahrhafter als das von kleinen Rentieren und Hirschen. Wenn du es kosten willst, musst du mir versprechen, in meiner Nähe zu bleiben."

Mira nickte gespannt. Für aussichtsreiche Beute nahm sie seine Vorgabe bereitwillig in Kauf.

Seite an Seite strichen sie durch den Wald. Entgegen Edwards Rat war sonst niemand mit ihnen gegangen, aber in Anzherus Gegenwart fühlte Mira sich einfach sicher. Konzentriert sog sie die Luft ein und hielt nach jeder Bewegung Ausschau. Anzheru blieb plötzlich stehen und griff nach ihrer Hand.

„Nicht bewegen", flüsterte er. „Hör genau hin."

Mira schloss kurz die Augen, um sich auf ihr Gehör zu konzentrieren. Unter weit entfernten Pfoten knackten leise ein paar Zweige. Sofort starrte sie mit eisblauen Augen in die Richtung, in der sie die Tiere vermutete. Anzheru schlang von hinten die Arme um sie, um sie noch einen Augenblick zurückzuhalten.

„Lass dir Zeit. Du bist schnell genug, um es mit ihnen aufzunehmen. Wir schleichen uns an, statt loszurennen. Und denk daran, sie sind selbst Jäger. Sie wissen, wie man tötet."

„Ja", gab Mira nur hingerissen zurück. Nach einigen lautlosen Schritten kamen die Wölfe in Sicht. Sie hatten ihrerseits Beute gemacht und stritten sich gerade um die letzten Fleischreste. Der

Wind drehte in Miras Richtung. Beim Geruch des Blutes verlor sie plötzlich die Selbstbeherrschung. Sie stürzte aus ihrer Deckung hervor und griff sich den erstbesten Wolf, der es nicht schaffte, ihr auszuweichen. Vorsichtshalber packte sie das Tier von hinten, um sich seine Zähne vom Leib zu halten. Bevor sie ihn biss, gab sie instinktiv ein lautes, aggressives Knurren von sich. Die übrigen Wölfe ergriffen verängstigt die Flucht. Zufrieden widmete Mira sich ihrer Beute. Das Blut eines anderen Jägers war nicht nur nahrhaft, sondern auch köstlich. Anzheru wartete stumm ab, bis sie ihr Beutetier restlos leer gesogen hatte.

„Du hast nicht zu viel versprochen." Mira wischte sich mit dem Handrücken über den Mund. Die anderen Wölfe befanden sich bereits wieder außerhalb der Reichweite ihrer vampirischen Sinne.

„Leider habe ich nichts abbekommen." Der geborene Vampir an ihrer Seite legte den Kopf schief und lächelte sie liebevoll an. Sie war auf der Jagd ein paar Schritte voraus gegangen. Hatte sie die anderen Wölfe tatsächlich zu hastig verjagt, sodass Anzheru keine Chance gehabt hatte? Erfahrungsgemäß bewegte er sich noch wesentlich schneller als Mira.

„Tut mir leid", murmelte sie verlegen. Anzheru näherte sich ihr, seine Miene war nun unergründlich. Das Mondlicht spiegelte sich in seinen eisblauen Augen. Mira liebte dieses Glänzen, egal ob er sie anlächelte oder nicht.

„Willst du mein Blut?", fragte sie leise und ohne nachzudenken. Anzheru hob eine Braue. „So leichtfertig bietest du dich mir an?"

Sie verschränkte die Finger hinter dem Rücken, um zu verdeutlichen, dass sie sich nicht wehren würde. Im Gegensatz zu ihm empfand Mira dieses Angebot nicht als zu leichtfertig. Seit er sie verwandelt hatte, kannte sie den Klang seiner Gedanken. Und sie wollte sie nur zu gern noch einmal hören. Anzheru legte die Arme um sie. Seine rechte Hand umgriff ihre Finger, seine linke

Hand wanderte betont langsam zu ihrem Genick hinauf und hielt sie fest. Mira schloss die Augen, als er den Kopf neigte. Zuerst spürte sie einen sanften Kuss am Hals, dann folgte allerdings nicht der erwartete Biss. Anzheru knabberte an ihrem Ohr, was unheimlich kitzelte. Kichernd befreite Mira ihre Hände und drückte ihn sanft von sich. „Das kitzelt!"

„Ich weiß." Er lächelte schelmisch und hob sie ein Stück hoch, damit sie nicht flüchten konnte. „Ich brauche nichts. Tatsächlich hemmt deine Wärme meinen Durst. Es ist wunderbar."

„Dann ist es nicht normal, dass mein Durst so groß ist?", fragte Mira skeptisch.

„Ich bitte dich, du bist seit kaum vier Wochen ein Vampir. Es ist ein Wunder, dass du überhaupt schon einen klaren Gedanken fassen kannst, ohne jeden von uns blutgierig anzufallen." Anzheru dachte offenbar nicht daran, sie wieder abzusetzen. „Aber deine Selbstbeherrschung war schon immer bemerkenswert."

„Spielst du auf die Nacht an, in der du angedroht hast, mir für meinen Fluchtversuch einen Zeh abzuschneiden?", fragte Mira ironisch. Er hatte damals wohl auf eine Panikattacke spekuliert, um ihren geheimen Pakt mit Violetta aufzudecken.

„Vielleicht", gab Anzheru ungerührt zurück. Ihre Füße baumelten immer noch in der Luft.

„Darf ich dann langsam wieder runter?"

„Nein." Er legte sie über seine Schultern und setzte sich wieder in Bewegung. Tatsächlich trug er sie den ganzen Weg zurück. Die Wachen am Tor zum Clan-Gelände grinsten breit, als Anzheru sie wie seine Beute an ihnen vorbei schleppte. Mira schnaubte verärgert, als er sie in der Eingangshalle des Hauptquartiers endlich losließ.

„Ich muss mit Edward sprechen. Möchtest du solange zu Violetta hinauf gehen?", fragte der Geborene mit einer unvergleichlichen Unschuldsmiene. Mira stemmte die Hände in die Hüften. „Ich darf *gehen*, wie gütig."

„Nachher bringe ich dich aber ins Bett." Er lehnte sich vor, um sie zu küssen. „Geh nicht so leichtfertig mit deinem Blut um. Selbst mir gegenüber."

„Und du schleppst mich wie eine Jagdtrophäe an allen vorbei, damit ich darüber nachdenke?"

„Nein." Anzheru grinste. „Das mache ich nur aus Spaß und um ihnen zu zeigen, dass sie ihr Glück gar nicht erst versuchen sollen."

Mira verzog trotzig das Gesicht, aber gab sich fürs erste geschlagen. Manchmal ließ sich Anzherus Verhalten immer noch dahingehend deuten, dass er sie nach wie vor als sein Eigentum betrachtete. Sie war zwar nicht mehr seine Sklavin, aber Mira wurde diesen Eindruck einfach nicht los. Gedankenverloren klopfte sie an Violettas Zimmertür, die sofort von innen aufgerissen wurde.

„Wie war die Wolfsjagd?", fragte Vio stürmisch und zerrte sie in ihr Zimmer. „Hat er dich tatsächlich selbst jagen lassen?"

„Ja, hat er", erwiderte Mira stolz. Die kleine blonde Vampirin machte große Augen. „Und gleich beim ersten Mal? Ich dachte, er wäre übervorsichtig wie immer."

„Ich auch", stimmte Mira ihr zu. Sie ließen sich auf ihrem großen Bett nieder, während sie kurz über die Jagd berichtete.

„Wo steckt eigentlich dein Gefährte?", fragte sie anschließend.

„Er ist für die Wache am Haupttor eingeteilt." Vio verdrehte leicht die Augen. „Er kommt frühestens morgen früh zurück."

Mira schmunzelte leise. Konstantin war als Späher und Spion recht viel unterwegs und wenn er dann zusätzlich auch noch zur Wache eingeteilt wurde, konnte Vio es regelmäßig nicht erwarten, ihn wiederzusehen. Und das obwohl sie schon seit Jahrzehnten ein Paar waren. Violetta rückte näher an sie heran. In ihrer Miene spiegelten sich Neugier und etwas, das Mira nicht recht deuten konnte. Sie wusste nur, dass es nichts allzu Gutes verhieß.

„Wie ist es denn so mit ihm?", fragte die kleine Vampirin und zupfte am Saum von Miras Bluse. Sie seufzte ärgerlich, woraufhin Vio sofort wieder auf ihren vorigen Platz zurück rückte.

„Keine Sorge, ich bin nicht auf dich wütend." Mira hob beschwichtigend die Arme. „Es ist nur… Du wirst nach wie vor nirgendwo Liebesmahle finden. Anzheru bringt mir wirklich alles bei und er ist sehr fürsorglich, aber…"

„Er geht immer noch nicht mit dir ins Bett?" Vio verzog ungläubig das Gesicht. Außerdem sprach sie lauter, als Mira lieb war. Im Hauptquartier hatten manchmal selbst die Wände Ohren.

„Nein, tut er nicht. Also er bleibt wirklich oft bei mir, bis ich eingeschlafen bin, aber irgendwie… will er mich nicht." Es kam ihr plötzlich dumm vor, überhaupt darüber zu reden. Einerseits war es ihr peinlich über ihr Liebesleben zu sprechen, andererseits verunsicherte es sie zunehmend, dass Anzheru ihre Annäherungsversuche dezent aber konsequent zurückwies. Vio schüttelte immer noch fassungslos den Kopf. „Das ist seltsam. Als du noch sterblich warst, hat er dich manchmal angesehen, als könnte er es überhaupt nicht mehr erwarten. Nur wenn du ihn gerade nicht angesehen hast, natürlich."

„Natürlich." Mira zuckte mit den Schultern. „Vor zwei Wochen meinte er, der Durst und sexuelles Verlangen lägen bei sehr jungen Vampiren zu nah beieinander und deshalb wolle er noch ein wenig warten. Jetzt haben wir ja Zeit."

Vio schnaubte. „Wie lange sollst du denn bitte warten, bis du unserem ehrenwerten Oberhaupt nicht mehr zu gefährlich bist?"

„Keine Ahnung, stimmt das denn überhaupt?", fragte Mira unsicher. Selbstverständlich log Anzheru sie nicht an, allerdings übertrieb er von Zeit zu Zeit ein wenig.

„Ja, klar. Meine Güte, wie hat Kostjas Rücken ausgesehen, nachdem wir uns das erste Mal geliebt hatten. Aber das ist kein Grund, sich so anzustellen."

161

„Wer stellt sich unnötig an?", fragte eine fröhliche Stimme vom Korridor. Mira hatte kaum geblinzelt, als Helena zu ihnen herein schwebte und die Tür wieder sorgsam hinter sich schloss. Die rothaarige Leibwächterin war mit zwei weiteren Vampiren auf einer Patrouille im Wald gewesen und nun sehr neugierig.

„Anzheru will nicht mit ihr schlafen, weil er keine zwei Dutzend Bisswunden davon tragen will", erläuterte Vio freimütig das Problem. Mira wäre am liebsten im Erdboden versunken. Seit Helena fest mit Edward liiert war, verstanden sie sich ausgezeichnet, jedoch hatte sie eigentlich nicht vorgehabt, diese Sache auch noch mit ihr zu diskutieren.

„Das ist albern", kommentierte Helena Vios kurze Erklärung und schenkte Mira ein mitfühlendes Lächeln. „Wenn Anzheru danach geht, liebt ihr euch vielleicht in ein bis zwei Jahren zum ersten Mal."

Ungewollt verzog Mira das Gesicht, was Helena zum Lachen brachte.

„Keine Sorge, uns wird da etwas einfallen", kicherte die Rothaarige und setzte sich zu ihnen aufs Bett.

„Wie hast du es bis jetzt probiert?", fragte Vio, ebenfalls mit einem breiten Grinsen im Gesicht. Mira stützte den Kopf auf den Ellbogen und musterte die beiden Vampirinnen eindringlich. Sollte sie sich wirklich weiter auf dieses Gespräch einlassen?

„Die Frage lautet im Moment wohl eher, ob du ihn so sehr haben willst, dass du unsere Hilfe willst", las Helena ihr von den Augen ab. „Oder ob du einfach warten willst, bis dein Gefährte von allein zu dir kommt."

„Das ist er ja nicht einmal", warf Vio ein, woraufhin Mira irritiert die Brauen hob.

„Kostja und mich hat er nach Ältesten-Recht behandelt. Allein durch unsere physische Vereinigung wurden wir zu Gefährten", erklärte Vio geduldig.

„Schon als ich als Vampirin erwacht bin, hat Anzheru gesagt, er habe mich zu seiner Gefährtin erwählt." Mira neigte leicht den Kopf. Über diese kleine Unstimmigkeit hatte sie noch überhaupt nicht nachgedacht.

„Also wendet er auf euch einfach das Clan-Recht an." Erneut schüttelte Vio ungläubig den Kopf. „Er ist ein viel größeres Schlitzohr, als ich dachte."

Auch Helena schien dieser Umstand gleichzeitig zu verwundern und zu amüsieren. „Nun? Möchtest ein paar kleine Ratschläge?" Mira schnaubte leise. „Was soll ich tun?"

„Wie hat es nicht funktioniert?", wiederholte Vio ihre Frage von vorhin. Mira überlegte kurz. „Naja... Ich habe ihn zum Beispiel gefragt, ob er mit mir unter die Dusche kommen möchte."

„Viel zu offensiv", beurteilte Helena ihren Versuch.

„Angekuschelt und versucht ihm an die Wäsche zu gehen?", fragte Vio mit einem Gesichtsausdruck, als wäre die Frage überflüssig. Das war sie schließlich auch und Mira nickte nur schwach.

„Noch offensiver. Du musst viel subtiler vorgehen." Helena steckte sich ein paar Haarsträhnen hinter die Ohren.

„Wie das?", fragte Mira halbherzig.

„Überleg doch mal. Anzheru wurde um das Jahr Tausend geboren. Damals wurde von Frauen noch eine ganz andere Sittsamkeit erwartet. Er behauptet zwar, er würde halbwegs mit der Zeit gehen, aber gewisse Dinge sind einfach anerzogen." Vio schien das Ganze unheimlich Spaß zu machen. „Es darf also nicht direkt von dir ausgehen. Du musst Anzheru die Verführung überlassen."

„Also soll ich ihn dazu verführen, mich zu verführen?" Mira verzog unwillkürlich die Mundwinkel.

„Aber nicht indem du guckst, als hättest du gerade aus Versehen ein Dutzend Spinnen verschluckt", warf Helena ein. Vio kicherte. „Mach dich rar. Wenn du dich ihm entziehst, wird er automatisch nachrücken."

„Und weiter?" Das konnte unmöglich ausreichen, um Anzheru umzustimmen. Vio unterschätzte vielleicht, wie stur ihr Clan-Oberhaupt war, wenn er einmal einen Entschluss gefasst hatte.

„Sprich es auf keinen Fall nochmal an. Du musst so tun, als hättest du ein bisschen Angst davor, dass Anzheru unsägliche Dinge mit dir tut." Helena schien gerade erst anzufangen. „Keine verführerischen Gesten, keine zu sehnsüchtigen Blicke und nicht lasziv vorbeugen."

Mittlerweile wunderte Mira sich, wie ernst die beiden bei diesem Thema bleiben konnten. „Gut, gut. Das Prinzip habe ich verstanden. Und das soll noch funktionieren, nachdem ich zu offensiv war?"

„Er wird sich über die Veränderungen in deinem Verhalten wundern." Vio zuckte mit den Schultern. „Behaupte im Zweifelsfall einfach, dass wir dir eingeredet haben, alte Vampire wären beim ersten Mal viel zu heftig und du könntest hinterher kaum noch gehen."

„Ganz so weit hergeholt ist das nicht", ergänzte Helena, wobei sie sich gedankenverloren den unteren Rücken rieb. Mira verkniff sich einen ironischen Kommentar darüber, um nicht näheres über das Liebesleben ihrer Leibwachen zu erfahren.

„Weißt du vom Prinzip her überhaupt, wie Vampir und Vampirin sich lieben?", bohrte Helena nach. „Gerüchten zu Folge bist du noch unschuldig."

„Gerüchten zu Folge…" Woher die rothaarige Vampirin das nun wieder wusste. Vio schaute in diesem Augenblick auffällig unbeteiligt zur Seite.

„Ja, das stimmt", gab Mira zu. „Aber ich wurde aufgeklärt, keine Sorge."

„Weiß Anzheru das auch?" Helenas Augen wurden schmal. Mira nickte nur verunsichert.

„Das macht die Sache wesentlich einfacher. Unschuld besitzt für alte Vampire tatsächlich immer noch einen gewissen Reiz."

„Das stimmt", pflichtete Vio Helena bei. „Du brauchst irgendetwas, das Anzheru an deine Unschuld erinnert. Am besten immer wieder."

„Aber ich darf es nicht sagen." Miras Einwand wurde geflissentlich ignoriert. Vio und Helena suchten gemeinsam nach einer praktischen Lösung.

„Trag dein Haar am besten offen oder in einem einfachen Zopf. Nichts Aufwendiges. Und verwechsle unschuldiges Verhalten nicht mit Unterwürfigkeit. Das mag Anzheru paradoxerweise nicht."

„Das wird nicht reichen", wandte Vio ein. Helena musterte Mira wieder mit unergründlicher Miene.

„Weiße Nachthemden", sagte sie schließlich.

„Gute Idee." Vio nickte eifrig. „Das könnte funktionieren."

Bevor Mira ihre Meinung dazu äußern konnte, hörten sie Edward auf dem Korridor nach seiner Gefährtin rufen. Helena schwang sich aus dem Bett und öffnete die Tür. Der Hüne nahm sie mit einem breiten Lächeln in Empfang und sagte Mira noch, dass Anzheru in der Empfangshalle auf sie wartete, bevor er die rothaarige Vampirin dicht an seine Seite geschmiegt zu ihrem gemeinsamen Quartier hinüber führte.

„Wir fahren gleich morgen in die Stadt und kaufen für dich ein." Violetta zwinkerte ihr verschwörerisch zu. Mira biss sich auf die Unterlippe. „Aber dort sind so viele Menschen…"

„Keine Sorge, ich bleibe bei dir. Helena nehmen wir am besten auch mit. Ich glaube, du hast dich wesentlich besser im Griff, als Anzheru vermutet."

Diese Worte gaben ihr tatsächlich ein klein wenig Mut. Mira stieg die Treppe hinab, wobei sie sich auf die vielen Kleinigkeiten besann, von denen Helena gesprochen hatte. Es war gar nicht so leicht, Anzheru nicht gierig anzusehen, aber sie wollte sich auf jeden Fall an den Plan halten. Schon allein, um zu wissen, ob etwas so Subtiles tatsächlich funktionieren konnte, wenn man mit einem tausendjährigen Vampir zusammen war. Zurück in der Villa ging Mira recht schnell zu Bett, obwohl der Sonnenaufgang noch ein paar Stunden hin war. Wenn sie mit ihren beiden Freundinnen einkaufen gehen wollte, mussten sie es am Tag tun. Anzheru wirkte etwas überrascht, aber er legte sich neben ihr auf die Bettdecke und wartete geduldig darauf, dass sie einschlief. Diese schöne Gewohnheit würde in ihrem Vorhaben vielleicht Probleme verursachen. Allerdings wollte Mira um keinen Preis der Welt die Geborgenheit missen, die Anzheru ihr auf diesem Weg gab.

Während der Fahrt nach Oslo versuchte Mira, sich auf alles andere außer ihrem Durst zu konzentrieren, was jedoch kein besonders guter Ansatz war. Vio und Helena hingegen schienen sich keine Sorgen darum zu machen, dass Mira jederzeit über die Menschen in ihrer näheren Umgebung herfallen konnte wie ein ausgehungertes Raubtier. Sie parkten mitten in der City. Ironischerweise erkannte Mira das Parkhaus wieder, in dem Anzheru damals seinen Audi abgestellt hatte, als er ihre erste Garderobe angeschafft hatte. Gemeinsam schlenderten sie durch die Einkaufsmeile. Zum Glück der beiden Vampirinnen war der Himmel wolkenverhangen. Mira selbst hätte das Licht nichts anhaben können, aber auch sie war froh über den Schatten, der ihren Freundinnen Sicherheit bot.

„Wir sollten mit etwas ganz Schlichtem beginnen. Keine Betonung deiner Kurven, kein tiefer Ausschnitt und so lang wie möglich." Helena hatte offenbar vollständig durchgeplant, was Mira die nächsten Wochen zum Schlafen anziehen würde. Tatsächlich fanden sie auf Anhieb etwas, das ein wenig an einen ausgeblichenen Kartoffelsack erinnerte. Violetta konnte sich kaum das Lachen verkneifen, als sie das undefinierbare

Nachthemd zur Kasse brachten. Mira ließ sich bereitwillig auf das Anprobieren diverser weißer Kleidungsstücke ein. Auf das peinlichste Gespräch ihres bisherigen Lebens folgte nun der entsprechend peinliche Einkaufsbummel. Andererseits lenkte es sie von den verführerischen Düften ab, die die Menschen verströmten. Nach und nach fand sich, was Helena suchte. Am Ende ihres Einkaufsbummels besaß Mira acht weiße Nachthemden, bei dem unförmigen Shirt angefangen, das Vio liebevoll Nachtzelt getauft hatte, über ein paar weiche, seidige Exemplare bis hin zu einem extrem kurzen Spitzennegligee. Dieses wies zwar nicht mehr subtil auf Miras Unschuld hin, aber es hatte allen außer Mira sehr gut gefallen. Gut gelaunt fuhren sie zurück zum Gelände des Nördlichen Clans. Helena besaß einen ähnlichen Fahrstil wie Edward. Mit ihr am Steuer würden sie nicht allzu lange brauchen.

„Du kennst die Reihenfolge?", hakte Vio nach. Mira nickte bestimmt.

„Gut, trage jedes mindestens drei Tage hintereinander, um ihn auf die Folter zu spannen."

„Das Zelt wird er nicht spannend finden", erwiderte Mira trocken.

„Aber er wird bemerken, dass etwas anders ist." Vio grinste breit, als würde sie seine erste Reaktion nur zu gern persönlich miterleben. „Und selbst wenn es dich irgendwann stört, zieh das Zelt nicht mitten am Tag aus, sodass er dich zufällig nackt sieht. Anzheru soll diese drei Wochen so wenig Haut wie möglich von dir sehen."

Mira rieb sich nur die Stirn, statt etwas zu erwidern. Sie hatte sich auf diese fixe Idee eingelassen und nun würde sie sie auch umsetzen. Es war schließlich immer noch ein besserer Plan als noch ein bis zwei Jahre zu warten. Sie verbrachte den Rest des Tages im Hauptquartier und schlief ein wenig in einem leeren Aufenthaltsraum. Die Nacht über wach zu bleiben fiel Mira schwer, aber sie wollte so schnell wie möglich in den gewohnten Rhythmus der Vampire zurückkehren. Beim Kampftraining suchte sie sich bewusst immer wieder andere Partner als ihren eigenen Gefährten aus. Als der Sonnenaufgang endlich nur noch eine Stunde entfernt war, beschloss Mira, zu Bett zu gehen. Mit einem ironischen Schnauben schlüpfte sie in das Nachtzelt und ging anschließend ins Kaminzimmer hinunter, in dem Anzheru noch über einigen Briefen brütete.

„Ich gehe jetzt schon ins Bett, ich bin ziemlich müde", sagte sie leise.

„Ja, ich komme gleich nach oben", antwortete Anzheru, erst dann hob er den Kopf und sah sie an. Seine rechte Braue hob sich zu einem leisen Fragezeichen. Miras bisherige Nachtwäsche beschränkte sich auf die Pyjamas und ein paar recht lange Shirts, die sie erhalten hatte, als sie noch sterblich gewesen war. Besonders hübsch waren diese auch nicht, aber Anzheru hatte damals pedantisch darauf geachtet, dass sie ihre Figur vorteilhaft hervorhoben. Das Nachtzelt war das genaue Gegenteil dazu und fiel dementsprechend auf. Anzheru schien etwas sagen zu wollen, aber an diesem Morgen tat er es noch nicht. Erst am dritten Tag, an dem Mira sich mit dem Zelt schlafen legte, setzte er sich störrisch auf die Bettkante, statt sich wenigstens zu ihr auf die Decke zu legen. „Was trägst du da für einen Kartoffelsack? Du warst doch mit Violetta und Helena einkaufen, oder nicht?"

„Ja", erwiderte Mira zögerlich.

„Sie haben dich sehr schlecht beraten." Anzheru schüttelte missbilligend den Kopf.

„Aber es ist gemütlich", verteidigte sie ihr Nachtzelt. Nur noch einen Tag musste sie darin schlafen, um sich an den Plan zu halten.

„Na gut", brummte der Geborene und schmiegte sich an ihre Seite.

In den folgenden Nächten bemerkte Mira, dass es langsam schwieriger wurde, sich rar zu machen. Anzheru schien es überhaupt nicht zu gefallen, dass sie nach ihrem Geschichts- und Sprachunterricht aus der Villa verschwand und zum Beispiel auch mit anderen Vampiren des Clans auf die Jagd ging. Trotzdem zwang sie sich, ihrem eigenen Verlangen noch nicht nachzugeben. Nachthemd Nummer zwei hatte ihm immerhin schon etwas besser gefallen, da es sich halbwegs an ihren Körper schmiegte. Ob Anzheru mittlerweile ahnte, dass sie etwas im Schilde führte, konnte Mira jedoch nicht einschätzen. Bevor sie das dritte der sorgsam ausgesuchten Nachthemden anziehen würde, verbrachte sie die Nacht im Hauptquartier. Artorius und Helena erklärten ihr die Kartenspiele, mit denen sich die Vampire von Zeit zu Zeit gegenseitig beträchtliche Summen abknöpften. Im Pokern war Mira miserabel, aber wenn es um reines Glück ging, gewann sie einige Partien. Anzheru kam kurz vor der Dämmerung persönlich in den alten Saal des Hauptquartiers, um sie abzuholen, weshalb Helena ihr einen verschwörerischen Blick zuwarf. »Wenn du dich ihm entziehst, wird er automatisch nachrücken.« Violettas Theorie schien wenigstens in dieser Hinsicht aufzugehen. Anzheru holte sie nicht nur nach Hause, er küsste sie auch inniger und zog sie fester an sich als sonst, als er neben ihr im Bett lag. Als wollte er all die Zuneigung nachholen, die ihm die Nacht über verwehrt gewesen war. Mira gab sich alle Mühe, sich zurückzuhalten und ihn nicht weiter anzustacheln. Noch nicht. Das dritte Nachthemd bestand aus feiner Seide und schmiegte sich perfekt an Miras Kurven an. Außerdem war es schon ein gutes Stück kürzer als die ersten beiden und gab den Blick auf ihre Knie und einen Teil ihrer Oberschenkel frei. Tatsächlich betastete Anzheru kurz den Saum und die Haut ihres Schenkels, bevor er sie frei gab und sie es sich bequem machen konnte. Es war nicht das erste Mal, dass er ihr Bein berührte, aber das erste Mal, seit Mira ausschließlich weiße Nachthemden zum Schlafen trug. Über den Gedanken, ob es nicht einfach ein Zufall gewesen war, schlief sie letztendlich ein. Als sie erwachte, lag Anzheru noch immer unverändert neben ihr im Bett. Offenbar hatte er sich den ganzen Tag über keinen Millimeter gerührt. Am liebsten hätte Mira sich sofort an ihn gekuschelt und die Hände unter seine Kleider geschoben, aber sie riss sich ein weiteres Mal zusammen. Stattdessen gab sie ihrem Gefährten nur einen Kuss auf die Wange und begab sich unter die Dusche. Zudem hatte sie Unterwäsche, Jeans und Pullover schon mit ins Bad genommen, um sich sofort dort anzuziehen. Als Mira ins Erdgeschoss hinunter stieg, wartete Anzheru bereits auf sie, um auf die Jagd zu gehen. Auf der letzten Treppenstufe trat er ihr allerdings in den Weg.

„Heute gehen wir wieder etwas weiter vom Gelände des Clans weg, um Elche zu jagen. Sie sind zwar keine Jäger, aber sehr ergiebig." Anzheru fuhr mit der Zunge über seine oberen Schneidezähne. „Das heißt, wenn du heute einmal mit mir jagen willst."

Mira nickte möglichst unschuldig. Nur eine Woche Aufmerksamkeitsentzug hatte seiner Laune offenbar einen schweren Dämpfer versetzt. Ein wenig besänftigt ergriff er ihre Hand und sie verließen gemeinsam die Villa. Wenigstens ihren Jagdinstinkt musste Mira innerhalb dieses lächerlichen Plans nicht unterdrücken. Ein Elch war längst nicht so leicht festzuhalten wie ein Wolf und daher eine Herausforderung. Erst nachdem sie schon einige Liter Blut getrunken hatte, sank das Tier geschwächt in sich zusammen. Anzheru stand erneut in ein paar Schritten Entfernung ganz ruhig da und beobachtete sie nur. Mira ließ von ihrer noch lebendigen Beute ab und richtete sich halb auf.

„Möchtest du auch trinken?", fragte sie verunsichert. Seine reservierte Miene hellte sich merklich auf. Dieses Angebot nahm Anzheru ohne zu zögern an. Auf dem Rückweg schlang er einen Arm um ihre Taille und summte eine Melodie, die Mira nicht kannte. Sie klang schön und beruhigend. In der Villa angekommen ließ Anzheru ihr gar keine Chance, ins Hauptquartier zu verschwinden, sondern beschäftigte sie mit einer sehr ausgiebigen Lektion Norwegisch am Esstisch im Kaminzimmer. Danach weihte er sie in die vielen Briefe und Mails ein, die derzeit an ihn geschickt wurden.

„Die Clans in Nordamerika haben derzeit ein ernstes Problem. In Brasilien hat sich ein sehr großer Clan gegen alle anderen durchgesetzt und plant offenbar, den ganzen Kontinent an sich zu reißen und dann vielleicht auch den Norden. Wenn das so weiter geht, wird es Krieg geben."

„Und was hat das mit uns zu tun?" Mira wusste, dass er einige Vampire in Amerika kannte, fragte aber sicherheitshalber genau nach.

„Sie bitten um meine Hilfe als Diplomat. Vielleicht wird der Brief- und Mail-Kontakt bald nicht mehr ausreichen und ich muss hinfliegen." Anzheru versuchte ein Lächeln. „Auf eine solche Reise werde ich dich natürlich nicht mitnehmen. Das ist viel zu gefährlich."

„Natürlich nicht", wiederholte Mira ein wenig enttäuscht. Sein Beschützerinstinkt ging ihr manchmal wirklich auf die Nerven.

„Dafür gibt es auch eine gute Nachricht. Wir wurden, wie alle drei Jahre üblich, zum Ball des Östlichen Clans eingeladen."

„Ich nehme an, dort werden sehr viele fremde Vampire sein?", hakte Mira nach. Anzheru bejahte ihre Frage.

„Und dahin darf ich mitkommen, ohne dass du mich wie deinen Augapfel bewachst?"

„Zum einen ist es deine gesellschaftliche Pflicht als Gefährtin eines geladenen Clan-Oberhaupts und zum anderen ist es ein sehr schönes Ereignis. Und ja, du wirst mit fremden Vampiren tanzen dürfen." Er lächelte sie fröhlich an. „Bis dahin verfeinern wir deinen Tanzstil."

„Wie schön, dass du mich an dieses absolut nicht vorhandene Talent erinnerst", gab Mira mit einem Grinsen zurück und erhob sich. „Lass uns gleich morgen anfangen."

Als sie an ihm vorbei wollte, packte Anzheru ihr Handgelenk. „Warum hältst du seit einer Woche ständig so großen Abstand zu mir? Es ist, als würdest du vor mir fliehen."

Er zog sie am Arm zu sich zurück. Mira gab erst nach einem kurzen Zögern nach und landete seitlich auf seinem Schoß, sodass sein Gesicht dem ihren schon sehr nah war.

„Habe ich irgendetwas getan, dass dich verängstigt hat?", fragte Anzheru, wobei er die Stirn in Falten legte. Seine Miene enthielt gleichzeitig Besorgnis und Widerwillen.

„Nein. Hast du nicht." Mira schüttelte mit Nachdruck den Kopf. „Oder habe ich dich beim Training schwerer verletzt, als ich dachte?"

„Nein." Ihr fiel keine vernünftige Antwort ein. Den rechten Arm hatte er wie eine Lehne um ihre Taille gelegt, seine linke Hand lag ruhig auf ihrem Oberschenkel. Mira ergriff sie und drehte seine Handfläche zu ihren Lippen. Sie fühlte, dass er leicht erschauderte, als sie erst seine Handwurzel und dann die weiche Haut küsste, unter der seine Arterie leise bläulich schimmerte. Mira merkte in diesem Moment selbst, dass es wirklich schwierig war zu unterscheiden, ob sie ihn lieber beißen oder auf den Boden werfen wollte. Zu beidem in der Lage zu sein, machte es nicht besser. Wenn sie noch sterblich gewesen wäre, wäre die Entscheidung wesentlich leichter gefallen. Allerdings tat sie keins von beidem und bat Anzheru, sie loszulassen. „Ich bin mit Vio verabredet."

Das war noch nicht einmal gelogen. Ihr Gefährte begleitete sie ins Hauptquartier, da er selbst einiges zu erledigen hatte. Allerdings ließ er sie nur widerwillig mit Vio davon ziehen.

„Und? Macht es sich schon bemerkbar?", fragte die kleine Vampirin neugierig, als sie zu zweit mit einer Flasche Wein in ihrem Zimmer saßen.

„Ja, er macht sich Sorgen, dass er irgendetwas falsch gemacht hätte und ich vor ihm fliehen würde." Das war nicht das Ziel gewesen. Mira stützte trübsinnig den Kopf auf.

„Ist er eifersüchtig, weil du so viel Zeit mit uns verbringst?", fuhr Vio unbeirrt fort.

„Ich glaube, ja."

„Es läuft alles wie erwartet." Die kleine Vampirin zwinkerte ihr zu. „Halte noch ein bisschen durch. Er will dich jetzt schon viel mehr als vor einer Woche."

Mira hob skeptisch die Brauen.

„Doch, glaub mir. Es ist die Art, wie er dich ansieht. Die allermeisten männlichen Vampire sind unheimlich besitzergreifend und er ist da keine Ausnahme."

„Ich will doch nicht, dass er mich ab übermorgen wieder in der Villa einsperrt!"

Vio neigte sacht den Kopf und lächelte ähnlich wie in jener Nacht, in der sie Mira zum ersten Mal um einen Gefallen gebeten hatte. „Das muss er nicht, wenn du nur stark genug nach ihm riechst."

„Darf ich danach etwa nicht mehr duschen?" Mira schenkte für sie beide Wein ein. Vio nahm sich eines der bauchigen Gläser und probierte einen Schluck, woraufhin sie leicht erschauderte.

„Igitt. Hoffentlich muss Kostja auf seiner nächsten Reise wieder nach Südeuropa und bringt etwas Besseres als das hier mit. Und natürlich darfst du dich nach dem Liebesspiel noch waschen, aber sein Geruch wird dann trotzdem irgendwie anders… intensiver an dir haften. Andersrum natürlich genauso."

Mira rieb sich die Stirn. Diese Sache trieb sie noch in den Wahnsinn. „Lass mich raten. Da Anzheru so alt ist, geht er davon aus, dass ich dabei brav auf dem Rücken liege und tue, was er verlangt."

„Klar." Vio grinste schon beinahe wölfisch.

„Ich bringe ihm bei, was sexuelle Selbstbestimmung bedeutet", erwiderte Mira trocken. Vio prustete beinahe Wein über ihr Bett.

„Einen Versuch ist es wert", hielt Mira unbeirrt dagegen. Die kleine Vampirin fiel bei dem Versuch, sich das Lachen zu verkneifen fast vom Bett. „Wenn du es schaffst, dich im Bett gegen einen tausendjährigen Geborenen durchzusetzen, fresse ich eine lebendige Ratte."

Mira schnaubte. „Geht es denn wirklich nur um Dominanz?"

„Aber ja doch! Anzheru hat es allgemein nicht mehr nötig, seine Autorität mit Gewalt durchzusetzen, und natürlich will er dir nicht wehtun, also ist es für ihn sogar die einzige Möglichkeit, seine Dominanz auszuüben."

Mira hielt Vio lieber am Bund ihrer Leggins fest, bevor sie tatsächlich über die Bettkante hinweg rollte. Anzheru war ein intelligenter, vorausschauender Mann. Sollte er in dieser Hinsicht wirklich so einfach gestrickt sein? Sie hörte seine federnden Schritte auf der Treppe. Er kam extra nach oben, um sie abzuholen, statt wie üblich unten auf sie zu warten.

„Nummer drei?", fragte Vio leise und setzte sich auf.

„Noch heute und morgen." Mira gähnte.

Die folgenden Tage verliefen ähnlich. Je mehr Mira versuchte, sich rar zu machen, desto störrischer hielt Anzheru sie in seiner Nähe. Nachthemd Nummer vier begann und beendete seinen Einsatz ohne jegliche Folgen. Am darauf folgenden Morgen streifte Mira das Fünfte über. Hierbei handelte es sich um ihr liebstes Exemplar. Es war ziemlich kurz und enganliegend und die schmalen Träger waren mit einem feinen Muster versehen. Dieses würde sie auf jeden Fall behalten und auch später einmal wieder anziehen. Das Nachtzelt hatte sie in der Wäsche nicht mehr wieder gefunden. Vermutlich hatte Anzheru es still und heimlich entsorgt. Mira band sich die Haare zu einem Zopf zurück, während sie vom Schlafzimmer auf den Flur hinausging. In der vergangenen Nacht war sie nicht dazu gekommen zu jagen und wollte daher nachsehen, ob vielleicht noch eine Blutkonserve im Kühlschrank lag. Soweit sollte sie allerdings gar nicht erst kommen. Anzheru fing sie auf der obersten Treppenstufe ab und drängte sie zurück, bis sie mit dem Rücken gegen die Wand stieß.

„Vio und Helena haben dir diesen Unsinn eingeredet, oder?", knurrte er leise. Mira hielt ihn mit beiden Händen auf einer halben Armlänge Abstand. Er hatte seine Hände rechts und links von ihr gegen die Wand gestemmt. Seine eisblauen Augen funkelten sie an, allerdings anders als sonst. Gieriger.

„Ich habe sie vielleicht nach einem kleinen Tipp gefragt." Mira wagte nur, zu flüstern. Sie wollte die beiden nicht in Schwierigkeiten bringen.

„Du musst das verstehen." Er wollte sich ihr nähern. Mira gab ein klein wenig nach.

„Wenn du dich mir hingibst, gibt es kein Zurück. Dann sind wir für immer vermählt."

„Ich will nicht zurück. Ich habe unbewusst auf dich gewartet. Mein ganzes Leben lang." Mira ließ die Hände sinken. Sofort drängte sich sein Leib von oben bis unten an sie.

„Das weißt du doch. Du hast mich gesehen. In der Bibliothek."

„Ja…" Anzheru versenkte die Zähne kurz in ihrem Nacken. Die paar Tropfen Blut, die er trank, schienen ihn rasend zu machen. Mira fühlte in diesem Augenblick, wie sehr er sie begehrte. Sie konnte kaum schnell genug die Arme heben, so stürmisch zerrte er ihr das weiße Nachthemd über den Kopf. Allerdings nahm er sie nicht sofort hier im Stehen. Irgendwie schafften sie es ins Schlafzimmer und aufs Bett. Anzherus Hemd und Hose hatten weniger Glück als Miras heil gebliebenes Nachthemd. Sie riss sie ihm einfach vom Körper, als sie sich ihren Instinkten hingab. Sie wälzten sich übers Bett, bis Anzheru sie auf dem Rücken festnagelte und sich auf sie schob. Mira seufzte leise, als sie ihn in sich spürte. Und es wurde noch viel besser, als Anzheru begann, sich zu bewegen.

Mira wusste nicht, wie viel Zeit vergangen war, als sie erschöpft die Augen öffnete. Anzheru schwang gerade die Beine aus dem Bett.

„Geh nicht weg", murmelte sie. An Schlaf war noch nicht zu denken, obwohl die Herbstsonne hoch am Himmel stand. Dafür war sie immer noch viel zu aufgeregt. Entschlossen setzte Mira sich auf.

„Keine Sorge, ich bin sofort zurück." Anzheru verließ wirklich nur kurz den Raum und kehrte dankbarerweise mit einer Blutkonserve zurück.

„Davon habe ich dich wohl vorhin abgehalten." Er reichte sie ihr. Mira sog die Konserve gierig leer, während ihr Gefährte zum Spiegel hinüberging, um seinen Rücken zu betrachten. Er war von oben bis unten mit Kratzspuren übersät. Selbst auf der Rückseite seiner Oberschenkel waren noch welche zu finden. An seinen Schultern, seiner Brust und seinen Flanken hatte Anzheru einige Bisswunden davon getragen. Mira sah nicht genau genug hin, um sie zu zählen. Die vorwurfsvolle Miene ihres Gefährten erforderte ihre gesamte Aufmerksamkeit. Sie versuchte ein entschuldigendes Lächeln, was aber eher ein schiefes Grinsen ergab. Augenblicklich brach Anzherus ernste Fassade zusammen und er lächelte zurück. „Wie viele von diesen weißen Nachthemden hattest du noch auf Lager?"

„Wir waren bei Nummer fünf von acht. Nun, eigentlich eher sieben." Mira verzog das Gesicht.

„Warum doch nur sieben?", fragte Anzheru neugierig.

„Das Achte ist zwar weiß, aber es hat wirklich nichts Unschuldiges mehr an sich."

„Das möchte ich an dir sehen!" Er setzte sich ans Fußende des Betts und schloss die Augen, als würde er brav auf eine Überraschung warten. Mira stand kopfschüttelnd auf und holte das Nachthemd aus einer absichtlich weit nach hinten geschobenen Tüte aus ihrem Schrankfach. Nachdem sie es übergestreift hatte, stellte sie sich so dicht vor Anzheru, dass sie ihn schon beinahe berührte. Er öffnete die Augen und musterte sie eindringlich. Dieser halbe Fetzen aus Seide und Spitze bedeckte wirklich nur noch das Wichtigste mit undurchsichtigem Stoff.

„Wenn du zuerst damit über den Flur gelaufen wärst, hätte ich nie Verdacht geschöpft, dass du mit mir ins Bett möchtest", sagte Anzheru trocken. Mira ließ sich lachend von ihm zurück aufs Bett ziehen. Noch bevor sie sich wieder beruhigt hatte, lag das Spitzennegligee in Fetzen auf dem Boden.

13. Tove

Ich muss dir etwas sagen, mein Kind. Wir sind nicht allein. Außer uns Gestaltwandlern gibt es die unsterblichen Wölfe des Tibers und die Schattenwandler.
Vampire?
Ja. Hüte dich vor ihnen. Es gibt sonst keine Geschöpfe, die so verführerisch und tödlich sind wie sie. Versprich es, Tove.
Ja, Mama.
Schwöre es!
Ja, Mama. Ich schwöre.

Vampiren war Tove nie begegnet. Nur Gestaltwandler wie ihre Mutter waren in ihrem Haus aufgetaucht und hatten sie gefangen genommen. Ihr Anführer hatte sie nach draußen gezerrt und in eine viel zu enge Kiste gesperrt. Ihre Mutter würde sie nie wieder sehen, das hatte ihr der große Hund zu verstehen gegeben. Siebzehn Jahre lang hatten sie sich versteckt, doch nun waren sie verloren. Nicht das geringste Licht drang durch die rauen Holzbohlen. Tove schlang die Arme um die Knie. Drago, Liam und Miguel lauteten die Namen der Hunde, die sie ergriffen hatten. Sie hatten die Kiste auf einen Pickup geladen. Drago hielt sie auf der Ladefläche fest. Tove war sich sicher, dass er ganz nah war. Er roch selbst in seiner menschlichen Gestalt wie eine Mischung aus Hund und Erde. »In der ersten Gestalt sind wir Menschen, in der zweiten das, was unserem Wesen entspricht.« Die Worte ihrer Mutter ergaben jetzt einen Sinn. Die Hunde waren die Wächter unter den Gestaltwandlern. Sie beschützten ihre Clans und jagten ihre Feinde. Unerbittlich. Tove legte den Kopf auf die Knie. Sie konnte sich nicht verwandeln, um gegen Drago zu kämpfen. Sie besaß keine zweite Gestalt.

14. Besuch

„Das könnte ihm gefallen." Violetta zwinkerte verschwörerisch. Mira betrachtete sich kurz im Spiegel. Die beiden Vampirinnen waren jetzt seit Stunden in Oslo auf der Suche nach Kleidern, die sie auf dem Ball des Östlichen Clans in zwei Wochen tragen konnten. Vio hatte sich zum Glück sofort angeboten, ihr zur Seite zu stehen. Vermutlich hatte sie sich auch darauf gefreut, die passende Kleidung auszusuchen. Sie zupfte das nachtblaue, schulterfreie Kleid um Miras Hüfte zurecht.

„Das sagst du nur, weil es leicht auszuziehen ist." Miras Tonfall sollte streng klingen, ließ ihre Ironie jedoch deutlich erkennen. Vio ging sofort darauf ein. „Stell dich nicht so an, du willst Anzheru doch auch. Und es sieht wirklich gut aus an dir."

Mit beiden Behauptungen hatte sie absolut Recht. Mira hatte das Gefühl, es gar nicht mehr ohne ihn auszuhalten. Nebenbei harmonierte dieses Kleid ausgezeichnet mit der dunkelroten, bauschigen Robe, die sie für Vio ausgesucht hatten.

„Na gut, ich nehme es."

Sie machten sich auf den Weg zurück zum Parkhaus. Mira hatte Anzherus Wagen statt einen der Jeeps des Clans genommen. Wenn er nicht zu Hause war, hatte er wohl kaum etwas dagegen. Tatsächlich hätte sie auch ihr eigenes Auto haben können, aber Mira brauchte immer noch Zeit, um sich daran zu gewöhnen, dass Anzheru alles mit ihr teilte. Und zwar wirklich alles, was er besaß. Geld war anscheinend relativ unwichtig, wenn man unsterblich war. Im Laufe der Zeit sammelte es sich eben an.

„Anzheru wird doch nicht beleidigt sein, weil ich mit dir einkaufen war, oder?" Vio ließ sich schwungvoll aber elegant auf den Beifahrersitz fallen. Mira schüttelte den Kopf. „Er ist in Washington und versucht, die amerikanischen Clans davon abzuhalten, sich gegenseitig niederzumetzeln. Ich denke, er ist dankbar, wenn er sich nicht auch noch darum kümmern muss, dass ich zu diesem Ball etwas Angemessenes anziehe."

„Naja… Ich kenne ihn jetzt fast hundert Jahre und manchmal überrascht er mich immer noch." Violetta schien sich trotz ihres gemeinsamen schönen Tages ernste Sorgen zu machen. Mira lenkte den Wagen aus dem Parkhaus, dann ergriff sie Vios Hand. „Keine Sorge. Falls er böse auf dich sein sollte, sage ich, ich wollte, dass du mitkommst."

Die kleine Vampirin lächelte zaghaft. „Wann kommen er und die anderen eigentlich zurück?"

Mira seufzte. „Wenn die Verhandlungen ein Ende finden. Er hat gestern am Telefon gesagt, er habe noch etwas Hoffnung, dass sie verschwinden können, bevor sie in die ersten Kämpfe verstrickt werden."

„Grandios… Warum fangen sie nicht einfach an, sich die Köpfe abzuschlagen, und lassen unsere Leute endlich ziehen? Es hat mich sowieso gewundert, dass William ihn als Vermittler nach Washington bestellt hat." Vio verzog unzufrieden das Gesicht. Ihr geliebter Konstantin war ebenfalls mit nach Washington geflogen. Zum einen, um Anzheru zur Seite zu stehen, zum anderen weil er dort alte Bekannte treffen wollte. Früher hatte er einmal zum Kanadischen Clan gehört und dieser nahm ebenfalls an den Verhandlungen teil. Nach seiner Flucht vor über achtzig Jahren hatte das alte Oberhaupt, ein Vampir namens Samuel, seine Hinrichtung befohlen. Daher hatte Konstantin den nordamerikanischen Kontinent aus Vorsicht nicht mehr betreten. Allerdings war Samuel vor ein paar Jahren von Robin abgesetzt worden. Vio und Mira waren sich nicht ganz sicher, ob es sich dabei um einen Mann oder eine Frau handelte. Jedenfalls wollte Konstantin in Erfahrung bringen, wer von seinen alten Freunden noch am Leben war und wie sein alter Clan jetzt zu ihm stand. William war das Oberhaupt des Vampirclans, der an der Ostküste der Vereinigten Staaten lebte. Mira ahnte, warum er

Anzheru gebeten hatte, nach Washington zu kommen. „Die Alternative wäre gewesen, den Ältestenrat um einen Vermittler zu bitten."

„Das stimmt allerdings", pflichtete Violetta ihr bei und erschauderte leicht. Niemand involvierte gerne die Ältesten. Im Rat gab es kein Verständnis für Fehler oder Übertritte der Gesetze. Die schuldigen Vampire wurden schlicht hingerichtet, damit die Clans sich gegenseitig keine Vorwürfe mehr machen konnten und der Frieden erhalten blieb. Und beim Gedanken daran, wer für Hinrichtungen zuständig war, sträubten sich Mira die Nackenhaare.

Am Tor zum Gelände des Clans wurden sie mit einem Lächeln von Helena begrüßt. Sie würde Mira und Violetta in zwei Wochen als Leibwache zum Ball des Östlichen Clans begleiten, bloß brauchte sie dafür nichts einzukaufen. Helena besaß eine Garderobe, bei der jede Prinzessin von Norwegen vor Neid erblasst wäre. Mira parkte Anzherus schwarzen Audi an exakt derselben Stelle, an der er vorher gestanden hatte. Es hatte den ganzen Tag geregnet, nun war es auch dunkel. Vio trug fröhlich ihre Einkaufstasche zur Villa, wobei sie mehr tänzelte, als dass sie ging. „Wenn dir langweilig wird, darfst du gern Ballettunterricht bei mir nehmen. Es ist leichter, als es aussieht."

„Ich überlege es mir." Mira schloss mit einem leisen Schmunzeln die Haustür auf. Es fiel ihr immer noch schwer genug, ihre Kräfte zu kontrollieren. Wie sollte sie jemals in der Lage sein, sich so anmutig und grazil zu bewegen wie die kleine Vampirin aus Russland? Mira blieb wie angewurzelt in der Diele stehen. Ein Geruch strömte ihr aus dem Kaminzimmer entgegen. Im ersten Moment war er vertraut, doch er wich immer deutlicher von Anzherus Geruch ab, je länger Mira ihn einatmete. Vio war ebenfalls zur Säule erstarrt und sah sie unsicher von der Seite an. Mira bedeutete ihr, die Tasche abzustellen. Sie konnte sie leider

181

nicht einfach fortschicken, das wäre zu unhöflich gewesen. Sein Herzschlag war langsam und dumpf. Bedächtig betraten die Mädchen das Kaminzimmer. Der Vampir saß auf dem Sofa vor dem entzündeten Kamin und las in dem Buch, das Mira dort vor ihrem Einkaufsbummel liegen gelassen hatte.

„Wir grüßen dich, Gebieter."

Sie verneigten sich beide standesgemäß, dann richtete Mira sich wieder zu ihrer vollen Größe auf. Sie war nicht mehr gezwungen, vor Asheroth zu knien und den Kopf gesenkt zu halten. Nicht als Vampirin und Gefährtin seines Sohnes.

„Ich grüße euch.", sagte er leise, erst dann sah er von dem Buch in seiner Hand auf. „Wenn du dich für alte Geschichte interessierst, solltest du wissen, dass die meisten Bücher der Menschen nur von der Siegerseite eines Krieges geschrieben wurden. Unsere Darstellungen können um einiges davon abweichen, da wir beide Seiten gesehen haben."

„Danke, das ist mir durchaus bewusst, Gebieter", erwiderte Mira kühl. Dass geschichtliche Darstellungen meist nur von den Siegern eines Krieges verfasst worden waren, hatte sie schon gewusst, bevor sie von der Existenz der Unsterblichen erfahren hatte. Asheroth musterte sie einen Augenblick. Mira hatte ihm zuvor nie länger ins Gesicht sehen dürfen. Es war ebenso perfekt geformt wie das seines Sohnes, doch seine Augen waren dunkel, beinahe schwarz und enthielten einen unheilvollen rötlichen Schimmer. Sein Blick wanderte zu Violetta, die unwillkürlich einen halben Schritt zurückwich. Mira widerstand dem Impuls, sich sofort wie ein Schild vor ihr aufzubauen. Auf die kleine Vampirin hatte er schon bei ihrer letzten Begegnung ein besonderes Auge gehabt. Er hatte sie sogar gebissen, um ihre Erinnerungen zu sehen, obwohl diese für ihn noch nicht einmal besonders interessant gewesen sein konnten. Asheroth erhob sich. „Geht ein paar Schritte auseinander."

Mira legte Vio eine Hand auf die Schulter, um sie nahe bei sich zu halten. „Was wünschst du?"

„Ich sagte, geht auseinander." Sein ungeduldiger Tonfall ließ einem das Blut in den Adern gefrieren, weshalb Mira sie letztendlich freigab. Seine Aura war genauso schneidend wie in jener Nacht, in der sie ihm zum ersten Mal begegnet war. Auch ihre Verwandlung änderte nichts daran, dass seine bloße Nähe jede Hoffnung zerstörte. Violetta trat vor und sah Asheroth angespannt an. Er kam näher, wobei er sacht den Kopf schüttelte. „Kind, was hast du getan?"

Mira ballte die Fäuste. Worauf wollte er hinaus? Vio kostete es sichtlich Überwindung, nicht die Flucht zu ergreifen, als er die Hand nach ihr ausstreckte. Mira war jederzeit bereit, ihn zurück zu stoßen. Ohne sie anzusehen, sagte er, sie solle sich beruhigen. „Ich werde sie nicht beißen."

Trotzdem entspannte sie sich nicht. Asheroth drückte die Handfläche gegen Violettas Bauch. Dann tastete er ihre Hüfte und ihren Rücken ab. Mittlerweile hatte Mira erfahren, dass er einen weit überdurchschnittlichen Tastsinn besaß und Dinge fühlen konnte, die für andere im Verborgenen blieben.

„Wann hast du deinen Geliebten zuletzt gesehen?", fragte er.

„Vor neun Tagen." Vios Stimme bebte. Wieder schüttelte Asheroth den Kopf und dieses Mal vorwurfsvoll. „Du hättest ihn während deiner fruchtbaren Phase fortschicken müssen. Nun ist es passiert."

Mira sah erstaunt von einem zum anderen. Wollte er damit tatsächlich sagen, sie sei schwanger? Ihr war seit ein paar Tagen aufgefallen, dass Vio ein klein wenig anders roch, aber sie hatte gedacht, ihre Freundin würde ein Parfum oder ähnliches benutzen.

„Warum hast du es mir nicht gesagt?", fragte sie in die plötzliche Stille hinein. Vio warf ihr einen ängstlichen Blick zu. „Ich war mir nicht ganz sicher."

„Unsinn, es ist schon wesentlich mehr als eine Zelle. Wie konntest du es nicht spüren?" Asheroth legte die Hand wieder auf den unteren Teil ihres Bauches.

„Gebieter, bitte… ich…" Vio versuchte, sich aus seinem Arm zu winden.

„Halt still", befahl er nur. Die kleine Vampirin schloss die Augen, um ihrer Angst Herr zu werden. Als er endlich von ihrem Bauch abließ, umgriff er stattdessen ihr Kinn. „Ist dir auch nur im Geringsten bewusst, was das bedeutet? Ein Vampir wird nicht so einfach geboren wie ein Menschenkind, Violetta!"

Mira trat näher an sie heran. Asheroth verhielt sich merkwürdig. Wenn er etwas missbilligte, bestrafte er denjenigen und hielt keine Predigt. In seiner Stimme schwang Vorwurf mit, aber auch Wehmut. Die Situation erinnerte ihn natürlich an etwas.

„Nein, Gebieter. Das Wissen über Vampirgeburten haben nur sehr wenige von uns und ich konnte noch niemanden fragen." Vio machte sich noch kleiner, als sie ohnehin schon war. Mira hätte sie am liebsten an sich gedrückt, aber Asheroth hielt sie immer noch fest. Er atmete hörbar aus. „Der Fötus wächst in etwa drei Monaten heran. In dieser Zeit wirst du immens viel Nahrung brauchen. Wenn sie lebensfähig ist, wird sie von innen deine Bauchdecke aufreißen. Und sie wird sehr durstig sein, durstig genug, um dir auch noch das letzte bisschen Blut zu nehmen, das du dann noch in dir hast."

„Sie?", fragte Vio mit einem strahlenden Lächeln. Mira war zu perplex, um zu reagieren. Diese Form der Geburt klang vollkommen grauenhaft. Für die Mutter eines geborenen Vampirs schien es keine Überlebenschance zu geben und ihre Freundin interessierte sich tatsächlich noch dafür, welches Geschlecht ihr Kind hatte!

„Ich denke, es ist weiblich, aber das kann ich erst später mit Sicherheit sagen. Es fühlt sich nur anders an als…" Asheroth verstummte und ließ sie los. Seine dunklen Augen verrieten, dass Vios Zustand Erinnerungen wachrief, die er lieber verdrängte. Mira hätte nie für möglich gehalten, dass sie einmal Sympathie für ihn empfinden könnte, doch seine Hilflosigkeit war so untypisch für ihn. Sie passte so gar nicht zu seiner Autorität und Willensstärke. Vio schaute glücklich zu Mira auf. Sie rang sich ein kleines Lächeln ab, aber wirklich freuen konnte sie sich in diesem Augenblick nicht. Asheroth schien tief in Gedanken versunken, als er sich abwandte und zur Couch zurückkehrte.

„Geh jetzt lieber. Ich vermute, er hat mir noch etwas zu sagen." Mira drückte Violetta kurz an sich, um sich zu verabschieden. Die kleine Vampirin schmiegte wie immer den Kopf an ihre Schulter, nichts konnte ihre Freude trüben. Sie schwebte elfengleich zur Diele hinaus. Kurz darauf fiel die schwere Tür der Villa ins Schloss.

Mira ging zu der Sitzgruppe vor dem Kamin hinüber und nahm in dem Sessel Platz, der Asheroth am nächsten stand. Seine Aura nahm ihr augenblicklich die Hoffnung, dennoch wollte sie sich unbedingt weiter auf Violettas Zustand konzentrieren. Nach einem tiefen Atemzug fragte sie, ob es keine andere Möglichkeit gäbe, das Kind zur Welt zu bringen.

„Sodass Violetta wenigstens eine kleine Überlebenschance hat, meinst du?"

„Ja, Gebieter. Meines Wissens nach sind nicht alle Mütter von Geborenen gestorben."

Konstantin hatte einmal so etwas erwähnt, als sie sich vor einiger Zeit über Violettas Gabe unterhalten hatten. Asheroth ließ sich tiefer in die weichen Polster der Couch sinken. „Ja, es gibt genau eine Vampirin namens Rahel, die die Geburt ihrer Tochter überlebt hat. Dafür hat sie eine ihrer Dienerinnen völlig ausgesogen, um sich heilen zu können." Er rieb sich das Kinn mit den Fingerknöcheln. „Wenn wir einen Menschen verwandeln, stirbt er. Sein sterbliches Leben endet, dafür beginnt sein neues als Unsterblicher. Wenn ein Vampir geboren wird, hatte er jedoch vorher kein Leben, das enden kann. Also muss jemand anderes sterben. Ein unsterbliches Leben im Tausch für ein anderes. Es gibt keine andere Lösung."

Mira senkte bekümmert den Blick.

„Man könnte es theoretisch vorher entfernen, aber erfahrungsgemäß besitzen Vampirinnen einen wahnsinnig hohen Beschützerinstinkt, wenn es um ihre Nachkommen geht. Violetta würde dem niemals zustimmen. Du hast ihre Reaktion ja gerade selbst gesehen", fuhr er fort. Mira nickte. Es war merkwürdig, so offen mit Asheroth zu sprechen. Bei ihrer letzten Begegnung hatte er sie schließlich nur als sklavisch ergebene Nahrungsquelle angesehen. Anzheru hatte sie davor beschützen müssen, von ihm verspeist zu werden. Mira erschauderte bei dem Gedanken an Asheroths Bissabdruck, der Stunden danach wieder angefangen hatte zu bluten.

„Warum zitterst du?"

Seine raue Stimme holte Mira in die Gegenwart zurück.

„Kannst du etwa frieren?", fragte Asheroth weiter. Es klang nach ernsthaftem Interesse. Mira schüttelte den Kopf. „Nein, mir ist nie kalt. Ich musste nur an etwas Vergangenes denken."

Ihn zu belügen wäre mehr als dumm gewesen, daher gab sie lieber eine unpräzise Antwort. Der Vampirälteste lehnte sich näher zu ihr und sog konzentriert die Luft ein. „Niemals sagst du? Das ist wirklich interessant. Ich würde dich gern studieren, aber ich fürchte, mein Sohn wäre damit nicht einverstanden."

„Da hast du wohl Recht, Gebieter." Und Mira selbst wollte sich gar nicht erst vorstellen, was er mit studieren meinte.

„Aber du riechst merkwürdig, nimm die Arme zurück."

Seine Forderung ließ sie den Rücken gegen die Lehne ihres Sessels pressen. Am liebsten wäre Mira vor seiner ausgestreckten Hand und vor allem seiner Aura geflüchtet.

„Solange du dich vernünftig benimmst, hast du nichts zu befürchten. Anzheru sollte dir den Unterschied zwischen einer Blutsklavin und einer Gefährtin erklärt haben", sagte er ungeduldig. Mira wusste, dass er kein Recht mehr auf ihr Blut besaß. Trotzdem beruhigten seine Worte sie nicht, als die weißen Fingerspitzen seiner rechten Hand ihre Bauchdecke berührten.

„Ich verstehe…", murmelte er, während er sie abtastete. Mira wartete etwas verkrampft ab, bis er endlich seine eiskalten Finger zurückzog. Dann hob sie fragend die Augenbrauen, weil Asheroth nichts weiter sagte.

„Ich hatte erst vermutet, dass auch du eine fruchtbare Phase haben könntest, aber ich habe mich getäuscht. Wie es aussieht, entwickelst du dich immer noch sprunghaft statt kontinuierlich. Deshalb hast du dich aus der Entfernung so anders angefühlt", erläuterte er in einem seltsamen Ton. Es klang ein wenig wie Zufriedenheit.

„Also besitze ich die Begabung, Nachkommen zu haben definitiv nicht?" Es war die eine Veränderung, mit der Mira sich nur sehr schlecht abfinden konnte, seit sie verwandelt worden war. Als sie mit Anzheru darüber gesprochen hatte, hatte sie auch erfahren, dass es bei Todesstrafe verboten war, Kinder in Vampire zu verwandeln. In der Vergangenheit hatten es ein paar verzweifelte Vampirinnen versucht. Die verwandelten Kinder hatten sich jedoch nicht weiterentwickelt, weder körperlich noch geistig. Stattdessen hatten sie Chaos und zu viel Aufmerksamkeit verursacht. Der Ältestenrat hatte das Verbot bereits vor vielen Jahrhunderten erlassen. Einzig und allein Begabte wie Violetta konnten vampirische Kinder haben.

„Nein, zum Glück besitzt du sie nicht." Asheroth schüttelte mit Nachdruck den Kopf. Biologischer Familienzuwachs schien zumindest unter männlichen Vampiren äußerst unbeliebt zu sein. Vio würde sicher noch ein sehr ernstes Gespräch mit Konstantin führen müssen. Vermutlich war sie die Einzige, die sich wirklich auf das Baby freute. Wenn man ein blutgieriges kleines Monster als Baby bezeichnen durfte. Sie schwiegen beide eine ganze Weile, jeder in seine Gedanken vertieft. Mira straffte die Schultern und schaute den Vampirältesten wieder mit klarem Blick an. „Darf ich fragen, warum du hier bist, Gebieter? Du bist sicher nicht nur zum Plaudern hergekommen."

Und warum hatte die Wache am Tor sie nicht gewarnt? Aber das würde Mira später in Erfahrung bringen müssen. Asheroth setzte sich wieder gerade hin. „Das ist richtig. Ich werde die Eisengrunth-Familie in Norddeutschland besuchen. Sie sind die vorherrschenden Gestaltwandler in Mitteleuropa. Ich wünsche, dass du mich begleitest."

Mira wunderte sich ein wenig über seine Formulierung. Ihm einen Wunsch abzuschlagen war genauso irrsinnig wie seinen Befehl zu verweigern.

„Was muss ich dabei tun?", fragte sie unsicher.

„Das Reden übernehme ich. Ihr Oberhaupt ist ein sehr egozentrischer Mann, den ich während der Unterhaltung nicht aus den Augen lassen darf. Du sollst zuhören und beobachten, was sonst noch geschieht."

Mira hob erstaunt die Augenbrauen. Das konnte unmöglich alles sein. „Ich soll einfach nur neben dir sitzen?"

„Es mag sonderbar klingen, aber ja. Die Gestaltwandler verhandeln nicht gerne mit uns, und wenn dann nur mit einem Ältesten." Er taxierte sie streng. „Den Clans ist es verboten, Bündnisse mit ihnen zu schließen, von denen der Rat nichts weiß. Du wirst überhaupt nichts sagen."

Das kam Mira bekannt vor. „Warum nimmst du nicht lieber jemanden mit Erfahrung in diplomatischen Angelegenheiten mit? Ich habe nicht einmal den Durst richtig unter Kontrolle."

Asheroth ritzte sich unvermittelt mit dem Daumennagel die Fingerkuppe seines linken Zeigefingers auf und hielt die Hand hoch, sodass Mira sie sehen konnte. Ein dünnes Rinnsal aus dunkelrotem Blut ran seinen schlanken, weißen Finger hinab zu seiner Handfläche. Allein der Anblick weckte das Raubtier in ihr. Ihre Augen nahmen das Eisblau der Vampire an. Mit aller Kraft krallte Mira die Finger in die Lehnen ihres Sessels, was tiefe Spuren hinterlassen würde. Sie wagte nicht, zu atmen. Der Geruch seines Blutes würde alles andere in den Schatten stellen. Selbst ihre Angst vor diesem Vampir würde sie nicht davon abhalten, ihn anzugreifen. Mira wandte sich angestrengt ab.

„Du hast dich besser unter Kontrolle, als ich erwartet hätte. Es wird genügen", sagte Asheroth schließlich. Mira sah vorsichtig wieder in seine Richtung. Zum Glück hatte er die kleine Schnittwunde bereits wieder geschlossen.

„Ich möchte ausgerechnet dich als Begleitung, weil du zu uns gehörst und doch andersartig bist. Die Gestaltwandler werden das spüren können. Und sie werden dich fürchten."

„Und du denkst, das ist förderlich für die Verhandlung?" Mira gelang es nicht, ihre Skepsis zu verbergen, was ihr einen sehr ungeduldigen Blick einbrachte.

„Sei am Donnerstag um 17:30 Uhr am Flughafen in Kiel. Meine Leibwache holt dich ab." Mehr hatte er dazu nicht zu sagen. Mira war allerdings auch dankbar dafür, dass Asheroth sich nun endlich zum Gehen wandte.

„Geleite mich bitte zum Tor", sagte er wieder in einem etwas ruhigeren Ton. „Deine Vampire wissen nicht, dass ich hier bin und es würde sie wohl ein wenig erschrecken, wenn sie mich alleine antreffen."

Mira verkniff sich die Frage, wie dieser Umstand überhaupt möglich war, und erhob sich aus dem arg ramponierten Sessel. Helena und Artorius hielten Wache am Tor. Wie erwartet reagierten sie völlig entsetzt, als Mira und Asheroth auf sie zukamen. Sie verbeugten sich wortlos vor dem Ältesten und erstarrten anschließend zu Statuen, bis er endlich außer Sicht- und Hörweite war. Helena stürzte auf Mira zu, die ein paar Meter vor dem Tor stehen geblieben war, und fasste sie bei den Ellbogen. „Bist du verletzt? Hat er dich gebissen?"

„Nein, es geht mir gut."

„Wie zum Teufel ist er an uns vorbei…" Helena verstummte plötzlich und wandte Artorius das Gesicht zu, ohne Miras Arme loszulassen. Der Vampir verzog schmerzlich das Gesicht.

„Was ist passiert?", fragte Mira ohne jeden Vorwurf.

„Wir haben ein lautes Geräusch aus dem Wald gehört und haben nachgesehen. Eine Elchkuh lag verletzt am Boden, es sah aus, als sei sie nur gestürzt. Er muss sie verletzt haben, um uns abzulenken." Helena fluchte laut, was sie sonst nie tat. Artorius rieb sich den Nacken. „Wenn Anzheru nicht hier ist, dürfen wir Asheroth gar nicht auf das Gelände lassen. Und das weiß er."

Mira nickte langsam.

„Zum Glück ist dir nichts passiert. Anzheru würde uns das nie verzeihen." Artorius war sichtlich erleichtert. Trotzdem schien ihm extrem unwohl bei dem Gedanken zu sein, seinem Clan-Oberhaupt gegenüber treten zu müssen.

„Sagt ihm nichts davon, wenn er zurückkommt. Ich kläre das mit ihm." Mira tätschelte Helena beruhigend den Arm, woraufhin die beiden Wachen ergeben nickten. Zurück in der Villa nahm sie erst einmal eine heiße Dusche. Es half, ein wenig mehr Ruhe in ihre Gedanken zu bringen. Violetta war schwanger und sie selbst würde zu Asheroth nach Deutschland reisen und die unsterblichen Gestaltwandler kennen lernen. Wie Anzheru wohl auf die Neuigkeiten reagieren würde? Es war erst früher Abend, weshalb Mira sich wieder den Geschichtsband vor dem Kamin vornahm. Allerdings konnte sie sich nicht richtig auf den blutigen Eroberungsfeldzug Alexanders 334 bis 330 vor Christi Geburt konzentrieren. Offenbar hatten einige Vampire aus Spaß an den Schlachten teilgenommen. Zu welchem Clan sie gehörten, wurde jedoch nicht erwähnt. Nur ein Name stach Mira sofort ins Auge. *Achilleas*. Über diesen Mann wusste sie nicht viel, nur dass er eine Tageswandlerin geliebt hatte und nach ihrem Tod verzweifelt einen Weg gesucht hatte, ihr zu folgen. Der Stein, in den Achilleas seinen Schwur gemeißelt hatte, lag oben auf Miras kleiner Kommode im Schlafzimmer. An welchen Stellen die Geschichte der Vampire mit der der Menschen verbunden war, hatte Mira hoch interessant gefunden. Daher hatte sie in der kleinen Bibliothek der Villa gezielt nach Geschichtsbänden wie diesem gesucht. Aber das konnte nun warten. Mit einem Schnauben schlug sie das eingestaubte Buch zu und marschierte hinüber in den großen Raum voller Bücherregale. Anzheru musste doch irgendwelche Informationen über die Gestaltwandler besitzen und das hoffentlich in den Sprachen, die Mira beherrschte. Seit ihrer Verwandlung war es für sie zwar wesentlich einfacher geworden, neue Sprachen zu lernen, aber beispielsweise Aramäisch und Gallisch hatte Mira bisher ausgelassen, da diese Sprachen heute in der Regel nicht mehr gesprochen wurden.

15. Heimkehr

Das Flugzeug war am frühen Mittag in Oslo gelandet. Seine
Vampire begaben sich wie gewohnt ins Hauptquartier des Clans.
Mira war dort nirgendwo zu finden, also war sie wohl zu Hause
in der Villa. Anzheru vermied bewusst jeden unnötigen Lärm,
als er sein Haus betrat, da er vermutete, dass seine Geliebte noch
schlief. Auf den Zehenspitzen schlich er ins Bad und duschte
sich kurz ab. Es war eine wahre Wohltat nach den zähen
Verhandlungen mit William, Robin und den anderen Oberhäup-
tern der nordamerikanischen Clans. Dann betrat er das Schlafzimmer. Miras kohlrabenschwarzes Haar lag wie ein Fächer
ausgebreitet auf ihrem Kissen. Ihr Herz schlug ruhig und gleichmäßig, sie atmete nicht. Als Mira vor ein paar Wochen zufällig
bemerkt hatte, dass Violetta im Schlaf nicht atmete, hatte sie ihre
Freundin lautstark und panisch geweckt. Sehr zur Erheiterung
der anderen Vampire im Hauptquartier. Im Schlaf setzte der
Atemreflex der Vampire grundsätzlich aus, um Energie zu
sparen. Für Anzheru war es so selbstverständlich, dass er
schlicht versäumt hatte, es seiner Geliebten zu erklären. Neben
ihr lag ein aufgeschlagenes Buch, das er mit einem sanften
Lächeln zur Seite auf den kleinen Nachtschrank räumte. Ihm
waren selten dermaßen wissbegierige Vampire begegnet. Vorsichtig ließ sich Anzheru auf der schmalen freien Fläche neben
ihr nieder. Wie gewohnt schlief Mira in der Mitte des Betts,
sodass nicht viel Platz für ihn übrig war. Ein plötzlicher Atemzug verriet ihm, dass sie aufgewacht war. Sie öffnete die Augen
und strahlte ihn sehnsüchtig an. Anzheru schlüpfte sofort mit
unter die Decke und zog ihren herrlich warmen Körper an sich.
Tatsächlich hatten zehn Tage ausgereicht, um die Wärme, die
sie auf ihn übertrug, völlig aufzuzehren.
„Verzeih, ich wollte dich nicht wecken."

„Nicht so schlimm. Ich bin nicht mehr müde." Mira schmiegte sich bereitwillig an ihn. „Ist dir kalt?"

„Ja." Anzheru fror natürlich nicht, aber seine Antwort brachte ihm ein paar leidenschaftliche Küsse ein.

„Wie sieht es in Washington aus?", fragte sie in einem nachdenklichen Tonfall. Anzheru seufzte und drückte sie fester an sich. Ihm war überhaupt nicht danach, ihr von dieser langwierigen Verhandlung zu berichten.

Mira spürte, dass er das Gewicht verlagerte. Er rollte sich auf sie und schmiegte den Kopf an ihre Brust. Es war ein herrliches Gefühl, obwohl er noch kalt war. Mira wünschte sich wirklich, ihm keine schlechten Nachrichten überbringen zu müssen.

„Noch kämpfen sie nicht", antwortete Anzheru nach einer längeren Pause. „Lass uns später darüber reden."

„Es ist etwas vorgefallen." Sie strich ihm sanft über das kurze, weiche Haar. Anzheru stützte sich auf die Ellbogen. „Bitte sag, dass das auch noch warten kann."

Mira biss sich leicht auf die Unterlippe. Er wirkte tatsächlich erschöpft. Seine kühlen Lippen auf den ihren überzeugten sie, das Gespräch auf später zu verschieben. Solange sie im Bett lagen, mussten Asheroths Forderungen eben warten. Er begann, ihr langsam das Seidennachthemd auszuziehen.

„Aber dafür reicht es noch?", spottete sie.

„Natürlich."

„Willst du auch Blut? Ich hatte die letzten Tage mehr als genug", bot sie ihm an.

„Nein, dein warmer Körper genügt mir."

Das Nachthemd landete mit einem leisen Geräusch neben dem Bett auf dem Fußboden. Seine kühlen Fingerspitzen streichelten zuerst ihr Gesicht, dann arbeitete er sich langsam aber sicher hinab in Richtung ihrer Unterwäsche. „Wie kommst du zu mehr als genug?", fragte Anzheru plötzlich mit einem skeptischen Unterton.

„Ich hatte gestern einen Bären", antwortete Mira leise. Warum war das jetzt wichtig?

„Warst du etwa allein?", fragte er drohend.

Sie nickte unbedacht, woraufhin er verärgert schnaubte und ihre Handgelenke neben ihrem Kopf fixierte. „Ich sagte, jage noch nicht allein! Du bist nicht unzerstörbar. Und dann noch ein Bär…"

„Er hat mich vorher gar nicht wahrgenommen." Mira wand sich trotzig in seinem Griff. Anzheru schüttelte tadelnd den Kopf, aber er ließ ihre Handgelenke los. Sie nutzte die Gelegenheit, um ihm schnell sein Shirt abzunehmen, bevor er es sich noch anders überlegte.

16. Leibwache

„Wenn du nach drei Tagen nicht zurück bist, hole ich dich!"
Anzheru verschränkte abwehrend die Arme vor der Brust. Mira
nickte nur gezwungen. Er hatte die Nachricht über Asheroths
Bitte erwartungsgemäß schlecht aufgenommen. Aber immerhin
war er nicht wütend auf Helena und Artorius.

„Hast du Vio gestern angetroffen?" Mira fürchtete seine
Antwort ein wenig.

„Nein, was hat sie jetzt damit zu tun? Hat er sie schon wieder
gebissen?"

Sie verneinte und erklärte, was der Vampirälteste gestern
festgestellt hatte. Anzheru starrte sie wie versteinert an.

„Vio ist… was?", brachte er mühsam hervor. Er schien sogar ein
wenig zu schwanken. Offenbar besaß auch Anzheru Erinnerungen an seine früheste Kindheit und den Tod seiner Mutter. Sein
Gesicht verzerrte sich noch viel schlimmer als das seines Vaters,
wenn dieser daran zurückdachte. Asheroth hatte bei der Be-
schreibung der Geburt wohl nicht übertrieben. Mira bedauerte,
dass sie noch nicht einmal den Namen von Anzherus Mutter
kannte. Diese Wissenslücke konnte zudem sehr unpraktisch
sein, falls sie sich noch einmal mit Asheroth über Violettas
Schwangerschaft unterhalten sollte.

„Ich weiß, dass du nicht gerne über sie sprichst, aber wie hieß
deine Mutter? Wer war sie?", fragte Mira so behutsam wie
möglich.

„Ihr Name war Hanna. Sie stammte aus der Normandie. Das ist
auch schon fast alles, was ich über sie weiß", antwortete er und
sah zu Boden. Es war wirklich sehr wenig und diese Tatsache
bedrückte ihn. Mira beschloss, lieber wieder zur Gegenwart
zurückzukehren.

„Asheroth vermutet, dass es ein Mädchen ist", sagte sie leise.
Anzheru wich einen Schritt zurück und ließ sich kraftlos in einen

der Sessel vor dem Kamin fallen. Sein Blick blieb an dem zerkratzten Exemplar seiner Möbel hängen. „Ob Mädchen oder Junge spielt keine große Rolle. Neugeborene Vampire sind eigensinnig und unberechenbar. Und immer durstig."

Er musste es wissen. Mira senkte den Blick. Ob sie nach dieser Neuigkeit noch nach ihrer Begabung fragen sollte?

„Was noch?", fragte Anzheru. Manchmal glaubte Mira, ihr Gesicht sei ein offenes Buch für ihn. Unsicher steckte sie sich ein paar Haarsträhnen hinter die Ohren. „Er meint, ich entwickle mich immer noch sprunghaft. Kannst du immer noch diese Impulse spüren?"

Er schüttelte überrascht den Kopf. „Du wirst schnell stärker, aber das ist am Anfang normal. Es verhält sich wie die Entwicklung eines Kindes. Zuerst geht es rasend schnell, dann verlangsamt es sich. Mach dir darum keine Sorgen."

Am Donnerstagmittag brachte Anzheru sie schweigend zum Flughafen. Es war ihm deutlich anzumerken, dass er sie nicht gehen lassen wollte. Er hatte Mira eindringlich gewarnt, auf keinen Fall mehr als das Nötigste mit Asheroth zu besprechen, auch wenn sie manches vielleicht erstaunen mochte. Sein Misstrauen gegenüber seinem eigenen Vater saß noch tiefer, als Mira vermutet hatte. Über Anzherus Beziehung zu Asheroth hatte sie während ihrer Verwandlung erstaunlich wenig erfahren, obwohl sie einen tiefen Einblick in das Wesen ihres Gefährten erhalten hatte. Über Nacht war der erste Schnee des Jahres gefallen. Am Flughafen bemerkte Mira, wie sehr sie zusammen auffielen. Viele der wartenden Menschen starrten sie beide fasziniert oder sogar neidisch an. Daran, dass Anzheru auffallend bleich war, störte sich niemand. Er hatte vorsichtshalber Kontaktlinsen eingesetzt, um seine unmenschlichen Augen zu verbergen, und das genügte.

„Hast du an dein Handy gedacht?", fragte er, als sie vor dem Ausgang für Privatkunden standen. Anzheru hatte Mira eine kleine Maschine gemietet, damit sie nicht über Berlin fliegen musste. Sie warf ihm einen entnervten Blick zu und wedelte nur kurz mit ihrer Handtasche. Er hatte sie mindestens zweimal ermahnt, es aufzuladen und einzupacken. Den vergifteten orientalischen Dolch aus seiner Waffensammlung hatte Mira ihm aufgrund der Flughafenkontrollen zum Glück ausreden können. Sie wollte sich Asheroths Reaktion gar nicht ausmalen, wenn sie mit einer Waffe aufkreuzte, die sogar ihn für einen Atemzug einschränken würde, wenn sie ihn denn mit der Klinge verletzen könnte. Anzheru seufzte leise, dann zog er Mira an sich und küsste sie zum Abschied auf den Mund. Dabei hielt er ihren Nacken etwas fester als nötig. Ein paar Angestellte des Flughafens gingen an ihnen vorbei, sowie ein norwegisches Paar, das sie neugierig beäugte.

„Bitte drück nicht so fest. Für die Menschen sieht es aus, als würdest du mich gleich an den Haaren fortschleifen." Mira flüsterte nur, obwohl die Sterblichen um sie herum sie ohnehin nicht hören konnten.

„Vielleicht sollte ich das auch." Seine Stimme klang rauer als gewohnt. Sie spürte, dass sich seine Finger in ihre Jacke krallten.

„Und dir unnötigen Ärger mit Asheroth einhandeln? Lass mich los", forderte sie ihn sanft auf. Er gab sie widerwillig frei.

„Melde dich. Mindestens einmal pro Nacht."

Mira nickte nur. Auch dies klang mehr wie ein Befehl als eine Bitte. Als sie den Schalter passiert hatte, wandte sie sich nicht mehr um, aus Sorge Anzheru würde sie sich sofort zurückholen. Denn das würde er, wenn er ihr das Unbehagen ansehen konnte, das ihr diese Aufgabe bereitete. Der Pilot begrüßte sie freundlich und warf einen erstaunten Blick auf ihr Gepäck, das ausschließlich aus ihrer Handtasche bestand. Mittlerweile sprach Mira relativ gut norwegisch. Sie lauschte dem kurzen Dialog der beiden Männer im Cockpit, die sich hoffnungsvoll fragten, wie ernst wohl die Beziehung zu dem bleichen Kerl war, der sie zum Flughafen gebracht hatte. Mit einem Schmunzeln schloss sie die Augen und konzentrierte sich auf das Surren der Motoren, um sich vom Geruch der beiden Männer abzulenken. Mira war seit ihrer Verwandlung vorsichtshalber kaum unter Menschen gewesen und wenn dann nur in Begleitung. Allein die Vorstellung jemanden zu töten, ließ sie erschaudern. Anzheru ließ Mira in dieser Sache zum Glück in Ruhe, während ein paar andere Mitglieder des Clans bereits Witze darüber machten, dass sie Angst davor hatte, ein wahrer Vampir zu werden. Ihr Oberhaupt brachte sie dann meist mit einem kühlen Blick zum Schweigen. Tatsächlich war Anzheru sogar stolz darauf, dass Mira genug Disziplin besaß, um nicht jedes beliebige Geschöpf in ihrer Reichweite anzufallen. Hoffentlich würde sie die Frist von drei Tagen, die er gesetzt hatte, einhalten können. Nicht nur, um rechtzeitig für den Ball zurück zu sein, sondern um endlich wieder mehr Zeit mit Anzheru zu verbringen. Er war über eine Woche in Washington gewesen und jetzt musste sie ohne ihn fort. Hätten sie nicht einen Tag mehr haben können? Der Flug dauerte nur etwas mehr als eine Stunde, dann gab es keinen Aufschub mehr. Mira bedankte sich bei den beiden verlegen grinsenden Piloten für die ruhige Reise und machte sich auf den Weg zum Eingangsportal des Kieler Flughafens. Die deutschen Zollbeamten fanden es wohl ebenfalls merkwürdig, dass sie nur eine Handtasche dabei hatte, aber nach einem Blick hinein ließen sie Mira mit einem höflichen Lächeln passieren. Als Bedrohung schienen sie sie nicht zu empfinden. Es war ein weiteres Beispiel dafür, dass kein Sterblicher ahnte, wie gefährlich sie werden konnte. Mira war genauso warm wie sie, also vermuteten sie nichts Unmenschliches an ihr. Während sie die Flughafenhalle betrat, fragte sie sich, wie sie Asheroths Leibwache überhaupt unter all den Sterblichen ausfindig machen sollte. Nach einem Schild mit ihrem Namen darauf brauchte sie wohl kaum Ausschau halten. Erneut lenkte Mira ihre gesamte Konzentration auf ihr Gehör. Tatsächlich war da ein Herz, das anders klang und wesentlich langsamer schlug. Zuversichtlich lenkte sie ihre Schritte in seine Richtung. In der Nähe des Ausgangs entdeckte Mira schließlich einen Mann in einem langen schwarzen Mantel, der genauso starr wirkte wie die Säule, an die er sich gelehnt hatte. Er war beinahe so bleich wie Schnee. Die Sterblichen schlugen wie von selbst einen kleinen Bogen um ihn. Manche warfen ihm sogar misstrauische Blicke zu, als könnten sie spüren, dass irgendetwas an ihm anders war.

„Ich grüße dich", sagte Mira, als sie nur noch wenige Meter von ihm entfernt war. Der Vampir sah sie nur an und wies mit dem Kopf zum Ausgang. Sein dunkles Haar war bis auf wenige Millimeter gekürzt. Mira bemerkte zudem, dass er ein bisschen kleiner war als sie. Allerdings war er in einem körperlich älteren Zustand in einen Vampir verwandelt worden. Er musste gut über dreißig gewesen sein. Auf dem Parkplatz hielt der Schweigsame ihr immerhin die Beifahrertür eines silbernen Wagens auf. Die Fahrt selbst verlief eine ganze Weile in tiefstem Schweigen. Mira begann, nervös mit den Fingern auf dem Rand ihres Sitzes zu trommeln.

„Unterlass das bitte." Seine Stimme war tief und er bewegte kaum die Lippen. Mira zeigte ihm mit einem schiefen Lächeln beide Hände und verschränkte die Finger ineinander. Er ignorierte ihre gereizte Reaktion leichthin und sah konzentriert auf die Straße. Sie hatte jetzt schon genug von ihm. „Nur falls ich einmal um Hilfe rufen muss, hast du einen Namen?"

„Leandros."

Sie hielten vor einem unscheinbaren älteren Haus, weit ab von jedem menschlichen Anzeichen. Leandros bedeutete Mira zu warten, bevor sie die Autotür öffnete. Er stieg aus und sah sich aufmerksam um, während er um den Wagen herumging. Offenbar hatte er nicht nur den Auftrag erhalten sie abzuholen, sondern auch zu schützen, falls es nötig sein sollte. Erst als er sich überzeugt hatte, dass niemand in der Nähe war, öffnete er ihre Tür und ließ sie aussteigen. Mira fragte sich im Stillen, wie sehr Leandros diese Aufgabe am Herzen lag. Im Ernstfall würde er mit Sicherheit Asheroth beschützen und nicht sie. Laut Anzherus Erzählung kannte die Loyalität der Leibwächter seines Vaters nämlich keine Einschränkung. Leandros ging vor ihr ins Haus und grüßte jemanden einsilbig, der sich weiter hinten in einem der Räume im Erdgeschoss befand. Er bedeutete Mira, zu demjenigen zu gehen, dann schwang er sich geschmeidig die Treppe ins Obergeschoss hinauf. Sie unterdrückte ein gereiztes Schnauben. Ganze vier Worte hatte Leandros ihr gewidmet, statt ihr irgendetwas über die bevorstehende Verhandlung zu verraten. Dabei musste er Mira ihre extreme Anspannung doch angemerkt haben. Wer auch immer dort im Wohnzimmer saß, es konnte nicht mehr viel schlimmer werden. Der Raum war überraschend gemütlich. Die Einrichtung bestand aus einer großzügigen Sitzgruppe, zwei deckenhohen Bücherregalen und einem kleinen Tisch mit Gläsern und einer Weinflasche darauf. Auf der Couch saß ein schlanker Vampir mit sandbraunen Haaren, der kaum größer als Leandros sein konnte. Im Gegensatz zu diesem trug er nur Hemd und Hose und war barfuß. Er hatte die Augen geschlossen und die Füße zu einem komplizierten Sitz verschränkt. Es musste sich um eine Art Meditation handeln, denn er reagierte nicht auf ihre Anwesenheit. Mira ließ sich entmutigt in einem der weichen Sessel nieder und wartete. Asheroths Aura war nirgends auszumachen und nun war es vollkommen still. Wo er wohl war?

„Willkommen, Mira. Ich bin Charles." Der Vampir hielt die Augen immer noch geschlossen. „Unser Gebieter ist noch allein auf der Jagd. Wie so oft."

Seiner sanften, fließenden Stimme hätte Mira stundenlang zuhören können. Sein Gesicht war weiß und ebenmäßig wie das der meisten Vampire, aber dieser hier hatte etwas Besonderes an sich. Mira konnte nur nicht richtig fassen, was es war. Er öffnete endlich die Lider und sah sie direkt an. Charles besaß schöne menschliche blaue Augen, der Unterschied zu seinen vampirischen musste sehr groß sein. Ihr fiel nichts ein, was sie erwidern konnte, also nickte sie ihm nur zu.

„Wie geht es Anzheru?", fragte er fröhlich. Mira war ein wenig überrascht, aber es war logisch, dass Anzheru unter den Leibwächtern bekannt war. Er hatte schließlich dreihundertzweiundzwanzig Jahre lang zu ihnen gehört. Etwas mehr über jene Zeit hatte Mira nur erfahren, weil sie nach dem Kettenhemd in seiner Abstellkammer gefragt hatte.

„Er ist angespannt", antwortete sie. Das traf es wohl noch und beleidigte hoffentlich niemanden.

„Ich verstehe." Charles schien diesen Umstand ernsthaft zu bedauern. „Und Edward?"

„Gut. Du kennst ihn?"

Charles nickte. „Er war schon vor mir in der Leibwache des Rates. Ehrlich gesagt fehlt dieser Riese mir immer noch, obwohl es jetzt schon so lange her ist, dass er mit Anzheru fortging."

Es gelang Mira nicht ganz, ihre Verblüffung zu verbergen. Edward bewachte Anzheru wie eine Bärin ihr Junges, aber dass sie gemeinsam in der Leibwache gedient hatten, hatte sie noch nicht gewusst. Offenbar gab es doch noch große Lücken in Miras Wissen über ihren eigenen Clan. Die Art wie Charles über Edward sprach, gab ihr im Moment allerdings mehr zu denken. Seine Gefühle schienen weit über eine normale Freundschaft hinaus zu gehen.

„Er hat mittlerweile ebenfalls eine Gefährtin", erwähnte Mira in einem möglichst beiläufigen Ton. „Ich hoffe, das verletzt dich nicht?"

Charles warf ihr einen verdutzten Blick zu. „Du dachtest, ich wäre in ihn verliebt? Nein, das ist etwas anderes." Er lachte amüsiert. „Etwa die große Rothaarige aus Anzherus Clan?"

„Ja, ihr Name ist Helena."

Der Leibwächter schüttelte sacht den Kopf. „Wer hätte das gedacht? Sie hat früher nie sonderlich großes Interesse an ihm gezeigt."

Einen krasseren Kontrast zu Leandros als ihn konnte es wohl nicht geben. Ein leises aber drängendes Klopfen unterbrach ihr Gespräch. Charles senkte die Stimme zu einem Flüstern.

„Das war Leandros. Er sitzt auf dem Dach und hält Wache. Er liebt die Stille."

„Darauf wäre ich nie gekommen", erwiderte Mira ebenso leise. Charles legte mit einem warnenden Blick den Finger an die Lippen, aber er schien ihr die Bemerkung nicht übel zu nehmen. „So teilt er uns mit, dass Asheroth zurückkehrt." Der Leibwächter erhob sich und zupfte sein Hemd zurecht. Mira musste seiner Geste nach zu urteilen noch nicht aufstehen. Sobald der Älteste das Haus betrat, spannte sie unwillkürlich jeden Muskel an. Seine Nähe ertragen zu müssen, war die größte Herausforderung an dieser Aufgabe. Als er nur noch wenige Meter entfernt war, kroch ihr die so vertraute Angst den Rücken hinauf. Mira wusste nicht, was an seiner Aura schlimmer war. Dass sie einem jede Hoffnung nahm, oder dass man sie erst spüren konnte, wenn er schon so nah war, dass man ihm nicht mehr entkommen konnte.

„Gebieter." Charles senkte nur kurz den Kopf.

„Haben sie sich schon gemeldet?", fragte Asheroth.

„Nein, die Raben lassen auf sich warten."

Raben waren Späher und manchmal wurden sie geschickt, um Nachrichten zu überbringen. Das hatte Mira zu Hause in dem alten Buch über Gestaltwandler gelesen. Asheroth seufzte verärgert, dann kam er auf sie zu.

„Gebieter." Sie senkte die Lider, im Sitzen brauchte sie sich nicht zu verneigen.

„Willkommen in meinem Haus. Steh auf", sagte er ruhig. Mira erhob sich nur zögerlich, da er direkt vor ihrem Sessel stand und offenbar nicht zurückweichen würde. Asheroth war viel zu nah.

„Die Raben werden uns Bescheid geben, sobald Friedrich Eisengrunth uns empfängt. Hast du dich ein wenig über die Gestaltwandler informiert?" Er tastete ihre Arme ab. Sie nickte nur stumm.

„Zieh bitte die Jacke aus. Sie stört."

Wobei? Mira presste die Lippen fest zusammen, aber kam auch dieser Aufforderung nach. Charles sah sie aufmunternd an, während Asheroth über ihre Schulterblätter strich.

„Du musst jetzt still halten. Ich präge mir deine Signatur ein. Dann finde ich dich auch in großer Entfernung wieder. Charles wirst du zu diesem Zweck dein Blut geben."

Mira wollte widersprechen, aber seine schwarzen Augen brannten sich so streng in ihre, dass sie den Mund lieber wieder schloss. Er drückte die Fingerkuppen unterhalb ihrer Schulterblätter in den dünnen Stoff ihrer Bluse. Mira musste einiges an Kraft aufwenden, um nicht nach vorne gegen seine Brust zu kippen. Anschließend legte er die Finger seitlich an ihren Hals. Sie waren kalt wie Eis. Nach wenigen Sekunden nickte Asheroth und ließ endlich von ihr ab. Daraufhin warf er Charles einen auffordernden Blick zu.

„Darf ich dich bitten, dich noch zu waschen und frische Kleider anzuziehen, Gebieter? Du riechst nach Blut", sagte dieser ernst. Asheroth stimmte ihm zu und zog sich zurück. Sie hörten seine leisen Schritte im Obergeschoss, wo sich das Badezimmer befand.

„Warum ist das wichtig?", wisperte Mira an Charles gewandt.

„Die Gestaltwandler dulden, dass wir Menschen verletzen oder sogar töten, nur unsere Ernährungsweise ist ihnen zuwider", erklärte der Leibwächter. Es klang etwas unlogisch, aber sie würde es sich für die Zukunft merken.

„Zehrt sich diese Signatur, von der er da gesprochen hat, auf wie Blut?", fragte sie weiter im Flüsterton. Zu ihrem Bedauern schüttelte Charles den Kopf. „Er wird dich immer finden können. Darin ist mein Gebieter anderen Vampiren gegenüber definitiv im Vorteil. Dir ist bewusst, dass dies deinem Schutz dient, falls irgendetwas Unvorhergesehenes passiert?"

Trotzdem machte dieser Befehl Mira wütend. Fordernd streckte sie dem Leibwächter den linken Arm hin, um diese Sache hinter sich zu bringen. Charles ergriff ihre Hand, die sie sofort zur Faust ballte.

„Hast du dich im Griff?"

„Ja, sonst wäre ich sicher nicht Leibwächter geworden." Der Vampir roch kurz an ihrer bleichen Haut, dann biss er zu. Seine Gedanken zeigten ihr eine Erinnerung an Anzheru. Er war wütend auf Charles gewesen. Offenbar schämte er sich jetzt dafür, die Gefährtin eines alten Freundes zu beißen. Anzheru war sogar etwas mehr als ein alter Freund für ihn, aber mehr konnte Mira nicht sehen. Nach nur zwei winzigen Schlucken hörte Charles bereits auf und schloss ihre Wunde. Anschließend legte er die Hände sanft in ihren Nacken. Mira hatte sich dank Anzheru und ihrer Freundinnen im Clan langsam an körperliche Nähe zu anderen gewöhnt, aber ihr war immer noch nicht wohl dabei, wenn ihr fremde Vampire plötzlich so nah kamen. Charles war zwar wesentlich leichter zu ertragen als Asheroth, dennoch hielt sie angespannt den Atem an. Seine blauen Augen musterten Mira eindringlich. „Bis du zu deinem Clan zurückkehrst, bin ich deine persönliche Leibwache. Was auch immer geschieht, ich schwöre, ich werde dich mit meinem Leben beschützen."

Mira schluckte schwer. Schwüre wie diesen leistete ein Vampir nicht einfach so, weil es ein Befehl war. Sie vermutete, dass Charles Anzheru noch etwas schuldete. Mira traute sich allerdings nicht, auch noch danach fragen. Schweigend nahmen sie beide wieder auf der Couch Platz, um zu warten. Der Schrei eines Raben ließ sie schließlich aufhorchen.

17. Schach

Mira hatte die Geschöpfe, die ihnen bisher begegnet waren, aufmerksam beobachtet. Der Rabe vor Asheroths Haus war ein hagerer blasser Mann gewesen, der nach Federn und Rauch roch. Er hatte die Vampire aufgefordert, ihm zu Fuß zu folgen. Auch in seiner menschlichen Gestalt war er behände genug, um ein ordentliches Tempo vorzulegen. Das Anwesen der Eisengrunth-Familie war ein recht düsteres, klobiges Gebäude, das noch nicht allzu alt sein konnte. Das Eingangsportal wurde zu beiden Seiten von hochgewachsenen kräftigen Männern gesäumt, die verdächtig nach Bär rochen. Ihre Kleidung war durchweg schlicht, keiner von ihnen trug eine Rüstung oder Ähnliches. Mira machte sich ernsthafte Gedanken darum, ob sie wahrnehmen konnten, dass sie neulich einen gewöhnlichen Bären vollkommen ausgesogen hatte. Sie alle schauten die Vampirin so feindselig an. Im Inneren des Hauses roch es intensiv nach Hunden und Erde. Leandros verzog angewidert das Gesicht, als eine schwarzhaarige, schlanke Frau an ihnen vorbei ging und ihn sarkastisch anlächelte. Mira ging in Gedanken noch einmal kurz den historischen Teil ihres Wissens über die Gestaltwandler durch. Es hatte bereits mehrere heftige Auseinandersetzungen zwischen ihnen und den Vampiren gegeben. Leandros war mit Sicherheit alt genug, um bei den letzten zwei dabei gewesen zu sein. Friedrich Eisengrunth war einer der ältesten Gestaltwandler, die es überhaupt noch gab, und auch seine Führungsposition verteidigte er bereits sehr lange. Ähnlich wie bei den Vampirclans kam es von Zeit zu Zeit zu Machtwechseln innerhalb der Gruppen, indem das alte Oberhaupt von einem Herausforderer getötet wurde. Eine höchste Instanz wie den Ältestenrat der Vampire gab es laut dem Buch aus Anzherus Bibliothek jedoch nicht. Offen geblieben war auch die Frage, ob die Wölfe des Tibers, bei denen es sich wohl um Werwölfe handeln musste, ebenfalls zu den Gestaltwandlern zählten. Falls Asheroth einmal Zeit für Mira erübrigen konnte, würde sie ihn danach fragen. Ein Mann, der schon unangenehm nach Hund roch, führte sie zu den Gästeräumlichkeiten im Westtrakt des Gebäudes. Zwei unscheinbare Türen gingen davon ab.

„Mein Herr empfängt euch in zehn Minuten", sagte er knapp und machte auf dem Absatz kehrt. Asheroth sah ihm kurz nach, dann bedeutete er Leandros, die Tür zu schließen. Mira betrachtete die spärliche Einrichtung. Sie bestand aus Sesseln und niedrigen Tischen. Am auffälligsten waren eine Flasche, die mit einer dunklen Flüssigkeit gefüllt war, und vier Gläser. Dem Geruch nach handelte es sich um Cognac. Die Leibwachen legten ihre Schwerter ab. Asheroth lehnte sich gegen die Rückseite eines Sessels und winkte Mira näher zu sich heran. Seine Aura verschlimmerte ihre Anspannung nur noch. Es war ihr vollkommen schleierhaft, wie Leandros und Charles es dauerhaft in seiner Nähe aushielten.

„Noch einmal kurz zum Ablauf. Heute wird nicht viel passieren. Eventuell führen wir eine Schachpartie zu Ende, die Friedrich und ich beim letzten Mal begonnen haben. Morgen reden wir dann mehr." Asheroths Miene wurde noch finsterer. „Du wirst auf deinem Platz sitzen und eine neutrale Miene bewahren, vollkommen unabhängig davon, was passiert. Verstanden?"

Mira nickte stumm.

„Ich hoffe, dass das eigentliche Gespräch zügig vorüber sein wird. Danach ist es unter den Gestaltwandlern üblich, ein Geschenk zu überreichen. Auch wenn sie uns verabscheuen, halten sie streng an diesem Brauch fest."

„Warum?" Darüber hatte sie leider noch nichts gelesen.

„Es nicht zu tun, kommt einer Kriegserklärung gleich", erklärte der Älteste knapp. Mira nickte erneut. Egal was überreicht werden würde, die Geste war notwendig.

Nach exakt zehn Minuten betraten sie eine niedrige Halle, die nur mäßig ausgeleuchtet war. Offenbar mieden auch die Gestaltwandler zu grelles Licht. Eine lange massive Tafel nahm das Zentrum des Empfangssaals ein. Am rechten Ende der Tafel war tatsächlich ein begonnenes Schachspiel aufgebaut. Zu beiden Seiten der schweren Türen hatten sich Wachen aufgestellt. Dieses Mal waren es Bären und Hunde in ihrer menschlichen Gestalt. Sie starrten ihre Gäste argwöhnisch an, vor allem Mira erregte Aufmerksamkeit. Es war, wie Asheroth gesagt hatte. Sie spürten, dass sie anders und trotzdem eine Vampirin war. Offenbar wurde sie automatisch als hochgradig gefährlich eingestuft. Am anderen Ende des Saals befand sich ebenfalls eine doppelflügelige Tür, die sich in diesem Moment öffnete. Ein Mann mit hellbraunen Haaren, die in den Schläfen ergraut waren, betrat den Raum. Er bewegte sich etwas schwerfällig und doch mit raubtierhafter Präzision. Seine goldbraunen Augen streiften zuerst Asheroth, blieben dann jedoch ebenfalls an Mira hängen. Es musste sich um das Oberhaupt der Gestaltwandler handeln.

„Ich grüße dich, Asheroth", sagte er, als er sich wieder von Miras Anblick gelöst hatte. Der Älteste erwiderte die Begrüßung. „Wie ich sehe, hast du unsere Partie stehen lassen?"

Friedrich Eisengrunth nickte. Selbst eine so kleine Geste vermittelte seine Autorität und Willensstärke. Mira fragte sich im Stillen, was wohl seine zweite Gestalt war. Die Bären waren laut Anzherus Buch die besten Krieger, die Hunde wurden unter den Gestaltwandlern als Wächter bezeichnet. Beides als Leibwache im Saal aufzustellen erschien durchaus logisch, wenn man vier Vampire zu Gast hatte. Aber Friedrich roch anders und sein Herz schlug seinem Geräusch nach kraftvoller. Leandros, Charles und Mira wurden Plätze an der Tafel zugewiesen. Zu ihrem Leidwesen bekam Mira den Stuhl direkt neben Asheroth. Sie achtete darauf, dass ihr schlichtes dunkles Kleid akkurat saß, dann erstarrte sie wie befohlen zur Säule. Tatsächlich verbrachten

Asheroth und Friedrich Stunden mit ihrer Schachpartie, ohne miteinander zu reden. Mira betrachtete derweil die Wachen an den beiden Türen. Ihr fiel auf, dass es ausschließlich Männer waren. Waren Gestaltwandlerinnen in potenziellen Kampfsituationen nicht erwünscht? Waren sie vielleicht erheblich schwächer als die Männer ihrer Rasse? Darüber hatte nichts in dem alten Buch gestanden. Unter den Vampiren gab es diesen Unterschied nicht. Die Älteren waren gleichzeitig die Stärkeren, unabhängig von Geschlecht und Größe. Die Geborenen hoben diesen Grundsatz allerdings auf. Mira bereute ein wenig, dass sie Anzheru nicht über die Gestaltwandler ausgefragt hatte. Sie hatte sich zuerst selbst ein Bild machen wollen, da ihr Gefährte aufgrund der vergangenen Kriege garantiert keine gute Meinung über sie vertrat. Doch nun hätte Mira gern mehr über diese Geschöpfe gewusst, um die Situation besser zu verstehen. Sie musterte die Männer nun einzeln. Einer der Wächter wirkte wesentlich jünger als die anderen. Sein dunkles Haar stand fransig von seinem Kopf ab und seine Augen waren seltsam rastlos. Manchmal erwiderte er Miras Blick, manchmal wich er nervös aus. Irgendwann hielt der Junge es nicht mehr aus und scharrte leise mit den Füßen, was die Aufmerksamkeit von jedem der Anwesenden auf sich zog.

„Mira, sei so lieb und bring den jungen Mann nicht aus der Fassung. Er ist wohl noch nicht vielen Vampirinnen begegnet", forderte Asheroth. Der Blick, den er ihr zuwarf, war seltsam emotionslos. Ob er ihr Verhalten missbilligte? Mira nickte ihm vorsichtshalber ergeben zu und faltete die Hände in ihrem Schoß.

„Wo wir gerade beim Thema sind, was genau ist diese reizende junge Dame?" Friedrich schien nur auf eine Gelegenheit gewartet zu haben, danach zu fragen.

„Findest du die Frage nicht etwas unhöflich?" Asheroth schob einen seiner Läufer drei Felder nach vorn. Friedrich machte sofort seinen nächsten Zug, als müsste er jetzt nicht mehr darüber nachdenken. „*Wer* ist sie?"

Mira heftete den Blick auf den Rand des Schachfelds. Tatsächlich fand sie es in dieser Verhandlung gar nicht so schlimm, dass sie nicht sprechen durfte. Asheroths stoische Ruhe hätte sie wohl kaum beibehalten können.

„Sie ist vor kurzem Vampirin und ein Mitglied meiner Familie geworden. Sie ist hier, um mehr über die Welt der Unsterblichen zu lernen."

„Worin liegt der Unterschied zwischen dir und ihr?" Das Oberhaupt der Gestaltwandler bemühte sich um einen höflicheren Ton, aber Mira beschlich trotzdem das Gefühl, dass er sie bereits jetzt abgrundtief hasste. Asheroths Aura tat auch in dieser Sache ihr Übriges.

„Sie besitzt warmes Blut", erwiderte er kurz.

„Eine Begabte also", stellte Friedrich fest und schaute seine Figuren wieder ernster an als zuvor.

„Korrekt." Asheroth machte seinen nächsten Zug.

„Ich bin immer wieder erstaunt, wie viele von ihnen euch Schattenwandlern doch in die Hände fallen." Diese Tatsache schien Friedrich extrem zu missfallen. Hatten die Gestaltwandler ebenfalls ein Interesse an den Begabten? Mira war sich sicher, dass die Körpertemperatur der Wachen ungefähr der eines Menschen entsprach oder teils noch höher lag. Der Geruch ihres Blutes war zu verlockend, als dass es kalt sein konnte. Die Gabe zu wärmen hätte für sie sicher keinen großen Nutzen.

„Wo deine Leute doch immer wieder so akribisch nach ihnen suchen, meinst du?", fragte der Vampirälteste mit einem gespielt unverfänglichen Unterton.

„Jetzt wirst *du* unhöflich, Asheroth." Friedrich setzte seine Dame vier Felder zurück.

„Verzeih. Aber haben wir uns nicht einmal über deine Banden unterhalten, die wahllos Sterbliche angriffen, in der Hoffnung sie würden Begabte erwecken? Ohne jedweden Anhaltspunkt einer Vererbung."

Mira zuckte kaum merklich zusammen. Die Erinnerung daran, wie eine Bande Gewalttäter sie und ihre Adoptivmutter mitten auf der Straße krankenhausreif geschlagen hatte, tauchte vor ihrem geistigen Auge auf. Sollten es etwa Gestaltwandler gewesen sein? Asheroth sprach dermaßen seelenruhig darüber, als wüsste er nichts davon. Friedrichs Muskulatur spannte sich unter dem dünnen Stoff seines Hemds an, doch er fasste sich schnell wieder. „Ja, wir haben darüber gesprochen. Ich habe dafür gesorgt, dass sie ihre Aktivitäten einstellen, wie du dich sicherlich erinnerst."

Diese Unterhaltung zwischen ihnen war alles andere als angenehm gewesen. So viel stand fest. Asheroth nickte. Er zog seinen Turm zur Seite. „Schach matt."

Sein Gegenüber schaute irritiert auf das Spielfeld. Offenbar wurde ihm sein Fehler bewusst und er zwang sich, den Vampirältesten wieder anzusehen. „Es wird gleich hell. Möchtet ihr euch zurückziehen?"

„Ja. Du bist sehr rücksichtsvoll. Wie immer." Asheroth zog die Mundwinkel ein klein wenig breiter. Mira prägte sich diesen absolut freudlosen Gesichtsausdruck als sein gezwungen höfliches Lächeln ein. Ein anderes würde sie vermutlich nie von ihm zu sehen bekommen.

Zurück in ihrem Quartier ließen sich die beiden Leibwachen erleichtert in je einen Sessel fallen. Offenbar war diese Verhandlung auch für sie nervenaufreibend. Mira war zu beunruhigt, um sich hinzusetzen und auszuruhen. Sie trat vor eines der Fenster und zog den schweren Vorhang ein Stück beiseite. Die Wintersonne schob sich quälend langsam und kraftlos über den Horizont. Noch lag das Fenster im Schatten. Asheroth schenkte sich ein Glas Cognac ein. „Schließ den Vorhang. Sie sollen noch nicht sehen, dass du nicht verbrennst."

„Ja, Gebieter." Mira zog mit Bedauern den Vorhang wieder zu, sodass absolut kein Tageslicht mehr in den Raum fiel.

„Dass du die Wachen nervös machst, hatte ich beabsichtigt, aber morgen wirst du nicht bei der erstbesten Kleinigkeit zusammenzucken, verstanden?" Sein Befehlston bohrte sich regelrecht durch ihre Trommelfelle.

„Ja, Gebieter", brachte Mira mühsam hervor. Und ob er wusste, dass sie damals einer dieser Banden zum Opfer gefallen war. Vermutlich hatte er es in Anzherus Blut gelesen, bevor er entschieden hatte, sie nicht dem Westlichen Clan zuzusprechen.

„Leg dich schlafen." Asheroth wies zu der Tür hinüber, die zur rechten Seite von ihrem Quartier abging. „Auf der anderen Seite haben wir ein Badezimmer, falls du dich waschen möchtest. Und keine Widerrede, ich spüre, dass dein Körper erschöpft ist."

„Aus ihrer Angst erwächst ein Groll gegen mich. Warum setzt du mich diesem Risiko aus?", fragte Mira möglichst ruhig, statt sofort zu gehorchen. Wenn sie schon mit ihm hier sein musste, wollte sie endlich wissen, warum.

„Das muss ich dir wirklich noch erklären?", erwiderte Asheroth herablassend. „Wir verhandeln nun seit mehreren Dekaden darüber, was Vampire und Gestaltwandler auf demselben Gebiet dürfen und was nicht. Im Detail erscheint es kompliziert, aber im Grunde sind ihre Gesetze den unseren sehr ähnlich. Daher empfinde ich das Ganze als Zeitverschwendung." Er trank einen Schluck aus seinem Glas und senkte die Stimme zu einem kaum hörbaren Flüstern. „Friedrich hat mir in zwei Fällen allen Ernstes eine kriegerische Auseinandersetzung angedroht. Dieses Mal habe ich allerdings ein Geschöpf wie dich als Druckmittel. Dass du selbst keine Kampferfahrung hast, spielt keine Rolle. Er wird sich morgen zweimal überlegen, ob er wieder wegen irgendeiner Kleinigkeit eine solche Drohung ausspricht."

Mira hob skeptisch die Augenbrauen, aber mehr würde der Älteste nicht preisgeben. Konnte sie allein so ausschlaggebend sein? Obwohl er selbst doch einer der mächtigsten Vampire auf der ganzen Welt war und seine Aura einen direkten Angriff auf ihn vollkommen aussichtslos erscheinen ließ. Im Stillen fragte sie sich zudem, ob Asheroth schon einmal persönlich gegen Friedrich Eisengrunth gekämpft hatte. Mira ging ins Schlafzimmer hinüber. Es enthielt nichts außer einem breiten Bett. Sie streifte ihre Schuhe ab und machte es sich bequem. Das Kleid ließ sie lieber an, nur falls Charles oder Leandros sie wecken würden. Erschöpft kramte Mira in ihrer Handtasche nach ihrem Handy, das genau in diesem Moment zu klingeln begann.

„Hallo", flüsterte sie.

„Ist alles in Ordnung?" Anzheru klang ernsthaft besorgt.

„Ich bin nur müde."

„Was haben sie bis jetzt getan?"

„Schach gespielt", antwortete Mira trocken.

„Wer hat gewonnen?"

„Asheroth." Warum auch immer das wichtig war.

„Gut. Schlaf gut."

18. Geschenk

Der zweite Teil der Verhandlung zog sich schier endlos hin. Mira verstand langsam, warum der Vampirälteste das Ganze für Zeitverschwendung hielt. Das Oberhaupt der Gestaltwandler beharrte verbissen darauf, dass sein Clan einen Teil von Mitteleuropa für sich allein beanspruchte, genau genommen Norddeutschland und die Niederlande. Mira wusste, dass die Territorialgrenze von Westlichem und Nördlichem Vampirclan durch das geforderte Gebiet verlief. Asheroth lehnte diese Forderung letztendlich ab, eben mit dem Argument, dass direkt zwei mächtige Clans verärgert wären und es mit Sicherheit zu Übergriffen kommen würde. Außerdem ging es darum, dass in Paris und Nordfrankreich vor Monaten auffallend viele Menschen tot aufgefunden worden waren.

„Wenn die Menschen euch entdecken, entdecken sie früher oder später auch uns! Warum vergesst ihr das immer wieder?" Friedrich schob drohend den Unterkiefer vor.

„Der Westliche Clan hat in diesem Zeitraum zu viele Menschen verwandelt, um sich unauffällig ernähren zu können", gestand Asheroth ihm zu.

„Und hast du sie überzeugt, dies zu unterlassen?", fragte Friedrich gereizt.

„Ihr Oberhaupt hat seitdem gewechselt. Ich habe ihn darauf hingewiesen, dass er seinen Clan fürs Erste nicht vergrößern soll."

Dieses Mal gelang es Mira, sich nicht zu rühren, obwohl sie wusste, unter welchen Umständen Tristan zu Tode gekommen war. Anzheru hatte ihn ausbluten lassen und ihm dann den Kopf abgeschlagen, während sie ohnmächtig gewesen war. Seitdem hörten sie kaum etwas vom Westlichen Clan, nur dass die Übrigen mit ihrem alten Oberhaupt und seinen Taten nichts zu tun haben wollten. Anzheru ließ es zum Glück darauf beruhen. Er hatte den Mann getötet, der ihm Mira gestohlen hatte. Die übrigen Vampire des Westlichen Clans hatten nichts weiter zu befürchten und im Gegenzug forderten sie keine Rache für ihre verlorenen Vampire. Asheroth hatte ebenfalls ein paar Fälle vorzubringen, in denen Gestaltwandler Grenzen übertreten hatten. Die Wächterhunde waren in ihrer zweiten Gestalt wesentlich größer als gewöhnliche Haushunde und fielen schon allein deshalb auf, wenn sie sich in der Nähe von Menschen aufhielten. Etwa eine Stunde vor Sonnenaufgang war die Verhandlung ohne ein nennenswertes Ergebnis beendet. Mira hatte konsequent zugehört. Außer den Bären, Hunden und Raben, die sie bisher kennengelernt hatte, gab es wohl auch noch Falken und Hirsche in anderen Gestaltwandlerclans. Keine dieser Gestalten passte jedoch zu Friedrich Eisengrunth. Sein Geruch erinnerte schwach an Katzen und trockenes Gras. Die Vampire begaben sich wieder in ihr Quartier, um Miras Tasche und ihre Waffen zu holen. „Dieses Mal keine unnütze antike Vase?", fragte Leandros im Flüsterton. Asheroth lehnte sich mit einem Glas Cognac wieder an einen der Sessel. „Wir lassen ihnen Zeit bis kurz vor Morgengrauen. Der Rückweg durch die Morgensonne sollte keinen von uns in Gefahr bringen."

Mira atmete ruhig durch. Ob als Geste des Friedens ein Geschenk überreicht werden würde oder nicht, sie würden zu dem Haus in der Nähe von Kiel zurückkehren. Dann würde Charles sie sofort zum Flughafen fahren und von dort aus würde sie per Telefon durchgeben, wann sie in Oslo abgeholt werden konnte. Anzheru ließ es sich sicher nicht nehmen, sie persönlich in Empfang zu nehmen. Schritte auf dem Gang ließen die Vampire aufhorchen. Es waren die Wächterhunde in ihren menschlichen Gestalten. Alle vier Augenpaare richteten sich auf die Tür. Einer der Herzschläge klang merkwürdig, schneller und lauter als die der anderen. Mira stellte ihre Tasche wieder auf einem Sessel ab, sie wollte lieber die Hände frei haben. Charles und Leandros nahmen misstrauisch ihre Verteidigungshaltung ein.

Tove geriet ins Stolpern, doch einer der Wächter packte sie am Arm und zerrte sie erbarmungslos weiter. Sie hatten sie aus ihrem Kellerverlies abgeholt und über den endlosen Flur gestoßen. Sie hatte sich mit kaltem Wasser waschen müssen, dann war es sofort weitergegangen. Drei Hunde in ihrer menschlichen Gestalt umringten sie, darunter Drago. Tove schlang die Arme um den Oberkörper. Die letzten Tage waren die Hölle gewesen. Drago hatte sie erst im Kerker des Hauptquartiers der Gestaltwandler aus der Holzkiste gelassen. In der Dunkelheit hatte sie das Gefühl dafür verloren, wann Tag und wann Nacht gewesen war. Nur eines wusste sie. Die Gestaltwandler hatten sie zum Tod verurteilt. Friedrich Eisengrunth hatte sie nur wenige Sekunden von oben herab betrachtet, dann war das Urteil gefällt gewesen. Statt es direkt zu Ende zu bringen, hatten sie gewartet. Bis heute. Vor einer dunklen Holztür machten sie Halt. Drago warf Tove einen letzten verächtlichen Blick zu und packte sie am Oberarm, dann öffnete er die Türe. Besonders hell war es dahinter nicht, die Vorhänge waren zugezogen. Tove konnte vier Gestalten ausmachen.

„Mein Herr lässt euch dieses Geschenk überreichen. Ihr seid ja bestimmt durstig."

Seine Worte hinterließen ein schneidendes Echo in Toves Ohren. Die Geschöpfe in dem schwach erhellten Raum waren weiß wie die Wand und starr. Vampire also. Es waren drei Männer und eine Frau. Drago und die anderen verabschiedeten sich schnell und zogen die Tür hinter sich zu. Tove war allein mit vier blutgierigen Monstern. Was für ein ehrloser Tod. Sie musterte die Vampire einen nach dem anderen, die sich immer noch nicht rührten. Die beiden Männer zu ihrer Rechten, einer hell- einer dunkelhaarig, tauschten einen erstaunten Blick aus, dann schauten sie den Vampir an, der weiter hinten im Raum gegen einen Sessel gelehnt dastand. Ob er wohl ihr Anführer war? Tove schaute nur kurz in sein fahles, aber schönes Gesicht.

Seine Augen schimmerten rötlich. Die hochgewachsene Frau mit den tiefschwarzen Haaren zu ihrer Linken ängstigte sie am aller meisten. Sie starrte Tove so durchdringend an wie ein Raubtier, das seit Wochen hungerte. Das Geräusch von brechendem Glas zerriss die Stille. Nur mit Mühe konnte Tove den Blick von der blendend schönen Vampirin abwenden. Der Mann mit den rot schimmernden Augen hatte ein Glas in seiner Hand zerquetscht. Blut quoll aus seinen Schnittwunden hervor. Plötzlich kam hektische Bewegung auf. Die beiden Vampire, die wie Marmorsäulen rechts von ihr gestanden hatten, stürzten sich auf die Vampirin und pressten sie auf den Boden. Tove wich so schnell zurück, wie ihre weichen Knie es erlaubten. Die Vampirin knurrte laut wie ein zorniger Wolf. Ihre Augen waren schlagartig stechend blau geworden. Tove spürte, dass sie mit dem Rücken an der Wand angekommen war. Der verletzte Vampir warf ihr einen sehr merkwürdigen Blick zu, bevor er in einen der angrenzenden Räume hinüber ging. Die drei Vampire am Boden beruhigten sich langsam. Hin und wieder war ein leises Klirren zu hören, als würden Glassplitter auf harten Grund fallen. Tove wurde übel bei der Vorstellung, dass er sie sich selbst herauszog. Der Anblick von Blut war ihr schon immer auf den Magen geschlagen.

„Es ist gut, ihr könnt mich loslassen." Die Stimme der schönen Vampirin klang angenehm melodisch, doch die Männer, die immer noch auf ihr knieten, vertrauten ihr wohl nicht.

„Er blutet nicht mehr, ich werde ihn nicht anfallen", beschwichtigte sie die beiden noch einmal.

„Und das Mädchen?", fragte der Schwarzhaarige.

„Sicher nicht." Sie senkte die Stimme zu einem Flüstern, Tove besaß jedoch recht gute Ohren. Die drei Vampire rappelten sich vom Boden auf. Der Zierlichere mit den hellen Haaren hielt die Frau allerdings immer noch fest umklammert, als der Vampir mit den schimmernden Augen zurückkam. Er beachtete seine

Gefolgsleute kaum, sondern fixierte Tove mit eisernem Blick. Seine Augen waren ebenfalls blau geworden. Sie konnte sich nicht mehr bewegen, das Atmen fiel ihr schwer.

„Blutgeschenke haben sie uns seit Jahren nicht gemacht. Was hast du vor, Gebieter?", fragte einer der Männer.

„Wir nehmen sie mit." Er kam näher. Tove wollte schreien. Was sollte das bloß bedeuten? Wieder sagte jemand etwas, doch sie verstand es nicht mehr. Diese vampirischen, eisblauen Augen brannten sich so tief in ihre eigenen, dass alles andere um sie herum verschwamm.

Das Mädchen sackte bewusstlos in sich zusammen. Endlich lockerte Charles den Griff um Miras Brustkorb, doch sie durfte sich immer noch nicht von ihm lösen. Leandros hatte gefragt, wie sie mit dem Mädchen an den Wächtern vorbeikommen soll-ten. Sie lag reglos am Boden.

„Gehen sie davon aus, dass wir sie sofort töten?", flüsterte Mira, damit die Gestaltwandler sie nicht hören konnten. Charles nickte knapp. „Sie wurde zum Tode verurteilt. Sonst hätten sie sie uns nicht ausgeliefert."

Asheroth löste sich aus seiner plötzlichen Starre. Er wies Leandros an, sie zu tragen. „Sie ist ein Geschenk, also darf ich sie mitnehmen wie jedes andere."

Mira hob ihre Tasche auf, während Leandros das junge Mädchen mühelos über seine Schulter legte. Sie roch ein wenig merkwür-dig. Zum einen wie ein Mensch, aber darunter lag noch etwas anderes. Mira blieb keine Zeit danach zu fragen. Die Vampire begaben sich auf direktem Weg zur Pforte des Hauptquartiers der Gestaltwandler. Wie erwartet starrten die Wachen, egal ob Bär oder Hund in ihren menschlichen Gestalten, sie erstaunt und misstrauisch an, als sie mit ihrem *Geschenk* den Korridor herun-ter kamen. Der Hund, der ihnen das Mädchen ausgeliefert hatte, war ebenfalls darunter.

„Ihr braucht sie nicht zu entsorgen, das erledigen wir schon", presste er mit zusammengebissenen Zähnen hervor. Asheroth verlangsamte seine Schritte nicht. „Es ist noch etwas übrig. Wir heben sie uns für heute Abend zum Frühstück auf. Die Kleine ist wirklich köstlich."

„Eure Selbstbeherrschung ist bemerkenswert", knurrte der Wächter, als sie sich an ihm vorbei schoben.

„Haltet euch im Schatten."

Seine Warnung fraß sich durch Miras Gedanken. Sie wurde das Gefühl nicht los, dass Asheroth mit dieser Aktion gegen irgendein Gebot oder Ähnliches verstieß. Sie wusste nicht viel über ihn, da Anzheru nur sehr ungern über diesen Vampirältesten sprach. Aber gegen die Gesetze zu verstoßen, an deren Erlass er selbst beteiligt gewesen war, war unlogisch und in Asheroths Fall vollkommen absurd. Sie erreichten sein Haus kurz nach der Dämmerung. Das Mädchen mit dem fremdartigen Geruch war immer noch bewusstlos, als Leandros sie unsanft auf der Couch ablegte. Mira betrachtete sie aufmerksam. Sie konnte kaum volljährig sein. Ihr hübsches Gesicht wurde von halblangen, dunkelbraunen Haaren eingerahmt. Im Moment war sie allerdings blass genug, um eine Vampirin zu sein. Was hatte sie bloß verbrochen, um von den Gestaltwandlern verurteilt und an Asheroth verschenkt zu werden?

„Sie werden reagieren, Gebieter. Wir sollten lieber von hier verschwinden." Charles verschränkte die Arme vor der Brust. Er stand wie immer in den letzten Tagen sehr nah bei Mira. Im Stillen war sie heilfroh darüber, ihre Leibwache auch bald wieder loszuwerden. Charles war zwar wesentlich sympathischer als Leandros, aber es fühlte sich eher wie überwacht statt bewacht werden an, wenn ein fremder Vampir ständig an ihr klebte.

„Ich weiß", erwiderte Asheroth angespannt.

„Wohin?", fragte Mira unsicher. Es klang nicht danach, als würde es zum Kieler Flughafen gehen.

„Süd-Westen", lautete die knappe Antwort des Ältesten. Seine Leibwachen wussten offenbar, welcher Ort damit gemeint war. „Wir legen eine falsche Fährte. Vielleicht gewinnen wir damit etwas Zeit."

Bevor Mira fragen konnte, was Asheroth vorhatte, hörten sie alle ein leises Geräusch von der Couch. Das Mädchen regte sich zaghaft, dann öffnete sie die blassgrünen Augen. Sie schaute die Vampire nicht ängstlich, sondern enttäuscht an, als hätte sie gehofft, nur aus einem bösen Traum zu erwachen. Mira war ein wenig über ihre Kühnheit erstaunt, bei ihrer eigenen ersten Begegnung mit Vampiren wäre sie fast vor Angst gestorben.

„Hast du einen Namen?", fragte Asheroth sie barsch. Das Mädchen nickte kaum merklich.

„Kannst du auch sprechen?", fügte er ungeduldig an.

„Ja, ich heiße Tove."

Trotz und Wut. Mira hob beeindruckt die Augenbrauen. Dieses Mädchen brauchte nicht einmal eine Minute, um Asheroths Zorn zu provozieren. Hoffentlich musste Mira sich nicht mit ansehen, wie er sie bestrafte. Statt sie weiter anzustarren, wandte er sich an seine Leibwachen. „Ihr nehmt ihre Kleider und geht nach Osten. Und teilt euch auf."

„WAS?" Toves entrüsteter Zwischenruf wurde einfach ignoriert. Mira bedeutete ihr mit einem Finger an den Lippen, still zu sein. Leandros nickte gehorsam, doch Charles biss sich auf die Unterlippe. Er wies mit dem Kopf in Miras Richtung. „Du sagtest, beschütze sie, bis sie zu ihrem Clan zurückkehrt."

Asheroth hielt inne und überlegte einen Augenblick. Mira gefiel diese Entwicklung überhaupt nicht. Angespannt schaute sie zu dem Mädchen auf der Couch. Tove krallte zornig die Finger in den Bezug. Ihr Shirt und ihre Hose wiesen Risse auf und waren etwas schmutzig, aber etwas anderes hatte sie nicht. Außerdem war es draußen ziemlich kalt, da auch in Norddeutschland der Winter Einzug hielt.

„Gebieter…", setzte Mira vorsichtig an. Seine Augen zuckten gereizt zu ihr hinüber.

„Hast du andere Kleidung für sie? Sie erfriert, wenn du sie nackt von hier fort schleifst." Auf Toves Schamgefühl hinzuweisen, wäre kein triftiges Argument gewesen, da war Mira sich sicher. Asheroth blieb stumm, aber es schien ihm einzuleuchten.

„Und ich müsste mal ins Bad", warf das Mädchen ein. Ihr Tonfall würde ihr noch einigen Ärger einbringen. Der Vampir-älteste bedeutete ihr und Mira ungeduldig, ihm zu folgen. Tove schaffte es kaum die Treppe hinauf, dennoch wies sie Miras Un-terstützung vehement zurück. Mitten auf dem Flur blieben die beiden Mädchen vorerst stehen. Der Vampirälteste verschwand eilig in einem der anderen Räume und tauchte nach nur wenigen Sekunden mit einem Stoffbündel in der Hand auf.

„Zieh das hier an!" Asheroth warf seinem Geschenk das Bündel zu, bevor sie das Bad betrat. Er bestand auch noch allen Ernstes darauf, dass Tove nicht allein gelassen wurde. Mira versuchte erst gar nicht, sie aufmunternd anzulächeln, als sie ihr ins Badezimmer folgte und die Tür schloss. Es wäre ihr falsch vorgekommen.

„Beeil dich", flüsterte sie mit Nachdruck und wandte sich kurz ab. Es war schlimm genug, dass Tove sich nicht allein erleich-tern durfte. Mira lauschte den hastigen Schritten im Haus. Mittlerweile war es draußen schon recht hell, was die Vampire rastlos werden ließ. Tove streifte ihre rissigen Kleider ab und entknotete Asheroths Bündel. Es waren Hemd und Hose und offensichtlich handelte es sich um seine eigenen Kleider. Mira musterte Tove kurz. Ihr Körper war muskulös, sie musste sehr viel Sport treiben. Am Rücken hatte das Mädchen fast ein Dut-zend dunkle Flecken, die zwischen blau, lila und grün lagen.

„Hast du Schmerzen?", fragte Mira leise. Tove nickte knapp, während sie die Ärmel von Asheroths Hemd umkrempelte. Schon riss er die Tür auf, um ihre Sachen zu holen. Er selbst hatte Handschuhe und eine Jacke mit einer großen Kapuze angezogen, unter der sein fahles Gesicht verschwand. Die Leibwachen waren ähnlich verhüllt, als sie Toves Kleidungsstücke an der Haustür entgegennahmen. Leandros übergab Asheroth die Autoschlüssel.

„Kommt so bald wie möglich nach", befahl der Älteste. Charles warf Mira, die in der Diele stand, einen besorgten Blick zu.

„Ich achte auf sie", sagte Asheroth leise. Also war es besiegelt. Sie musste ihn weiterhin begleiten und seine Aura auf engstem Raum ertragen. Warum sie sich so sehr beeilen mussten, war Mira klar. Doch weshalb hatte der Vampirälteste überhaupt so großes Interesse an Tove? Während die Leibwachen langsam aus ihrem Sichtfeld verschwanden, zermarterte Mira sich den Kopf, was so tiefgreifend sein konnte, dass Asheroth aus Versehen ein Glas in seiner Hand zerquetschte.

„Trag sie zum Auto. Sie darf den Boden nicht berühren, damit die Hunde ihre Fährte nicht finden", forderte er gewohnt barsch. Mira wandte sich resigniert zu Tove um, die in den zu großen Männerkleidern etwas verloren wirkte. Sie war alles andere als begeistert, aber sie wich nicht zurück. Mira hob sie mühelos hoch, wobei Tove wohl spüren konnte, dass sie wärmer war als andere Vampire.

„Oh Gott, was bist du denn?" Das Mädchen begann so heftig zu zappeln, dass sie Mira auf dem Weg zum Auto fast aus den Armen geglitten wäre.

„Halt still! Sie ist eben warm", fauchte Asheroth und schloss die Haustür ab. Mira setzte Tove behutsam auf die Rückbank.

„Also bist du kein richtiger Vampir?", fragte das Mädchen skeptisch. Mira wollte ihr erst widersprechen, aber irgendwie hatte sie ja auch Recht, wenn man von der klassischen Definition eines Vampirs ausging.

„Ich bin eine Tageswandlerin", sagte sie mit einem leichten Achselzucken und ließ sich selbst auf den Vordersitz des Wagens fallen. Asheroth trat aufs Gas, bevor die Mädchen sich angeschnallt hatten.

„Was nun?", fragte Mira vorsichtig. Der Vampirälteste schien wahnsinnig angespannt zu sein.

„Wir fahren zu meinem nächsten Unterschlupf."

Das war keine wirklich neue Information. Mira presste die Lippen zusammen.

„Welcher deiner Elternteile war der Gestaltwandler?", fragte Asheroth mit einem kurzen Blick in den Rückspiegel. Er hatte ihn so eingestellt, dass er Tove und nicht die Straße hinter ihm sehen konnte.

„Meine Mutter", lautete die Antwort. Zum ersten Mal klang das Mädchen traurig und verletzlich.

„Wurde sie getötet?", fragte der Vampirälteste dennoch emotionslos.

„Ja." Sie schluchzte ganz leise. Mira konnte nicht umhin, Mitleid für Tove zu empfinden, egal was für ein Geschöpf sie nun war.

„Stammte sie aus Friedrichs Clan?"

„Ja." Tove zog ein Knie an, um den Kopf darauf abzulegen. Mira dämmerte langsam, wonach dieses Mädchen roch.

„Du bist ein Mischling aus Mensch und Gestaltwandler?", fragte sie unvermittelt.

„Ja." Es klang furchtbar erschöpft.

„Wie ist so etwas möglich? Völlig verschiedene Arten von Lebewesen können normalerweise keine Kinder miteinander haben." Zumindest war dies die Auffassung der Menschen, die Mira früher in der Schule beigebracht worden war.

„Es ist möglich, weil die Gestaltwandler aus eigener Geisteskraft wurden, was sie sind und direkt von Menschen abstammen. Sie wurden nicht gewaltsam verändert wie wir", erklärte

Asheroth. „Solche Geschöpfe nennt man Halbblut. Im Gegensatz zu wahren Gestaltwandlern fehlt ihnen die zweite Gestalt. Wenn ich richtig informiert bin, ist es streng verboten, Kinder mit Sterblichen zu zeugen. Sie werden getötet."

„Du bist richtig informiert", antwortete Tove trocken. Mira zog überrascht die Brauen hoch. „Warum das?"

„Es gilt als Verrat, wenn eine Frau ihren Clan verlässt. Die Gestaltwandler sind nicht dazu in der Lage, Menschen zu verwandeln wie ihr Blutsauger. Sie sind von den begabten Frauen abhängig, die ihnen Nachkommen schenken, aber sie sterben logischerweise irgendwann. Ihre Töchter können auch Kinder bekommen, doch es werden merkwürdigerweise nur sehr wenige Mädchen geboren. Meine Mutter war das einzige unter sieben Kindern." So viel Abscheu und Wut schwang in ihrer Stimme mit. Mira fragte sich, welche unsterbliche Rasse Tove lieber mit bloßen Händen auslöschen wollte. Sie dachte noch eine ganze Weile über das Gesagte nach. Toves Mutter war also für ihren Verrat hingerichtet worden, aber Tove selbst hatte nichts verbrochen. Ihr Todesurteil erschien Mira extrem ungerecht. Der Himmel war düster und wolkenverhangen. Brachliegende Felder und vereinzelte Bäume flogen vor dem Fenster vorbei. Sie waren auf der Autobahn. Bei diesem Tempo würden sie Deutschland schnell durchquert haben. Asheroth überholte einen Lastwagen. „Wann haben sie euch gefunden?"

„Vor ein paar Tagen."

„Geht das etwas genauer?" Sein Tonfall ließ vermuten, dass er kurz davor war, anzuhalten und Tove zu verprügeln. Mira wurde langsam misstrauisch. Warum zwang er sich, ruhig zu bleiben?

„Nein, ich weiß nicht, wie lange ich in diesem verdammten Kerker gesessen habe!", gab das Mädchen in einem ähnlichen Ton zurück. Asheroth schnaubte verärgert, aber er ließ es auf sich beruhen. Nebenbei stellte Mira fest, dass sein emotionaler Zustand offenbar keine Wirkung auf die Stärke seiner Aura hatte. Auch wenn er sich wieder etwas entspannte, war sie unnachgiebig und durchdringend. Mira rieb sich angestrengt die Stirn. Ihre Kehle brannte wie Feuer, was Asheroth zu ahnen schien. „Hältst du den Durst noch aus?"

„Ja, aber..." Sie legte den Kopf zurück gegen die Lehne. „Bitte nimm es mir nicht übel, Gebieter, aber deine Nähe halte ich langsam nicht mehr aus. Wie schaffen Leandros und Charles das auf die Dauer?"

„Sie wissen, welchen räumlichen Abstand sie einhalten müssen", erläuterte er ruhig. Ob Mira es wagen sollte, danach zu fragen? Sie entschied, lieber noch etwas zu warten. Vielleicht würde Asheroth ihr bald genug Vertrauen entgegenbringen, um es ihr zu sagen. Anzheru wusste es bestimmt auch. Zu Hause konnte sie ihn fragen. Ihr Gefährte musste ahnen, dass etwas nicht in Ordnung war, denn ihr Handy begann in diesem Moment zu klingeln. Langsam aber bestimmt griff Mira nach ihrer Handtasche und zog das kleine Gerät heraus. Asheroth streckte fordernd die Hand danach aus. Trotzdem nahm Mira den Anruf selbst entgegen. „Hallo."

„Wo zum Teufel steckst du?" Anzheru war völlig außer sich. Er hatte ihren Anruf wohl schon längst erwartet.

„Er will dich sprechen", entgegnete sie nur und reichte Asheroth das Handy.

„Buzancy." Er unterbrach die Verbindung.

19. Verrat

Bis zu Asheroths Unterschlupf waren es einige Stunden Fahrt. Da die Wolkendecke sich recht geschlossen hielt, war es kein Problem für ihn, am Steuer zu bleiben. Mira hatte im Dämmerzustand Schilder wahrgenommen, die die Grenze zu Belgien und dann zu Frankreich angezeigt hatten. Wirklich geschlafen hatte sie nicht, Asheroths Aura hielt sie zu sehr unter Spannung. Sie hielten vor einem kleinen hellgetünchten Chateau mitten im Nichts, das von einer hohen Mauer umgeben war. Der Vampirälteste besaß wahrscheinlich keinen Unterschlupf, der auch nur annähernd bei einer menschlichen Siedlung lag. Die Gegend wirkte recht trostlos, nur trockenes Gras bedeckte die seichten Hügel. Die Abenddämmerung setzte langsam ein. Asheroth schwang sich behände aus dem Auto und sah sich aufmerksam um, während er zur hinteren Tür des Wagens ging. Tove war eingenickt, was Mira erneut erstaunte. Sie hatte wahnsinnig erschöpft gewirkt, aber Angst hielt normalerweise wach. Asheroth betrachtete sie kurz, dann befahl er Mira erneut, sie zu tragen. Die großen Haupttore des Chateaus öffneten sich mit einem lauten Ächzen. Dahinter lag ein Innenhof, von der Bepflanzung war aufgrund der Jahreszeit leider kaum etwas übrig. Das Gebäude selbst wirkte alt, aber gut in Stand gehalten. Ein Vampir kam ihnen geschäftig entgegen geeilt. Auch er war alt. Mira hatte keine Ahnung, wie lange er bereits ein Vampir sein mochte, aber sein Körper war ausgemergelt und gebeugt. Sein Haar war schlohweiß und licht.

„Gebieter! Ich habe nicht geahnt, dass Ihr sobald zurückkehren würdet."

„Schon gut, Johann." Asheroth marschierte einfach an ihm vorbei zum Haus. Mira hatte erwartet, dass er seine Gäste wenigstens aus Höflichkeit vorstellen würde, aber der alte Johann wurde links liegen gelassen. Er beäugte Mira argwöhnisch. Als ihm klar wurde, was das Mädchen in ihren Armen war, verzog Johann angewidert das Gesicht. Charles und Leandros hatten die Entscheidung Tove mitzunehmen, nicht eine Sekunde in Frage gestellt. Oder zumindest hatten sie sich absolut nichts anmerken lassen. Johann hingegen verabscheute das Halbblut, daran bestand kein Zweifel. Asheroth schenkte ihm kaum Beachtung, er befahl ihm nur, den großen Kamin im Erdgeschoss zu entzünden, als sie in der kleinen Eingangshalle ankamen.

„Fühlt sie sich kühl an?", fragte Asheroth leise, woraufhin Mira nickte. Tove zitterte sogar im Schlaf vor Kälte.

„Bring sie ins Kaminzimmer, folge Johann."

Der alte Vampir führte sie durch das Erdgeschoss, während Asheroth die Treppe in den ersten Stock nahm. Dieses Haus bedeutete ihm offenbar mehr als das Gebäude in Norddeutschland. Über die Jahrhunderte hatten sich einige Erinnerungsstücke und massenhaft wertvolle Bücher angesammelt. Mira hatte klinisch saubere, karge Räume erwartet, aber tatsächlich war es hier recht wohnlich. Tove wurde langsam wieder wach, als sie das Kaminzimmer betraten.

„Darf ich hier den Boden berühren?" Sie hob ironisch die Augenbrauen. Mira stellte sie einfach auf die Füße. „Du bist ganz schön vorlaut."

Bestimmt konnte Asheroth sie hören.

„Und du bist ganz anders, als ich mir Vampirinnen vorgestellt habe", entgegnete Tove trocken. Nun hob Mira die Augenbrauen.

„Du bist warm, rücksichtsvoll und offenbar hast du den Durst unter Kontrolle", erläuterte das Halbblut und ließ sich in einem der weichen Sessel vor dem Kamin nieder. Johann schichtete Holzscheite auf und murmelte leise vor sich hin. Da er eine fremde Sprache sprach, verstand Mira ihn nicht, aber es klang unheilvoll. Sie wartete ab, bis er endlich fertig war und den

Raum verlassen hatte, bevor sie die Unterhaltung mit Tove fortsetzte.

„Noch ja, aber sieh zu, dass du dich nicht aus Versehen schneidest." Diese Warnung war mittlerweile mehr als angebracht. Miras Kehle brannte wie Feuer vor Durst. Das Halbblut nickte aufmerksam. Fasste sie langsam Vertrauen?

„Wer ist er?", fragte Tove und wies mit einer Hand zur Decke. Asheroths Schritte waren längst nicht mehr so hastig wie am Morgen. Seine Aura reichte zum Glück nicht bis zu ihnen, weshalb Mira sich für den Moment entspannte. „Sein Name ist Asheroth. Er ist einer unserer Ältesten."

„Die Ältesten sind eure Herrscher, oder?"

Mira schüttelte langsam den Kopf. „So würde ich es nicht nennen. Sie sind unsere höchste Instanz, aber in erster Linie bin ich meinem Clan-Oberhaupt verpflichtet."

Tove warf ihr einen überraschten Blick zu. Allerdings verrieten ihre Augen auch eine Form von Besorgnis, die zuvor nicht da gewesen war. „Du hast einen Clan? Du gehörst nicht zu ihm?"

Wieder wies sie zur Decke. Mira verzog unwillkürlich das Gesicht. „Nein, lass uns meine Beziehung zu Asheroth ein anderes Mal klären. Was muss ich mir unter einem Halbblut vorstellen? Besitzt du besondere Fähigkeiten?"

In einiger Entfernung knarrten die Stufen unter Asheroths Füßen, die zum Obergeschoss führten. Tove zögerte mit der Antwort. „Nein… Meine Sinne sind etwas schärfer als die eines Menschen und ich kann ziemlich schnell laufen, aber das ist auch schon alles. Ich könnte es nie mit einem Unsterblichen aufnehmen, dafür bin ich nicht stark genug."

Tiefes Bedauern schwang in ihrer Stimme mit. Mira erinnerte sich noch ausgezeichnet daran, wie es gewesen war, den Vampiren schutzlos ausgeliefert zu sein. Ob sie Tove vielleicht helfen konnte? Bloß wie, wenn sie nicht wusste, was Asheroth im Schilde führte. Wenn er nur ihr Blut wollte, hätte er sie bereits im Hauptquartier der Gestaltwandler gebissen, vielleicht sogar getötet. Er betrat den sich langsam erwärmenden Raum. Zwar hatte er eine Decke und einen dicken Pullover mitgebracht, aber seine Aura zerstörte die Hoffnung darauf, dass das Ganze für Tove gut ausgehen konnte. Mira erschauderte, ohne es zu wollen, was ihr einen feindseligen Blick des Vampirältesten einbrachte.

„Lass uns allein und schließ die Türe", forderte er barsch. Mira schluckte ihre Widerworte hinunter und kam seiner Aufforderung schweren Herzens nach. Irgendetwas sagte ihr allerdings, dass sich seine Ungeduld in diesem Augenblick nur gegen sie und nicht gegen Tove gerichtet hatte.

Ein lautes Knacken im Kamin ließ Tove zusammenzucken. Der Vampirälteste übergab ihr Pullover und Decke, dann setzte er sich in den Sessel, der am nächsten zu ihr stand. Tove streifte den stahlgrauen Pullover über und krempelte die Ärmel hoch. Asheroth schaute ihr nur regungslos dabei zu und musterte sie eindringlich, als wollte er in ihre Gedanken sehen. Konnte er das vielleicht? Tove krallte die Finger fest in die Sitzfläche des Sessels. Trotz allem gab sie sich Mühe, seinem Blick stand zu halten. Ihr war nie irgendetwas Gutes über Vampire erzählt worden. Angeblich waren sie absolut erbarmungslos und niederträchtig. Unter den Gestaltwandlern waren sie aufgrund der vergangenen Kriege mehr als alles andere verhasst.

„Wie war der Name deiner Mutter?", fragte Asheroth ruhig. Tove verzog die Mundwinkel. Es fiel ihr immer schwerer, ihre Tränen zu verbergen. „Theresa."

Der Vampir rieb sich kurz das Kinn. Er trug immer noch seine Handschuhe, was ihr merkwürdig vorkam. Auch er war anders, als sie sich einen Vampir je vorgestellt hatte, aber frieren konnte er bestimmt nicht. So viel Wahres musste an den Schauerge-schichten über die Schattenwandler wenigstens dran gewesen sein.

Mira verschränkte die Arme vor der Brust und ging langsam den dunklen Korridor entlang, um ein bisschen Abstand zum Kamin-zimmer zu gewinnen. Links von ihr hing ein Ölgemälde, das mehrere Meter breit war und ihr irgendwie bekannt vorkam. Es zeigte den Sieg einer blutigen Schlacht. Die Soldaten trugen französische Uniformen aus dem neunzehnten Jahrhundert. Frankreich hatte in jener Zeit recht viele Kriege auszufechten gehabt. Was Asheroth wohl damit zu tun hatte? Es war schließ-lich verboten, sich in die Kriege der Menschen einzumischen. Mira setzte sich wieder in Bewegung, wobei sie bemerkte, dass die dicken Teppiche ihre Schritte völlig verschluckten.

„Ja, Gebieter." Es war Johanns kratzige Stimme. Er musste sich am anderen Ende des Korridors in einem der Räume befinden, die einmal für das Personal des Chateaus gedacht gewesen wa-ren. Mira schlich vorsichtig weiter. Mit wem sprach er? Es war nichts mehr zu hören außer dem Klirren von Glas. In einer ge-räumigen Küche fand sie den ausgemergelten Vampir, der mit einer Weinkaraffe und einigen Gläsern hantierte.

„Was kann ich für Euch tun, Mademoiselle?", fragte er höflich. Sein Argwohn hatte sich definitiv nur gegen Tove gerichtet, an Mira schien er nun wesentlich mehr interessiert zu sein.

„Mademoiselle ist wohl nicht mehr angebracht." Sie lächelte ihn an. „Ich bin Anzherus Gefährtin."

Johann machte große Augen, was nur noch mehr betonte, dass sie zu tief in ihren Höhlen saßen. „Verzeiht, das wusste ich nicht."

„Ich mache dir keinen Vorwurf. Erlaubst du mir eine Frage?"

„Natürlich, Madame."

„Wovon ernährst du dich in dieser Gegend? Ich habe nirgendwo größere Tiere gesehen und viele Menschen kommen wohl auch nicht her." Mira hoffte, dass ihre Unschuldsmiene überzeugend war. Mit diesem Johann stimmte etwas nicht, auch wenn er Asheroths treuer Diener war.

„Da habt Ihr durchaus Recht. Meine letzte Mahlzeit liegt schon sehr sehr lange zurück", krächzte er. Darauf hatte Mira spekuliert. Sie schob ihren linken Ärmel hoch und hob den Arm. „Nimm ein bisschen, bevor du nur noch aus Haut und Knochen bestehst."

Johann war so verblüfft, dass er sich eine Weile überhaupt nicht rührte. Dann näherte er sich ihr und roch zaghaft an ihrem Handgelenk. Seine Augen nahmen einen strahlenden Ausdruck an. Diesem Angebot konnte er nicht widerstehen.

„Ihr seid zu gütig", hauchte er, bevor er zubiss. Das schmerzte immer noch, auch wenn Mira zur Vampirin geworden war, aber das war jetzt nebensächlich. Johann dachte daran, schnellstmöglich von hier zu flüchten. Ein fremdes Gesicht tauchte klar vor seinem inneren Auge auf, dann ließ er Miras Handgelenk bereits wieder los.

„Ihr seid zu gütig", wiederholte er und verabschiedete sich, um in den Weinkeller zu gehen. Mira presste die Lippen zusammen und verließ die Küche eilig in entgegengesetzter Richtung. Das ihr fremde Gesicht gehörte demjenigen, mit dem Johann telefoniert hatte. Er hatte am Telefon noch nicht gesagt warum, aber zu diesem Mann wollte er jetzt. Denn er hielt für falsch und verwerflich, was Asheroth tat. Mira erreichte die Tür zum Kaminzimmer. Asheroth würde es missbilligen, wenn sie einfach hereinplatzte, doch dieses Risiko musste sie jetzt eingehen. Hastig zog sie die schwere Tür auf und schloss sie sofort wieder hinter sich. Wie erwartet starrte der Vampirälteste sie zornig an. Er saß in einem der Sessel neben Tove, die merkwürdigerweise noch nicht auf dem Boden knien musste.

„Was fällt dir ein…“, setzte er an. Mira hob eine Hand, um ihn zum Schweigen zu bringen. Lautlos formte sie den Namen seines Dieners mit den Lippen. „Johann. Er verrät dich.“

Asheroth verstand offenbar auf Anhieb, was sie ihm mitteilen wollte und warum sie nicht einmal flüsterte. Er bewegte sich so schnell auf Mira zu, dass Tove irritiert nach Luft schnappte. Die Vampire bewegten sich also auch für sie zu schnell.

„Er ist mein Diener. So etwas musst du beweisen!“

Auch damit hatte Mira gerechnet. Ihr Wort genügte nicht, um ein altes Hausfaktotum in Frage zu stellen. Bevor sie Asheroth ihr anderes Handgelenk hinhalten konnte, packte er sie im Genick und schlug die Zähne in ihren Hals.

»Wenn das eine Lüge ist, peitsche ich dich persönlich aus.«

So deutlich hatte Mira fremde Gedanken noch nie wahrgenommen. Sie schloss die Augen, um sich auf das zu konzentrieren, was sie Asheroth übermitteln musste. Vor allem das Gesicht des fremden Vampirs rief sie sich in Erinnerung. Zum Glück hatte Johann nichts von ihrer Gabe gewusst, die Gedankenlesefähigkeit umzukehren. Asheroth ließ plötzlich von ihr ab, doch er verwandelte sich nicht zurück. Seine eisblauen Augen richteten sich auf die Tür. „Geh zum hinteren Tor. Schnell!“

Dieses Mal gehorchte Mira umstandslos. In kaum vier Sekunden war sie im Freien und bezog vor dem wesentlich kleineren schmiedeeisernen Tor an der Rückseite des Chateaus Position. Im Haus hörte sie hastige Schritte. Offenbar suchte Asheroth nach Johann. Der gebeugte, ausgemergelte Mann sauste erstaunlich behände auf den Innenhof hinaus und stürmte direkt auf Mira zu. Sie knurrte laut und angriffslustig, was ihn nur für den Bruchteil einer Sekunde innehalten ließ. Dies genügte. Asheroth tauchte wie aus dem Nichts auf und enthauptete seinen alten Diener von hinten mit einer Art Machete. So tötete er also. Mira ballte unwillkürlich die Fäuste. Die Vermutung, dass Asheroth

Johann hinrichten würde, hatte nahe gelegen, trotzdem sträubte sich ihr Inneres mit aller Kraft gegen diese Art von Gewalt.

„Mach nicht so ein Gesicht. Es gibt keine andere Strafe für Verrat." Asheroth zerrte Kopf und Körper von dem schmalen Kiesweg zum Tor herunter und machte sich daran, ihn zu verbrennen. Eine übelriechende, dicke Qualmwolke stieg kurz darauf von dem brennenden Kadaver auf. Der kühle Wind trieb den Qualm vom Haus fort nach Westen.

„Wolltest du ihn nicht verhören?" Mira konnte ihre Wut nicht verbergen.

„Es genügt, dass ich weiß, wen er angerufen hat", gab der Älteste ungerührt zurück.

„Und wer ist das?", hakte sie nach. Asheroth wies seelenruhig zum Hintereingang seines Chateaus. „Komm wieder mit hinein."

„Was war falsch daran, Tove mitzunehmen?", bohrte Mira weiter. Auf wenigstens eine ihrer Fragen musste er doch antworten. „Irgendetwas muss es sein. Sonst hätte Johann das nicht getan." Der Älteste ignorierte sie weiterhin und ging einfach ins Haus. Mira marschierte wütend hinter ihm her, bis sie sich wieder in der alten, unbenutzten Küche befanden. Der Älteste fuhr plötzlich herum und stürzte sich auf sie. Mira schlug rücklinks auf dem steinernen Boden auf, sofort kniete er über ihr und fixierte ihr Handgelenke mit nur einer Hand auf den kalten Fliesen. Seine verfluchte Aura drohte sich durch ihren Zorn hindurch zu fressen, doch dieses Mal würde sie gegen ihn ankämpfen.

„Wie lange beherrschst du diese Gabe schon?", zischte Asheroth bedrohlich.

„Was denn?", giftete sie zurück. Ohne zu zögern, schlug er sie mit der flachen Hand ins Gesicht.

„Du weißt ganz genau, was ich meine. Das Umkehren des Gedankenlesens!"

Mira fletschte die Zähne. „Du erinnerst dich bestimmt an die Nacht, in der du Violetta grundlos gequält hast und ich sie beschützen wollte. *Du* hast damals den Impuls ausgelöst, seit dem ich mir jedes Mal die Gedanken von anderen ansehen muss, wenn ich gebissen werde!"

Asheroth packte nur noch fester zu und beugte sich ein Stück zu ihr hinunter.

„Was hast du gesehen, als ich von dir getrunken habe?" Er hatte die Stimme zu einem Flüstern gesenkt, das einem das Blut in den Adern gefrieren ließ. „Ich werde mich nicht wiederholen, Mira." Und er würde sich ihr Wissen nicht über ihr Blut aneignen, so viel stand fest. Mira fragte sich allen Ernstes, ob sie ein Verbrechen begangen hatte, aber das Umkehren des Gedankenlesens zählte nun einmal zu den Fähigkeiten einer Tageswandlerin.

„Ich konnte Tristan und James sehen. Du wolltest, dass sie sterben", würgte sie zornig hervor. Asheroths Gesicht kam ihrem noch näher. Das war es wohl nicht, weshalb er so einen Aufstand machte. Seine eisblauen Augen durchbohrten Mira wie Dolche.

„Und Anzheru", fauchte sie. „Es war eine ziemlich alte Erinnerung. Er war darin noch ein Kind. Was willst du denn von mir?"

„Was habe ich über ihn gedacht?", grollte er unbeirrt.

„Ich weiß es nicht."

Noch einmal schlug er sie ins Gesicht, dieses Mal mit dem Handrücken. Mira spürte, dass ihre Nase blutete. Es schmerzte höllisch.

„ICH WEISS ES NICHT! ES WAR VERSCHWOMMEN!"

Könnte sie sich doch bloß einen Millimeter bewegen. Asheroths Züge entspannten sich plötzlich, er verwandelte sich zurück.

„Wehe dir, wenn ich je herausfinde, dass du gelogen hast", sagte er noch, bevor er sie endlich losließ. Mira rappelte sich hastig vom Boden auf. Ihre Wange brannte immer noch. „Warum zum Teufel tust du das? Ich habe nichts verbrochen!"

„Nein, hast du nicht." Asheroth setzte sich wieder in Bewegung, offenbar in Richtung Kaminzimmer. Mira ging noch einige Schritte ungläubig hinter ihm her, dann war es endgültig genug. „DANN ANTWORTE MIR!" Sie stand mit geballten Fäusten mitten auf dem Korridor vor dem Ölgemälde. Der Älteste wandte sich nur zur Hälfte um. „Es gibt Dinge, die nicht einmal du über Anzheru wissen darfst, so sehr du ihn auch liebst. Keine Kenntnis davon zu besitzen, bedeutet Sicherheit für dich."

Mira hielt verblüfft inne. Es klang nach ernsthafter Sorge und das zum allerersten Mal, wenn es um Anzheru und sie selbst ging.

„Und Tove?", fragte sie wieder wesentlich leiser.

„Das ist wesentlich komplizierter", entgegnete er und ging weiter. Als Asheroth die Tür zum Kaminzimmer öffnete, erstarrte er plötzlich zur Säule. „Sie ist weggelaufen."

Mira konnte seinem Tonfall nicht entnehmen, ob er wütend oder entsetzt war. Eilig lief er zum Vordereingang hinaus und durch die Pforte, vor der er das Auto abgestellt hatte. Mira hastete hinter ihm her. Es war tiefste Nacht, die Wolken hatten sich verzogen. Obwohl die von vielen Hügeln durchzogene Gegend recht karg war, war Tove nirgends zu sehen. Im Norden lag die Straße, die sie hergeführt hatte. Asheroth ging in die Hocke, wobei er einen Handschuh auszog, und legte eine Hand auf den Erdboden. Mira vermutete, dass sein Tastsinn auch sehr weit entfernte Schritte aufspüren konnte. Nach einem Atemzug erhob er sich wieder, bewegte sich jedoch nicht von der Stelle.

„Das ging schneller, als ich dachte", sagte er gelassen.

„Was denn, Gebieter?"

„Anzheru ist auf dem Weg her. Tove muss ihm geradewegs in die Arme gelaufen sein."

„Du kannst fühlen, wer es ist?", fragte Mira perplex. Asheroth schien ihr wenigstens diese Frage nicht übel zu nehmen. „Auf große Distanz kann ich dir nur sagen, ob es ein Vampir oder etwas anderes ist. Anzheru erkenne ich allerdings immer. Ob er will oder nicht, wir stehen uns nun einmal auf unsere Art nahe. So kann ich ihn überall finden."

Tove konnte sich kaum noch rühren, so fest hielt sie der Vampir gepackt, der sie ein Stück abseits der Straße geschnappt hatte. Er sah Asheroth fürchterlich ähnlich, seine Augen waren allerdings wesentlich beängstigender. Es gab keinen Grund sich zu verwandeln, er wollte Tove offenbar nicht beißen und trotzdem blieben sie eisblau. Er musste ein geborener Vampir sein. Ihre Mutter hatte Tove gesagt, dass geborene Vampire gar nicht existieren durften. Sie wären von Begabten geboren worden, die den Gestaltwandlern gestohlen worden waren. Anderen ihre Begabten zu stehlen war unter den Vampiren angeblich weit verbreitet. Er hatte ihr einen Arm auf den Rücken gedreht, was ziemlich wehtat. Außerdem quetschte er ihre unteren Rippen.

„Bitte lass mich gehen", flüsterte sie schwach. Tove wollte nur noch weg. Asheroth hatte ihr erklärt, was sie alles zu beachten hatte, wenn andere Vampire zugegen waren, bevor Mira ins Kaminzimmer geplatzt war. Sie hatte langsam wirklich genug von den Unsterblichen und ihren Vorstellungen. Der fremde Vampir schleifte sie erbarmungslos weiter zum Chateau zurück. Asheroth und Mira standen vor dem Tor und erwarteten sie bereits.

„Kannst du mir verraten, was hier vorgeht!" Er stieß Tove grob von sich in Asheroths Richtung. Sie stürzte und schlug zu seinen Füßen auf dem Boden auf. Sie hatte einfach nicht mehr die Kraft, sofort aufzustehen. Hätten die elenden Hunde ihr all das nicht ersparen können? Warum hatte Friedrich sie nicht einfach auf der Stelle erschlagen? Tove schloss erschöpft die Augen und zog die Gliedmaßen enger an den Körper.

„Lass uns hinein gehen. Es ist möglich, dass die Raben nach uns suchen", bat Asheroth Anzheru. Mira hatte ihren Gefährten erst ein einziges Mal dermaßen wütend erlebt und zwar damals, als Asheroth sie gebissen hatte. Er schnaubte zornig. „Wehe du hast keine gute Erklärung dafür, warum du Mira mit in diese Sache hineingezogen hast!"

Sie fühlte sich zunehmend unwohl, während sie das kleine Halb- blut vom Boden aufhob. Tove war noch bei Bewusstsein, aber sie musste sie stützen. Mira war auch wütend auf Asheroth, aber dass die beiden sich ihretwegen stritten, konnte zu nichts Gutem führen. Mitten in der Eingangshalle blieb Anzheru mit geballten Fäusten stehen.

„Dieses Mädchen war ein Geschenk", erläuterte Asheroth knapp.

„Sie ist also von Friedrich zum Tode verurteilt worden, und du setzt dich darüber hinweg!"

Mira spürte, dass Tove leicht zusammenzuckte. Natürlich kannte Anzheru die Gesetze der Gestaltwandler und erschloss sich die Situation. „Dir ist doch wohl klar, dass das Konsequen- zen haben wird!"

Der Älteste blieb stumm. Mira bemerkte, dass er den Blickkon- takt zu seinem Sohn nicht wirklich hielt, sondern immer wieder zu ihr und dem Mädchen an ihrer Seite hinüber schaute. Empfand er Mitleid für Tove? Oder Begierde? Sie konnte seine Miene nicht deuten.

„Und was willst du von ihr?" Anzherus Stimme senkte sich zu einem dumpfen Grollen. Das Mädchen klammerte sich immer fester an Miras Arm, sie zitterte vor Angst und Kälte.

„Bring sie bitte zurück zum Kamin", sagte Asheroth an Mira ge- wandt. Offenbar sollte Tove dieses Gespräch nicht mit anhören. Dank ihrer vampirischen Ohren würde Mira sie verstehen, auch wenn sie ins Obergeschoss gingen. Das hoffte sie zumindest, als sie das Halbblut wieder behutsam vor den Kamin setzte und eine

Decke fest um sie zog. „Versuch nie wieder, abzuhauen. Du hast keine Chance und du machst es nur noch schlimmer."

Tove standen Tränen in den Augen. „Was soll ich denn sonst tun?"

Mira strich ihr tröstend über die Wange. Anzheru hatte sie nur zu seiner Blutsklavin gemacht, um sie schützen zu können. Was Asheroth mit einer Sterblichen tat, hatte sie sich nie vorstellen wollen.

„Du kannst wenigstens gegen ihn kämpfen. Ich kann es nicht. Ich bin sterblich und zerbrechlich." Das Halbblut rieb sich die Augen. Im Quartier der Gestaltwandler und in Asheroths Haus in Norddeutschland hatte Tove noch recht kühn reagiert, aber langsam schien ihr Widerstand zu schwinden. Mira setzte sich neben sie und stützte nachdenklich die Ellbogen auf die Knie.

„Auch ich bin ihm bei Weitem nicht gewachsen. Ich glaube, ich kenne niemanden, der es ernsthaft mit ihm aufnehmen könnte. Außer Anzheru vielleicht."

„Das ist der andere?", schluchzte Tove. Mira nickte.

„Er ist ein Geborener?"

„Ja, du kennst dich offenbar aus." Sie lächelte das Halbblut zaghaft an.

„Mir wurde erklärt, was der Feind ist", entgegnete Tove tonlos. „Bitte nimm es nicht persönlich."

Mira zuckte mit den Schultern. Mit dem, was andere Vampire und Gestaltwandler sich in der Vergangenheit gegenseitig angetan hatten, hatte sie nichts zu tun. „Ich denke nicht, dass Anzheru dein Feind ist."

„So wie er mich draußen angestarrt und geflucht hat, schon. Was hast du mit ihm zu schaffen?"

„Er ist mein Gefährte."

Tove schaute sie vollkommen verständnislos aus ihren grünen Augen an.

„Mein Ehemann", verdeutlichte Mira den etwas altmodischen Begriff, an dem die Vampire liebevoll festhielten.

„Das war mir klar. Aber wie kannst du so eine Kreatur lieben? Seine Augen sind furchtbar!" Das Mädchen gab sich keine Mühe, ihr Entsetzen zu verbergen. Mira war mehr als erstaunt über diese Frage, denn wenn man Vater und Sohn verglich, war Anzheru doch immer noch das wesentlich geringere Übel. Selbst wenn man den beiden feindlich gegenüberstand. Sie unterhielten sich nun hoch über ihren Köpfen, doch Mira verstand bedauerlicherweise gar nichts. Diese Sprache hatte sie noch nie irgendwo gehört. Es klang auch nicht danach, als würde sie von Menschen überhaupt noch benutzt werden. Warum taten sie so geheimnisvoll? Was durfte Mira nun wieder nicht wissen?

„Ich muss dich wohl kaum daran erinnern, dass Beziehungen zwischen den Rassen verboten sind!" Anzheru stand hinter Asheroth im Türrahmen und starrte ihn unablässig an. Er konnte einfach nicht glauben, was er hier vorgefunden hatte.

„Nein, musst du nicht", entgegnete der Älteste ruhig in der Sprache seiner menschlichen Heimat. Anzheru war der einzige, der diese Sprache hatte lernen müssen. Nicht einmal Leandros und Charles verstanden sie. Asheroth öffnete eine Truhe, in der sich Frauenkleider befanden, und suchte einzelne Stücke heraus.

„Was tut dieses Kind dann hier?" Anzheru bemühte sich, ihn nicht lauthals anzuschreien. Die Vergangenheit drohte, sie hier und jetzt einzuholen. Vor sechshundertsiebzig Jahren hatte es einzelne Vampire und Gestaltwandler gegeben, die sich von den Fehden zwischen ihren Rassen losgesagt und Freundschaften geschlossen hatten. Es hatte sogar einige Paare gegeben, die sich über alles geliebt und Mischlinge hervorgebracht hatten. Diese Kinder waren von Geburt an sehr mächtig gewesen, da sie die Stärken der Rassen in sich vereinten. Allerdings waren sie auch

unberechenbar und nicht zu bändigen gewesen. Die Gestaltwandler unter Friedrich Eisengrunth beschlossen in jenem Jahr,
ihren Frauen zu verbieten, ihre Clans jemals zu verlassen. Der
Ältestenrat der Vampire entschied seinerseits, Beziehungen
zwischen den Rassen zu verbieten und die Mischlinge zu beseitigen, da sie die Aufmerksamkeit der Menschen erregten.
Anzheru war diese Aufgabe zuwider gewesen, als er an der Seite
seines Vaters ausgeschickt worden war. Endgültig zerstritten
hatten sie sich darüber, ob auch alle Vampire getötet werden
mussten, die nach wie vor ihre Bündnisse mit den Gestaltwandlern aufrechterhielten. Asheroth hatte wie so oft keine Gnade
walten lassen, selbst wenn es außer Frage stand, dass jemals
Nachkommen entstehen könnten. Da sich unter seinen Opfern
ein junger Vampir befunden hatte, mit dem Anzheru sehr gut
befreundet gewesen war, hatte dieser sich letztendlich dazu entschieden, die Leibwache zu verlassen.

„Sie bleibt eine Weile bei mir. Ich untersuche sie später, wenn
wir allein sind." Asheroth legte sich die alten aber gut erhaltenen
Leinenkleider über den Arm und trat hinaus auf den dunklen
Korridor. Anzherus Muskulatur zuckte unwillkürlich im Gehen.
Wie sehr er diese unpräzisen Antworten hasste. „Du riskierst,
dass der Rat dich verstößt, wenn du die Gesetze brichst. Horatio
wird nicht tolerieren, dass du dieses Geschöpf bei dir beher-
bergst, um den Frieden mit den Gestaltwandlern zu wahren."

Horatio war *der* älteste Vampir, er war sogar noch wesentlich
älter als Commodus, Asheroth, Cinric und Seth, die mit ihm den
Rat bildeten. Anzheru hatte ihn immer verabscheut. Seine
Urteile waren oft unverhältnismäßig hoch ausgefallen. Und
seine Art mit Gefangenen umzugehen, egal ob Vampir, Gestaltwandler oder Werwolf, war widerwärtig. Asheroth war gnadenlos. Aber wenn, dann tötete er kurz und schmerzlos. Horatio tat
dies nicht. Er schien Gefallen daran zu finden, wenn seine Opfer
noch möglichst lange litten.

„Er weiß es noch nicht." Asheroth legte eins der Hemden ins Bad, den Rest brachte er in ein sehr altmodisches Schlafzimmer. Dann gingen sie die Treppe ins Erdgeschoss hinab.

„Dank der bemerkenswerten Fähigkeiten deiner Gefährtin konnte ich meinen Diener davon abhalten, zu ihm zu laufen wie ein treuer Hund."

Anzheru konnte sich vorstellen, wie er den alten Johann aufgehalten hatte. Draußen stank es nach verbranntem Vampirfleisch. Er rieb sich angestrengt die Stirn. „Damit hast du Mira unwiderruflich in diese Sache verstrickt, weil sie dir geholfen hat."

„Ich habe sie nicht darum gebeten."

Mira und Tove hörten ein fürchterlich lautes Krachen. Die Vampirin war mit einem Satz an der Tür und riss sie auf. Die Stimmen der Männer waren immer näher gekommen. Zuletzt hatte Asheroth etwas gesagt. Die beiden Vampire waren nur noch wenige Schritte von ihr entfernt stehen geblieben. Eine kleine Kommode war völlig zerborsten, ihr Inhalt verstreute sich in Form von Tonscherben über den Boden des Korridors. Anzheru bebte vor Zorn. Offensichtlich hatte er mit der bloßen Faust die Kommode zertrümmert. Seine Augen glühten.

„Bitte hört auf", flüsterte Mira. Es dauerte zwei endlose Atemzüge, bis Vater und Sohn sich aus ihrer Starre lösten. Der Älteste schob sich an Mira vorbei ins Kaminzimmer. Seine Aura ließ sie dieses Mal wieder heftig erschaudern, zum Glück schenkte er dem keine Beachtung. Anzheru blieb bei ihr an der Türschwelle stehen und legte tröstend einen Arm um ihre Taille.

„Fahren wir bald nach Hause?", hauchte sie ihm ins Ohr.

„Sofort." Er küsste sie auf die Wange.

„Du hast damals für die Trennung der Rassen gestimmt, weil du meintest, wir würden einander trotz unserer Gemeinsamkeiten nicht brauchen." Anzheru durchbohrte Asheroths Rücken mit seinem Blick. Er spürte, dass Mira ihn böse ansah, weil er wieder in der antiken Sprache seines Vaters redete, aber das musste er aus Vorsicht noch aushalten. Asheroth wandte sich betont langsam zu ihnen um. „Vielleicht habe ich mich geirrt."

20. Ausgleich

Anzheru hatte den Leihwagen hastig in einiger Entfernung vom Chateau abgestellt. Von hier aus hatte er das Halbblut auf der Flucht entdeckt und war ausgestiegen, um sie einzufangen. Ihr Geruch hatte ihn misstrauisch gemacht. Mira mied es, ihn anzusehen. Auch während der Fahrt blieb sie noch eine ganze Weile still. Aus dem Augenwinkel sah Anzheru zum einen den verblassten Bissabdruck an Miras Hals und zum anderen Reste von getrocknetem Blut, die unter ihrer Nase klebten.

„Warum hat er dich geschlagen?" Diese Frage hatte für ihn absolute Priorität. Wie hatte Asheroth es nur wagen können?

„Er hat herausgefunden, dass ich das Umkehren des Gedankenlesens beherrsche." Mira stützte ihr Kinn auf. „Er wollte unbedingt wissen, was ich gesehen habe, als er zum ersten Mal von mir getrunken hat."

Anzheru erinnerte sich daran, dass seine Gefährtin ihn als Kind in Asheroths Gedanken gesehen hatte. Damals hatte er dem keine große Bedeutung beigemessen. „Hast du eine Ahnung, warum ihm das so wichtig war?"

Mira schnaubte verärgert. „Er gab mir zu verstehen, dass es Informationen über dich gibt, von denen ich nichts wissen darf."

Anzheru überlegte eine Weile, was Asheroth gemeint haben könnte. In seiner Kindheit war nichts Bewegendes passiert, was unbedingt geheim gehalten werden musste. Diese Erkenntnis würde Miras Laune wohl kaum bessern. Daher fragte er lieber, was noch alles passiert war.

„Wo soll ich anfangen?", entgegnete seine Gefährtin trocken.

„Ist bei der Verhandlung etwas herausgekommen?"

„Nein. Sie haben uns danach nur Tove ausgeliefert."

Anzheru schnaubte. Wie Mira es sagte, verriet ihm schon, dass sie Mitgefühl für das Mädchen empfand. Die ganze Zeit über hatte dieses Geschöpf sich an seine Gefährtin geklammert, als wäre sie ein Schutzschild.

„Ihr habt euch schon etwas näher kennen gelernt?", fragte er gezwungen.

„Ja, sie ist ein taffes Mädchen, aber sie wusste ja auch schon über die Unsterblichen Bescheid." Ihrem Tonfall nach war sie definitiv immer noch wütend. „Was habt ihr da geredet? Und welche Sprache war das bitte?"

„Phönizisch. Man sprach es früher dort, wo Asheroth geboren wurde. Bitte sei mir nicht böse, ich musste vorab etwas mit ihm klären."

„Und?", fragte Mira ungeduldig. Anzheru zögerte ein wenig mit der Antwort. Allerdings gab es keinen Grund mehr, Geheimnisse wie eine Mauer zwischen ihnen zu halten. „Gut, ich erzähle dir alles. Rede bloß mit niemandem darüber, hörst du?"

„Ist Asheroth in Gefahr?"

„Allerdings. Nach unseren Gesetzen darf er sie nicht behalten, noch nicht einmal als Blutsklavin, weil sie immerhin zur Hälfte einer anderen unsterblichen Rasse angehört. Und weil du ihn unterstützt hast, bist du es auch. Deine Unwissenheit schützt dich leider nicht."

Mira schluckte. „Was tun wir jetzt?"

„Wir müssen abwarten. Ich hoffe, er meldet sich, sobald er genau weiß, was er von diesem Mädchen will." In dieser Hinsicht machte Anzheru sich allerdings keine großen Hoffnungen. Asheroth war meist schweigsam wie ein Grab, wenn es um heikle Informationen ging.

Mira und ihr angsteinflößender Gefährte hatten die Tore des Chateaus hinter sich geschlossen. Nun war Tove allein mit diesem merkwürdigen Vampir mit den schwarz-roten Augen. Bevor er sich wieder zu ihr vor den Kamin setzte, zog er Handschuhe, Jacke und sogar seine Schuhe aus. Tove war seit ihrer

Entführung barfuß. Ihre Sohlen hatten sich einige kleine Abschürfungen zugezogen. Ihr Rücken fühlte sich wieder an, als hätte Drago sie gerade erst geschlagen und nicht vor mehreren Tagen. Tove war wirklich froh gewesen, dass Mira sie wegen ihrer blauen Flecken nicht bedrängt hatte. Drago war nur aus Spaß im Kerker des Hauptquartiers auf sie losgegangen. Friedrich hatte ihn wenigstens noch davon abgehalten, sie zu vergewaltigen, aber der Schmerz und die Scham über ihre Ohnmacht diesem Hund gegenüber saßen tief. Asheroth musterte sie aufmerksam. Ihren miserablen körperlichen Zustand konnte er nicht übersehen.

„Du solltest dich ausruhen", sagte er schließlich. „Komm. Ich lasse dir ein Bad ein, dann zeige ich dir, wo du schlafen darfst."

Mühsam stemmte Tove sich aus dem Sessel. Ihre Erschöpfung hatte ein unbekanntes Maß angenommen. Sie fühlte sich nicht mehr besonders müde. Wahrscheinlich würde sie irgendwann einfach zusammenbrechen. Die Treppe hinauf musste der Vampir sie stützen. Als er den Arm um ihre Taille legte, spürte Tove, wie kalt er im Gegensatz zu Mira war.

„Ich würde lieber nur kurz duschen. Ich hasse baden", sagte sie kleinlaut. Jetzt war niemand mehr da, der sie in Schutz nehmen würde.

„Wenn ich sage, du nimmst ein Bad, dann tust du es auch", erwiderte er nur und führte sie in ein relativ modernes Badezimmer. Nur die Wanne, die auf Löwenpranken aus Messing stand, passte irgendwie nicht ganz ins Bild. Asheroth stellte ungerührt das Wasser an, wobei er sogar die Temperatur bestimmte. Tove stellte sich geistig bereits darauf ein, einen Kälteschock zu erleiden. Mochte er Blut so am liebsten?

„Du bist daran gewöhnt, dass dir jeder aufs Wort gehorcht, oder?", fragte sie tonlos.

„Richtig. Und auch du wirst dich fügen." Er blieb direkt hinter ihr stehen. „Was ist mit deinem Rücken? Deine Bewegungen wirken eingeschränkt."

Toves Magen verkrampfte sich. Da sie auf seine Frage nicht schnell genug reagierte, zog er einfach ihr Hemd hoch und betrachtete die Blutergüsse einen Augenblick. „Wer war das?"

„Einer der Wächter. Sein Name ist Drago."

Asheroth atmete hörbar aus und ließ los. „Ich kenne ihn."

Tove zog schnell ihr Hemd wieder zurecht und verschränkte die Arme vor der Brust. Als sie sich umwandte, sah der Vampir sie wieder so merkwürdig an, wie nachdem er das Glas in seiner Hand zerquetscht hatte.

„Warum bist du weggelaufen, kleine Tove?", fragte er unvermittelt. Sie verzog ungläubig das Gesicht. „Glaubst du vielleicht, es ist schön, an einen Vampir verschenkt zu werden? Oder dass ich dein stummer Schatten sein soll, wenn andere Blutsauger da sind?"

„Benutze dieses Wort nicht." Er hob warnend die Braue.

„*Schattenwandler*", fauchte Tove. Es war ein sehr altes Wort für Vampire. Die Menschen kannten es wahrscheinlich nicht.

„In Ordnung", gab er zurück. „Nein, ich weiß aus eigener Erfahrung, dass es nicht schön ist, einem anderen ausgeliefert zu sein. Und jetzt antworte. Benenne mir deine Gründe."

Seine Geduld schien nun viel größer zu sein, seit sie allein waren. Trotzdem hatte sie bestimmt Grenzen. Tove dachte einen Augenblick nach. „Widerwille… Frust, Angst. Ich weiß es nicht so genau."

Asheroth nickte sacht. „Beweg dich ab und zu im Wasser, damit ich höre, dass du nicht eingeschlafen bist."

Als sie etwas erwidern wollte, hob er warnend die Hand. „Wenn du nicht sofort in die Wanne steigst, bade ich dich."

Sie gehorchte umstandslos, nachdem er die Tür hinter sich geschlossen hatte. Tatsächlich war die Wassertemperatur perfekt.

Ihre Muskeln entspannten sich ein wenig. Neben dem Schmutz wurde Tove auch langsam den Ekel los, den sie Drago und den anderen Hunden gegenüber empfunden hatte. Erst nach einer halben Stunde stieg sie aus der Wanne und trocknete sich ab. Das bleiche Leinenhemd, das Asheroth für sie bereitgelegt hatte, bedeckte ihre Oberschenkel immerhin bis zur Hälfte und war blickdicht, aber es roch muffig. Er öffnete die Tür, als hätte er direkt dahinter darauf gewartet, dass sie fertig wurde. Tove folgte ihm über den halbdunklen Korridor in ein altertümliches Schlafzimmer mit einem Himmelbett. Wie lange dieses Chateau wohl schon in seinem Besitz war? Verändert hatte er vermutlich seit Jahrhunderten nichts mehr.

„Schlaf solange du willst. Über alles andere reden wir später", sagte Asheroth, während er das Kissen zurechtrückte. Tove hob überrascht die Augenbrauen. Das war zu schön, um wahr zu sein.

„Was willst du von mir?", fragte sie, bevor Asheroth den Raum verließ. „Warum hast du mich gerettet?"

„Schlaf jetzt." Er zog die Tür hinter sich zu und ließ sie allein mit ihren Ängsten zurück. Tove legte sich etwas benommen in das Himmelbett, das noch aus dem Mittelalter stammen mochte. Es war herrlich weich und bequem, dennoch kam sie nicht zur Ruhe. Es war, wie sie befürchtet hatte. Ihr Körper hatte den Punkt überschritten, zu dem sie noch hätte einschlafen können. Es musste etwa Mittag sein, als Tove es aufgab und sich aus dem Bett schwang. Im Haus war es fast völlig still, nur das leise Knistern des Kaminfeuers verriet ihr, wo Asheroth sich vermutlich aufhielt. Er schaute nicht auf, als sie den Raum betrat, sondern las weiter in seinem Buch. Dieses Mal betrachtete Tove das Kaminzimmer etwas genauer. Neben den vielen Büchern bewahrte Asheroth hier schließlich auch einige merkwürdige Dinge auf, die mit Sicherheit schon sehr alt waren. Sie besah sich im Vorbeigehen den Armschutz einer mittelalterlichen

Rüstung, eine Reihe von exotischen Dolchen und ein Glas, in dem etwas in einer Flüssigkeit eingelegt war. Ein solches Tier hatte sie noch nie gesehen.

„Was ist das für ein Tier?", fragte sie neugierig.

„Ein Nager. Seine Art starb vor etwa fünf Jahrhunderten aus", antwortete der Vampir bereitwillig. Tove betrachtete das konservierte, erstarrte Geschöpf noch einen Augenblick, dann wandte sie sich lieber ab. Der Kamin strahlte eine sehr angenehme Wärme aus. Sie stellte sich dicht vor die Flammen, um ihre Beine zu wärmen. Asheroth hob kurz den Blick. „Verbrenn dich nicht."

„Nein, es ist herrlich. Ist es immer noch an, weil dir auch kalt war?", fragte Tove scherzhaft.

„Ich spüre Temperaturunterschiede, aber sie beeinflussen mich nicht. Ich mag nur das Geräusch."

„Verstehe."

Er blätterte um.

„Was liest du da?", bohrte Tove weiter. Irgendwie musste er doch in ein Gespräch zu verwickeln sein. Der Vampir sah wieder zu ihr auf. Dieses Mal lag eine gewisse Strenge darin. „Solltest du nicht schlafen?"

„Ich kann nicht." Tove schlang die Arme um ihren Oberkörper. „Vermutlich ist es das Adrenalin. Ich dachte wirklich, ich würde sterben. Dann verschleppst du mich nach Frankreich, tötest deinen Diener und auf der Flucht werde ich von einem Geborenen geschnappt."

„Letzteres hättest du dir ersparen können", gab er ungerührt zurück. Sie verzog trotzig das Gesicht und ließ sich auf dem Kaminvorleger nieder. Es war ein großer, heller Teppich, der bestimmt nicht in Europa hergestellt worden war. Die Fasern schmiegten sich weich an ihre Haut.

„Liest du mir vor? Vielleicht kann ich dann schlafen."

Asheroth schaute sie an, als zweifelte er ernsthaft an ihrem Verstand. Um so etwas hatte ihn wohl noch nie jemand gebeten. Er legte das Buch bei Seite und lehnte sich nach vorn, bis er die Ellbogen auf seinen Knien abstützen konnte. „Was fühlst du in meiner Gegenwart, Tove?"

Sie hob verständnislos die Augenbrauen. „Naja, ich bin immer noch verwundert, du bist nicht blutgierig über mich hergefallen. Seit wir allein sind, ist es noch viel seltsamer. Ich hatte nicht erwartet, dass du mich zum Baden zwingst."

„Kannst du hoffen?"

Was sollte denn diese Frage? Tove zog die Knie näher zu ihrem Körper. „Wie gesagt, ich lebe noch, also warum nicht?"

Seine Miene nahm einen merkwürdigen Ausdruck an, doch er erwiderte nichts.

„Sag mir bitte endlich, was das alles soll." Zu fordern mochte in ihrem merkwürdigen Verhältnis zu diesem Vampir eine gewisse Gefahr bergen, doch es war endlich Zeit für Antworten. Asheroth stützte nachdenklich den Kopf auf. Es vergingen noch einige Sekunden, bis er zu sprechen begann.

„Jeder andere spürt meine Aura, wenn er mir so nah ist, wie du jetzt. Die Mächtigen unter uns fühlen sich unwohl, die Schwächeren und vor allem die Jüngeren bekommen Angst. Panische Angst. Meine Aura hat etwas sehr Lebensfeindliches an sich. Sie vermittelt ihnen, dass ich sie jederzeit töten könnte, wenn ich nur wollte."

Tove lief ein eisiger Schauer über den Rücken. Deshalb war Mira in seiner Gegenwart also ständig so angespannt gewesen.

„Bei unserer ersten Begegnung warst du mir so nah, dass du sie eigentlich hättest spüren müssen. Stattdessen hast du dich am meisten vor Miras Blutdurst gefürchtet. Ich wusste sofort, dass du anders bist. Du... bist immun."

Sein Zögern war ihr nicht entgangen. „Und das heißt?", bohrte sie nach. Asheroth streckte langsam die Hand vor, die nicht seinen Kopf stützte, sodass sie seine bleiche Handfläche und die ausgestreckten Finger betrachten konnte. Tove wurde bewusst, dass sie noch nie mit seiner Haut in Berührung gekommen war. Entweder hatte jemand anderes sie getragen oder wenigstens eine Schicht Stoff hatte sie voneinander getrennt. Zaghaft rückte sie näher zu ihm. Dann hob sie die Hand und legte sie gegen die des Vampirs. Asheroth schloss die Augen und hielt den Atem an. Die Zeit schien still zu stehen, während sie einfach nur dasaßen und die Handflächen aneinanderdrückten. Tove spürte deutlich, wie kühl er war, und es kribbelte irgendwie. Allerdings war es sehr angenehm. Sie fühlte sich plötzlich wie geborgen, niemals schien ihr dieser Vampir etwas antun zu wollen. Asheroth wirkte ebenfalls völlig entspannt. Langsam öffnete er die Lider und atmete hörbar aus. Seine Augen waren dunkel, der rötliche Schimmer war verschwunden. „Du, kleine Tove, hebst meine Aura auf, wenn wir uns berühren."

„Wie ist das möglich?" Vor Erstaunen brachte sie nur ein leises Flüstern heraus.

„Du gleichst mich aus."

Tove löste sich von seiner Handfläche. Es dauerte nur einen kurzen Moment, dann kehrte das rötliche Schimmern in seinen Augen zurück. Es musste im Zusammenhang mit dieser Aura stehen, von der er da sprach.

„Würden die anderen Vampire es auch spüren?", fragte sie fasziniert. Asheroth nickte.

„Gibt es so etwas oft?"

„Nein." Er schüttelte nachdrücklich den Kopf. „Wenn überhaupt, begegnet einem nur ein einziges Geschöpf im Leben, das einen ausgleichen kann. Es gibt auch nicht für jeden ein solches Gegenstück. Es betrifft nur jene, die etwas Außergewöhnliches an sich haben, oder eine sehr schwere Last tragen."

Der Vampir sah sie unverwandt an. Das Gefühl der Geborgenheit hielt jedoch an. Tove war sich sicher, dass Asheroth ihr nichts antun würde, denn dieser Ausgleich zwischen ihnen war offenbar auch für ihn sehr angenehm.

„Wie wirkt sich das auf mich aus?", fragte sie unsicher.

„Ich weiß es nicht. Bis heute dachte ich, es könnten sich nur Wesen ausgleichen, die wenigstens ein paar Gemeinsamkeiten wie ihre Rasse haben. Aber du bist das absolute Gegenteil von mir." Asheroth lehnte sich zurück. „Du bist Gestaltwandlerin und das nur zur Hälfte, weiblich und ein Kind."

Tove legte ihr Kinn auf den Knien ab und erwiderte seinen Blick. Ein paar ihrer grundlegenden Unterschiede hatte er wohl vergessen. Asheroth war herrisch, besitzergreifend und zumindest gegenüber seinen Vampiren gnadenlos.

„Ich bin immerhin siebzehn", murmelte sie, statt ihre vorigen Gedanken auszusprechen. Asheroths Mundwinkel zuckte belustigt. „Hat Mira dir verraten, wie lange ich bereits existiere?"

Tove schüttelte den Kopf.

„Rate, wenn du dich schon für erwachsen hältst."

Sie überlegte kurz. Ihre Mutter hatte ihr nicht erzählt, wie lange die Unsterblichen bereits existierten. Sie hatte vermutlich nicht gewollt, dass Tove sich schlecht fühlte, weil sie sterblich war. Dieses Ziel hatte sie leider verfehlt. Tove betrachtete Asheroths ebenmäßiges Gesicht. „Körperlich siehst du aus wie Ende zwanzig… Fünfhundert?"

Er deutete mit einer Geste an, dass sie wohl etwas Höheres anbieten sollte.

„Tausend?"

Asheroth schüttelte den Kopf. „So alt ist mein Sohn."

Tove fiel es langsam wirklich schwer, sich vorzustellen, wie man so viele Zeitalter durchleben und sich immer wieder aufs Neue anpassen konnte.

„Gib mir einen Tipp", bat sie ihn mit leicht vorgeschobener Unterlippe.

„Ich habe beobachtet, wie Julius Cäsar ermordet wurde."

Wenn sie sich richtig an ihren Geschichtsunterricht erinnerte, war das vor Beginn der christlichen Zeitrechnung geschehen. Tove bemerkte, dass ihr der Mund offen stand, und sie klappte ihn wieder zu. „Zweitausend?"

Asheroth nickte geduldig. „Etwa 2500 Jahre. Damals gab es noch keine einheitliche Zählung."

„Und in all der Zeit ist dir nie jemand wie ich über den Weg gelaufen?" Tove konnte es kaum glauben.

„Das eine oder andere Halbblut ist mir schon begegnet, falls du das meinst." Asheroth erhob sich aus seinem Sessel. „Aber wie gesagt, nur du allein gleichst mich aus. Und jetzt solltest du wirklich schlafen, kleine Tove."

Bevor sie aufstehen konnte, schob er einen Arm unter ihren Kniekehlen hindurch, der andere legte sich um ihre Taille. Asheroth trug sie mühelos den ganzen Weg nach oben ins Schlafzimmer.

„Schläfst du auch?", fragte sie und schlang die Arme um seinen Nacken. Einen kurzen Moment glichen sie sich noch aus.

„Nein." Er legte sie behutsam auf den Kissen ab und rollte sie auf den Bauch. Was hatte er denn nun vor? Sie spürte seine kühlen Fingerspitzen durch den dünnen Stoff ihres Hemds hindurch. Er tastete ihren Rücken ab. Zum Glück hatte er sich wohl gemerkt, wo sie überall Blutergüsse hatte, denn es tat nicht weh. „Was tust du da?"

„Genug Fragen für heute, kleine Tove." Noch einmal drückte Asheroth auf einige Punkte neben ihrer Wirbelsäule. Tove fielen die Augen zu.

21. Ball

Mira und Anzheru trafen erst am nächsten Abend auf dem Gelände des Nördlichen Clans ein. Während ihres Heimflugs nach Norwegen hatte Mira nicht geschlafen. Am liebsten hätte sie sich sofort auf die Couch im Kaminzimmer fallen lassen, als sie die Villa betraten. Allerdings begab sie sich zuerst unter die Dusche, um den Geruch der Gestaltwandler aus der Nase zu bekommen. Außerdem half die wohltuende Wärme ein wenig, das permanente Unwohlsein und die Angst in Asheroths Nähe abzuschütteln. Da Nacht war, zog Mira sich nach der heißen Dusche wieder an. Anzheru warf ihr einen erstaunten Blick zu, als sie zu ihm ins Kaminzimmer kam. „Wie lange bist du schon durchgehend auf?"

„Gut achtundvierzig Stunden, denke ich. Es ist nicht so einfach, zur Ruhe zu kommen, wenn Asheroth in der Nähe ist."

„Ich weiß." Er lächelte sie bekümmert an.

„Wie hast du es eigentlich so schnell nach Frankreich geschafft?", fragte Mira, als sie sich neben ihm auf der Couch niederließ. Er zog sie sofort näher an sich. Sein Körper war schon wieder relativ ausgekühlt.

„Ich war schon fast am Flughafen, als ich dich angerufen habe." Er strich über ihre Wange, dann an der Seite ihres Halses hinab.

„Du hast gesagt, du wartest drei Tage ab", erinnerte sie ihn streng. „Noch einen Tag früher und du wärst nach Deutschland zu den Gestaltwandlern geflogen?"

„Nein. Ich bin der Inbegriff dessen, was sie an uns Vampiren am meisten verabscheuen." Anzheru schmiegte sein Gesicht in ihren Nacken. „Aber ohne dich zu Hause zu sein, war noch wesentlich schlimmer als ohne dich fort zu sein. Und irgendwie hatte ich schon das Gefühl, dass etwas nicht stimmt, also bin ich einfach gefahren."

Mira erinnerte sich an das, was Asheroth vor dem Tor seines Chateaus über ihre Verbindung gesagt hatte. „Meinetwegen oder seinetwegen?"

„Ich wünschte, ich könnte sagen, dass es an dir lag. Aber…" Anzheru dachte einen Augenblick über seine Erklärung nach. „Als ich noch Asheroths oberster Leibwächter war, war ich logischerweise ständig in seiner Nähe. Irgendwann hatte ich ein Gespür dafür entwickelt, in welcher Stimmung er sich befand. Ich konnte es vom Geräusch seines Herzschlags ableiten, oder von der Art, wie er sich bewegte. Nach etwa hundert Jahren brauchte ich ihn nicht einmal zu sehen, um zu wissen, wie er sich fühlte."

Mira nickte aufmerksam.

„Wenn er will, kann er genau das dank seines Tastsinns über jeden Vampir in seiner Umgebung lernen. Ich leider nicht. Es beschränkt sich auf ihn." Anzheru ließ die Schultern sinken. „Seit ich mich nicht mehr in seiner Nähe aufhalte, hat es wieder stark nachgelassen. Irgendetwas an diesem Halbblut hat Asheroth allerdings extrem ins Wanken gebracht. Ich glaube, das war es, was ich gespürt habe."

„Faszinierend", murmelte Mira und gähnte. „Entschuldige, ich bin so müde."

„Du musst dich nicht mehr zwingen, wach zu bleiben. Ich passe auf dich auf." Anzheru war dankbar für den Themenwechsel. Er streckte sich auf der Couch aus, wobei er seine Gefährtin auf sich rollte. Sie wirkte wirklich erschöpft. Bestimmt war sie auch durstig.

„Willst du Blut?", flüsterte er nach einigen Atemzügen.

„Mhm", gab Mira noch von sich, dann entspannten sich die Finger, die sich in sein Hemd klammerten und sie schlief ein. Viel zu oft fehlte Anzheru die Zeit, um bei ihr zu bleiben, wenn sie schlief. Aber jetzt würde er sich nicht von der Stelle rühren, was auch immer geschah. Bevor sie schon wieder abreisten, um am Ball des Östlichen Clans teilzunehmen, wollte er sie unbedingt eine Weile für sich haben. Anzheru hatte geplant, mit ihr auf die Jagd zu gehen, wenn sie ausgeschlafen hatte. Danach war mit Sicherheit noch etwas Zeit für eine kleine Kampfübung, oder wozu auch immer sie Lust hatte. Mira war eine sehr aggressive Kämpferin. Die Defensive lag ihr weniger. Anzheru schloss mit einem Lächeln die Augen und hielt absolut still, um sie ja nicht zu wecken. Hin und wieder zuckte Miras linker Fuß. Er hätte nur zu gern gewusst, wovon sie träumte. Es waren kaum vier Stunden vergangen, als sie sich bereits wieder regte. Seine Gefährtin drückte ihn kurz fester an sich, bevor sie die Augen öffnete. Anzheru hatte damit gerechnet, dass sie mindestens die ganze Nacht schlafen würde, wenn nicht noch länger. Schließlich hatte sie zwei Tage hintereinander kein Auge zu getan. Putzmunter stand sie auf und streckte sich ausgiebig, während Anzheru sich langsam aufsetzte.

„Gehen wir jagen?", fragte sie mit einem hoffnungsvollen Lächeln.

„Klar. Aber wenn du dich wieder alleine auf einen ausgewachsenen Bären stürzt, denke ich ernsthaft darüber nach, ob ich dich für Ungehorsam bestrafe, verstanden?" Hundert Peitschenhiebe kamen natürlich nicht in Frage, aber irgendetwas Einprägsames würde Anzheru schon einfallen.

„Wäre es dir lieber, wenn ich mich ganz allein auf einen Vampir stürze, der nicht von der Couch hochkommt?", gab sie kampflustig zurück. Den Umgang mit Miras Ironie hatte Anzheru inzwischen geübt. Er schnellte aus dem Sitzen nach oben und warf seine Gefährtin zurück aufs Sofa. Ihr gespieltes Geschrei konnte nicht übertönen, dass die alte Couch bedrohlich knarrte.

„Wir werden bald neue Sitzmöbel brauchen", bemerkte Anzheru, wobei er erneut den völlig zerkratzten Sessel betrachtete.

Mira kicherte leise, dann spürte er ihre warme Hand an seinem Bein.

„Was machen wir, wenn wir von der Jagd zurück sind?"

„Es gibt keine Verpflichtungen, bis wir zum Östlichen Clan aufbrechen. Also was du magst", sagte Anzheru möglichst unbefangen. Ihr vorfreudiges Grinsen verriet, dass sie ihn am liebsten sofort auf dem Kaminvorleger lieben wollte. Mira war zwar warm und sie beherrschte das Umkehren des Gedankenlesens, aber ansonsten war sie wie fast alle jungen Vampirinnen. Durstig und begierig.

Es dämmerte, als Tove die Augen aufschlug. Ihre Gelenke waren ein wenig steif geworden. Sie stand auf und streckte sich ausgiebig. Es klopfte leise an der Tür, dann trat Asheroth ein, ohne eine Antwort abzuwarten. „Wie fühlst du dich?"

„Besser", sagte Tove etwas heiser. Ihre Kehle war völlig ausgetrocknet. Als hätte er geahnt, dass sie durstig sein würde, zog er eine Flasche Wasser hinter seinem Rücken hervor. „Charles wird in Kürze eintreffen. Er bringt Lebensmittel für dich mit. Solange musst du dich leider noch gedulden."

Tove nickte dankbar und trank die Hälfte der Flasche in einem Zug leer.

„Muss ich wirklich so tun, als wäre ich dein willenloser Nahrungsvorrat, wenn andere Vampire da sind?", fragte sie anschließend mit einem hoffnungsvollen Lächeln. Asheroths Miene wurde ernster. „Ich verlange das nicht, um dich zu demütigen. Im Moment ist es noch sicherer für uns beide, wenn niemand von unserem Ausgleich weiß. Es gibt nämlich mehr als genug unsterbliche Geschöpfe, die mir dieses Wunder nicht gönnen werden."

„Vertraust du deinen Leibwächtern nicht?", fragte Tove, wobei sie an den ausgemergelten alten Diener denken musste, den Asheroth ohne das geringste Zögern getötet hatte.

„Doch, aber wir Vampire sind in der Lage, die Erinnerungen eines anderen Vampirs in seinem Blut zu lesen", erklärte er geduldig. „Verstehst du jetzt, warum das Wissen um unseren Ausgleich zu gefährlich für meine Männer wäre?"

Tove nickte bedächtig, auch wenn sie nicht wusste, wer genau Asheroth ernsthaft bedrohte. Mira war schließlich niemand namentlich eingefallen, der es mit ihm aufnehmen konnte.

„Das bedeutet auch, dass du mich in der Gegenwart anderer nicht berühren darfst", fuhr Asheroth fort. Zögerlich streckte er ihr eine Hand hin. Tove ergriff sie, ohne darüber nachzudenken. „Das bedaure ich wirklich, aber es wird nicht anders gehen."

„Ja", stimmte sie ihm widerwillig zu. Bis Charles mit ihrem Frühstück das Chateau erreichte, würde sie ihn einfach nicht loslassen. Prompt forderte der Vampir sie dazu auf. „Ich werde mir deine Signatur einprägen, damit ich dich finden kann."

Tove verstand nicht ganz, was er damit meinte. Aber das kümmerte sie nicht besonders, als er mit den Fingerspitzen erst ihre Schulterblätter und dann ihren Hals berührte.

„Wie lange habe ich geschlafen?", fragte sie auf dem Weg nach unten.

„Etwas mehr als dreißig Stunden."

Das war wirklich lang. Ihr Magen knurrte ab und zu, während sie Asheroth im Kaminzimmer mit zahllosen Fragen löcherte. Etwa eine Stunde vor Mitternacht traf endlich Charles ein. Tove fand ihn in der Küche des Chateaus. Er war gerade dabei, die Einkäufe auszupacken. Sie besann sich im letzten Moment auf ihre Verhaltensregeln, bevor sie ihm eine Packung fertige Sandwiches gewaltsam aus der Hand riss. Sie senkte den Blick und verschränkte zurückhaltend die Finger auf dem Rücken.

„Greif zu, du musst halb verhungert sein." Charles hielt ihr die Sandwiches hin. Tove konnte nicht umhin, ihn dankbar anzulächeln. Kaum zwei Sekunden später kaute sie bereits auf dem weichen Brot mit Thunfisch herum. Noch nie war ihr ein

Sandwich so köstlich vorgekommen. Der Vampir mit den auffallenden blauen Augen lächelte sie verständnisvoll an, dann wich sein Mitgefühl plötzlich hoher Konzentration. Er schob Tove rückwärts gegen die Anrichte und legte den Finger an die Lippen. Ihr Versuch, sich an ihm vorbei zu drängen, scheiterte kläglich. Charles tat ihr nicht weh, aber er würde sie nicht gehen lassen.

„Was willst du?", zischte Tove.

Der Vampir zupfte am hochgeschlossenen Kragen ihres alten Leinenkleids, dann schob er ihre Ärmel hoch. Seinem irritierten Blick nach zu urteilen fand Charles nicht, was er suchte. Tove biss die Zähne zusammen. Langsam dämmerte ihr, dass er Bissabdrücke erwartet hatte.

„Du riechst auch nicht nach ihm. Also was geht hier vor?", wisperte er. Sie schluckte hart am letzten Bissen ihres Sandwiches, um noch ein kleines bisschen Zeit zu gewinnen. Warum fragte er sie und nicht Asheroth selbst? Fürchtete Charles seine Reaktion? Vielleicht war dies die Lösung für ihre beklemmende Lage. Tove senkte den Blick. „Mein Gebieter erlaubt nicht, dass ich darüber spreche."

Charles verengte die Augen zu Schlitzen, aber er wagte es nicht, sie weiter zu bedrängen. Endlich konnte sie in Ruhe essen. Allerdings schien der Leibwächter auch nicht zu Asheroth zu gehen, um ihn auszufragen. Leandros traf am Morgen darauf ein. Tove überlegte, ob sie ihm lieber ausweichen sollte, aber der stämmige, dunkelhaarige Vampir zeigte ihr gegenüber weder Neugier noch Misstrauen. Offenbar vertraute er Asheroths Entscheidung, sie bei sich zu beherbergen, geradezu blind. Irgendwo auf seinem Weg zum Chateau hatte der Leibwächter sogar passende Schuhe für sie besorgt. Tove ging beruhigt wieder ins Bett.

Bis die Vampire sich für den Ball vorbereiteten, geschah nichts Außergewöhnliches. Nur Violettas wachsender Durst beschäftigte Mira ernsthaft. Asheroth hatte nicht übertrieben, als er angekündigt hatte, dass sie während ihrer Schwangerschaft viel mehr Blut brauchen würde als sonst. Inzwischen war auch deutlicher zu riechen, dass sich etwas in ihr veränderte. Wie Konstantin auf die Nachricht seines heranwachsenden Kindes reagiert hatte, hatte Mira nicht miterlebt. Sicher war nur, dass er und seine Geliebte im Moment nicht miteinander redeten. Ursprünglich war geplant gewesen, dass sie beide Anzheru und Mira zum Ball des Östlichen Clans begleiteten. Nun würde jedoch keiner von ihnen mitkommen. Violetta war deshalb untröstlich und wütend auf Anzheru, weil er es so befohlen hatte.

„Ich passe noch in mein Kleid", sagte sie missmutig zu Mira, als sie sie kurz vor ihrer Abreise noch schnell im Hauptquartier besuchte.

„Noch sieht man es nicht."

„Aber jeder kann es riechen. Er hat dir doch erklärt, dass es zu gefährlich ist, den Schutz des Clans zu verlassen", versuchte Mira sie zu beschwichtigen. Vor wem Vio beschützt werden musste, hatte er nicht konkret ausgesprochen. Mira wurde jedoch den Verdacht nicht los, dass es sich bei potenziellen Angreifern nicht unbedingt um Vampire handeln würde. Und das obwohl sie sich nicht im Krieg mit den Gestaltwandlern befanden.

„Jasmina wird enttäuscht sein. Wir kennen uns." Vio ließ sich auf ihr Bett fallen und malträtierte eines ihrer Kissen mit den Fingernägeln. Jasmina war das Oberhaupt des Östlichen Clans und logischerweise die Gastgeberin des Balls. Mira suchte in ihren menschlichen Erinnerungen nach etwas, das Vio einmal über sie gesagt hatte. „Hast du nicht erwähnt, dass Anzheru und sie früher irgendwann liiert waren?"

Vio verzog das Gesicht, bevor sie antwortete. „Es ist wirklich nur ein Gerücht. Und liiert ist wohl zu viel gesagt. Dass sie sich schon ewig kennen, heißt nichts."

„Letztes Mal warst du durchaus überzeugt", bohrte Mira nach. Das kleine Kissen war mittlerweile völlig verschlissen, obwohl es nichts für die Situation konnte.

„Ja… Nimm es einfach nicht ernst. Jasmina ist schön und unheimlich stark, aber wenn es nur danach ginge, hätte Anzheru sich längst gebunden. Doch das hat er nicht."

Diese Aussage besserte Miras Laune nicht wirklich, was Vio ihrem Gesichtsausdruck entnehmen konnte. „Er liebt dich. Das weißt du doch."

Trotzdem war Mira nicht besonders erpicht darauf, die nächste eifersüchtige Vampirin kennenzulernen. Tamaras Versuche sie loszuwerden, als sie noch ein Mensch gewesen war, hatten ihr vollkommen genügt. Immer noch missgelaunt begab sie sich zurück zur Villa. Etwas lustlos begann sie vor dem Badezimmerspiegel, ihre Haare zu Locken zu drehen. Anzheru betrat hinter ihr den Raum und musterte sie aufmerksam. „Mach bitte nicht so ein Gesicht. Wir gehen auf diesen Ball, um Spaß zu haben."

Er hatte einen perfekt sitzenden Frack angezogen, mehr brauchte Anzheru nicht zu tun, um abreisefertig zu sein.

„Denkst du, Asheroth meldet sich bald?" Mira sah im Spiegel, dass ihr Gefährte mit den Schultern zuckte. Dass sein Vater Tove bei sich aufgenommen hatte, ließ auch ihm keine Ruhe. Jedoch machte es ihn offenbar wütend, daran zu denken.

„Was möchtest du eigentlich anziehen?", fragte er, um das Thema zu wechseln.

„Moment, ich zeige es dir gleich." Nachdem sie ihr Haar halbwegs in die gewünschte Form gebracht hatte, ging Mira ins Schlafzimmer hinüber und holte die Schachtel mit ihrem neuen Kleid aus dem Schrank. Anzheru verzog keine Miene, während sie sich ihrer Jeans und ihrer Bluse entledigte und in das nachtblaue Ballkleid hineinschlüpfte. Mira näherte sich ihm langsam. „Und? Gefällt es dir?"

Er wiegte nur den Kopf hin und her. „Es ist ein bisschen schlicht."

Sie blieb abrupt stehen und legte ihrerseits den Kopf auf die Seite. „Es gefällt dir nicht."

„Das habe ich nicht gesagt. Es fehlt bloß etwas." Gemächlich ging er um sie herum und kramte in einer der Taschen seiner Jacke. Mira ahnte schon, dass er ihr eine Kette umlegen wollte, also schloss sie die Augen und hielt still. Etwas Kühles berührte ihren Hals. Ein Klicken sagte ihr, dass Anzheru den Verschluss zu gemacht hatte. Sie zog ihren Gefährten mit hinüber zum Spiegel und betrachtete sie beide einen Augenblick. Die Kette war wirklich schön, ein funkelnder Edelstein darin ließ nur vermuten, wie wertvoll sie war.

„So sollen wir in ein normales Flugzeug steigen?", fragte Mira skeptisch. „Die Leute werden uns für verrückt halten. Oder ausrauben."

Anzheru schmunzelte. „Nein. Wir fliegen nicht mit einer öffentlichen Airline. Jasmina lässt uns abholen."

Ein kleines Privatflugzeug brachte Mira, Anzheru, Edward, Helena und Artorius wenig später nach Russland. Mit einer pechschwarzen Limousine ging es noch ein Stück weiter durch die endlose Landschaft östlich des Uralgebirges. Der Wagen hielt an. Man öffnete ihnen die Autotür und sie traten gemeinsam hinaus auf einen breiten Kiesweg, der zu einem mächtigen Gebäude führte. Die hohen Mauern waren hell getüncht und mit zahlreichen Fenstern durchsetzt. Mira vermutete, dass es sich um das Schloss einer adligen Familie handelte. Es zeugte von vor langer Zeit anerkannter Macht, war jedoch nicht zu protzig, um unangenehm zu wirken. Ein ganzes Dutzend Vampire säumte den Weg, allesamt mit Schwertern und halbautomatischen Feuerwaffen ausgerüstet. Als Anzheru an ihnen vorbeiging, senkten sie leicht die Köpfe. Offenbar genoss er auch hier hohes Ansehen. Mira hielt die ganze Zeit seine Hand und sah gespannt geradeaus. Das Tor zum Schloss war weit geöffnet, die Lichter im Inneren erhellten sogar noch einen Teil des Kieswegs davor. Direkt hinter der von beinahe tausend Kerzen erhellten Empfangshalle lag der Ballsaal. Eine Gruppe Musiker spielte im Hintergrund. Mira spürte auf dem Weg dorthin, dass ihr zahlreiche Blicke folgten. Es hatte sich längst herumgesprochen, dass Anzheru nun eine Gefährtin hatte. Vermutlich wussten auch einige der Vampire, die hier zu Gast waren, was sie war, wenn nicht sogar alle. Jasmina wusste es mit Bestimmtheit. Sie befand sich im Mittelpunkt des Ballsaals, als die Delegation des Nördlichen Clans eintraf. Sie war ganz anders, als Mira sie sich vorgestellt hatte. Sie war blendend schön, wie Violetta gesagt hatte. Viele der Anwesenden, vor allem die Männer schauten immer wieder zu ihr hinüber, als könnten sie sich nicht an ihr sattsehen. Allerdings war sie groß, athletisch und trug ein Kurzschwert auf dem Rücken, was so gar nicht zu ihrem eleganten Kleid passte. Jasmina schien immer bereit zum Kampf zu sein. Und ihre Augen waren eisblau. Mira hätte sich mit der flachen Hand vor die Stirn schlagen können. Asheroth hatte ihr vor zwei Wochen von der einen Vampirin namens Rahel erzählt, die die Geburt ihrer Tochter überlebt hatte. Da es weltweit nur sehr wenige Geborene gab, lag es nun nahe, dass Jasmina eben jene Tochter war. Warum hatte sie den Ältesten bloß nicht nach ihrem Namen gefragt? Dann hätte sie sich wenigstens vorab darauf einstellen können, einem weiteren vollkommenen Vampir zu begegnen, der nie menschlich, nie zerbrechlich und schwach gewesen war. Jasmina entdeckte die kleine Gruppe. Als sie ihnen entgegen kam, wichen die Gäste automatisch zur Seite, um ihr Platz zu machen. Ihr Blick blieb kurz aber interessiert an Mira hängen. Anzheru senkte den Kopf. „Ich grüße dich."

Jasmina lächelte ihn strahlend an. „Seit wann so förmlich?"

Wie selbstverständlich schlang sie die Arme um seinen Nacken, obwohl Mira immer noch seine Hand hielt. Und diese Umarmung dauerte erstaunlich lange für eine Begrüßung.

„Stellst du sie mir vor?", forderte Jasmina Anzheru auf, als sie ihn endlich losließ. Während er ihrer Bitte nachkam, rang Mira sich ein höfliches Lächeln ab, aber zu viel mehr war sie nicht in der Lage. Die Eifersucht brannte ihr jetzt schon unter den Fingernägeln. Am liebsten hätte sie Anzheru gepackt und den Ball sofort wieder verlassen. Nur möglichst weit weg von dieser unwiderstehlichen Geborenen. Jasmina setzte sich wieder in Bewegung und rief ihren Musikern auf Russisch zu, was sie spielen sollten. Anzheru legte einen Arm um Miras Taille und führte sie bestimmt durch das Menuett.

„Du magst sie nicht, oder?", flüsterte er ihr ins Ohr.

„Ich mag nicht, wie sie dich ansieht."

Die Musik und die heiteren Unterhaltungen überdeckten ihr Flüstern für die anderen.

„Du hast von diesem elenden Gerücht gehört, dass wir einmal eine Affäre hatten", stellte Anzheru fest. „Auch wenn mir sonst kaum jemand glaubt; wir hatten nie etwas miteinander. Ihre Mutter Rahel wollte unbedingt, dass Jasmina eine gute Partie macht, und ließ uns einander vorstellen, als sie noch sehr jung war. Das war damals eben noch üblich."

Dies klang durchaus plausibel. Da ihr Gefährte breiter grinste als ein kleines Kind an Weihnachten, besänftigte es Mira jedoch keineswegs.

„Was?", fragte sie gereizt.

„Verzeih. Es gibt endlich einmal etwas, in dem du bist wie wirklich alle Vampirinnen."

263

Mira versteifte sich, sodass sie mitten auf der Tanzfläche stehen blieben, und schaute ihn trotzig an.

„Du bist eifersüchtig", sagte er ihr auf den Kopf zu. „Und du weißt, dass es keinen Grund dazu gibt. Wer wenn nicht du? Jasmina und ich sind nur alte Waffenbrüder."

Sie verzog das Gesicht. „Na schön. Wenn es unbedingt sein muss, darfst du auch mit ihr tanzen."

„Zu gütig, Liebste. Ich darf auf dem wichtigsten Ball der europäischen und asiatischen Vampire mit der Gastgeberin tanzen." Immer noch grinsend wollte Anzheru sie küssen, Mira hielt ihm wenigstens dieses eine Mal nur die Wange hin.

Tatsächlich wurde sie von wesentlich mehr Vampiren zum Tanzen aufgefordert, als sich weibliche Gäste an Anzheru herantrauten. Nach über zwei Stunden wies Mira einen zierlichen, älteren Vampir ab, der seinem Aussehen nach aus Südostasien stammte. Das schönste Lächeln, zu dem sie noch fähig war, tröstete ihn offenbar darüber hinweg. Mira verließ das Gebäude durch den Hintereingang, an den sich ein traumhafter, großer Garten anschloss. Jetzt im Winter waren zwar nur die immergrünen Pflanzen übrig, aber es war unbestreitbar, dass Jasmina einen guten Geschmack besaß. Einige Vampire standen in kleinen Gruppen auf dem Rasen und unterhielten sich leise. Vielleicht waren auch sie kurzzeitig vor dem andauernden Tanz geflüchtet. Ein schlanker, junger Mann mit silbrigen Haaren löste sich aus einem der Gesprächskreise und kam auf sie zu. Mira bemerkte im Augenwinkel, dass Edward ihr wie ein Schatten gefolgt war.

„Du musst Mira sein." Er strahlte sie mit leuchtenden Augen an. „Ich bin Cedric vom Westlichen Clan. Ich soll dich herzlich von Jacky grüßen."

Der Ärger über Jasmina und die Sorgen um Tove waren auf einen Schlag vergessen. Mira erwiderte das strahlende Lächeln des Vampirs. „Danke. Wie geht es ihr?"

„Ausgezeichnet. Sie geht wieder zur Uni."

Sie stutzte. „Wohl kaum als Vampirin?"

„Nein, ich habe sie nicht verwandelt." Cedric senkte den Blick. „Sie möchte es nicht, also zwinge ich sie nicht zur Ewigkeit."

Edward stand jetzt direkt hinter Miras rechter Schulter, weshalb Cedric zurückwich. Seine Gestalt allein war schon imposant, dazu starrte er den Jungen auch noch extrem feindselig an. Mira warf ihm einen entnervten Blick zu und stellte die beiden einander vor.

„Wer ist jetzt euer Oberhaupt?", fragte der Hüne barsch.

„Jeremy", antwortete Cedric knapp und verabschiedete sich umgehend von den beiden. Mira wandte sich zu Edward um. „Würdest du mir freundlicherweise erklären, was das soll? Bist du neuerdings meine Leibwache?"

Der Hüne nickte. „Wenn Anzheru nicht in deiner unmittelbaren Nähe ist, bin ich für deine Sicherheit verantwortlich. So lautet sein Befehl."

„Wie interessant, dass ich weder etwas davon weiß, noch dass ich gefragt wurde, ob ich einverstanden bin". Erwiderte Mira gereizt. Edwards Miene verdüsterte sich. „Befehl ist Befehl. Möchtest du Anzheru etwa in Frage stellen?"

Mira funkelte ihn böse an. Bevor sie weiter diskutierten, trat jedoch Jasmina in den Garten hinaus. Natürlich entdeckte sie Mira und ihren Leibwächter sofort und kam auf sie zu. „Wir hatten noch gar keine Gelegenheit, uns näher kennenzulernen. Gehen wir ein kleines Stück spazieren?"

Die Aussicht darauf, mit Jasmina durch den Garten zu schlendern, war nicht sonderlich verlockend. Allerdings wollte Mira keinesfalls riskieren, wegen ihrer schlechten Laune eine Clanfehde vom Zaun zu brechen. Folglich nickte sie und bat Edward, solange vor dem Haus auf sie zu warten. Seine Halsmuskeln spannten sich sichtbar an, als wollte er protestieren. Jasmina nahm diese Reaktion zum Glück mit Humor. „Keine

Sorge, Herr Leibwächter. Niemand tut ihr was. Ich passe schon auf sie auf."

Ein Blick über die Schulter bestätigte Mira, dass auch Jasminas Wache ihnen auf ihrem Spaziergang nicht folgte. Ein hochgewachsener Mann mit kahlem Schädel bezog mit verschränkten Armen neben Edward Position.

„Es ist ein wenig erdrückend, wenn ständig jemand über einen wacht, nicht wahr?", fragte Jasmina leise, als sie ein Stück gegangen waren.

„Allerdings." Mira schaute sich um, wobei sie eine Sammlung von Steinfiguren ausmachte. Froh, irgendein Ziel zu haben, schlug sie den schmalen Pfad ein, der zu ihnen führte. Darunter befand sich ein Brunnen, in dessen Mitte zwei kleine Engelsfiguren Hand in Hand in die Ferne schauten.

„Gefallen sie dir?" Jasmina schloss zu ihr auf. „Ein alter Freund aus Italien hat sie für mich gemeißelt. Sie waren ein Geschenk."

Mira vermutete, dass es sich um einen der berühmten Renaissance-Künstler handelte. Dieser Vampirin hatte er wohl trotz ihrer unmenschlichen Augen nichts abschlagen können. Man konnte es ihm nicht verübeln.

„Ja, sie sind wirklich sehr hübsch", antwortete Mira. Worauf sollte diese Unterhaltung hinauslaufen? Sie beschloss, in die Offensive zu gehen. „Warum wolltest du mich allein sprechen?" Jasmina hob verblüfft die Augenbrauen. „Du hast eine sehr direkte Art an dir."

Mira nickte entschlossen und schob eine besonders widerspenstige Haarsträhne hinter ihr Ohr zurück.

„Ich bin neugierig. Zum einen hatte Anzheru, soweit ich weiß, noch nie eine so ernsthafte Beziehung. Und zum anderen begegnet man nicht jeden Tag einer Tageswandlerin."

„Man begegnet auch nicht jeden Tag einer geborenen Vampirin", entgegnete Mira, was Jasmina zum Lächeln brachte. Sie war wirklich unwiderstehlich.

„Ich bin die einzige Frau unter den wenigen Geborenen. Bisher zumindest."

Ihr Nachsatz hallte Mira in den Ohren. Vios Kind war wahrscheinlich auch ein Mädchen.

„Warum ist Violetta eigentlich nicht anwesend? Seit wir uns kennen, hat sie noch nie meinen Ball verpasst. Sie ist doch nicht etwa schwanger, oder?", fragte Jasmina prompt. Miras Gesichtsausdruck konnte sie wohl schon die Antwort entnehmen.

„Ja, du hast es erraten", murmelte Mira trotzdem.

„Ich habe es befürchtet. Es musste eines Tages so kommen." Sie schaute plötzlich traurig und besorgt aus. Mira hob hilflos die Arme. „Anzheru sagt, es ist zu gefährlich für sie, das Clan-Gelände zu verlassen. Sie hofft, du bist nicht zu enttäuscht."

Jasmina schüttelte sacht den Kopf. „Ich habe volles Verständnis. Bitte grüße sie von mir, wenn du nach Hause zurückkehrst."

„Danke, das werde ich." Eine naheliegende Frage schlich sich in Miras Gedanken. Sie gewann langsam etwas mehr Selbstvertrauen in der Gegenwart dieser Geborenen. „Hast du die Gabe geerbt?"

Jasmina zögerte mit der Antwort. Sie strich einer der Engelfiguren über den Kopf und wies zu einem Pfad hinüber, der sie tiefer in den Garten führte.

„Es ist indiskret, danach zu fragen", mahnte sie an. „Aber da du eine sehr junge Vampirin bist, verzeihe ich dir dieses Mal."

Ihr Kleid verursachte ein leises Rauschen auf dem hartgefrorenen Boden. „Ja. Wie Gestaltwandlerinnen, die Nachkommen zur Welt bringen können, habe auch ich diese Gabe von meiner Mutter geerbt. Vio und ich haben dadurch etwas, das uns verbindet."

Mira dachte eine Weile darüber nach. Es tat ihr leid, dass sie so direkt gefragt hatte. Es gab wirklich keinen Grund dazu, einen Argwohn gegen Jasmina zu hegen. Sie hatte Anzheru zwar umarmt wie einen vertrauten Freund, ansonsten hatte sie aber absolut keine Avancen gezeigt, ihn zu wollen. Weder auf der Tanzfläche noch jetzt.

„Willst du vielleicht auch etwas fragen?", bot Mira ihr als Entschuldigung an. Jasmina warf ihr einen abschätzenden Blick von der Seite zu. „Beherrschst du bereits das Umkehren des Gedankenlesens?"

Jetzt zögerte Mira ein wenig mit der Antwort. Nicht jeder Vampir wusste überhaupt von dieser Fähigkeit. Weder Charles noch Johann hatten geahnt, dass sie diese Gabe besaß, geschweige denn, was sie in ihren Gedanken gesehen hatte. Und Asheroths Reaktion war mehr als einprägsam gewesen.

„Nun?", bohrte Jasmina nach.

„Ja, ich sehe, was derjenige denkt, der mich beißt", gab Mira leise zur Antwort.

„Nur im jeweiligen Moment, oder kannst du es steuern?"

Mira hielt inne. Die beiden Vampirinnen standen mitten im Garten, mannshohe Hecken umgaben sie.

„Du wirkst überrascht", stellte Jasmina mit einem leisen Lächeln fest. „Ich kannte einmal einen männlichen Tageswandler, der sich bewusst durch die Erinnerungen der anderen tasten konnte, wenn er gebissen wurde. Und derjenige merkte es nicht einmal, weil es vollkommen isoliert von den Erinnerungen des Tageswandlers ablief, die der Vampir sehen konnte. Er war ein sehr interessanter Junge."

Mira schluckte. „Er war?"

Das Oberhaupt des Östlichen Clans nickte bekümmert. „Er fiel den Blutjägern zum Opfer, wie so viele Begabte. Zum Glück hat Asheroth sie nach und nach alle aufspüren und exekutieren können. Vor dreihundert Jahren hätte Anzheru dich wahrscheinlich nie ohne ein Dutzend treue Leibwachen aus dem Haus gelassen."

Ein kühler Wind kam auf. Von diesen Ereignissen war Mira zuvor nie erzählt worden. Anzheru konzentrierte sich meist auf aktuelle Belange, wenn es in ihren Gesprächen um die Vampire und ihre Gesetze ging. Sie verschränkte die Arme vor der Brust und lauschte dem Wind. Er trug die Musik und die fröhlichen Gespräche der übrigen Ballgäste zu ihnen.

„Verzeih, ich wollte dir diese Nacht nicht verderben. Gehen wir zurück. Meine Mutter müsste inzwischen eingetroffen sein und wir sollten um jeden Preis verhindern, dass Anzheru ihr allein ausgeliefert ist." Jasmina wies mit einem sanften Lächeln zu ihrem Schloss hinauf. In dieses Lächeln hätte selbst Mira sich verlieben können. Es war einfach nicht zu glauben, dass diese Vampirin keinen Gefährten hatte.

„Gibt es etwas, das ich in Rahels Gegenwart auf keinen Fall sagen oder tun darf?", fragte Mira, als sie den breiten Weg zum Schloss entlang gingen. Noch einen Fauxpas wollte sie sich in dieser Nacht nicht erlauben. Jasmina überlegte kurz. „Du solltest Anzheru nicht die Kleider vom Leib reißen. Ich denke, mit allem anderen kann sie umgehen."

Mira gelang es nicht ganz, ein ironisches Glucksen zu unterdrücken. Auf diese Idee wäre sie in der Gegenwart so vieler Vampire niemals gekommen. Plötzlich piepste ihr Handy in ihrer winzigen Handtasche und sie blieb stehen. Jasmina hob kritisch die Augenbrauen, trotzdem zog Mira das kleine Gerät hervor. Ein ungutes Gefühl überkam sie, denn sie erkannte die Nummer sofort wieder. „Verzeih, ich kann diesen Anruf nicht ablehnen."

Ihrem Tonfall merkte Jasmina wohl an, dass es wirklich dringend war. Sie trat einen Schritt beiseite, um Mira etwas mehr Raum zu geben.

„Ja, Gebieter?"

„Wir werden angegriffen."

Miras Atmung setzte aus. Asheroth sprach ruhig weiter, während im Hintergrund die Stimmen von Leandros und Charles zu hören waren. „Wir flüchten in die Berge. Ich bitte um Unterstüt-zung des Inneren Zirkels."

Die Verbindung brach ab.

22. Beistand

„Das darf einfach nicht wahr sein!", murmelte Anzheru vor sich
hin, seitdem Mira ihn und Edward in die obere Etage von
Jasminas Schloss gezerrt und berichtet hatte. Die Herrin des
Hauses war ihnen auf dem Fuß gefolgt. Im Gegensatz zu Mira
hatte sie verstanden, was Asheroth am Telefon gemeint hatte.

„Was ist der Innere Zirkel?", fragte Mira. „Was passiert jetzt?"
Jasmina meldete sich zu Wort. „Ich stelle meinen Militärhubschrauber zur Verfügung, dann sind wir schneller."

Edward sagte nichts, er wartete auf Anzherus Reaktion. Dieser
rieb sich angestrengt den Nacken, bevor er Mira wieder ansah.
„Es ist ein alter geheimer Bund. Die Mitglieder sicherten sich
gegenseitig Treue und Unterstützung zu, falls einer von ihnen
um Hilfe ruft."

Von einem solchen Bund hatte Mira absolut nichts geahnt, und
dass ihr Gefährte offenbar dazu gehörte auch nicht. Noch immer
hatte er einige Geheimnisse vor ihr, was Mira in diesem Fall
ernsthaft enttäuschte.

„Du musst entscheiden. Von uns bist du das ranghöchste
Mitglied", drängte Jasmina Anzheru. „Fliegen wir hin?"

Die ganze Zeit über hatten sie die Stimmen gesenkt gehalten.
Nun schrillte eine andere Frauenstimme von der Treppe aus da-
zwischen. „Was geht hier vor? Warum bist du nicht bei unseren
Gästen, mein Kind?"

Jasmina verdrehte die Augen. „Auch das noch…", murmelte sie
leise und eilte ihrer Mutter entgegen. Rahel erschien auf dem
langgezogenen Korridor und sah die kleine Gruppe durchdringend an. Sie war eine recht stämmige Vampirin und weit
weniger reizend als ihre Tochter. Der Blick, den sie Mira zuwarf,
verriet bereits, wie sehr sie sie verachtete. „Du hast unten zu
sein! Die Japaner sind eingetroffen und wollen sich endlich
offiziell vorstellen."

Jasmina warf Anzheru einen fragenden Blick über die Schulter zu. Er biss sich so fest auf die Unterlippe, dass es blutete, dann nickte er langsam aber bestimmt. Die Entscheidung war *für* Asheroth gefallen.

„Bitte die Delegation um Verzeihung. Ich muss fort", sagte Jasmina an ihre Mutter gewandt. Rahels Züge wurden zornig. „Wie kannst du nur? Sie werden beleidigt sein!"

Jasmina zuckte ungerührt die Achseln. „Es gibt Pflichten, die weit über meinen gesellschaftlichen stehen. Geh jetzt bitte nach unten."

Mira versuchte erst gar nicht, ihr Erstaunen zu verbergen. Diesem Inneren Zirkel wurde eine extrem hohe Bedeutung beigemessen, so viel stand fest. Und Rahel sollte wohl nicht wissen, warum Jasmina sich verfrüht von ihrem Ball zurückzog. Sie machte wutentbrannt auf dem Absatz kehrt und stieg die Treppe hinab.

„Hast du eventuell andere Kleidung für mich und Edward? Diese Sachen reflektieren Licht so gut, dass man uns meilenweit sehen kann." Anzheru wies auf das blütenweiße Hemd unter seinem Jackett. Jasmina nickte eilig zu einer der Türen hinüber. Sie selbst begann schon, die unzähligen Riemen zu lockern, die ihr Kleid hielten, und verschwand in einem anderen Raum. Mira folgte ihrem Gefährten in das Zimmer, in dem die Kleidung von Jasminas Leibwache aufbewahrt wurde. Dass Edward sich ebenfalls dort umzog, kümmerte sie jetzt nicht.

„Weißt du denn, wo sie sind?", fragte sie skeptisch.

„Wenn er sagt, sie fliehen in die Berge, meint er seine Alpenfestung. Asheroth besitzt einige Rückzugsorte." Anzheru klang wahnsinnig angespannt. Mira biss die Zähne zusammen. Es war nicht der richtige Zeitpunkt, um ihn mit Fragen zu löchern, also suchte sie ihrerseits nach passender, schwarzer Kampfkleidung.

„Du kommst nicht mit. Du fährst mit Helena und Artorius nach Hause, wenn der Ball vorüber ist", sagte Anzheru nüchtern. Mira verharrte abrupt mitten in der Bewegung. Das konnte nicht sein Ernst sein. Anzheru sah ihr ihren Widerwillen an, doch seine Miene blieb eisern. Er zog das weiße Hemd aus, weshalb die flächigen Brandnarben auf seinem Rücken zum Vorschein kamen. Mira bemerkte nur zufällig, dass Edward in eben diesem Moment zu ihnen hinübersah und schmerzlich das Gesicht verzog. Er konnte sich vermutlich vorstellen, wie fürchterlich es gewesen war, als sehr junger Vampir der Sonne ausgesetzt zu werden. Mira schloss die Hände zu Fäusten. „Asheroth hat mich angerufen. Erwartet er dann nicht, dass auch ich ihm zu Hilfe komme?"

Anzheru schüttelte entschieden den Kopf. „Nein, denn du gehörst nicht zum Inneren Zirkel. Und ich erlaube es nicht. Es ist zu gefährlich."

Die Tür wurde von außen aufgerissen. Jasmina erschien in dunkelgrauer Kampfkleidung im Türrahmen. Dieses Aussehen passte wesentlich besser zu ihrem Auftreten als jedes noch so schöne Ballkleid. Sie trug zwei weitere Schwerter für Anzheru und Edward im Arm. „Wie lange braucht ihr denn noch?"

Anzheru streifte ein dunkles Shirt über und griff sich eine der robusten Jacken. Edward war bereits fertig. Sie folgten Jasmina über eine kleine Seitentreppe am Ende des Gebäudeflügels, weit entfernt von den Ballgästen. Niemand würde sehen, wie sie eilig verschwanden. Mira lief ihnen emsig hinterher. Etwas abseits vom Schloss schwebte ein hochmoderner Hubschrauber, dessen Seiten offene Luken aufwiesen. Mira vermutete, dass sie für den schnellen und unkomplizierten Ein- und Ausstieg von Soldaten gedacht waren. Bevor sie irgendetwas sagen konnte, packte Anzheru sie unsanft am Arm und zerrte sie ein Stück zurück zum Gebäude. „Ich will nichts mehr hören! Du gehst jetzt zu Helena und sagst ihr, dass Edward und ich unsere Pflicht wahrnehmen müssen, mehr nicht!"

Sein aggressiver Tonfall steigerte Miras Wut nur noch. „Wenn ich mich recht entsinne, bin ich nicht mehr deine Sklavin. Und…"

„Ich bin dein Clan-Oberhaupt", schnitt Anzheru ihr das Wort ab. „Du tust jetzt, was ich gesagt habe!"

Der Hubschrauber erhob sich mit den drei Vampiren und ihrem Piloten in die Lüfte. Sicher hatten einige der Gäste den Lärm gehört und sich gewundert, aber niemand befragte Mira darüber, als sie in den Ballsaal zurückkehrte. Nur Helena ließ ihren Tanzpartner mit einem entschuldigenden Lächeln stehen und kam auf sie zu. „Wo sind sie hin?"

Natürlich war ihr nicht entgangen, dass ihr Geliebter Mira als Leibwache gefolgt war und nun nicht mit ihr zurückkam.

„Sie haben Pflichten zu erfüllen", würgte Mira hervor. Helena verstand, dass sie keine Fragen darüber stellen sollte und lächelte sie aufmunternd an. „Wenn unsere Männer uns schon hier versauern lassen, dürfen wir uns wenigstens noch ein bisschen amüsieren. Die Japaner sind da. Suchen wir uns die Größten aus und ärgern sie ein wenig."

„Wie denn ärgern?", fragte Mira skeptisch.

„Erst zum Tanzen auffordern und lieb sein, dann die Führung übernehmen. Das mögen sie gar nicht, aber sie wehren sich auch nicht, weil es sie bloßstellen würde."

Was daran Spaß machen sollte, war Mira schleierhaft, aber sie wollte wenigstens nicht auch noch Helena die Laune verderben. Außerdem musste sie es irgendwie fertig bringen, Rahel für die restlichen Stunden des Balls aus dem Weg zu gehen. Auf böswillige Bemerkungen darüber, dass ihre Tochter besser für Anzheru geeignet war, konnte Mira jetzt wirklich verzichten. Die Japaner waren zu siebt auf dem Ball erschienen. Über diesen Clan hatte Mira bisher nur eins gehört, und zwar, dass sie unheimlich kampfstark waren. Da sich von ihnen ausschließlich Männer im Saal befanden, provozierten sie wohl niemandes

Eifersucht, als Helena sie frontal auf die Gruppe zuschob. Mit einem formvollendeten Knicks stellten sie sich vor.

„Es ist mir eine Ehre, Anzherus Gemahlin kennen zu lernen", erwiderte der Vampir, der das Oberhaupt der Japaner sein musste. „Ich bin Kageyoshi. Dies ist meine rechte Hand, Amida." Er wies auf den Mann, der einer Marmorsäule gleich neben ihm stand. Selbst Helenas strahlendes Lächeln konnte ihn nicht ein winziges bisschen auftauen. Mira musterte die beiden kurz. Kageyoshi war kaum merklich kleiner als sie. Eine feine Narbe zog sich über seine Wange, die vermutlich noch aus seiner Zeit als Sterblicher stammte. Diese musste bereits sehr lange zurückliegen. Sein Geruch und seine respekteinflößende Ausstrahlung verrieten, dass er schon einige Jahrhunderte existierte. Wahrscheinlich auch länger als Anzheru.

„Darf ich um diesen Tanz bitten?", fragte er Mira, als ein neues Stück angestimmt wurde. Mit einem höflichen Lächeln ergriff sie seine Hand und ging mit ihm auf die Tanzfläche. Einige neugierige Blicke folgten ihnen. In diesem Moment war endgültig aufgefallen, dass Anzheru nicht mehr anwesend war und folglich nicht auf der Tanzfläche erscheinen würde, um sich seine Gefährtin zurückzuholen. Kageyoshi führte Mira mit einer so großen Bestimmtheit, dass sie nicht einmal einen Versuch wagte, die Führung zu übernehmen. Mit diesem Mann wollte sie keinen Ärger.

„Ich bedaure, Anzheru nicht hier zu treffen. Er ist ein alter Freund", sagte er nach einer Weile.

„Vergebung. Er muss anderen Pflichten nachkommen." Mira flüsterte lieber nur, damit nicht jeder mithören konnte.

„Ähnlich wie das Oberhaupt des Östlichen Clans nehme ich an." Dankbarerweise passte Kageyoshi sich ihrer Lautstärke an.

„Ja, zu unser aller Bedauern." Etwas Besseres fiel Mira nicht ein. Offenbar hatte Rahel ihre Tochter nicht offiziell bei den Japanern entschuldigt, wie Jasmina es ihr aufgetragen hatte.

Bestimmt war Kageyoshi darüber enttäuscht, sich ihr nicht vorstellen zu können. Doch er ließ sich nichts anmerken, während er mit Mira tanzte.

Tove klammerte sich auf der Rückbank von Asheroths Auto mit aller Kraft in den Sitz. Die Fahrt von Norddeutschland nach Frankreich war schon rasant gewesen, aber jetzt jagte der silberne Wagen mit dermaßen halsbrecherischer Geschwindigkeit in östlicher Richtung über die Straße, dass sie panische Angst hatte. Den beiden Leibwachen schien es hingegen nichts auszumachen. Charles saß relativ entspannt neben ihr auf der Rückbank. Ab und zu warf er einen Blick durch die Heckscheibe, um nach den Wächtern Ausschau zu halten. Asheroths Tastsinn war wirklich beeindruckend. Lange bevor sie die Hunde hatten hören oder sehen können, hatte er die Vibration im Boden gespürt, die ihre Pfoten auslösten. Wie die Gestaltwandler sie ausfindig gemacht hatten, hatte er sich nicht eindeutig erklären können. Er hatte bloß gesagt, dass es zu viele seien, um zu dritt gegen sie anzutreten und ein wehrloses Geschöpf zu schützen. Dann hatte er auf dem Weg zum Auto jemanden angerufen, den er um Hilfe gebeten hatte. Tove verschränkte die Arme vor der Brust. Es war ziemlich kühl im Wagen. Wie gern sie jetzt vor dem Kamin im Chateau sitzen würde. Asheroth war ein recht schweigsamer Vampir, aber wenn sie ihn etwas über die gemeinsame Geschichte ihrer Rassen gefragt hatte, hatte er bereitwillig geantwortet. Seine Versionen der Konflikte wichen teilweise von den Geschichten ab, die Tove von ihrer Mutter erzählt worden waren, aber das wunderte sie nicht besonders. Wenn man sich schon so lange feindlich gegenüberstand, wollte man eben nur sich selbst im Recht sehen. Ob nun tatsächlich die Gestaltwandler oder die Vampire den letzten Krieg vom Zaun gebrochen hatten, jeder schob die Schuld auf den anderen. Sie war endlich ausgeruht und die Blessuren, die während ihrer

Gefangenschaft entstanden waren, verblichen. Und nun mussten sie schon wieder flüchten. Tove fluchte innerlich über die Hunde, unter denen sie Drago vermutete. Warum konnten sie sie nicht einfach in Frieden lassen? Am liebsten hätte sie die Hand nach vorn ausgestreckt, um Asheroth zu berühren. Der Ausgleich gab ihnen beiden Ruhe und Geborgenheit, aber sie wollte sich nicht ausmalen, wie er sie für Ungehorsam bestrafen würde. Über ihren Fluchtversuch hatte er hinweg gesehen, aber vielleicht verhielt er sich anders, wenn sie nicht allein waren. Im Stillen fragte sich Tove, ob der Vampir ähnlich wie sie langsam süchtig nach ihrem Ausgleichszustand wurde. Sie hatte sich nie mehr dermaßen wohlgefühlt, wie wenn er ihre Hand hielt, seit ihre Mutter ihr erklärt hatte, was sie waren und dass die Wächter unter den Gestaltwandlern vermutlich Jagd auf sie machten.

„Warum, denkst du, hat Asheroth Mira angerufen und nicht dich?" Edward stieß Anzheru sacht mit dem Ellbogen an, was ihn aus seinen Gedanken riss. Sie waren bereits seit etwa vier Stunden mit Jasminas Hubschrauber unterwegs nach Zentraleuropa. Er legte den Kopf zurück gegen die Außenwand des Helikopters und warf Edward einen resignierten Blick zu. „Sie ist unbefangener als ich. Vielleicht hat er vermutet, dass ich nicht ans Telefon gehen würde."
„Wärst du?"
Anzheru zuckte die Achseln. „Was spielt das schon für eine Rolle? Er nimmt keine Rücksicht darauf, dass diese Aktion Mira in Gefahr bringen könnte."
„Weißt du, warum er angegriffen wird?", schaltete sich Jasmina ein. Sie saß ihnen gegenüber und hatte die Ellbogen auf die Knie gestützt. Anzheru entschied, mit der Erklärung zu warten, bis der Pilot sie abgesetzt hatte und nicht mithören konnte. Sie stiegen noch einige hundert Meter von der Festung entfernt aus, wofür der Pilot selbstverständlich nicht landen musste. Ein Sprung aus

fünfzehn Metern Höhe war für die Vampire eine Leichtigkeit. Anzheru lief voran, die anderen beiden jeweils schräg hinter ihm. Der Anstieg wurde immer steiler, bis sie schließlich klettern mussten. Er fasste kurz zusammen, was Mira ihm über den Besuch bei den Gestaltwandlern erzählt hatte.

„Das bedeutet, er schützt jemanden, der zum Tode verurteilt worden ist?" Edward war seine Verwirrung deutlich anzuhören. Anzheru fügte direkt an, dass er sich nicht erklären konnte, warum Asheroth so gehandelt hatte.

„Wenn es nicht wichtig wäre, würde er den Zirkel nicht mit hineinziehen. Dieses Geschöpf muss irgendetwas Besonderes an sich haben", wandte Jasmina ein.

„Er bricht die Gesetze." Anzheru schnaubte zornig. „Wer weiß? Er wäre nicht der erste Vampir, der irgendwann den Verstand verliert."

„Und doch hast du zu seinen Gunsten entschieden", murmelte Edward. Anzheru ließ sich nicht weiter auf eine Diskussion ein. Das würde er mit Asheroth persönlich klären. Sie näherten sich der Festung aus nördlicher Richtung. Die Zufahrtsmöglichkeit für Autos lag im Süden und endete etwa zweihundert Meter unterhalb des Plateaus, auf dem die Festung errichtet worden war. Sie konnten die Hunde bereits hören, die eben jene Zufahrt erklommen. Das Halbblut öffnete ihnen auf ein Klopfen hastig die winzige Pforte an der Rückseite der Festung. Offenbar kamen die Vampire gerade zum richtigen Zeitpunkt. Der Kampf hatte bereits begonnen. Anzheru musste zwei Hunde zur Seite schleudern, um überhaupt zu Asheroth durchzukommen. Insgesamt waren es bestimmt zwanzig Wächter, die in menschlicher Gestalt die Mauer überquerten. Erst zum Kampf verwandelten sie sich wieder. Die meisten von ihnen waren ziemlich groß. Der Hund, der sich auf Anzheru stürzte, reichte ihm bis zur Schulter. Im Augenwinkel nahm er wahr, dass sich die Angriffe auf das Eingangsportal zum Gebäude konzentrierten. Dieses wurde jedoch von Charles und Leandros geschützt. Asheroth hatte folglich sogar seine Leibwache für Tove abgestellt. Er selbst befand sich im Zentrum des Innenhofs und schlug die Hunde so gut es ging zurück, jedoch ohne sie zu töten. Anzheru war gerade noch rechtzeitig zur Stelle, um einem Hund in Asheroths Rücken sein Schwert in die Kehle zu rammen.

„Du verdammst uns alle!", brüllte er den Ältesten auf phönizisch an. Er zog das Schwert gerade zurück, damit der Hund eine Chance hatte zu überleben. Noch waren sie nicht im Krieg. Noch galt es, Tote zu vermeiden.

„Ich grüße dich auch, Sohn", gab Asheroth zurück, während sich einer der Hunde in seinem linken Arm verbiss. Anzheru packte ihn von hinten im Genick und zwang mit aller Kraft seine Kiefer auseinander.

„Was zum Teufel denkst du dir dabei? Gib sie ihnen und es ist vorüber!" So wie die Hunde kämpften, legten sie es ebenfalls noch nicht darauf an, sie alle zu töten. Sie wollten testen, wie weit die Vampire gehen würden, um das Halbblut zu schützen.

„Das kann ich nicht. Dann wird Tove sterben." Asheroth stieß den nächsten Hund so heftig zurück, dass er gegen die Außenmauer der kleinen Burg prallte und dann jaulend zu Boden rutschte.

„Du ganz allein riskierst einen Krieg! Stellst du deine persönlichen Interessen über deine Verantwortung für unsere gesamte Rasse?"

Bevor Anzheru eine Antwort bekam, packte ihn ein besonders großer und pechschwarzer Wächterhund am Bein und zerrte ihn fort. Edward kam ihm zur Hilfe, wurde jedoch recht schnell wieder von seiner Seite gerissen. Die Hunde kämpften langsam aggressiver. Charles rief Jasmina zu, seine Position vor dem Tor zum Gebäude zu übernehmen, damit er Asheroths rechte Flanke decken konnte. Seine Leibwächter wussten, dass dies seine einzige Schwachstelle war und entgegen seinem Befehl, Tove die

Hunde vom Leib zu halten übernahm Charles eben diese Position. Anzheru biss die Zähne zusammen, als sein ältester Freund eine tiefe Bisswunde erlitt und er selbst von gleich zweien der Wächter gegen die Mauer gepresst wurde. Ihre Unterzahl war von großem Nachteil. Die Hunde änderten mittlerweile ihre Taktik. Ein größerer Teil von ihnen konzentrierte sich nun auf Asheroth und Charles, während kaum noch die Hälfte der zwanzig Wächter versuchte, das Innere der Burg zu stürmen. Edward gelang es, einen der Hunde abzudrängen, der Anzheru angriff. Den zweiten wurde er los, indem er ihm das linke Schulterblatt zertrümmerte. Anzheru knurrte laut. Er befahl Edward, mit Leandros und Jasmina das Tor zu schützen. Er selbst würde seinen angestammten Platz an Asheroths rechter Seite einnehmen. Charles war dem nicht gewachsen.

23. Eigenschaften

Es wurde bereits wieder dunkel. Der Wind wirbelte den Schnee auf. Weiße Flocken in jeder erdenklichen Form und Größe tanzten umeinander, als wäre alles in Ordnung. Mira verharrte seit Stunden vor einem der Fenster des großen Saals im Hauptquartier des Nördlichen Clans. Ein paar der Vampire spielten im Hintergrund Karten und unterhielten sich leise. Es beruhigte Mira, nicht ganz allein zu sein. Der Ball war erst in den frühen Morgenstunden beendet worden. Ein paar der Gäste hatten unwirsch darauf reagiert, dass Jasmina als Gastgeberin sang- und klanglos verschwunden war. Helena und Mira war es gelungen, immerhin die Japaner erfolgreich davon abzulenken. Mira hoffte, dass sie Kageyoshi gegenüber einen recht guten Eindruck hinterlassen hatte, um Anzherus Beziehungen zu seinem Clan nicht zu gefährden. Rahel hatte sich hingegen keineswegs dankbar für ihren Versuch den Ball zu retten gezeigt, was Mira nicht weiter gewundert hatte. Alles in allem war es eine recht trostlose Nacht gewesen. Der Tag war vergangen, ohne dass irgendeine Nachricht eingegangen war. Mira war sich nicht mehr ganz sicher, ob sie immer noch wütend oder einfach nur erleichtert sein sollte, wenn Anzheru endlich zurückkam. Die Tür zum Saal wurde geöffnet. Einer der Kartenspieler grüßte denjenigen.

„Willkommen zurück, Konstantin. Spielst du eine Partie mit uns?"

„Nein, danke. Ich verzichte ausnahmsweise darauf, Artorius auszunehmen."

Amüsiertes Gelächter war die Antwort. Mira hörte, dass seine Schritte sich auf sie zu bewegten. Der blonde junge Mann spiegelte sich kurz darauf in der Fensterscheibe.

„Helena sagt, Rahel sei dir so richtig ans Herz gewachsen", begann er zaghaft das Gespräch.

„Ja, sie ist eine überaus reizende Vampirin. Ich höre ja so gern, dass ich viel zu jung und schwach bin, um einem Geborenen standzuhalten." Mira zog die Schultern leicht hoch. „Und dass er angeblich nur süchtig nach meiner Wärme wäre. Tageswandler liebt niemand wirklich von ganzem Herzen."

„Sehr charmant." Konstantin streichelte mitleidig ihre Schulter. „Du weißt es besser."

Sie nickte und wandte sich endlich vom Fenster ab. „Wie geht es dir und Vio?"

Ob sie wieder miteinander redeten, fragte sie lieber nicht direkt. Ihre Freundschaft hatte sich gefestigt, aber Vios Schwangerschaft war im gesamten Clan ein sehr heikles Thema und Konstantin hatte sie seit Asheroths Besuch überhaupt nicht mehr gesehen. Er seufzte und rieb sich den Nacken. „Sie behauptet, es ginge ihr blendend. Noch bricht ihr das kleine Monster ja auch nicht von innen die Rippen."

Mira schaute bedrückt zu Boden. „Denkst du nicht, dass Vio stark genug ist?"

Er schüttelte den Kopf „Sie ist klein, zierlich und immer noch ein relativ junger Vampir. Sie wird schon vor der Geburt Verletzungen davon tragen."

Wie Konstantin es aussprach, ließ bereits darauf schließen, dass er absolut keine positiven Empfindungen für die Geburt seines Kindes aufbringen konnte. Es war nicht verwunderlich, dass sie sich fürchterlich gestritten hatten. Mira konnte verstehen, dass er Angst um seine kleine Gefährtin hatte. Andererseits war es dem Kind gegenüber auch ungerecht, es von vornherein abzulehnen.

„Versprichst du mir etwas?"

„Was denn?", fragte Konstantin müde.

„Selbst wenn Vio es nicht…"

Seine Miene verdüsterte sich, noch bevor Mira es aussprechen konnte. Trotzdem wagte sie es. „...Überstehen sollte. Versuch wenigstens, eine Beziehung zu deiner Tochter aufzubauen."

„Es ist ein Mädchen?", schallte es mehrstimmig vom Tisch der Kartenspieler her. Mira zog den Kopf ein. Sie war einfach davon ausgegangen, dass Vio es jedem freudestrahlend erzählt hatte. Konstantin zuckte jedoch nur mit den Schultern. Es schien ihn nicht besonders zu interessieren, ob es ein Junge oder ein Mädchen war und ob die anderen es wussten.

„Ich weiß nicht..." Er schloss die Augen, trotzdem konnte er seinen Schmerz nicht verbergen.

„Bitte, Konstantin. Ich habe ständig Angst davor, dass Anzheru und Asheroth sich irgendwann gegenseitig zerfleischen. Lass es nicht soweit kommen."

Er biss sich auf die Unterlippe. Das heitere Gespräch am Tisch hinter ihm war verstummt. Mira bereute sofort, dass sie ihn in der Gegenwart anderer darauf angesprochen hatte. Konstantin musste die Blicke spüren, die sich in seinen Rücken bohrten.

„Wenn du es wünschst, kümmert sich der Clan mit um sie, egal was passiert", merkte Artorius an. Die anderen Vampire am Tisch nickten zustimmend, was Mira wieder etwas mehr Mut gab. Konstantin senkte bekümmert den Kopf. „Danke. Ja, ich verspreche es. So etwas will ich auch nicht."

Dann verließ er den Saal. Ein entferntes Dröhnen mischte sich mit dem Geräusch seiner Schritte. Mira lief eilig nach draußen. Die übrige Leibwache folgte ihr auf dem Fuß. Es dauerte nur noch wenige Augenblicke, dann wurde ein schwarzer Helikopter am Himmel sichtbar. Er landete auf dem Rasen vor dem Hauptquartier. Mira überkam ein mulmiges Gefühl, als sie Asheroth als erstes aussteigen sah, gefolgt von Edward. Nacheinander halfen sie den anderen aus Jasminas Militärhubschrauber. Tove war als Einzige unversehrt. Wie selbstverständlich ließ sie sich von Asheroth von der Ladefläche heben und auf die Füße stellen. Leandros und Jasmina waren mit Biss- und Kratzspuren übersäht, aber sie konnten noch problemlos selbst gehen. Charles war bewusstlos. Edward lud ihn sich auf die Schultern und trug ihn zum Hauptquartier. Mira ging recht langsam an ihnen vorbei, ein merkwürdig taubes Gefühl umgab sie. Die Rufe der anderen hörte sie kaum. Selbst Asheroths Aura kümmerte sie nicht, als sie die Seite des Hubschraubers erreichte. Anzheru lag noch auf der Ladefläche und war über und über mit mehr oder weniger geronnenem Blut besudelt. Wie viel davon sein eigenes war, war unmöglich zu sagen. Er murrte leise, als Mira ihn zu sich zog und von der Ladefläche hob. Wenigstens atmete er gleichmäßig. Sein Herzschlag klang etwas dumpfer als sonst.

„Die Wächter werden unsere Spur irgendwann wieder finden, aber gegen über dreißig Vampire werden sie nicht kämpfen wollen. Gewährst du uns euren Schutz?", fragte Asheroth ruhig. Sie nickte geistesabwesend.

„Ich möchte nach Violetta sehen", sagte Jasmina. Mira reagierte erst nach einem Atemzug, weshalb sie die Vampirin entschuldigend anlächelte. „Dein Besuch freut sie bestimmt."

Erst im Nachhinein wurde ihr bewusst, dass Jasmina sie tatsächlich um Erlaubnis gebeten hatte, sich auf dem Gelände des Nördlichen Clans bewegen zu dürfen. Da Anzheru außer Gefecht war, wurde offenbar automatisch ihr die Verantwortung zugeschrieben. Unwirsch wandte Mira sich den übrigen Besuchern zu. Der Pilot war mittlerweile ausgestiegen und eilte seinem Oberhaupt nach. Asheroth, seinen zweiten Leibwächter und das Mädchen wollte sie lieber nicht im Hauptquartier unterbringen. „Kommt mit mir zur Villa."

Tove ging still neben Asheroth hinter Mira her. Leandros hielt sich hinter ihnen. Er schien sich auf dem Gelände des Nördlichen Vampir-Clans überhaupt nicht wohl zu fühlen, was Tove nur noch nervöser machte. Ihre Flucht aus Frankreich in die hochgelegene Festung in den Alpen hatte nichts genutzt. Nun waren sie sogar bis nach Norwegen geflüchtet. Das Gefühl, hinter dicken Mauern versteckt zu sein, während andere für ihre Sicherheit kämpften, war unbeschreiblich fürchterlich gewesen. Dass es sich dabei auch noch um Vampire handelte, gab dem Ganzen eine sehr bittere Ironie. Dank der plötzlichen Verstärkung war es ihnen gelungen, die Hunde zurückzuschlagen. Tove wollte sich gar nicht vorstellen, wie viele der Wächter schwer verletzt worden waren. Geschweige denn wie wütend sie alle waren. Sie wusste nicht, ob es Tote gegeben hatte. Zwei ihrer Beschützer hatte es jedenfalls ziemlich übel erwischt. Warum musste es ausgerechnet Anzheru sein? Tove hatte Mira gegenüber ein wahnsinnig schlechtes Gewissen. Sie brachte es kaum über sich, die große, schlanke Gestalt vor sich auf dem breiten Weg anzusehen. Asheroth bewahrte seine absolut neutrale Miene, obwohl Mira seinen Sohn tragen musste. Vermutlich konnte er besser einschätzen, wie schlimm Anzherus Verletzungen wirklich waren. Trotzdem wunderte es Tove, dass er sich nicht mehr um seinen Sohn sorgte. Nach einigen Minuten erreichten sie eine hübsche kleine Villa, an die sich dichter Wald anschloss. Asheroth überholte Mira, um ihr die Tür zu öffnen. Sie trug ihren Gefährten ohne Umschweife in die obere Etage. Tove blieb unschlüssig in der Diele stehen und sah ihr bedrückt nach.

„Komm hierher." Asheroth wies mit dem Kopf zu einer der wenigen Türen. Dahinter lag ein gemütliches Kaminzimmer. Tove setzte sich in einen der Sessel und schlang die Arme um den Oberkörper.

„Ist dir kalt?", fragte der Vampirälteste. Sie schüttelte den Kopf. Sie wünschte sich nur irgendeine Lösung für diese verfahrene Situation, aber Asheroth würde auch keine kennen. Fest stand nur, dass er Tove bei sich behalten wollte, bisher um jeden Preis. Er zündete trotzdem mit ein paar Zweigen den Kamin an und verließ den Raum. Leandros bezog neben dem Fenster Position und schaute sie aus seinen dunklen Augen an. Wütend oder misstrauisch schien er nicht zu sein. Doch er fragte sich wohl, wofür er und die anderen gekämpft hatten. Wann würde Asheroth seine Leibwache und seine Familie über ihren Ausgleich aufklären?

Mira legte Anzheru behutsam in der Badewanne ab. Er befand sich irgendwo zwischen Bewusstsein und Ohnmacht, doch es gelang ihr, ihm seine zerrissenen Kleider abzunehmen. Seine Beine wiesen nur wenige Bissspuren auf, sein Oberkörper war hingegen übersäht mit Wunden in jeder Größe und Tiefe. Schritte näherten sich. Ein eisiger Schauer verriet Mira, dass Asheroth hinter ihr den Raum betrat. Es wurde zunehmend schwierig zu hoffen, dass Anzheru sich erholen würde. Angespannt wandte Mira dem Ältesten das Gesicht zu. „Warum heilen seine Wunden nicht? Von seinen anderen Verletzungen erholt er sich sonst sehr schnell."

Asheroth betrachtete seinen Sohn einen Augenblick, ohne irgendeine Gefühlsregung zu zeigen, bevor er antwortete. „Es liegt daran, dass es keine Vampire waren. Jede Wunde, die unsereins ihm zufügt, heilt schnell. Da ihn die Gestaltwandler so zugerichtet haben, wird es dauern."

Mira biss sich auf die Lippen und strich Anzheru sanft über die Wange. „Kann ich ihm helfen?"

„Lass ihn ausruhen und wärme ihn. Allein das besitzt schon eine regenerative Wirkung."

Sie nickte schwach, ohne Asheroth anzusehen. Es war kaum vier Monate her, dass sie mit angesehen hatte, wie Kyrill, ein wahnsinniger angsteinflößender Vampir, seine Brust durchbohrt hatte. Nur wenige Stunden danach war Anzheru wieder vollkommen kampffähig gewesen. Die Bisswunden schienen wesentlich schlimmer.

„Es wird heilen. Ich bin froh, dass es nur Wächterhunde und keine Werwölfe waren. Ihre Bisse waren fürchterlich damals." Asheroth rieb sich geistesabwesend über die rechte Schulter. Dann trat er leise zurück. Mira spürte, dass die Wirkung seiner Aura nachließ. Es waren vielleicht vier oder fünf Schritte bis zu ihm.

„Es sind ziemlich genau 3,2 Meter, die du Abstand halten musst", präzisierte er Miras Schätzung. „Ich muss etwas erledigen. Ich versuche, in zwei Tagen zurück zu sein. Kann ich Tove solange bei dir lassen?"

Mira zögerte, doch sein Blick wurde nicht wie sonst ungeduldig und gebieterisch. Asheroth hatte wohl endlich begriffen, dass er nicht mehr alles befehlen konnte, ohne mit berechtigtem Widerstand zu rechnen. Dieses Mal war es tatsächlich eine Bitte.

„Ja, ich kümmere mich um sie. Du kannst ein Auto haben, wenn du willst. Frage am besten Artorius im Hauptquartier nach den Schlüsseln." Mira erhob sich vom Wannenrand und ging mit festen Schritten auf ihn zu. Die übliche Angst überkam sie, jedoch war sie auch darüber erleichtert, dass er nun ihr Haus verlassen würde. Gemeinsam begaben sie sich hinunter in die Diele. Tove kam ihnen bereits aus dem Kaminzimmer entgegen und schaute den Vampirältesten schon fast sehnsüchtig an. Mira konnte nicht umhin, sie kurz ungläubig anzustarren. Das Halbblut merkte es zum Glück nicht.

„Ich muss fort. Halte dich an das, was ich gesagt habe und gehorche Mira", befahl Asheroth nicht ganz so barsch wie sonst.

Das Halbblut nickte gehorsam aber traurig. „Wo gehst du denn hin, Gebieter?"

„Darüber reden wir später. Ich brauche etwas mehr Klarheit, kleine Tove." Bevor Asheroth die Tür der Villa hinter sich zuzog, wandte er sich noch einmal um. Leandros stand hinter dem Halbblut im Türrahmen des Kaminzimmers.

„Vermeide den Konflikt mit ihnen, wenn es irgendwie möglich ist", sagte er zu ihm, dann verschwand Asheroth in die Nacht. Mira wäre am liebsten sofort nach oben zu Anzheru gegangen, aber vorerst widmete sie sich dem zurückgelassenen Leibwächter. Toves Anwesenheit an sich besaß genug Konfliktpotenzial. Wenn auch noch Ärger von Leandros ausgehen konnte, wollte sie vorher über alles Bescheid wissen. Der stämmige Vampir wich ans Fenster des Kaminzimmers zurück. Das Halbblut schlich hinter Mira her und hielt sich bedacht im Hintergrund.

„Was hat er damit gemeint?", fragte Mira forsch. Leandros wich ihrem Blick aus und verschränkte die Arme vor der Brust. „Das geht dich nichts an."

„Du befindest dich hier in meinem Haus, also antworte." Sie wusste, dass es nicht ratsam war, sich mit der Leibwache des Ältestenrats anzulegen. Klein beigeben wollte Mira allerdings auch nicht. Eine Erinnerung aus ihrem menschlichen Leben drang in ihr Bewusstsein, an die sie bei ihrer ersten Begegnung mit Leandros vor lauter Anspannung gar nicht gedacht hatte. Asheroth hatte Violetta damals dazu aufgefordert, eine Beziehung mit Leandros in Betracht zu ziehen, bevor er sie gebissen hatte.

„Es geht um Violetta und Konstantin, richtig?" Es war mehr eine Feststellung als eine Frage. Er nickte knapp.

„Du weißt, dass Vio schwanger ist?", bohrte Mira weiter. Wieder nickte er.

„Dann halte dich von ihr fern. Es genügt mir, Verletzte und bald auch noch eine Horde aufgebrachter Gestaltwandler hier zu haben. Zwei Vampire, die sich aus Eifersucht zerfleischen, brauchen wir jetzt wirklich nicht!" Sie versuchte, einen etwas versöhnlicheren Ton anzuschlagen. „Ich werde Konstantin ebenfalls dazu auffordern, dich in Ruhe zu lassen."

„Ich fürchte, das wird nicht funktionieren." Leandros schnaubte leise. „Dass wir dieselbe kleine Vampirin lieben, ist bei weitem nicht das Einzige, das Konstantin und mich verbindet."

Mira hob die Augenbrauen.

„Du kennst deine eigenen Vampire nicht, Mira." Asheroths herablassenden Tonfall konnte Leandros wirklich perfekt imitieren. „Konstantin und ich gleichen uns aus, also werden wir nicht gegeneinander kämpfen. Darauf kannst du dich verlassen."

Mira stutzte. Vampire, die sich ausglichen? Leandros düstere Miene ließ darauf schließen, dass er für seinen Teil genug geredet hatte. Sie würde jemand anderen ausfragen müssen. Ein leises Geräusch aus dem oberen Stockwerk zog ohnehin ihre Aufmerksamkeit auf sich. Mira forderte Tove auf, ihr zu folgen. „Du bekommst unser Gästezimmer. Du musst erschöpft sein."

„Ja… Und ehrlich gesagt auch hungrig. Jetzt, wo das Adrenalin langsam abflaut", entgegnete das Mädchen kleinlaut. Mira hielt vor der ersten Treppenstufe inne. „Oh, richtig. Du musst ja essen. Schauen wir mal in die Küche."

Es war tatsächlich immer noch einiges von Anzherus Trockenfleischvorrat übrig. Mira hatte es nie gemocht und daher kaum etwas davon gegessen, als sie noch ein Mensch gewesen war. Sie verzog das Gesicht, als sie die große Dose aus dem Schrank nahm und öffnete. „Wir haben leider nichts anderes. Morgen können wir bestimmt einkaufen."

Zu ihrem Erstaunen schnappte Tove sich mit strahlenden Augen eine Hand voll und begann sofort zu essen. „Darf ich Fleisch auf die Einkaufsliste setzen?"

„In Ordnung", sagte Mira verblüfft. „Was noch?"

„Eier und Speck."

„Wie wäre es mit Gemüse?"

Tove kaute einen Augenblick stumm vor sich hin. „Wenn es sein muss. Ich weiß nicht warum, aber im Moment könnte ich mich nur von Fleisch ernähren. Asheroth war auch schon böse deswegen."

Mira traute ihren Ohren nicht ganz. Er legte Wert darauf, dass Tove sich ordentlich ernährte? Das grenzte an Fürsorglichkeit.

„Was läuft zwischen euch?", fragte sie gerade heraus, während sie die Küche verließen.

„Darüber darf ich nicht sprechen", entgegnete Tove genauso schnell und bestimmt.

„Er hat dir gesagt, dass unsere Gesetze eure Beziehung verbieten?" Mira versuchte, einen möglichst neutralen Tonfall zu treffen. Sie verurteilte Tove nicht dafür, da Asheroth ihr nicht die Wahl gelassen hatte, ob sie überhaupt mit ihm kommen wollte. Allerdings war sie auch wütend und ratlos.

„Ich weiß, dass die Rassen sich nicht mischen dürfen." Tove zog leicht die Schultern hoch. „Bitte frag nicht weiter."

Mira öffnete missmutig die Tür zum Gästezimmer. Der Klang von Anzherus Herzschlag im Bad versicherte ihr, dass sich sein Zustand nicht geändert hatte. Tove setzte sich aufs Bett. Außer dem hellen, mittelalterlichen Leinenkleid hatte sie überhaupt nichts bei sich.

„Mach es dir erst einmal gemütlich. Ich kümmere mich um Anzheru", sagte Mira und versuchte ein Lächeln. Das Halbblut nickte bekümmert. „Es tut mir leid, dass er und die anderen verletzt wurden. Der Riese gehört auch zu deinem Clan, nicht wahr?"

„Ja. Sein Name ist Edward."

Tove strich sich die Haare hinter die Ohren. Körperlich schien sie sich vollkommen von ihrer Gefangenschaft bei Friedrich Eisengrunth erholt zu haben. Mira vermutete, dass Asheroth sie in diesem guten Zustand wieder antreffen wollte. Also musste sie sich nicht nur darum kümmern, dass Tove genug zu essen hatte, sie musste ihr auch die Vampire des Clans vom Leib halten. Das Halbblut roch unglücklicherweise sehr verlockend.

Anzheru lag unverändert in der Wanne. Mira wusch ihm vorsichtig das Blut vom Körper, wickelte ihn in ein großes Handtuch und trug ihn anschließend ins Schlafzimmer. Auf dem Bett schmiegte er sich teils schon aus eigener Kraft an sie, als würde er sie trotz allem wiedererkennen. Von Zeit zu Zeit murmelte Anzheru leise vor sich hin. Es klang nicht nach einer modernen Sprache. Mira fragte sich, ob nicht auch ihr Blut die Heilung beschleunigen konnte. Asheroth hatte dies zwar nicht erwähnt, aber früher hatte es schon einmal recht gut funktioniert, als Konstantin schwer verletzt worden war. Da sie keine Klinge zur Hand hatte, öffnete sie ihr Handgelenk ein wenig mit den Zähnen. Ihr Blut benetzte seine Lippen, aber Anzheru reagierte nicht. Ihre Wunde schloss sich recht schnell wieder. Wild entschlossen schlitzte Mira sich die Fingerkuppen an ihren Eckzähnen auf. Es musste doch eine Lösung geben. Zögerlich strich sie über eine Bisswunde, die nur oberflächlich war. Es funktionierte! Es heilte nicht so rasend schnell wie seine harmlosen Trainingsverletzungen, aber eine Besserung war deutlich sichtbar. Merkwürdigerweise musste Mira sich nicht immer wieder die Fingerkuppen aufschneiden, seine Wunden schienen regelrecht nach Blut zu lechzen und hielten sie offen, bis es genug war. Anzheru stöhnte leise, doch es dauerte noch eine ganze Weile, bis er unter ihrer Behandlung langsam zu Bewusstsein kam.

„Hör sofort auf damit!" Seine Stimme war nur ein heiseres Flüstern. Mira nahm die Hand von seinem Brustkorb.

„Lass mich einfach nur schlafen", sagte er und schloss sie in die Arme. Seine Muskeln entspannten sich nach und nach, seine Atmung setzte schließlich aus. Anzheru hatte noch nie in ihren

Armen geschlafen. Tatsächlich hatte sie ihn überhaupt noch nie schlafen sehen. Mira selbst war hingegen hellwach. Als Vampirin war es zum Glück einfach, sich nicht zu rühren, um ihn nicht zu wecken. Etwa gegen drei Uhr morgens wurde Anzheru wach genug, um sie loszulassen und sich umzudrehen. Mira setzte sich auf. Am liebsten wäre sie einfach bei ihm im Bett geblieben, aber es gab zu viel, das sie beschäftigte. Und sie war durstig. Sie zog sich um und trat eilig hinaus auf den Flur. Toves regelmäßiger Atem und Herzschlag ließen darauf schließen, dass sie noch tief und fest schlief. Es kostete einiges an Kraft, an ihrer Tür vorbeizugehen, wo sie im Moment eine so wehrlose Beute war. Leandros saß mit verschränkten Füßen vor dem Kamin, in dem immer noch ein paar kleine Flammen loderten. Es war dieselbe Meditationshaltung, in der Mira Charles in dem kleinen Haus in Norddeutschland angetroffen hatte. Der Leibwächter warf ihr einen Blick über die Schulter zu, als sie im Türrahmen stehen blieb.

„Verzeih, ich wollte dich nicht stören", sagte sie möglichst unverfänglich. Er zuckte mit den Schultern. „Ich komme ohnehin nicht zur Ruhe. Wo gehst du hin?"

„Ich muss jagen."

„Geh nicht zu weit weg", ermahnte Leandros sie, bevor sie sich abwandte. Mira war froh, dass er keine Anstalten machte, sie zu begleiten. Er war offenbar nur für Tove zuständig. Es war in den vergangenen Tagen nie richtig hell geworden, da der Himmel stets von Wolken bedeckt gewesen war. Außerdem näherten sie sich jenen Tagen, in denen die Sonne überhaupt nicht aufgehen würde. Anzheru hatte Mira versprochen, dass sie bald die Nordlichter zu sehen bekommen würde. Sie hatte sich wirklich darauf gefreut, vor allem weil sie gedacht hatte, ihn eine Weile ganz für sich zu haben. Aber darauf konnte sie in näherer Zukunft wohl kaum hoffen. Vor ihr lag nun das nördliche Tor des Geländes. Konstantin und Artorius hielten Wache.

„Sag nicht, du willst allein auf die Jagd gehen?", begrüßte Letzterer sie mit verschränkten Armen und strengem Blick. Mira kniff die Lippen zusammen, um ihn nicht zornig anzufahren. Er trug schließlich keine Schuld an ihrer Stimmung.

„Ich verdurste."

„Das kommt überhaupt nicht in Frage! Anzheru ist außer Gefecht und Edward ist beschäftigt. Du gehst nirgendwo hin!", beharrte Artorius auf seinem Standpunkt.

„Ich könnte sie doch begleiten", bot Konstantin an. Mit dieser Lösung war Artorius offenbar auch nicht übermäßig glücklich, dennoch ließ er die beiden ziehen und rief über Funk einen zweiten Vampir zur Verstärkung ans Tor. Mira strahlte Konstantin dankbar an, als sie sich gemeinsam ein Stück von der Mauer, die das Gelände des Clans umgab, entfernt hatten. „Danke, ich dachte, er lässt mich wirklich nicht gehen."

Der blonde Junge nickte. „Wir sollten uns trotzdem beeilen. Seine Sorge ist schließlich berechtigt."

„Ich weiß." Mira senkte den Kopf. Ihr schlechtes Gewissen bezüglich ihres letzten Gesprächs holte sie wieder ein. Er wirkte immer noch ziemlich niedergeschlagen.

„Verzeihst du mir?", fragte Mira vorsichtig. Konstantin warf ihr einen verständnislosen Blick von der Seite zu. „Was meinst du?"

„Dass ich dich vor den anderen überfallen habe. Ich hätte ein paar dieser Dinge nicht sagen sollen. Zumindest nicht, wenn ein halbes Dutzend Vampire mithört."

Konstantin schenkte ihr ein erschöpftes aber ehrliches Lächeln. „Es ist in Ordnung. Weißt du, die meisten haben sich nicht getraut, auf Vio und mich zuzugehen. Da du jetzt mit der Tür ins Haus gefallen bist, geht der ganze Clan offener damit um."

Er kletterte über die Wurzeln eines riesigen Baumes. „Sie versichern uns alle, dass die Kleine im Clan aufgenommen wird, was auch immer geschieht. Du kannst dir nicht vorstellen, wie glücklich Vio darüber ist."

Sein Schmerz schien sich ins Unermessliche zu steigern. Er war keineswegs glücklich. Mira bewunderte Konstantin dafür, dass er überhaupt ruhig darüber sprechen konnte. Sie hielten inne. Ein leises Rascheln in der Ferne verriet ihnen die Gegenwart größerer Tiere. Mira lauschte und atmete konzentriert die kühle Nachtluft ein. Es war eine kleine Herde Rentiere.

„Nach dir", flüsterte Konstantin. Ihre Jagd dauerte nur wenige Minuten. Mira saugte auch ihr zweites Beutetier restlos aus. Erst danach war ihr Durst soweit gestillt, dass sie Tove nicht gierig anfallen würde, wenn sie bei ihrer Rückkehr wach war. Konstantin wies mit dem Kopf in die Richtung, aus der sie gekommen waren. „Oder hast du immer noch nicht genug?"

„Doch, es geht. Ein Fleischfresser wäre mir zwar lieber gewesen, aber es ist besser als nichts."

„Gut, ich bringe dich nach Hause. Ich möchte nach Anzheru sehen."

Mira schluckte schwer. Sie musste wohl schon wieder mit der Tür ins Haus fallen. „Leandros ist bei uns untergebracht. Willst du ihm wirklich begegnen?"

Konstantin seufzte. „Wir gehen nicht aufeinander los, glaub mir. Es ist sehr schwierig zwischen uns, aber Feinde sind wir nicht."

„Er sagte, ihr gleicht euch aus. Was bedeutet das?" Mira konnte nicht ganz verbergen, dass sie sich ein weiteres Mal über ihre Unwissenheit ärgerte. Der Vampir an ihrer Seite schmunzelte ein wenig. „Sei Anzheru nicht böse, dass er dir noch längst nicht jedes Detail unserer Welt erklärt hat. Innerhalb unseres Clans gibt es kein Ausgleichspaar, daher war es nebensächlich."

„Du hättest es mir erklären können", murmelte Mira kleinlaut. Er seufzte. „Ja, das ist wahr. Aber ich meide Leandros im Grunde schon seit unserer ersten Begegnung. Ich hatte gehofft, dass du nicht durch uns zum ersten Mal vom Ausgleich zwischen zwei Geschöpfen hörst. Eigentlich ist es nämlich etwas Wunderbares."

Mira erwiderte nichts. Sie nahm sich nur vor, ihre Mimik besser unter Kontrolle zu bekommen. Konnte ihr jeder ihre Gedanken von den Augen ablesen?

„Ich weiß nicht, wie ich es beschreiben soll." Konstantin rieb sich nachdenklich den Nacken. Während er überlegte, erreichten sie das Tor. Helena lehnte neben Artorius an der Mauer. Bereits von weitem war ihr ihre schlechte Stimmung anzusehen. Sie nickte ihnen nur finster zu, als sie das Gelände des Clans betraten. Mira wagte nicht, nach dem Grund für ihre schlechte Laune zu fragen. Konstantins Miene hingegen hellte sich etwas auf, als hätte er endlich einen Einfall gehabt. Außer Hörweite von Helena begann er zu erklären. „Sie ist sauer auf Edward, weil er im Moment keine Zeit für sie hat."

„Warum das?", fragte Mira verwundert. Der Hüne war geradezu vernarrt in seine Gefährtin. Was konnte ihn dazu bringen, sie zu vernachlässigen?

„Er pflegt Charles. Du musst wissen, dass auch sie sich ausgeglichen haben und sie hängen immer noch ziemlich aneinander", fuhr Konstantin fort. Mira hielt inne. Die beiden Vampire hatten jetzt etwa die Hälfte des Weges zur Villa zurückgelegt. Sie wollte sich seine Erklärung lieber unter vier Augen bis zum Ende anhören.

„Edward hat es mir einmal erzählt. Bevor er Charles begegnet ist, war er ein sehr zorniger und egoistischer Vampir. Es ging so weit, dass er nicht mit anderen zusammenleben konnte. Nur einer der Ältesten nahm ihn als Leibwache auf, weil er stark war. Charles hingegen war sanftmütig, geradezu selbstlos. Er war im Ältestenrat als Heiler sehr begehrt, weil er sich im Zweifelsfall für jeden geopfert hätte. Nur durch Zufall begegneten sie sich. Weder Edward noch Charles hatten je für möglich gehalten, dass es ein so krasses Gegenteil von ihnen geben könnte, trotzdem verstanden sie sich auf Anhieb."

Konstantin machte eine kurze Pause und lächelte. Mira bemerkte, dass sie wie gebannt lauschte und ihn ungläubig anstarrte.

„Ich weiß, es ist schwer zu glauben, wenn man die beiden kennt. Ihre übersteigerten Eigenschaften glichen sich perfekt aus. Edwards Zorn verrauchte, er konnte sich auf andere einlassen und du weißt ja, wie verantwortungsbewusst er jetzt ist. Charles lernte im Gegenzug, dass auch sein eigenes Leben einen Wert besitzt und dass er sich nicht leichtfertig opfern muss."

„Also ist dieser Ausgleich ein Gewinn für beide?" Mira war sich nicht ganz sicher, ob sie es richtig verstanden hatte.

„Ja und das immer. Gehen wir bitte weiter."

„Und Leandros und du? Worin gleicht ihr euch aus?", fragte Mira im Gehen. Konstantin atmete hörbar aus. „Zwischen uns ist es komplizierter. Edward und Charles brauchten sich nur kurze Zeit berühren und der Ausgleich war vollkommen. Ihre Eigenschaften blieben dauerhaft zum Vorteil beider verändert. Leandros und ich haben uns bisher nur zum Teil ausgeglichen, indem wir uns ein einziges Mal und eher zufällig berührt haben. Es fühlt sich für mich sehr unangenehm an, obwohl ich weiß, dass es ausschließlich positive Konsequenzen hat."

Er verzog das Gesicht, als würde er schmerzhafte Erinnerungen durchgehen. „Ich bin nicht freiwillig zum Vampir geworden. Meine Reue gegenüber denjenigen, die ich tötete, um zu überleben, fraß mich auf. Ich besitze auch ein sehr ausgeprägtes Mitgefühl, selbst mit Nicht-Vampiren. Das einzige, was mich zeitweise am Leben gehalten hat, war die Angst vor dem Tod. Leandros hingegen besaß überhaupt keine empathischen Fähigkeiten. Seine Gefühlskälte ließ andere in seiner Gegenwart buchstäblich frieren. Und er besitzt eine unbändige Willenskraft. Vielleicht wollte Asheroth ihn auch deshalb als Leibwache. Sie hatten irgendwie etwas gemeinsam."

Das war nachvollziehbar. Mira dachte an ihre Autofahrt mit Leandros zurück. Sie hatte sich ein kleines bisschen Mitgefühl von ihm gewünscht, aber offenbar hatte er tatsächlich nicht bemerkt, wie unwohl sie sich gefühlt hatte. Und dass der Älteste und sein Leibwächter sich recht gut ergänzten, war unbestreitbar.

„Hatte Asheroth keine Einwände dagegen, dass du ihn veränderst?", fragte Mira nachdenklich.

„Wenn ja, dann ließ er es sich nicht anmerken. Sein Ausgleichsgeschöpf zu finden, wenn man überhaupt eins hat, ist herrlich. Niemand stellt sich böswillig dazwischen. Es ist ja auch längst nicht so gefährlich, wie Begabte zu finden. Ich konnte meine Reue überwinden, er besitzt jetzt ein kleines bisschen Einfühlungsvermögen, jedenfalls mit den Vampiren, die er schon lange kennt."

Mira stutzte. „Was ist daran unangenehm?"

„Leandros ist sehr stark, viel stärker als ich. Wenn ich ihn anfasse, tut es im ersten Augenblick verdammt weh, weil seine Willenskraft mich beinahe zerbricht." Konstantin erschauderte beim Gedanken daran.

„Du hast gesagt, zwischen Edward und Charles sei es von Dauer. Bei euch nicht?"

Er schüttelte den Kopf. „Dafür müssten wir den Ausgleich abschließen, aber da haben wir beide unsere Hemmungen. Wobei ich eben jene Willensstärke im Moment sehr gut brauchen könnte. Leandros dürfte sich in der jetzigen Situation unwohl fühlen. Es fällt ihm schwer, mit Gefühlen umzugehen, die er früher nie gekannt hat."

Mira war fasziniert von seiner Erzählung. Hinter der nächsten Biegung des Weges würden sie die Villa sehen können.

„Und Vio?", fragte sie vorsichtig im Flüsterton. Konstantin biss sich auf die Unterlippe. „Ausgleichsgeschöpfe haben auch immer irgendetwas gemeinsam. Bei uns ist es die Treue zu den

Anführern, die wir akzeptiert haben und die Liebe zu ihr. Es ist das erste Mal, dass wir lieben. Ich sagte ja, es ist kompliziert."

Mira blieb erneut stehen, als die Villa vor ihnen lag. Der Vampir an ihrer Seite hielt ebenfalls ruckartig inne, als er sah, wer sich vor dem Haus gegenüberstand. Violetta war hergekommen. Leandros war nur drei Schritte von ihr entfernt. Allerdings hielt er sich nicht ganz so gerade wie gewöhnlich, seine Schultern waren leicht nach vorn gesunken.

„Sag irgendetwas", forderte er Violetta auf. Sein Widerwille war ihm deutlich anzumerken.

„Was willst du denn hören?", gab sie ungeduldig zurück. „Ich kann dich nicht trösten."

„Ist da denn gar nichts?", fragte Leandros resigniert. Violetta schüttelte den Kopf. „Achtzig Jahre lang fürchte ich schon, dass du irgendwann kommst und mich holst. Du tust es nur nicht, weil du Anzheru fürchtest."

„Das ist nicht wahr!", grollte der Leibwächter. Konstantin löste sich plötzlich aus seiner Starre und kam erst wieder vor seiner Gefährtin zum Stehen. „Rühr sie nicht an!"

Mira näherte sich ihnen nur langsam. Instinktiv mischte sie sich noch nicht in das Geschehen ein. Leandros lehnte sich leicht vor, als wollte er angreifen, doch er tat es nicht. Seine Augen behielten ihr menschliches Braun.

„Geh wieder zurück, Vio", presste Konstantin mit zusammengebissenen Zähnen hervor.

„Ich wollte doch nur sehen, ob es Mira und Anzheru gut geht", erwiderte sie trotzig und warf Mira einen kurzen Blick zu.

„Ich sehe gleich nach ihm, jetzt geh!", drängte ihr Gefährte. Violetta schnaubte widerwillig, doch sie fügte sich und lief den Weg zum Hauptquartier zurück. Konstantin und Leandros standen sich unverändert gegenüber.

„Weißt du, warum ich sie nicht einfach zu mir hole?", setzte der Leibwächter gereizt an. „Weil sie mit dir glücklich ist. Und jetzt trägt sie dein Kind in sich! Wie konntest du sie nur diesem Risiko aussetzen!"

„Ich weiß nicht…" Mit einem Mal schien Konstantin jeden Kampfeswillen verloren zu haben. Er fuhr sich unwirsch durchs Haar. „Ich habe das doch auch nicht gewollt. Ich weiß noch nicht einmal, ob ich das Kind je ansehen kann, falls sie stirbt."

Mira verschränkte betreten die Arme. Trotz seines Versprechens war Konstantin mit sich selbst im Hader. Sie fühlte sich völlig fehl am Platz, aber allein lassen wollte sie die beiden Männer auch nicht. Leandros schien einen Entschluss zu fassen. Er atmete hörbar aus und packte Konstantin im Genick. Der blonde Vampir stöhnte auf vor Schmerz. Sie berührten sich kaum zwei Sekunden, dann ließ Leandros ihn genauso abrupt wieder los. Damit war ihr Ausgleich sicher noch nicht abgeschlossen. Denn keiner von beiden erweckte den Eindruck, etwas Wunderbares erlebt zu haben.

„Weißt du es jetzt?", grollte der Leibwächter leise. Konstantin richtete sich auf und brauchte offenbar noch einen Atemzug, um sich zu erholen.

„Ja", sagte er mit fester Stimme. „Und jetzt will ich nach meinem Oberhaupt sehen."

Sie setzten sich in Bewegung. Mira hätte Leandros gern gefragt, wie er sich nun fühlte, aber das war alles andere als angebracht. Sie versuchte stattdessen zum ersten Mal, den Leibwächter anzulächeln, bevor sie Konstantin hinauf in den ersten Stock der Villa folgte. Anzheru lag noch im Bett, doch er war wach. Die Bettdecke ließ seinen Oberkörper frei, weshalb sie sofort sehen konnten, dass die Heilung seiner Wunden inzwischen merklich voranschritt. Konstantin blieb erstaunt mitten im Schlafzimmer stehen. „Edward hat gesagt, deine Wunden wären noch schlimmer als die von Charles. Wie ist das möglich?"

Seine eisblauen Augen richteten sich auf Mira. Er schien ihr ernsthaft böse zu sein, sagte jedoch noch nichts dazu.

„Wie geht es den anderen?", fragte Anzheru ausweichend, als er den Blick endlich von seiner Gefährtin löste.

„Jasmina ist wohlauf, ihr Pilot fliegt sie heute Morgen nach Hause." Konstantin schob die Hände in die Taschen seiner Jacke. „Edward kümmert sich um Charles, Leandros sitzt unten."

„Asheroth?"

Mira meldete sich zu Wort. „Er hat gesagt, dass er etwas erledigen muss. Wahrscheinlich ist er in zwei Tagen zurück."

Anzheru schnaubte. „Und sein Halbblut schläft im Gästezimmer."

„Er hat sie mir… anvertraut." Das traf es wohl noch am ehesten. Mira verschränkte die Arme vor der Brust.

„Natürlich! Bei dir verlässt er sich auch darauf, dass du die Antworten nicht einfach aus ihr herausprügelst", grollte er. Sie würde dem nicht widersprechen. Anzheru empfand Asheroths Handeln vielleicht als berechnend, aber sie wollte sein Vertrauen nicht enttäuschen.

„Du wirst sie nicht anrühren. Und ich werde Lebensmittel für sie auftreiben", sagte Mira mit fester Stimme. Konstantin warf ihr einen merkwürdigen Blick von der Seite zu, irgendwo zwischen einer Warnung, Entsetzen und Bewunderung. Anzherus Armmuskulatur zuckte unwillkürlich.

„Schön, dass es dir besser geht. Ich werde dann mal zum Hauptquartier zurückgehen", verabschiedete sich der blonde junge Mann schnell. Mira wunderte es nicht besonders. Wenn es danach aussah, als könnte es zwischen ihr und ihrem Gefährten zum Konflikt kommen, suchten die Vampire des Clans grundsätzlich lieber das Weite. Manchmal und vor allem in diesem Fall fühlte Mira sich allein gelassen, andererseits gab der Clan ihnen so die Möglichkeit, ihre Streitigkeiten unter sich als Paar auszumachen, und zwang Anzheru nicht dazu, sich mit allen Mitteln als Oberhaupt durchzusetzen. Er senkte den Blick kurz auf seine heilenden Wunden. Es ging nicht länger um Tove.

„Tu so etwas nie wieder, hörst du!"

Mira zuckte unbeeindruckt mit den Schultern, was Anzheru nur noch mehr verärgerte. Er setzte sich auf, obwohl es sichtlich schmerzte. „Opfere dein Blut nie wieder einfach so, wenn es nicht nötig ist. Du unterschätzt, wie viel du bei dieser Art zu heilen verlierst! Unser Gewebe an sich ist blutgierig. Es hält die Wunden offen und stiehlt dem Heilenden so immer mehr."

„Falls es dich beruhigt, das habe ich gemerkt. Ich komme gerade von der Jagd zurück", entgegnete Mira ungerührt. Sein zorniger Blick durchbohrte sie unnachgiebig, als wollte er eine Entschuldigung hören, oder das Versprechen, dass sie gehorchen würde.

„Was war es diesmal?"

„Ungefährliche, kleine Rentiere", beschwichtigte sie ihn halbherzig. Anzheru schüttelte den Kopf. „Du bist wirklich die seltsamste Vampirin, die mir je begegnet ist. Niemand gibt sein Blut für Wunden, die von alleine heilen."

„Oh, Verzeihung. Ich konnte nicht mit ansehen, wie du leidest und wirres Zeug vor dich hin murmelst!" Mira war mehr als enttäuscht von seiner Reaktion. Nach all ihrer Sorge um ihn war er tatsächlich böse auf sie. Ihr sarkastischer Kommentar zeigte zumindest etwas Wirkung. Anzheru schaute sie entschuldigend an und streckte die Hand nach ihr aus. Mira setzte sich ohne allzu große Begeisterung zu ihm auf die Bettkante.

„Du kannst deine Kräfte noch nicht genügend einschätzen. Diese Art des Heilens ist zu gefährlich für dich." Er lehnte seine Stirn gegen ihre. Mira schloss die Augen. „Was ist nicht zu gefährlich für mich?"

„Geduld mit dir selbst zu haben."

24. Fell

Tove erwachte erst am späten Morgen. Mira hatte ihr eine Jeans und einen dicken Pullover neben das Bett gelegt, die der Länge nach wohl ihr gehörten. Tove krempelte Ärmel und Hosenbeine um, dann stolperte sie wenigstens nicht auf dem Weg nach unten. Ihr Magen knurrte laut, obwohl sie vor dem Schlafen gehen noch etwas gegessen hatte. Zum Glück gab es noch reichlich Trockenfleisch in der Küche der Villa. Leise Stimmen verrieten ihr, dass sich die Vampire im Kaminzimmer aufhielten. Tove öffnete zaghaft die Tür, um nachzusehen, ob Mira unter ihnen war. Leandros hockte auf seinem Fensterplatz, auf den dunkelroten Polstermöbeln saßen Mira und ihr angsteinflößender Gefährte. Er wirkte immer noch ziemlich mitgenommen, fand aber die Kraft, sie argwöhnisch anzustarren.

„Störe ich?", fragte Tove vorsichtig. Asheroth hatte ihr befohlen, sich zurückhaltend zu verhalten. Sie stand zwar unter seinem Schutz, in seiner Abwesenheit war es dennoch nicht ratsam, die anderen Vampire zu provozieren.

„Nein." Mira lächelte sie an. „Kämm dir noch die Haare, dann fahren wir schnell zum Einkaufen. Leandros wird uns begleiten."

Tove nickte begeistert und eilte wieder die Treppe hinauf ins Bad. Das Trockenfleisch war zwar wirklich gut, aber für frisches Fleisch nahm sie bereitwillig jede längere Fahrt in Kauf. Vor dem Badezimmerspiegel stellte Tove fest, dass ihre Haare wirklich unmöglich in jede Richtung abstanden. Nur durch Kämmen waren sie nicht zu bändigen, also musste sie sie wenigstens nass machen. Der Kragen des geliehenen Pullovers war recht hoch geschlossen, daher zog Tove ihn lieber aus, damit er nicht versehentlich mit unter den warmen Wasserstrahl geriet. Nur im Augenwinkel bemerkte sie den hellen Fleck auf ihrem Schulterblatt, als sie sich vom Waschbecken abwandte, um nach einem

Handtuch zu greifen. Tove machte einen halben Schritt zurück und drehte ihren Rücken möglichst weit in den Spiegel. Ihre gewöhnliche Körperbehaarung war dunkel und zum Glück sehr spärlich und fein. Man sah sie im Grunde nicht. An ihren Schultern jedoch hatten sich dichtere Stellen gebildet und das aus hellgrauen, silbrigen Härchen. Im letzten Moment unterdrückte Tove einen angewiderten Laut. Was zum Teufel war das denn? Wenn sie darüber strich, fühlten sie sich weich an, aber auch recht robust. Sie waren wesentlich dicker als die Haare auf ihrem Kopf.

„Tove, beeil dich bitte", hörte sie Mira aus der Diele rufen. Hastig zog sie den etwas zu großen Pullover wieder an und suchte nur zur Sicherheit ihre sichtbare Haut nach diesen… Härchen ab. Weder in ihrem Gesicht, noch an ihren Händen war etwas davon zu sehen. Auf dem Weg nach unten und dann zum Auto versuchte Tove, sich ihre Anspannung nicht anmerken zu lassen, was ein hoffnungsloses Unterfangen war. Jeder der Vampire hörte ihren erhöhten Puls. Mira schaute sie besorgt an, als sie auf einen schwarzen großen Jeep zugingen, der vor der Villa abgestellt worden war. Daneben stand ein wesentlich besser aussehendes Auto, aber es war dem norwegischen Schnee wohl kaum gewachsen.

„Fühlst du dich nicht gut? Leandros meint, unter Menschen werden die Wächter es fürs Erste nicht wagen, uns anzugreifen", wollte Mira sie aufmuntern.

„Ich bin in Ordnung", gab Tove zurück. Sie lächelte die hochgewachsene Vampirin zögerlich an. Es überzeugte sie nicht. „Was hast du?"

„Ach ich… So etwas Normales wie einkaufen habe ich eine gefühlte Ewigkeit nicht getan. Das gibt sich schon." Tove wünschte sich, die Sinne der Vampire wären nicht so fürchterlich scharf, dass sie einem wirklich alles anmerkten. Plötzlich schnellte Leandros vor und stieß sie rückwärts gegen die Seite des Jeeps. Seine Hände stützte er jeweils neben ihren Schultern gegen das kalte Metall. „Niemand lügt so schlecht wie du! Wenn du es wagst, zu flüchten, fange ich dich und breche dir die Beine, ist das klar!"

Tove nickte nur mit geweiteten Augen. Dass Leandros nicht viel für sie übrig hatte, war ihr bewusst gewesen, aber mit einer solchen Drohung hatte sie nicht gerechnet. Während der Fahrt beruhigte sich ihr Puls langsam wieder. Die kurzen, dicken Härchen an ihrem Rücken beschäftigten Tove jedoch weiterhin. Sie weigerte sich, es als Fell zu akzeptieren. Die Vorstellung, dass sie bald einen menschlichen Körper aber die Behaarung eines Tiers haben könnte, war widerlich. Hoffentlich würden sie wieder ausfallen. Tove überlegte, ob es zu merkwürdig war, wenn sie einen Rasierer kaufte. Dass Leandros in der Nähe eines Kaufhauses parkte und kein Lebensmittelgeschäft in Sicht war, besserte ihre Stimmung absolut nicht. Mira winkte sie fröhlich zu sich. „Wir holen nur ein paar Sachen für dich. Du kannst ja nicht ewig in meinen Jeans herumlaufen."

„Naja, da du so dünn bist, passen sie eigentlich ganz gut", entgegnete Tove verunsichert.

„Sie sind zu lang", blockte die Vampirin ihr Argument ab. Da sie im Geschäft die Kleidungsstücke für Tove zur Umkleide schleppte, kamen sie schnell voran. In kaum zwanzig Minuten hatten sie Hosen und genügend Unterwäsche zusammen. Leandros saß stumm in der Nähe und behielt die Umgebung im Auge. Mira ermahnte ihn irgendwann leise zu blinzeln, um etwas mehr wie ein Mensch zu wirken. Als sie dann zu Oberteilen überging, bekam Tove ein flaues Gefühl im Magen. Mira war bei den Hosen einfach zu ihr in die Umkleide gekommen, um ein wenig Zeit zu sparen. Jetzt wartete sie mit einem Stapel Shirts und Pullovern über dem Arm darauf, dass Tove ihren geliehenen Pullover auszog.

„Muss ich das wirklich alles anprobieren?" Sie versuchte, vernünftig zu klingen statt abweisend. Schließlich barg dieser Einkauf ein wachsendes Risiko für sie, je länger er dauerte.

„Angesichts der Tatsache, dass dich die Hunde jagen, mag es dir überflüssig vorkommen, aber Vampire legen tatsächlich Wert darauf, dass sogar ihre Sklaven ordentlich aussehen. Was auch immer du für Asheroth bist, du musst halbwegs präsentabel sein. Sogar Anzheru hat dem zugestimmt. Also los!" Mira flüsterte nur, damit keiner der Menschen um sie herum sie hören konnte. Die beiden Mädchen standen seitlich zum Spiegel. Tove wich noch ein wenig zurück zur Wand und zog ihren Pullover über den Kopf. So funktionierte es vielleicht.

„Halten sich viele Vampire immer noch Sklaven?", fragte sie beiläufig. Mira lehnte sich zurück gegen die Holzwand. „In meinem Clan kommt es zum Glück nur selten vor. Im Moment wirst du bei uns keinem Menschen begegnen. Aber ja, vor allem ein paar der Alten haben regelmäßig Blutsklaven bei sich."

Tove erschauderte leicht. Asheroth verlangte Gehorsam, aber sie musste nicht auf den Knien herumrutschen und ihren Hals hinhalten, wenn ihm gerade nach ihrem Blut war. Eilig probierte sie ein Oberteil nach dem anderen an und stimmte brav zu, wenn ihre neue Verbündete etwas aussortierte. In einem hatte Toves Mutter bei all ihren Geschichten über die unter den Gestaltwandlern so verhassten Schattenwandler Recht gehabt. Sie waren wirklich unwiderstehlich. Mira war schön, liebenswert und vertrauenerweckend. Dass sie im nächsten Moment wie ein Raubtier über Tove herfallen konnte, schien so unwahrscheinlich, dass man nachlässig werden konnte. Selbst wenn man überhaupt die Kraft besaß, gegen einen Vampir zu kämpfen. Ein heller Rollkragenpullover war so eng geschnitten, dass Tove ihn kaum wieder aus bekam. Um nicht umzukippen, musste sie einen Schritt nach vorn machen. Sofort spürte sie Miras warme Hand an ihrer Taille, die sie abstützte. Allerdings drehte die

Vampirin sich ihren Rücken zu, während Tove mühsam ihren Kopf aus dem Kragen befreite. Es war passiert. Mira betrachtete die übermäßig behaarten Flecken an ihrem Rücken mit einiger Verblüffung und strich mit den Fingerspitzen darüber. Tove legte den Finger an die Lippen und starrte sie flehend an. Mira verstand ihre Bitte. Da Leandros in Hörweite war, sprachen sie nicht darüber und gingen weiter die Kleidungsstücke durch.

Danach besorgten sie noch Lebensmittel, wobei Tove am liebsten das Gemüse gegen Fleisch getauscht hätte, und fuhren wieder zum Gelände des Nördlichen Vampir-Clans zurück. Alles in allem hatten sie gerade einmal zwei Stunden gebraucht. Trotzdem wirkte Anzherus Geduld sehr überstrapaziert, als sie zu dritt und wohlbehalten in die Villa zurückkehrten. Er kam ihnen aus einem der anderen Räume im Erdgeschoss entgegen. Tove konnte hinter seinen breiten Schultern Unmengen von Büchern ausmachen. Mira schlang die Arme um seinen Nacken und küsste ihn zur Begrüßung. „Es gab keine Zwischenfälle und alles ist erledigt."

„Ja", erwiderte er nur und beäugte die Tasche an Toves linker Hand, in der sich das frische Rindfleisch befand. Er konnte es wohl riechen. „Hast du dich schon immer so ernährt?"

Sie schüttelte nachdenklich den Kopf. „Ist bestimmt nur so eine Phase."

Anzheru hob skeptisch die Augenbrauen. Mira gähnte an seiner Schulter, was ihn zum Glück ablenkte.

„Du hast schon wieder nicht geschlafen, oder?", fragte er besorgt. Sie löste sich aus seinem Arm und verneinte. Mit einem weiteren Gähnen betrat sie die Bibliothek, was Tove als Anlass nahm, auch endlich aus der Diele zu verschwinden. Sie verstaute die Lebensmittel in der Küche, dann brachte Tove ihre neu erworbenen Kleidungsstücke nach oben. An der Türschwelle zu ihrem Gästezimmer überreichte Mira ihr daraufhin ein staubiges Buch, welches in etwa das Format eines Pflastersteins besaß.

„Es ist ein Band über die Eigenschaften der Gestaltwandler, aber es wurde von einem Vampir geschrieben. Würdest du es mal durchblättern und mir sagen, was stimmt und was völliger Unsinn ist?", fragte die Vampirin mit einem freundlichen Lächeln. Anzheru lehnte am Türrahmen zu ihrem Schlafzimmer und musterte die beiden Mädchen unablässig. „Du stiftest sie zum Hochverrat an, Liebste."

Mira warf ihm einen irritierten Blick zu, dann wandte sie sich ratlos wieder zu Tove um. „Daran habe ich gar nicht gedacht. Es fällt mir schwer, dich als Mitglied einer feindlichen Rasse anzusehen."

Tove wog das schwere Buch in der Hand. „Wenn mich die Gestaltwandler doch irgendwann in die Hände bekommen, töten sie mich für das, was ich bin. Sie würden mich niemals als einen der ihren anerkennen. Ist es dann wirklich Verrat, wenn ich das bisschen preisgebe, das ich über sie weiß?"

„Die wenigen Halbblute, die ich kannte, standen trotzdem immer treu zu den Gestaltwandlern. Aber es ist deine Entscheidung." Etwas schwerfällig richtete Anzheru sich zu seiner vollen Größe auf. Körperlich ähnelte er seinem Vater wirklich sehr. Tove überlegte, ob es auch irgendeine Wirkung hatte, wenn sie ihn anfasste. Diesen Gedanken verwarf sie lieber schnell wieder. Dieser Geborene duldete sie zwar im Moment in seinem Haus, aber freundlich gesinnt war er ihr nicht. Anzheru hielt Mira eine fahle, große Hand hin, die sie bereitwillig ergriff. Für Tove sah es eher danach aus, als würde er seine Gefährtin von ihr trennen wollen. Als könnte die dauernde Gefahr, in der sie schwebte, auf Mira übergehen. Unrecht hatte er damit nicht. Tove wusste, wie rachsüchtig die Wächterhunde waren. Jeder, der sich zwischen sie und ihre Ziele stellte, riskierte sein Leben. Asheroth hatte eine ganze Reihe Vampire mit in diesen Kampf gezogen. Der

Zweifel daran, dass sie unbegrenzt zu ihm und Tove halten würden, zerrte zunehmend an ihren Nerven.

Am frühen Abend klopfte es an die Tür des Gästezimmers. Mira kam mit ein paar leeren Blättern Papier, zwei Tassen und einer Kanne Tee herein. Tove sah von dem staubigen Lederband auf und versuchte ein Lächeln. „Diese Handschrift ist ganz schön anstrengend."

Mira nickte verständnisvoll. „Ich bin auch nicht besonders weit gekommen. Hast du schon Fehler gefunden?"

Sie bedeutete Tove, ein bisschen zur Seite zu rücken, und setzte sich mit aufs Bett.

„Nicht viele. Es trieft vor Feindseligkeit, aber im Großen und Ganzen hat dieser Vampir die Gestaltwandler gut beobachtet."

Während Sie redete, schrieb Mira eine Zeile auf das erste Blatt. Das Halbblut lehnte sich leicht zur Seite, um es lesen zu können.

»Seit wann hast du Fell?«

Tove schluckte schwer, bevor sie einen der Stifte in die Hand nahm. Wenn sie genauer darüber nachdachte, veränderte sie sich erst, seit sie Asheroth begegnet war. Es beeindruckte sie, dass Mira offenbar mit niemandem über ihre Entdeckung geredet hatte und es auf diese Art immer noch geheim hielt. Sie bedauerte, dass sie ihrer Verbündeten nur sehr wenig sagen durfte.

»Es ist mir erst heute Morgen aufgefallen, als ich mich fertig gemacht habe.«

»Was passiert? Verwandelst du dich?«

»Das ist nicht möglich.« Tove biss sich auf die Unterlippe. »Zumindest habe ich das immer geglaubt.«

„Was euer akribischer Schriftsteller nicht wusste, ist, dass Gestaltwandler immer in ihrer ersten Gestalt, also als Mensch geboren werden. Verwandeln können sie sich erst später", sagte sie laut, um den Schein zu wahren.

»Was könnte deine zweite Gestalt sein?«

»Ich weiß es nicht.«

Mira neigte ihren schönen Kopf ein wenig zur Seite. »Was war deine Mutter?«

»Sie hat es mir weder gesagt noch gezeigt. Sonst hätten uns die Wächter noch viel eher gefunden. Die Gestaltwandler spüren, wenn sich einer von ihnen in der Nähe verwandelt.«

Mira nickte aufmerksam und schenkte ihr ein aufmunterndes Lächeln. »Raten wir?«

Tove zuckte hilflos mit den Schultern. »Eine Feldmaus vielleicht, dann bin ich wenigstens klein genug, um mich zu verkriechen.«

Die Vampirin unterdrückte ein Lachen. »Das kann nicht dein Ernst sein, du bist ein Fleischfresser! Und dein Fell sieht auch nicht nach Maus aus.«

Tove verzog angewidert das Gesicht. »Es ist eklig. Warum ausgerechnet am Rücken?«

Mira streichelte ihre Schulter. »Wir werden sehen.«

Ihr Gefährte rief nach ihr. Sie legte die beschriebene Seite ins Buch und klappte es zu. „Behalte es einfach noch eine Weile. Vielleicht hast du ja noch etwas Zeit für Korrekturen."

Anzherus Wunden hatten sich mittlerweile geschlossen. Bei manchen Bewegungen hatte er noch Schmerzen, aber er fühlte sich wieder relativ gut. Er hatte gerade eine der Blutkonserven aus seinem Kühlschrank getrunken. Mira kam leichtfüßig die Treppe herunter und schaute ihn gespannt an. Sie hatten sich wieder versöhnt. Anzheru wunderte sich allerdings, dass sie ihn nicht mit etlichen Fragen löcherte. Zum Beispiel, wie der Innere Zirkel entstanden war und was es mit Konstantin und Leandros auf sich hatte, musste sie erfahrungsgemäß beschäftigen. Was Asheroth und Tove vielleicht miteinander verband, hatte Mira auch noch mit keiner Silbe erwähnt.

„Warum schaust du mich so verwundert an? Stimmt etwas nicht?", fragte sie völlig unbefangen.

„Nein, ich bin bloß wieder einmal erstaunt, wie schnell du wieder munter geworden bist", sagte er ausweichend. Auf manche der befürchteten Fragen hätte Anzheru ohnehin nicht antworten dürfen, also würde er noch abwarten, bis Mira entschieden hatte, was sie wirklich interessierte. „Ich möchte, dass du das Kampftraining wieder aufnimmst. Wer weiß, was noch alles auf uns zukommt."

Mira bleckte die Zähne. Manchmal wurde er das Gefühl nicht los, dass sie Spaß am Kampf hatte. Bisher war es für sie ja zum Glück noch nie ernst geworden. Bevor er an Asheroths Seite in den Krieg gezogen war, hatte Anzheru sich ähnlich verhalten. Folglich würde er ihr keinen Vorwurf machen.

„Mit wem? Du bist doch noch nicht wieder fit", fragte sie herausfordernd.

„Leandros hat sich angeboten", erklärte Anzheru zuversichtlich. Mira ließ die Schultern sinken. Sie schien ihre Züge kontrollieren zu wollen, was ihr absolut nicht gelang. Mit Begeisterung hatte Anzheru nicht gerechnet, aber auch nicht mit so großem Widerwillen.

„Wirklich? Warum nicht Helena?"

„Von ihm lernst du mehr. Er ist stärker als die meisten im Clan und ein begnadeter Distanzkämpfer und das, obwohl er relativ klein ist."

Und er war gnadenlos. Mira lag auf dem Rücken. Unter ihr war ein Felsbrocken zerborsten, als Leandros sie geradezu mühelos abgewehrt und zurückgestoßen hatte. Anzheru saß auf einem entfernten Hügel und schaute ihnen zu.

„Steh wieder auf", forderte der Leibwächter tonlos. Mira verdrehte die Augen. Ein dutzend Mal hatte er sie bereits zu Boden befördert. Sie fühlte sich, als wäre eine Herde Elche über sie hinweggetrampelt. Im Training besiegt zu werden war an sich nicht das Schlimme. Es passierte ihr öfter, da sie die Jüngste im Clan war. Dass es Leandros jedoch weder Mühe noch Kraft kostete, trieb Mira zur Weißglut. Betont langsam räumte sie die Felsstückchen von ihrem Körper herunter. „Kämpfst du anders, seit du den Ausgleich mit Konstantin begonnen hast?"

Er hatte doch etwas von Leandros' neuen Gefühlen erwähnt. Der Leibwächter erschien in ihrem Sichtfeld. „Nein."

Mira wischte sich den Schmutz aus dem Gesicht. „Bringt es irgendetwas, wenn ich dich von unten angreife?" Was schwierig werden würde, da sie größer war als er.

„Versuche es, wenn du endlich aufgestanden bist."

Sie seufzte. „Eine Frage hätte ich noch."

„Was?" Im Kampf verabscheute Leandros es offenbar noch mehr zu reden, als er es ohnehin schon tat.

„Wenn du den Ausgleich mit Konstantin abgeschlossen hast, was ist dann? Nimmt dann die Eifersucht überhand?"

Eine Sehne an der Seite seines Halses zuckte leicht hervor, doch er antwortete relativ ruhig. „Nein. Sein Ausgleichsgeschöpf kann man nicht hassen. Ich will, dass es ihm gut geht und gleichzeitig will ich Violetta, so unsinnig das auch klingen mag."

Mira erhob sich. Seine offene Antwort überraschte sie. Im Nachhinein wurde wohl auch Leandros bewusst, dass er mehr offenbart hatte, als beabsichtigt. Bei ihren letzten zwei Trainingskämpfen schlug er erbarmungslos in wirklich jede Lücke ihrer Verteidigung. Immerhin wusste Mira jetzt, wo sie überall angreifbar war.

„Du hast dich besser gehalten als so manch anderer in seinem ersten Übungskampf gegen ihn", sagte Anzheru, als er Mira nach der heißen Dusche, die sie dringend gebraucht hatte, in die Arme schloss.

„Es war furchtbar!", protestierte sie. Ihr Gefährte lächelte sie tröstend an. „Er sagt, du hast Potenzial. Das bedeutet, Leandros unterrichtet dich weiter, wenn du willst."

Da Mira nichts erwiderte, fügte Anzheru hinzu, dass dies eine Ehre sei. „Er bietet so etwas nur an, wenn es ihm wirklich ernst ist."

„Großartig", murmelte sie widerwillig. Bis die nächste Nacht hereinbrach, wollte sie nichts mehr davon hören.

Tove hatte langsam genug davon, still in ihrem Zimmer sitzen zu müssen. Mira hatte keine Zeit für sie, da sie nun schon die zweite Nacht stundenlang mit Leandros trainierte, Anzherus Aufmerksamkeit wollte sie sich lieber nicht dauerhaft aussetzen. Früher war sie oft kilometerweit gejoggt, um sich abzureagieren. Sie versprach Anzheru, das Gelände nicht zu verlassen, und lief los. Es erstaunte Tove ein wenig, dass er ihr Glauben schenkte, misstrauisch wie er war. Vielleicht spekulierte er darauf, dass sie einen Fluchtversuch unternahm und er sie somit los wäre. Tove joggte eine Weile über den hartgefrorenen Boden, wobei sie feststellen musste, dass ihre Schuhe zu unbequem zum Laufen waren. Kurzerhand zog sie sie aus und lief barfuß weiter. Der seichte Schnee störte sie nicht. Ihre Muskeln protestierten anfangs gegen die nicht mehr gewohnte Belastung, aber nach einem halben Kilometer wurde es leichter. Sie lief innen an der Mauer des Clan-Geländes entlang, ungeachtet der Wachen, die an den Toren aufgestellt waren. Sie spürte ihre Blicke im Rücken, aber das interessierte Tove nicht besonders. Immer schneller trugen ihre Füße sie über den kalten Boden. Das nördliche Drittel der Mauer führte durch recht dichten Wald. Obwohl es dunkel war, konnte Tove die Wurzeln der Bäume rechtzeitig ausmachen und geriet nicht ins Stolpern. Als unmittelbar vor ihr ein dorniger Busch auftauchte, sprang sie wie aus einem Reflex darüber hinweg und fand sich auf der anderen Seite unversehrt auf allen Vieren wieder. Tove hielt schwer atmend inne. Sie richtete sich wieder auf und tastete panisch mit den Fingerspitzen unter ihrem Shirt. Die Fellflecken hatten sich vergrößert. Das wusste sie, ohne es zu sehen. Ihre Kraft war längst nicht verbraucht, sie hätte mühelos noch ein paar Runden laufen können. Stattdessen machte sie sich im Schritttempo auf den Weg zurück zur Villa. Diese Veränderungen machten ihr langsam Angst. Hoffentlich würde Asheroth Wort halten und in dieser Nacht zurück sein. Vielleicht hatte er eine Erklärung dafür. Auch die Vampire hatten ihr Training offenbar schon beendet. Es klang danach, als würde im Obergeschoss die Dusche laufen, als sie die Diele betrat. Tove warf einen hoffnungsvollen Blick ins Kaminzimmer, doch dort saßen nur Anzheru und Leandros.

„Warst du im Wald?", fragte der Leibwächter barsch.

„Ja, war ich." Sie strich sich eine Haarsträhne aus dem Gesicht.

„Aber innerhalb der Mauern."

„Bist du hingefallen?", fragte nun Anzheru. Tove warf einen Blick auf ihre Handfläche, an der ein wenig Erde klebte. Ihr Shirt hatte an der Seite einen kleinen Riss bekommen. Sie hatte gar nicht gemerkt, dass sie an einem Zweig oder Ähnlichem hängen geblieben war.

„Ja", antwortete sie leise. „Aber mir ist nichts passiert."

Anzheru schüttelte vorwurfsvoll den Kopf. „Wenn Mira fertig ist, solltest du dich auch waschen. Du... riechst."

Tove war während ihres kleinen Ausflugs tatsächlich ins Schwitzen gekommen. Sie nickte brav und wollte sich zum Gehen wenden. Ein elektronisches Klingeln ließ sie jedoch aufhorchen. Anzheru zog sein Handy hervor und nahm den Anruf sofort entgegen. Am anderen Ende der Leitung wurden höchstens drei Worte gesagt, dann war das Gespräch bereits wieder beendet.

„Asheroth ist zurück." Für seinen Sohn schien dies keine allzu willkommene Nachricht zu sein. Tove fragte sich nicht zum ersten Mal, warum die beiden sich so schlecht verstanden. Während ihrer gemeinsamen Tage mit Asheroth nahe Buzancy hatte sie es nicht gewagt, danach zu fragen. Es dauerte nur wenige Minuten, bis sie das Geräusch eines Wagens hören konnten. Asheroth betrat die Villa. Bevor er das Kaminzimmer erreichte, senkte Tove den Kopf und wich zur Wand rechts von der Tür zurück. Der Vampirälteste ging an ihr vorbei und blieb vor der Sitzgruppe stehen.

„Du bist in wesentlich besserer Verfassung, als ich erwartet hatte", sagte er an seinen Sohn gewandt.

„Mira trägt ihren Anteil daran."

Anzherus Tonfall konnte Tove entnehmen, dass er nicht ganz einverstanden war, mit dem, was seine Gefährtin getan hatte.

„Dich zu heilen, birgt ein extrem hohes Risiko für sie." Asheroth schien verblüfft.

„Das habe ich ihr auch erklärt. Wirst du mir nun sagen, warum du für dieses Kind deinen Rang aufs Spiel setzt, den Inneren Zirkel um Hilfe bittest und einen Krieg mit den Gestaltwandlern heraufbeschwörst?"

Eine ganze Weile war es vollkommen still. Tove hielt die Anspannung nicht mehr aus und sah auf. Asheroth stand reglos mit dem Rücken zu ihr da.

„Hab noch ein klein wenig Geduld. Wir warten auf Commodus, ich habe ihn gebeten herzukommen", sagte er endlich. „Ist Jasmina wohlbehalten nach Hause zurückgekehrt?"

„Ja, sie hat sich von dort aus gemeldet", antwortete Leandros. Tove zwang sich, den Kopf wieder zu senken. Offenbar gerade noch im rechten Moment, denn Asheroth wandte sich zu ihr um. Sie konnte nur seine Fußspitzen sehen.

„Was ist mit dir passiert?", fragte er.

„Ich war joggen und bin hingefallen", erwiderte Tove etwas zu schnell. Ihr Instinkt sagte ihr, dass Asheroth ihre Halbwahrheit durchschaute.

„Barfuß?", fragte er streng.

„Mir ist nicht kalt." Wenigstens das war nicht gelogen.

„Dann wirst du jetzt baden."

Als er das sagte, hörte Tove das Klicken der Badezimmertür im Obergeschoss, Mira war offenbar fertig. Mit etwas ungelenken Schritten stieg sie die Treppe hinauf. Asheroth folgte ihr. Ihre Ausrede würde sicher noch ein Nachspiel haben. Er ließ nicht zu, dass sie sich erst noch etwas anderes zum Anziehen aus ihrem Zimmer holte, sondern schleuste sie direkt ins Bad. Eine Chance, nur zu duschen, bekam Tove auch nicht. Asheroth stellte wortlos das Badewasser an. Er trug wieder einmal dünne Handschuhe. Nur sein Gesicht lag frei. Angesichts ihrer widerwilligen Miene hob er drohend die Brauen.

„Ich will nicht", murmelte sie trotzdem. Tove hatte es schon immer gehasst zu baden. Jetzt war die Abneigung gegen Wasser sogar noch größer geworden. Asheroth packte sie mit einem Arm, mit dem anderen begann er, sie auszuziehen. Trotz aller Gegenwehr stand sie in wenigen Sekunden nur noch in Unterwäsche da. Besser gesagt zappelte sie vornübergebeugt in seinem Arm.

„Bitte hör auf", flehte sie leise. Trotzdem würde wohl jeder andere Vampir im Haus sie deutlich hören. Mit einem Ruck richtete Asheroth ihren Körper auf. Es dauerte eine gefühlte Ewigkeit, bis er damit fertig war, ihre Fellflecken zu betrachten. Tove wand sich vorsichtig aus seinem Arm und machte zwei Schritte von ihm weg.

„Ja, ich bade, Gebieter", sagte sie kleinlaut.

„Du hast zwanzig Minuten."

Im Bad gab es keine Uhr. Tove vermutete, dass die gewährten zwanzig Minuten noch längst nicht vergangen waren, als sie ihr Zimmer betrat. Asheroth saß auf dem Bett. Auf seinem Schoß lag der aufgeschlagene Band über die Gestaltwandler und natürlich hatte er die lose Seite gefunden, die die Mädchen beinahe voll geschrieben hatten. Tove fühlte sich nicht ganz wohl, während er einfach nur da saß und las. Abgesehen von ihrem Handtuch war sie nackt. Eilig suchte sie sich alles zusammen und zog sich in der Ecke des Zimmers an, der der Vampir den Rücken zugewandt hatte. Gerade als sie fertig war, begann er zu sprechen. „Komm her."

Tove brauchte nur um das Bett herum zu gehen. Die Sehnsucht danach ihn anzufassen, damit sie sich endlich wieder ausglichen, wuchs von Sekunde zu Sekunde. Asheroth wies neben sich auf die Bettkante. Sie nahm Platz.

„Eine Feldmaus…", murmelte er kopfschüttelnd. Tove hoffte inständig, dass Mira ihretwegen jetzt keine Schwierigkeiten bekam. Hastig griff sie nach einem der Stifte und kritzelte auf den unteren Rand des Blatts, dass Mira ihr Geheimnis nicht verraten hatte.

»Und sie ahnt nichts von unserem Ausgleich!«

Asheroth streckte die Hand nach dem Stift aus. Seine Handschrift hätte als Muster für einen Kalligrafie-Kurs durchgehen können.

»Und der Sturz«?

»Ich bin gesprungen und es war irgendwie natürlich, auf allen Vieren zu landen.« Tove hob hilflos die Arme. Der Vampir gab sich mit dieser Erklärung offenbar zufrieden, dennoch zog er eine Braue streng nach oben. „Du hast widersprochen, gelogen und mir nicht gehorcht."

„Todesstrafe?", erwiderte Tove trocken. Er schlug das schwere Buch zu, legte es weg und sah sie einen Augenblick an. „Nein."

Tove glaubte, ein Geräusch aus dem Erdgeschoss zu hören. Die anderen Vampire verfolgten ihr Gespräch mit Sicherheit dank ihrer scharfen Sinne. Vielleicht hatten sie Wetten darauf abgeschlossen, wie lange Tove in Asheroths Obhut überleben würde und eine größere Summe hatte gerade den Besitzer gewechselt.

Die Vorstellung brachte sie zum Kichern, was den Vampir an ihrer Seite sichtlich irritierte. „Was ist?"

„Nichts. Verzeihung." Da ja sowieso schon so viele Vergehen auf der Liste standen, beschloss Tove, ihn wenigstens kurz zu berühren. Sie grinste immer noch fröhlich, als sie die rechte Hand sanft gegen seine Wange drückte. Asheroth zuckte leicht zusammen, obwohl er Toves Bewegung auf ihn zu eindeutig gesehen hatte. Sie vermutete, dass ihn bisher nur sehr wenige andere Geschöpfe freiwillig und auf diese Art berührt hatten. Nach kaum zwei Sekunden ließ sie ihn lieber wieder los, obwohl das Gefühl von Geborgenheit dieses Mal eine klaffende Lücke hinterließ. Er atmete hörbar aus. Seine Miene ließ darauf schließen, dass auch er den Ausgleich gern etwas länger gespürt hätte. Als der rötliche Schimmer in seine Augen zurückkehrte, schien er sich wieder zu fangen.

„Aber Strafe muss sein." Er packte sie im Genick und zerrte sie bäuchlings über seine Knie. Was jetzt geschah, konnte Tove selbst kaum glauben. Er verprügelte sie zur Strafe für Ungehorsam und Lüge allen Ernstes wie ein kleines Kind, das etwas ausgefressen hatte. Es tat längst nicht so weh wie als Drago sie geschlagen hatte, es war schon fast harmlos. Nur demütigend war es, wehrlos über seinen Knien zu liegen. Und jeder im Haus konnte es hören.

25. Ächtung

Leandros schaute immer wieder ungläubig zur Decke, seit Tove scherzhaft nach ihrem eigenen Todesurteil gefragt hatte. Mira konnte es ihm nur zu gut nachfühlen. Das Halbblut machte tatsächlich in der Gegenwart des am meisten gefürchteten Vampirs Witze über ihre Bestrafung. Entweder verlor sie langsam den Verstand oder sie besaß grenzenlosen Mut. Mira hatte befürchtet, dass Asheroth Tove quälen würde, bis sie lauthals schrie, aber er schien nicht allzu fest zuzuschlagen. Leandros und sie saßen allein im Kaminzimmer und spielten nun die dritte Partie Dame.

„Strategie ist wirklich nicht deine Stärke", stellte der Leibwächter fest, als er ihren letzten Stein wieder einmal vom Brett nahm. Mira war im Stillen heilfroh, dass sie nicht Schach gegen ihn spielen musste. In der dritten Partie hatte sie sich schon etwas besser gehalten als in denen davor. Im Obergeschoss herrschte plötzlich Stille. Asheroth kam allein zu ihnen ins Kaminzimmer.

„Wo ist Anzheru? Ich muss ihn sprechen."

Mira sah von ihren noch nicht wieder ganz sortierten Steinen auf, um ihm zu antworten. „Er ist auf Edwards Bitte ins Hauptquartier gegangen. Die Vampire werden langsam unruhig, weil sie nicht wissen, warum ihr trotz des Waffenstillstandes von Gestaltwandlern angegriffen worden seid."

Er nickte nachdenklich. Offenbar beschloss er, hier auf seinen Sohn zu warten, und setzte sich an den Esstisch am anderen Ende des Raumes. So war der Abstand groß genug, um die beiden Dame-Spieler nicht seiner Aura auszusetzen. Bereits nach wenigen Zügen hatte Mira den Eindruck, dass er sie anstarrte.

„Stimmt etwas nicht, Gebieter?"

„Du spielst furchtbar."

Leandros' Mundwinkel zuckte. Der Älteste und sein Leibwächter waren absolut einer Meinung. Mira bezweifelte jedoch, dass es ihm wirklich darum ging. Im Gegensatz zu Leandros hatte sie verstanden, warum Asheroth etwas von einer Feldmaus gemurmelt hatte. Er hatte Toves Fellansätze sowie das beschriebene Blatt entdeckt. Es blieb nur die Frage, wie er darauf reagieren würde, dass auch Mira darüber Bescheid wusste. Ein Vogelschrei zog die Aufmerksamkeit der Vampire auf sich. Asheroths Miene wurde finster.

„Ich sehe nach." Leandros hastete hinaus.

„Ein Gestaltwandler?" Mira wagte nur noch, zu flüstern. Der Älteste zuckte mit den Schultern. „Möglich. Wer fliegen kann, entzieht sich meinem Tastsinn." Er stand auf und kam auf sie zu. Es kostete einige Überwindung, sitzen zu bleiben, als er so nah war, dass Mira seine Aura spüren konnte.

„Du hast nicht einmal Anzheru eingeweiht?", fragte er drohend leise. Sie verneinte bestimmt. „Ich hielt es für unklug, darüber zu sprechen, solange du nichts von ihrem Fell wusstest."

„Da lagst du richtig." Er strich mit den Fingerspitzen über ihren Nacken, dann tastete er ihre Schulterblätter ab. „Ich werde mich bei Gelegenheit für deine Hilfe erkenntlich zeigen. Auch weiterhin sollte niemand erfahren, dass du von ihrer Entwicklung gewusst hast."

„Zu meiner Sicherheit nehme ich an." Mira wünschte sich, er würde sich ihr wenigstens gegenübersetzen und nicht hinter ihr stehen bleiben, wenn er schon näher als 3,2 Meter sein wollte.

„Korrekt." Er stellte sich vor sie. Seine Fingerspitzen streiften ihre Oberarme, dann drückte er leicht auf ihre Schlüsselbeine.

„Stimmt etwas nicht, Gebieter?", fragte Mira zum zweiten Mal mit zusammengebissenen Zähnen.

„Dein Körper verändert sich." Asheroth sah sie forschend an. „Spürst du es?"

Sie schüttelte den Kopf. „Das ist doch normal am Anfang."

„Nicht in dieser..." Er unterbrach sich und wandte den Blick ab.

„Was ist? Der Vogel?", fragte Mira ängstlich.

„Nein, Anzheru ist auf dem Rückweg und er ist nicht allein."
Wer auch immer mit ihrem Geliebten herkam, er oder sie machte
Asheroth nervös. Mira lehnte sich trotzdem erleichtert zurück,
als er wieder auf mehr Abstand ging. Der Älteste rief nach Tove,
die in ihrem Zimmer geblieben war. Dafür, dass sie nur ein paar
Schritte den Flur entlang und dann über die Treppe musste,
brauchte sie erstaunlich lange. Ihr Puls ging vor Aufregung
schneller.

„Wird's bald!", knurrte Asheroth. Mira hörte, dass Tove ihre
Schritte beschleunigte, allerdings hatte sie den Eindruck, dass
sich das Halbblut leiser bewegte als sonst. Als ihr hübsches
Gesicht im Türrahmen erschien, hielt Mira den Atem an. Ihre
Augen waren nicht mehr grün, sondern stahlgrau und dazu lag
ein schmaler, bläulicher Ring um ihre Pupillen. Sie hielt mitten
in der Bewegung inne, als sie merkte, dass beide Vampire sie
wie versteinert anstarrten.

„Was?", fragte sie ängstlich. Ihr Herz schlug so rasend schnell,
als würde sie sprinten und nicht stehen. Asheroth machte einen
Schritt auf sie zu. „Beruhige dich, kleine Tove. Komm zu mir."
„Habe ich schon wieder etwas verbrochen?"
Er schüttelte den Kopf, woraufhin sie sich langsam in Bewegung
setzte.

„Gehst du heute wieder weg?", fragte Tove, als sie nah genug
war, dass Asheroth sie anfassen konnte. Er legte die Arme um
sie und drückte auf ein paar Punkte an ihrem Rücken.
„Nein, atme ganz ruhig."
Ihr Herzschlag verlangsamte sich merklich.
„Ich habe Angst", flüsterte Tove. Auch Mira warf sie einen
angsterfüllten Blick zu.
„Ich weiß." Asheroth ließ sie wieder los. Ihr Puls hatte sich auf
ein normales Niveau gesenkt. Toves Augen nahmen wieder ihr
gewohntes, blasses Grün an. Mira beobachtete die Situation mit
großem Erstaunen. Die Tracht Prügel hatte Tove mit Sicherheit

gedemütigt, aber das schien sie dem Ältesten sehr schnell verziehen zu haben. Ihrer Miene nach hätte sie ihn am liebsten an sich gedrückt. Die Verwandlung von Toves Augen fügte sich verdächtig gut in das Muster ihrer sonstigen Veränderungen ein. Ob Asheroth eine Vorstellung von ihrer zweiten Gestalt hatte? Die Schritte einiger Geschöpfe näherten sich der Villa. Der Älteste bedeutete Mira, sitzen zu bleiben, und schickte Tove zu ihr hinüber. „Setz dich und vergiss nicht, ganz ruhig weiter zu atmen."

Sie nickte brav und versuchte, Mira entschuldigend anzulächeln. Die Vampirin streichelte ihr tröstend über die Wange, als sie neben ihr saß. Die Tür der Villa wurde geöffnet. Am Geruch erkannte Mira Anzheru, Violetta, Leandros und Edward. Der fünfte Vampir war ein Fremder. Direkt nach ihrem Gefährten betrat ein hochgewachsener, breitschultriger Mann den Raum. Er war ähnlich hünenhaft wie Edward, doch seine Ausstrahlung wich deutlich von der des Leibwächters ab. Er wirkte auf seine Art *erhaben*, weshalb Mira sich in seiner Gegenwart sofort kleiner fühlte. Sie starrte ihn einen Augenblick unverhohlen an, obwohl ihr ihr Gefühl sagte, dass es nicht angemessen war. Und natürlich bemerkte er es. Seine dunklen, axinitfarbenen Augen ruhten eine Weile auf ihr. Mira wollte sich von ihm lösen, doch sie schien wie verloren in seinem Blick. Erst als Asheroth zu sprechen begann, konnte sie sich abwenden.

„Commodus." Sie nickten sich gegenseitig zu. Nun verstand Mira, warum der Älteste vorhin nervös geworden war. Dieser Mann gehörte ebenfalls zum Rat der ältesten Vampire und stand im Rang sogar über Asheroth. Zum ersten Mal wirkte der Vater ihres Gefährten wirklich verunsichert. Seinen Leibwachen und dem Clan gegenüber bewahrte er stets Haltung und eine neutrale wenn nicht herrische Miene. Aber Commodus würde er Rede und Antwort stehen, da war Mira sich plötzlich absolut sicher.

Asheroth wies mit einer fahlen Hand zu ihr hinüber. „Mira, die Gefährtin meines Sohnes."

Sie senkte den Kopf, als Commodus seine bemerkenswerten Augen wieder auf sie richtete.

„Und Tove, mein... Mündel."

Das Halbblut machte Miras kleine Verbeugung im Sitzen nach, sie zitterte jedoch so heftig, dass es niemand übersehen konnte. Mira bemerkte, dass Anzheru im Hintergrund überrascht die Augenbrauen hob, als Asheroth das Mädchen vorstellte. Sie selbst war sich nicht ganz sicher, was diese altmodische Bezeichnung für Tove bedeutete.

„Bezaubernde Geschöpfe", merkte Commodus leise an, dann legte er Violetta, die schräg hinter ihm stand, eine Hand auf die Schulter und schob sie sanft ein wenig nach vorn. „Kläre das bitte vorab mit ihm, Kind."

Die kleine Vampirin schaute verschüchtert zu ihm auf und wandte sich dann an Asheroth. „Gebieter, ich habe eine Bitte."

Er wartete stumm, bis sie weitersprach.

„Ich möchte nur wissen, ob du jetzt sicher sein kannst, dass... Mein Kind weiblich ist."

Mira schaute die beiden gespannt an. Allerdings bemerkte sie auch, dass Leandros sich abwandte. Er verschränkte die Arme, als würde er sich zwingen, nicht dazwischen zu fahren. Asheroth forderte Vio mit einer Geste auf, zu ihm zu kommen. Ihr Bauch wölbte sich mittlerweile ein klein wenig. Sobald sie ihm näher als 3,2 Meter war, zog sie ängstlich die Schultern hoch. Beinahe alle Anwesenden schauten aufmerksam zu, während Asheroth ihre Bauchdecke abtastete. Mira schätzte, dass der erste von drei Monaten nun bald abgelaufen war.

„Es bewegt sich." Er verschob die Fingerspitzen ein paar Zentimeter nach links.

„Es ist ein Mädchen", sagte er endlich. „Ich bin sicher."

Vio strahlte ihn trotz aller Angst erneut glückselig an. „Ich danke dir, Gebieter."

Auch Mira schenkte sie ein breites Lächeln, als sie elfengleich und fröhlich hinaus schwebte. Edward folgte ihr auf dem Fuß, was Leandros' Stimmung nur noch verschlechterte. Offenbar war arrangiert worden, dass Violetta ihm nicht noch einmal allein gegenüber treten konnte. Mira wagte nicht, ihm in die Augen zu sehen. Es hätte ihn nur provoziert, allerdings hätte sie den Leibwächter gern irgendwie aufgemuntert.

„Elvera?", fragte Asheroth, als die beiden die Villa verlassen hatten. Commodus Züge nahmen einen etwas weicheren Ausdruck an. Es musste sich um jemanden handeln, der ihm sehr nahe stand. „An einem sicheren Ort."

Asheroth nickte erneut. Mira konnte nur vermuten, dass er diese Antwort erwartet hatte.

„Beginne du", schlug der Vater ihres Gefährten vor.

„Ich habe einen sehr beunruhigenden Anruf erhalten." Commodus legte die Stirn in Falten, was ihn älter und auch besorgt aussehen ließ. Seiner Erhabenheit schadete dies aber keineswegs. Asheroth senkte die Lider, als ahnte er bereits, worum es ging. Einige Atemzüge lang herrschte Schweigen. Mira saß ganz still neben Tove auf der Couch. Das Mädchen würde über kurz oder lang die Nerven verlieren, so unruhig wie sie war.

„Willst du, dass wir außer Hörweite gehen, Gebieter?", bot Leandros an. Anzheru warf ihm einen Seitenblick zu, als wollte er ihm allein für den Vorschlag das Genick brechen. Asheroth schaute die beiden kurz an. Jeder im Raum war weit genug von ihm entfernt, um seiner Aura nicht ausgesetzt zu sein. Er schüttelte langsam den Kopf. „Nein, bleibt. Sprich weiter, alter Freund."

„Die Gestaltwandler haben allen Ernstes eine Beschwerde gegen dich vorgebracht. Horatio verstößt dich aus dem Rat. Du bist offiziell vogelfrei."

Tove lief ein eisiger Schauer über den Rücken. Am liebsten hätte sie darum gebettelt, nicht an diesem Gespräch teilnehmen zu müssen. Dass Asheroth ihretwegen Feinde hatte und bekämpfte, war die eine Sache, aber nun wurde er auch noch von seinem eigenen Rat geächtet.

„Ich wurde erst gar nicht in die Abstimmung einbezogen. Horatio hat mir nur mitgeteilt, dass sich Cinric und Seth seiner Entscheidung beugen", fuhr Commodus fort. Asheroth schnaubte leise. „Es hätte mich gewundert, wenn nicht."

Der Hüne zog erneut die Stirn in tiefe Sorgenfalten. „Warum, Bruder? Erkläre es mir. Warum lieferst du ihm einen so willkommenen Vorwand, dich loszuwerden?"

Tove hob erstaunt die Brauen. Eine solche Vertrautheit hatte sie zwischen den beiden Ältesten nicht erwartet. Nun wagte sie es auch, den Hünen direkt anzusehen. Sein Blick richtete sich postwendend auf sie, was sie ängstlich zusammenzucken ließ. Im Grunde waren jetzt alle Blicke auf sie gerichtet. Auch Leandros und Anzheru, die am Esstisch lehnten, richteten ihre Aufmerksamkeit auf sie.

„Kommt bitte alle näher, sonst versteht ihr es nicht." Asheroth zog die Handschuhe aus und streckte ihr eine fahle Hand entgegen. Tove stand auf und ging mit unsicheren Schritten auf ihn zu. Zum Glück war Mira direkt hinter ihr, sodass sie sie notfalls auffangen konnte, wenn ihre Knie nachgaben. Am meisten sträubte sich Anzheru, der Aufforderung seines Vaters nachzukommen. Nur mit verschränkten Armen und immer noch einen halben Schritt hinter Leandros betrat er den Wirkungsbereich von Asheroths Aura, der für Tove wundersamerweise nicht existent war. Zögerlich legte sie ihre Hand in seine. Ein ungläubiges Raunen ging durch den Raum, aber es interessierte Tove nicht besonders. Die Geborgenheit umhüllte sie wie eine warme Decke. Asheroth schloss seine kühlen Finger fest um ihre Hand. Dann zog er sie sogar näher an sich und schmiegte sein Kinn in ihr Haar. Hoffentlich musste sie dieses Mal nicht so schnell wieder loslassen wie vorhin, als sie seine Wange berührt hatte. Den Vampiren fehlten offenbar die Worte, so erstaunt waren sie über das, was sie spüren konnten.

„Dieses Kind ist mein Ausgleichsgeschöpf. Bitte sag mir, was du siehst, Commodus", sagte Asheroth schließlich.

„Ich kann es kaum glauben... Die Kuppel verschwindet einfach."

Tove schaute fragend zu ihrem Beschützer auf.

„Commodus sieht Dinge, die für andere im Verborgenen bleiben, zum Beispiel die Gestalt meiner Aura", erläuterte er seelenruhig. „Ich dachte, sie wird nur langsam schwächer."

„Nein, wenn du das Mädchen berührst, verschwindet sie augenblicklich. Einen so direkten und vollkommenen Ausgleich habe ich noch nie miterlebt."

Mira betrachtete das so ungleiche Paar fasziniert. Sie wollte fragen, ob Tove sich wegen ihres Ausgleiches veränderte, doch sie schwieg lieber. Asheroth hatte sie bestimmt nicht umsonst davor gewarnt, ihr Wissen darüber Preis zu geben. Stattdessen ging sie zu Anzheru hinüber und ergriff seine Hand. Ihr Gefährte stand vollkommen regungslos da. Er hatte sich in Asheroths Nähe nicht dermaßen geängstigt wie Mira und Violetta. Bei ihm hatte tiefstes Misstrauen die Furcht ersetzt und obwohl Asheroths Aura im Moment aufgehoben war, blieb Anzheru extrem angespannt. Ihre gemeinsame Geschichte hatte ihn offenbar zu tiefgreifend geprägt, als dass er nun einfach auf seinen Vater zugehen konnte.

„Verändert sie sich auch?", fragte Leandros unsicher. Er schien sich ein wenig fehl am Platz zu fühlen.

„Ja, aber bei ihr ist es eine langsame Entwicklung. Sie wird…"
Asheroth brach mitten im Satz ab und starrte das Mädchen in
seinem Arm erstaunt an. Mira vermutete, dass ein Impuls von
ihrer Muskulatur ausgegangen war. Sie hatte sich die ganze Zeit
über stumm an seine Schulter geschmiegt, aber jetzt krümmte
sich ihr Rückgrat, als hätte sie Schmerzen. Tove atmete angestrengt und krallte sich in Asheroths Hemd. Eilig fuhr er mit den
Fingerspitzen über ihre Schultern.

„Tretet jetzt zurück!", forderte er. Mira schaffte gerade mal
einen Schritt, bevor Anzheru sie hinter seinen breiten Rücken
schob und sie rückwärtsgehend zur Tür manövrierte. Tove
schrie, sie konnte sich nicht mehr auf den Beinen halten. Mira
stemmte sich mit aller Kraft gegen Anzheru. Sie wollte sehen,
was nun geschah. Als das Halbblut die Augen wieder öffnete,
hatten sie erneut ein stählernes Grau angenommen, der blaue
Ring um ihre Pupillen war nun etwas breiter. Ihre Kiefer traten
leicht hervor, ihre oberen Eckzähne wurden die eines Raubtiers.
Der nächste Laut, der aus Toves Kehle drang, war ein tiefes,
dumpfes Grollen. Leandros und Commodus wichen bis zu Mira
und Anzheru zurück, nur Asheroth hockte noch nahe genug bei
Tove, um sie anfassen zu können. Das Halbblut krümmte sich
zusammen, ihre Beine zuckten heftig.

„Geh weg von ihr, Gebieter!" Leandros schrie schon beinahe.
Da Asheroth nicht reagierte, stürzte er vor, schlang von hinten
die Arme um seinen Brustkorb und zerrte den Ältesten mit aller
Gewalt fort von Tove. Fell trat hervor, silbergraues, geflecktes
Fell. Ihre Füße überstreckten sich. Ihre Gelenke veränderten
sich, sodass sie auf den Zehenspitzen gehen würde. Mit dem
Brüllen eines zornigen Tiers erhob sich das Halbblut vom
Boden, in der Gestalt eines hellgrauen Leoparden. Ihr Schwanz
war auffallend lang und pelzig, ihre Ohren recht klein für eine
Katze.

„Du bist eine Schneeleopardin", flüsterte Asheroth. „Kein Wunder, dass du nicht mehr gefroren hast, obwohl du barfuß im Schnee gelaufen bist."

Erst jetzt entließ Leandros ihn aus seinem Griff. Commodus richtete sich wieder zu seiner vollen Größe auf. „Ich bin überwältigt. Was wir bisher über Ausgleichsgeschöpfe wussten, war also nur ein Bruchteil des Gesamten."

„Ja", erwiderte Asheroth nur. Mira hätte ihm mühelos eine Hand auf die Schulter legen können, so nah war er. Doch seine Aura war nicht spürbar, obwohl er Tove im Moment nicht mehr berührte. Als er den Kopf zur Seite drehte, um zu dem Hünen aufzusehen, stellte sie fest, dass der rote Schimmer in seinen Augen verschwunden war. Die Leopardin knurrte und machte ein paar Schritte auf die Vampire zu. Außer Asheroth wichen sie alle aus Vorsicht zurück. Mira hatte keine Wahl, Anzheru hielt sie immer noch gepackt und schob sie weiter zur Tür. Auf ein zweites Knurren ging der Älteste in die Hocke, sodass er mit ihr auf Augenhöhe war. „Ich weiß nicht, was du sagen willst, kleine Tove."

Sie ließ die Ohren hängen. Mira verstand, dass sie Angst hatte. Die Vampirin löste sich aus Anzherus eisernem Griff, um sich ihr zu nähern. „Kannst du dich nicht zurückverwandeln?"

Erst knurrte Tove, dann schien sie sich zu besinnen und schüttelte ihren Kopf. Mira streckte vorwitzig eine Hand nach ihrer Schnauze aus. Die kurzen Härchen über ihrer Nase waren samtweich. Erleichtert schmiegte die Leopardin ihre Stirn in Miras Handfläche, dann strich sie ihr mit ihrer gesamten Körperlänge um die Beine. Tove reichte ihr in ihrer zweiten Gestalt beinahe bis zur Hüfte. Damit war sie bestimmt größer als gewöhnliche Schneeleoparden.

„Vorsicht, du wirfst mich um." Mira lachte und drehte sich mehr oder weniger freiwillig um ihre eigene Achse. Erst jetzt bemerkte sie, dass die anderen Vampire sie etwas irritiert anschauten. Asheroth löste sich als erster aus seiner Starre. „Es ist wirklich bemerkenswert, wie unbefangen du bist, Mira. Kümmere dich bitte um sie. Wir müssen noch etwas besprechen."

Sie nickte bedacht und verließ den Raum. Tove folgte ihr, wobei sie sich im Gehen kurz gegen Asheroths Seite drückte. Er strich ihr über Kopf und Nacken.

„Du bist schön", sagte er leise. Es klang auch etwas bitter. Die beiden Mädchen gingen in die kühle Luft hinaus. Es war mittlerweile fast zehn Uhr morgens und noch immer war kein Sonnenlicht zu sehen. Es war der erste von vier Tagen, an denen die Sonne überhaupt nicht aufgehen würde. Vielleicht war dies nun ein Vorteil für die Schattenwandler. Mira vermutete, dass die Vampire in der Villa das weitere Vorgehen absprachen. Eine Ächtung konnte für Asheroth absolut nichts Gutes bedeuten. Er besaß nun keine Befehlsgewalt mehr über die Leibwache. Nach Aberdeen konnte er nicht mehr zurück. Jeder seiner bekannten Unterschlupfe würde nach ihm durchsucht werden. Der Rat hatte im Grunde die Hinrichtung seines eigenen Henkers befohlen. Mira lief ein leiser Schauer über den Rücken. Sie hatte ihn unterstützt. Und auch Anzheru, Edward und Jasmina waren unwiderruflich in diese Angelegenheit verwickelt, von Tove ganz zu schweigen. Auf lautlosen Pfoten schlich die große Katze über den Weg, der über das gesamte Gelände bis zum Hauptquartier führte. So weit, dass alle Vampire sie sehen konnten, sollten sie wohl lieber noch nicht gehen.

Anzheru rieb sich angestrengt die Stirn. Das Vorgehen des Rates überraschte ihn nicht, da Horatio und Asheroth sich noch nie hatten leiden können. Commodus hingegen war immer schon sein treuer Freund gewesen. Er schien es regelrecht zu genießen, dass er nahe bei ihm stehen konnte, ohne seine Aura spüren zu müssen. Er würde Asheroth mit Sicherheit zur Seite stehen, daran bestand für Anzheru überhaupt kein Zweifel.

„Und nun?", fragte Leandros ratlos. Asheroth warf ihm einen nachdenklichen Blick zu, dann wandte er sich an seinen Sohn. „Ich sollte nicht hier bleiben. Es ist nur eine Frage der Zeit, bis die Wächter meine Spur finden und herkommen. Ein Angriff auf mich bedeutet nicht länger Krieg mit allen Vampiren, also werden sie es wagen. Und dieses Mal mit aller Entschlossenheit."

„Vielleicht sogar Friedrich selbst", warf Commodus ein.

„Richtig", stimmte Asheroth zu. Anzheru verschränkte die Arme vor der Brust. „Hundertdreißig Kilometer nord-östlich von hier gibt es eine alte Zitadelle. Es ist nur noch eine Ruine, aber dort könntest du hingehen. Im tiefsten Schnee ist es schwieriger für die Wächter, dich zu finden."

„Gut, aber sie werden vorher das Gelände des Clans durchsuchen, oder?" Leandros zog besorgt die Brauen hoch. Seine Sorge galt vor allem Konstantin und Violetta. Ein Vampirmädchen, das einen Nachkommen in sich trug, war ein beliebtes und einfaches Ziel unter den Gestaltwandlern. Und Konstantin würde sie um jeden Preis beschützen. Wenn die Wächterhunde die beiden fanden, würden sie sie mit hundertprozentiger Sicherheit töten.

„Ich werde den Clan fortschicken", sagte Anzheru nach einer kurzen Pause. Die Entscheidung fiel ihm schwer, aber es war das Beste für alle. „Ich werde sie nicht in diesen Konflikt hineinziehen. Sie sind unschuldig."

„Wenn du das für richtig hältst." Asheroth warf ihm einen seltsam emotionslosen Blick zu.

„Aber werden sie es auch akzeptieren?", fragte Commodus skeptisch.

„Nein, sie werden wütend sein, aber in dieser Angelegenheit dulde ich keinen Widerspruch." Anzheru richtete sich auf. „Nur Edward wird bei uns bleiben."

„Und wohin sollen Violetta und Konstantin?", fragte Leandros gereizt.

„Kannst du Jasmina vorübergehend um Unterstützung bitten?", griff Commodus beschwichtigend ein. Auch er gehörte zum Inneren Zirkel und wusste somit, wer in schwierigen Zeiten noch treu zu ihnen stehen würde. Anzheru nickte dankbar für den Vorschlag. „Ich werde sie anrufen."

Er wandte sich mit ernstem Blick an seinen Vater. „Du wirst uns bloß nicht zum Östlichen Clan folgen können, falls du überlebst. Dann wäre der Weg dorthin umsonst." Anzheru brauchte Asheroth nicht zu erklären, dass er jeden in Lebensgefahr brachte, bei dem er nun Zuflucht suchte. Wenn er die Gestaltwandler überstehen sollte, würde wahrscheinlich immer noch die gesamte Garde der Leibwache auf ihn angesetzt werden. Hierbei handelte es sich um die stärksten und effektivsten Elitekämpfer des Rates. Und niemand, nicht einmal ein ganzer Clan von Vampiren würde ihnen standhalten können. Nebenbei war Asheroth als Ältester und nun ehemalige Speerspitze des Rates alles andere als beliebt. Viele würden ihn eher ans Messer liefern, als für ihn Partei zu ergreifen.

„Ich weiß. Gehen wir gemeinsam bis zur Zitadelle. Wenn die Hunde mich dort gefunden haben, verfolgen sie euch nicht weiter und du kannst deine Freunde fortschaffen." Während Asheroth sprach, kehrte der rote Schimmer in seinen Augen zurück und mit ihm die Wirkung seiner Aura. Der Ausgleich war also nicht von Dauer. Anzheru konnte nicht verhindern, dass einige seiner Muskeln wie in einem Fluchtreflex zuckten. Dennoch war er froh über die schnelle Einigung über das weitere Vorgehen. Vielleicht konnte er wenigstens zwei seiner Freunde in Sicherheit bringen. Mira blieb selbstverständlich auch bei ihm.

„Und dein Mündel?", fragte Commodus leise. Asheroth seufzte. „Würdest du dich bereit erklären, sie mitzunehmen?"

Ein paar Sekunden vergingen. Anzheru sah zu Commodus auf, dessen Miene wie so oft unergründlich war.

„Ja", sagte er schließlich.

Als Mira mit Tove zur Villa zurückkehrte, war die Lagebesprechung bereits abgeschlossen. Die Schneeleopardin ging mit erhobenem Kopf neben ihr her. Bei einem kleinen Wettrennen an der Mauer entlang hatten sie festgestellt, dass Mira zu langsam war, um mit ihren vier Pfoten mitzuhalten. Ihre Bewegungen waren kraftvoll, sicher war Tove durch den Ausgleich mit Asheroth auch stärker geworden. Wie lange es wohl dauern würde, bis sie ihre menschliche Gestalt wieder annehmen konnte? Anzheru kam ihnen aus der Tür entgegen.

„Ich muss wieder zurück zum Hauptquartier. Bitte komm mit mir." Seiner Miene nach war eine schwerwiegende Entscheidung gefallen. Mira streckte ihm die Hand entgegen. Statt sie zu ergreifen, drückte ihr Geliebter sie direkt fest an sich. Er war ohnehin immer um sie besorgt, aber dieses Mal fühlte es sich anders an.

„Das wird jetzt sehr unangenehm und schmerzhaft", flüsterte er ihr ins Ohr. „Bitte halte mich fest."

Mira kam nicht einmal auf die Idee, danach zu fragen, was er meinte. Sie hauchte ihm nur ein leises Ja zu und krallte die Finger in seine Jacke. Die Ältesten, Leandros und Tove folgten ihnen in einigem Abstand zum Hauptquartier.

„DAS KANN NICHT DEIN ERNST SEIN!", fauchte Helena. Die rothaarige, große Vampirin war völlig außer sich, seit Anzheru erklärt hatte, dass sie alle bis auf weiteres fortgehen sollten. Der gesamte Clan schien ihrer Meinung zu sein.

„Asheroth und sein… Anhang können gerne verschwinden, aber du glaubst doch nicht, dass wir dich im Stich lassen! Wenn die verdammten Hunde herkommen, töten wir sie eben!"

Mira stand direkt neben Anzheru und hielt seine Hand. Helenas Stimme hallte im Saal wieder, was ihr ein mulmiges Gefühl gab. Die Bereitschaft, für ihren Gefährten in den Kampf zu ziehen, war unermesslich hoch, dennoch stand sein Entschluss fest. Aus dieser Angelegenheit würde der Clan sich heraushalten müssen. Konstantin und Violetta standen stumm am Rande der Versammlung. Glücklich waren sie mit Anzherus Befehl gewiss nicht, aber sie schienen nicht lauthals widersprechen zu wollen.

„Wenn es nur die Hunde wären, hätten wir sogar eine Chance", gestand Anzheru Helena zu. „Aber die Garde der Leibwache wird irgendwann nach Asheroth suchen und das bedeutet, früher oder später tauchen sie auch hier auf. Ich werde nicht riskieren, dass sie euch angreifen."

Edward nickte zustimmend. Er saß neben Charles, der immer noch ziemlich mitgenommen von seinem letzten Kampf gegen die Wächter aussah, an einem der Tische.

„Wo soll wer hin? Du hast dir sicher schon Gedanken gemacht", fragte der Leibwächter. Mira lauschte, während Anzheru den Clan aufteilte. Auf dem Weg zum Hauptquartier hatte er nicht nur Jasmina angerufen, um um Hilfe zu bitten, sondern auch andere Verbündete. Jeder hatte zugestimmt, ein paar Vampire aufzunehmen. Ein großer Teil des Clans sollte nach Amerika reisen.

„Es gibt einige rivalisierende Clans dort. Ich habe William und Robin geraten, sich gegen die südlichen Clans aus Texas und Mexiko zu verbünden. Ich nehme an, dass ihnen jede kampffähige Hilfe willkommen ist. Ihr werdet genug Gelegenheit haben, euch abzureagieren."

Die aufgerufenen Vampire, darunter Artorius, waren alles andere als begeistert, aber langsam schienen sie sich damit abzufinden, dass Anzheru sie fortschickte. Nachdem jedem ein verbündeter Clan zugewiesen war, verstreuten sich die Vampire ins Haus, um ihre gefälschten Pässe und was sie sonst noch auf der Reise brauchten, zu holen. Nur Helena blieb starrköpfig mitten im Saal stehen. „Ich will nicht von ihm weg!"

Sie zeigte verzweifelt auf ihren Gefährten und starrte Anzheru mittlerweile flehend an. Mira fiel es schwer, Edwards Miene zu deuten. Er schien zu schwanken, ob er seiner Geliebten sagen sollte, sich dem Befehl ihres Oberhauptes zu beugen, oder ob er sie ebenfalls lieber bei sich behalten wollte. Anzheru schaute sie forschend an. „Wir sind bereits in diese Sache verstrickt, aber du kannst gehen. Du bist unschuldig. Wenn du unbedingt bei deinem Gefährten bleiben willst, gibt es kein Zurück mehr."

Helena erwiderte nichts.

„Die Leibwache des Rates kennt kein Erbarmen", fügte der Geborene hinzu.

„Ich weiß. Und trotzdem will ich es wagen" Helena ballte die Fäuste. Mira fragte sich im Stillen, ob sich irgendwann eine ähnliche Situation zwischen ihr und Anzheru ergeben konnte. Hundertprozentig würde sie genauso stur wie Helena reagieren, wenn ihr Geliebter sie zu ihrer Sicherheit fortschicken wollte. Der Hüne lächelte seine Gefährtin bekümmert an, bevor sie Hand in Hand den Saal verließen. Nur Charles war übrig. Etwas mühsam erhob er sich von seinem Stuhl.

„Wo ich hingehe, steht zum Glück nie in Frage", merkte er an. „Ich habe Asheroth geschworen, ihm zu folgen, also tue ich es auch jetzt."

„Ich weiß." Anzheru legte ihm freundschaftlich die Hand auf die Schulter. „Leandros hat es noch nicht einmal ausgesprochen, so selbstverständlich ist es."

Charles nickte langsam, dann wurde seine Miene ernster. „Was ist mit dir?"

„Ich bringe meine Freunde in Sicherheit, ich werde nicht an seiner Seite kämpfen."

„Ich verstehe."

26. Adler

Die fortwährende Dunkelheit erleichterte ihre Reise. Mira beobachtete den Schnee, der in winzigen Flocken auf die Erde fiel. Sie saß in Anzherus Arm auf dem Rücksitz des Jeeps, der sie fort von ihrem Zuhause brachte. Edward und Helena saßen vorn, Violetta kauerte sich stumm neben Mira zusammen. Im zweiten Jeep hinter ihnen befanden sich die Ältesten, ihre Leibwächter und Konstantin. Tove hatten sie notgedrungen in den Kofferraum gesteckt. Ihre große Leopardengestalt erlaubte nicht, dass sie sich einen Sitz mit Asheroth teilte. Die Straße war nicht bis zu ihrem Ziel ausgebaut. Etwas mehr als die letzten zehn Kilometer gingen sie zu Fuß. Leandros und Charles gaben sich alle Mühe, mit abgebrochenen Zweigen zumindest die Form ihrer Fußabdrücke zu verwischen. Die Fährte konnten sie für die feinen Nasen der Wächterhunde nicht vollständig verbergen, aber vielleicht gab es noch eine kleine Chance, Toves Verwandlung geheim zu halten. Der Schnee fiel mittlerweile wesentlich dichter. Ein Sturm schien aufzukommen. Als die Ruine in Sicht kam, wischte Mira sich die schweren Flocken aus dem Gesicht. An ihrer Haut tauten sie sofort, die anderen Vampire trugen tatsächlich eine dicke Schicht Schnee auf ihren Köpfen und Schultern. Tove hatte offenbar keine Schwierigkeit damit, im Schnee zu sehen und zu laufen. Ihre zweite Gestalt verschaffte ihr anderen Gestaltwandlern gegenüber bei dieser Witterung vielleicht einen Vorteil. Sie betraten die Reste der großen Zitadelle, die vor über zwei Jahrhunderten einmal ein Stützpunkt der norwegischen Armee gewesen war. Tiefer im Inneren gab es einen größeren Raum, der ihnen allen Platz bot. Commodus schob einen breiten Stein in eine Lücke in der Wand, sodass der Schnee nicht mehr von außen eindringen konnte. „Warten wir hier, bis sich der Sturm gelegt hat. Es ist noch ein weiter Weg bis zu Jasminas erstem Stützpunkt."

Mira war überaus dankbar, dass Anzheru sich einverstanden erklärte. Konstantin ließ sich mit Violetta an der Wand nieder. Sie wirkte etwas erschöpft und vor allem durstig. Leandros hielt so viel Abstand wie nur irgend möglich zu ihnen. Charles, Edward und Helena leisteten ihm Gesellsaft. Commodus bat Anzheru, mit ihm nach draußen zu gehen, um ein paar Worte zu wechseln. Zum Glück brauchten sie nicht weit fort zugehen. Der Schneesturm würde ihre Stimmen selbst für die scharfen Sinne der Vampire verschlucken. Tove rieb ihren Kopf an Miras Seite. Mit einem leisen Knurren wies sie anschließend zu einem Gang hinüber, der weiter durch die Zitadelle führte. Mira konnte sich vorstellen, warum sich das Halbblut nicht ausruhen wollte. Die Anspannung hielt sie alle fest umklammert. Sie folgte der Leopardin durch den finsteren Gang. Eine teils eingestürzte Treppe führte nach oben. Die schmalen Reste der Stufen genügten, um ihr Gewicht zu tragen. Mira konnte sich bei einem Sturz aus dieser Höhe ohnehin nicht ernsthaft verletzen und sie hatte das Gefühl, dass Tove ihren Körper gut genug unter Kontrolle hatte, um auf den Pfoten zu landen, wenn sie fiel. Folglich bestand keine Gefahr und die beiden lenkten sich ein wenig ab. Die Treppe führte auf ein Plateau, von den Außenwänden war nur noch eine einzige übrig. Der Schnee schlug ihnen heftig entgegen. Obwohl sie sich einige Meter über dem Erdboden befanden, konnte Mira in der Ferne gerade einmal den Waldrand ausmachen. Ein Mensch hätte die Hand vor Augen nicht mehr sehen können.

„Warum wolltest du mich sprechen?", fragte Anzheru den Hünen, der vor ihm durch den Schnee stapfte. Mit einem leisen Seufzen wandte Commodus sich um. Sie waren mehr als weit genug von der Ruine entfernt, sodass sie niemand hören konnte. „Wegen deiner Gefährtin, Neffe."

So vertraut hatte der Älteste ihn lange nicht mehr angesprochen. Es hatte Commodus Sorgen bereitet, als Anzheru die Leibwache verlassen hatte, aber heftige Spannungen hatte es zwischen ihnen nie gegeben. Verwirrt schaute Anzheru zu ihm auf. „Warum, was ist mit ihr?"

„Asheroth sagt, sie entwickelt sich wahnsinnig schnell. Vielleicht sogar bedrohlich schnell."

„Worauf willst du hinaus?", fragte Anzheru mit wachsender Ungeduld. Commodus rieb sich den Nasenrücken, wie immer wenn er vor einem Problem stand, das er schlecht in Worte fassen konnte.

„Siehst du etwas, das mir entgeht?", bohrte Anzheru weiter.

„Ja…" Der Hüne nickte sacht. „Als ich sie zum ersten Mal in deinem Haus angesehen habe, war es für den Bruchteil einer Sekunde so, als würde ich direkt ins Licht sehen."

Der Geborene schaute ihn nur verständnislos an.

„Vielleicht habe ich mich geirrt, aber in ihr schlummert etwas, das für uns sehr gefährlich werden kann."

„Mira würde sich *niemals* gegen uns stellen", brauste Anzheru auf. Commodus legte ihm beschwichtigend die riesigen Hände auf die Schultern. „Das glaube ich dir, aber wenn sie sich zu schnell entwickelt, verliert sie höchstwahrscheinlich die Kontrolle über sich selbst."

Anzheru wand sich aus seinen Pranken und trat einen Schritt zurück. Davon hatte er nicht einmal etwas geahnt. Mira war fröhlich und fürsorglich. Sobald sie den Raum betrat, hatte ihre Wärme immer eine positive Wirkung auf alle. Nicht einmal Leandros konnte sich ihrer dauerhaft erwehren. Das hatte Anzheru bemerkt, als der Leibwächter ihr etwas über seine Gefühle anvertraut hatte, was sonst absolut nicht seine Art war. Und nun sollte irgendetwas Gefährliches in ihr darauf lauern, zu Tage zu treten?

„Was erwartest du jetzt von mir?", fragte Anzheru gereizt und verzweifelt zugleich.

„So eifersüchtig es dich auch macht, gibt es ein Ausgleichsgeschöpf für Mira?", fragte Commodus ruhig. Der Geborene überlegte kurz. „Nein... Ich weiß nicht."

Der Älteste legte die Stirn in Falten. „Das ist schlecht. Eine andere Möglichkeit sehe ich nicht, damit sie ihre Kräfte dauerhaft kontrollieren kann."

„Wie soll ich ein solches Geschöpf herzaubern?", grollte Anzheru gegen den Schneesturm. Ein hoher, spitzer Schrei schien dagegen halten zu wollten.

„Was war das?" Commodus starrte entsetzt zurück zur Zitadelle. Die beiden Vampire sprinteten los. Sie sahen gerade noch die Umrisse von zwei riesigen Paar Flügeln, die sich vom verfallenen Obergeschoss der Ruine entfernten. Mit einem gewaltigen Satz erreichte Anzheru das Plateau, das früher einmal der steinerne Boden eines Saals gewesen war. Er wollte seinen eigenen Augen nicht trauen, aber es waren tatsächlich Adler. Er hatte immer geglaubt, dass sie seit dem letzten Krieg zwischen Vampiren und Gestaltwandlern ausgestorben waren. Und nun trugen diese gigantischen Vögel zwei zappelnde Geschöpfe davon. Der linke von ihnen musste Mira haben, Anzheru konnte nur noch schemenhaft ihren Körper ausmachen. Fluchend darüber, dass er keine Schusswaffe mitgenommen hatte, warf Anzheru einen spitzen Stein, der sein Ziel höchstwahrscheinlich nicht erreichte. Sehen konnte er es nicht. Dann sprang er von der Ruine herunter und lief los. Er kam nicht besonders weit. Kaum dreihundert Meter von der Zitadelle entfernt warf Commodus ihn zu Boden.

„LASS MICH SOFORT LOS!", brüllte Anzheru.

„Du kannst sie nicht mehr einholen! Nicht einmal ohne den Schneesturm könntest du diese Vögel einholen! Mit Adleraugen kann es niemand aufnehmen. Sie würden dich entdecken und die Richtung wechseln. Bitte komm zur Besinnung, Anzheru!"

Der Älteste hatte ernste Schwierigkeiten, ihn festzuhalten. Anzherus Gebrüll verhallte absolut wirkungslos. Zum zweiten Mal war seine geliebte Mira entführt worden und er hatte noch nicht einmal kämpfen können. Kraftlos sank er in sich zusammen. Es kümmerte ihn nicht, dass er mit dem Gesicht im Schnee lag. Commodus trug ihn zur Ruine zurück. Andernfalls wäre Anzheru einfach dort liegen geblieben.

27. Horatio

Der Boden, der sonst atmete und ihm die Schritte der anderen Geschöpfe verriet, schien unter den Schneemassen zu ersticken. Asheroth drückte die rechte Handfläche erneut auf die flachen, kalten Steine, doch er hatte sich nicht geirrt. Toves Pfoten waren plötzlich fort gewesen, Mira ebenfalls. Nur den Bruchteil einer Sekunde später hatte er seinen Sohn wütend brüllen hören. Commodus trug ihn über der Schulter, als er den Raum betrat.

„Was ist passiert?", platzte Edward heraus und stürzte dem Ältesten entgegen. Anzheru ließ sich nicht auf die Füße stellen, er schien vollkommen kraftlos.

„Zwei Adler haben Mira und Tove verschleppt", sagte Commodus bedrückt. Er schaute Asheroth mit tiefstem Bedauern an.

„Ich glaube nicht, dass sie zu Friedrich gehören. Er hat nur Raben, Bären und Hunde in seinem Clan." Der Älteste erhob sich und dachte fieberhaft darüber nach, wem die beiden Adler sonst zuzuordnen waren. Sein Sohn warf ihm einen hasserfüllten, bitteren Blick zu. „Was spielt das schon für eine Rolle? Sie sind weg!"

„Es bedeutet, dass die Überlebenschance der Mädchen eventuell höher ist." Asheroth gelang es nicht, es mit voller Überzeugung auszusprechen. Auch unter den Gestaltwandlern gab es Abtrünnige, die zu keinem Clan gehörten und nach ihrem eigenen Ermessen entschieden, wer ein Feind war und wer nicht. Es war die einzige Hoffnung, an die sie sich nun klammern konnten. Vögel konnte auch er nicht wiederfinden. Eine Weile herrschte daraufhin trauer- und wuterfülltes Schweigen. Asheroth bedauerte zutiefst, wie sich die Dinge entwickelt hatten. Anzheru saß stumm bei den seinen. Es wunderte ihn, dass sein Sohn ihm nicht lauthals vorhielt, wie egoistisch seine Entscheidungen gewesen waren, dass er den Inneren Zirkel nicht hätte involvieren dürfen… Bei ihrem Angriff auf die Alpenfestung hatten die Wächterhunde es nicht darauf angelegt, die Vampire zu töten, sie hatten nur Tove gewollt. Es war die letzte Chance gewesen, die Ächtung und den nun bevorstehenden Kampf abzuwenden. Doch Asheroth hatte sich dagegen entschieden. Er wollte den Ausgleich mit diesem Halbblut so sehr, dass er jedes andere Interesse dahinter zurückgestellt hatte. Niemals, nicht in seinem menschlichen Leben und nicht während seiner Existenz als Schattenwandler hatte Asheroth sich je so wohl gefühlt, wie wenn er Toves Haut berührte. Zum ersten Mal fragte er sich, ob seine Aura auch immer ihn selbst beeinflusst hatte. Eine Erschütterung riss ihn aus seinen Gedanken. Es folgten noch sehr viele dumpfe, leichte Schritte in der Ferne. Es musste sich um eine größere Gruppe handeln. Asheroth hastete hinaus. Die Vampire folgten ihm merklich beunruhigt.

„Haben sie uns schon gefunden?", fragte Commodus ruhig.

„Sie sind noch weit entfernt, aber ihr solltet jetzt gehen." Er ging in die Hocke, um eine Hand wieder auf den Boden zu legen. Es waren mit Sicherheit vierzig Geschöpfe, die sich näherten. Doch plötzlich schienen sie sich aufzuteilen. Ein kleiner Teil der Gruppe wich in westlicher Richtung ab.

„Wohin sind die Adler geflogen?", fragte er barsch. Commodus wies nach Südwesten. Falls die Adler nicht die Richtung gewechselt hatten, würden sie vielleicht auf jene treffen, die die große Gruppe verlassen hatten. Mittlerweile war Asheroth sich sicher, dass es Gestaltwandler waren. Es war vollkommen irrational, aber er beschloss, seine Leibwächter auszusenden.

„Leandros, Charles! Geht nach Süd-Westen. Vielleicht findet ihr eine Fährte."

Die Leibwächter zögerten. Stattdessen setzte Anzheru sich in Bewegung, doch Asheroth hielt ihn auf. „Nein. Bleibe bei Violetta. Sie braucht deinen Schutz. Lass sie nicht für einen bloßen Verdacht im Stich."

Anzheru knurrte, doch Commodus zog ihn an sich und drängte ihn mit sanfter Gewalt in die Richtung, in die sie gehen mussten. Violetta folgte ihnen mit Tränen in den Augen, Konstantin hielt ihre Hand. Edward und seine rothaarige Gefährtin trotteten niedergeschlagen hinter ihnen her.

„Aber wenn wir gehen, stehst du allein da, Gebieter." Charles schaute ihn besorgt an. Asheroth nickte. „Ich werde Friedrich etwas vorschlagen."

„Er ist dabei?" Leandros Widerwille war ihm deutlich anzusehen. Wieder bejahte der Älteste. „Geht jetzt. Beeilt euch."

Stille kehrte ein. Sein Bruder im Geiste, sein Sohn, seine Leibwächter, alle waren schnell außer Sichtweite. Ihre Schritte verschwanden sehr bald unter den Erschütterungen, die die Hundepfoten auslösten, und den schier endlosen Schneemassen. Friedrich folgte seinen Wächtern in seiner menschlichen Gestalt. Der Schneefall ließ langsam nach, die Sicht wurde besser. Neunundzwanzig übergroße Hunde näherten sich ihm in einer breiten V-Formation. Vorne weg marschierte Drago, sein Geruch verriet ihn. Asheroth trat aus der Ruine hervor, woraufhin ein lautes Bellen und Knurren zu hören war. Friedrich schritt majestätisch und vollkommen ruhig hinter seinen Wächtern her.

„Ich bin enttäuscht, Asheroth", rief das Oberhaupt der europäischen Gestaltwandler. „Wo ist dein kleiner Bastard, der dich sonst immer beschützt?"

„Er ist beschäftigt, Friedrich." Er schlüpfte aus seinen Schuhen. Nun konnte er mit seinen nackten Fußsohlen ertasten, wann seine Feinde ihren nächsten Schritt machten. Selbst die vorangehende Anspannung der Muskulatur, wenn ein Geschöpf springen wollte, konnte er so blind vorausahnen.

„Machen wir diese Sache nur unter uns aus. Ich habe kein Interesse daran, vorher deine Welpen zu erschlagen."

Wieder knurrten die Hunde laut und aggressiv. Friedrich erwiderte nichts.

„Wir hätten diese Sache zwischen uns schon längst klären sollen. Lange bevor die meisten dieser Männer hier geboren wurden." Asheroth trat nur einen einzigen Schritt vor und die Wächter kläfften lauthals, als ob eine Warnung ihn abschrecken könnte. Wahrscheinlich hatten die allermeisten von ihnen keine Ahnung, worauf Asheroth anspielte. Vor nun ziemlich genau tausend und elf Jahren hatte er durch Zufall eine Hand voll Gestaltwandler in der Normandie entdeckt, die drei Mädchen in ihrer Gewalt gehabt hatten. Es hatte sich um Begabte gehandelt, die ihnen Nachkommen gebären konnten. Eine von ihnen hatte sich losgerissen und war ohne zu zögern über den Rand einer Klippe gesprungen, unter der ein Fluss gelegen hatte. Asheroth hatte das Geschöpf verfolgt, das offenbar lieber hatte sterben wollen, als sich einem Gestaltwandler hinzugeben. Er hatte das Kind namens Hanna aus dem Fluss gezogen und mit sich genommen. Friedrich hatte später immer behauptet, Asheroth hätte den Gestaltwandlern eine Begabte gestohlen. Tatsächlich war sie für ihn persönlich bestimmt gewesen und nur deshalb hatte er dermaßen auf sein Recht gepocht. Doch Asheroth hatte Hanna nicht wieder hergegeben. Nie wieder bis sein Sohn geboren worden war.

„Keine Schachfiguren mehr, in der persönlichen Sache zwischen uns Friedrich", wiederholte der Vampirälteste. Friedrich Eisengrunth nickte endlich und schickte seine verwirrten Wächter fort. Nun standen sie nur noch zu zweit zwischen Waldrand und Ruine.

„Ich fragte Tove nach dem Namen ihrer Mutter. Ich war erstaunt, als sie mir Theresa nannte." Asheroth setzte sich langsam in Bewegung.

„Ach ja? Was weißt du schon?", knurrte sein Gegner mit gefletschten Zähnen.

„Dass sie eine deiner wenigen Töchter war. Und du hast sie hinrichten lassen."

Friedrich schnaubte verärgert. Sein Atem bildete eine Dampf-wolke. „Theresa hatte ihr Schicksal bereits gewählt, als sie mich verließ. Dass sie sich mit einem Sterblichen eingelassen hat, hat mich nicht sonderlich gewundert. Aber mit wem spreche ich? Mit verräterischen Kindern solltest du dich ja bestens aus-kennen!"

Asheroth ging nicht darauf ein. „Interessiert dich Tove persönlich, weil sie deine Enkelin ist und du aufgrund deiner eigenen Gesetze nicht zu ihr stehen darfst? Oder ist das hier auch für dich nur ein willkommener Vorwand, mich anzugreifen?"

„Sie ist ein Halbblut und muss sterben. Ganz gleich, wessen Nachkomme sie ist. Ich finde sie, auch wenn du sie wegge-schickt hast", antwortete der Gestaltwandler. Also wusste er nichts von den Adlern. Asheroth schöpfte ein wenig Hoffnung. Der Schneefall reduzierte sich auf ein erträgliches Maß. Zeit zum Kampf. Friedrich verwandelte sich im Bruchteil einer Sekunde, während er auf Asheroth zusprang. Sicher hatte er seine zweite Gestalt sehr lange nicht mehr angenommen, so we-nig wie er danach roch. Asheroth wich seinen Reißzähnen gerade noch aus. Seine Löwengestalt war seit ihrer letzten Aus-einandersetzung sogar noch größer und mächtiger geworden, hatte allerdings den Nachteil, dass er nicht mehr allzu wendig war. Asheroth schlitzte ihm mit den bloßen Klauen das Fleisch über seinen Rippen auf. Friedrich erkannte seine Schwäche sofort und nahm wieder seine menschliche Gestalt an. Er ver-wandelte sich nun immer erst im letzten Moment, wenn er eine Chance sah, denn Vampir mit den Zähnen zu packen. Dank seines Tastsinns konnte Asheroth seine Schritte jedoch trotzdem recht gut vorausahnen. Bei seinem nächsten Angriff gelang es ihm, Friedrich das linke Vorderbein zu brechen. Der Löwe brüllte schmerzerfüllt auf und schnappte sofort mit seinen mächtigen Zähnen nach ihm. Asheroth geriet bei seinem Ab-wehrmanöver ins Stolpern und krachte gegen die Außenmauer der Ruine. Einige Steine fielen mit ihm zu Boden. Auch Friedrich schlug im Schnee auf und brauchte einen Augenblick, um sich wieder aufzurappeln.

„Weißt du, was der entscheidende Unterschied für Hanna zwischen dir und mir war?"

„Was, du verfluchter Blutsauger?", spie Friedrich hervor.

„Mich hat Hanna geliebt, weil ich sie um ihrer selbst wollte. Ich hatte keine Ahnung, dass sie mir einen Sohn schenken konnte." Dies war eine unumstößliche Wahrheit, die die Gestaltwandler jedoch nie hatten glauben wollen. Zornig sprang Friedrich auf ihn zu. Bei diesem Angriff gelang es ihm tatsächlich, Asheroth mit der Pranke zu erwischen. Der Vampir wurde einige Meter durch die Luft geschleudert und hinterließ einen tiefen, teils blutigen Abdruck im Schnee, da er eine Fleischwunde an der rechten Flanke davon getragen hatte.

„Als ob irgendein Geschöpf dich lieben könnte, du bist der Tod in Person!", brüllte Friedrich gehässig.

„Dank dir ist es jetzt wesentlich einfacher geworden", gab Asheroth ungerührt zurück. „Dein Enkelkind hebt meine Aura vollständig auf. Ich betrachte es als glückliche Fügung, dass du sie mir als Blutgeschenk gegeben hast."

Die menschlichen Augen des Gestaltwandlers weiteten sich vor Fassungslosigkeit.

„Ja, du trägst die Schuld an all dem hier." Asheroth senkte die Stimme zu einem ruhigen, emotionslosen Flüstern. „Weil du es nicht fertig gebracht hast, dein eigenes Enkelkind zu töten und sie stattdessen mir überlassen hast. Danke, Friedrich."

Wutentbrannt ging der Löwe auf ihn los, was ihn auch unvorsichtig werden ließ. Die Provokation hatte ihr Ziel nicht verfehlt. Als sie in der Mitte ihres Schlachtfeldes aufeinander stießen, biss Friedrich ins Leere und Asheroth zertrümmerte ihm die linke Hälfte seines Brustkorbs. Doch das genügte nicht, um ein so großes und mächtiges Geschöpf zu töten. Er würde den

344

Löwen köpfen müssen. Bei Unsterblichen, die bereits so lange existierten, gab es keinen anderen Weg sicher zu gehen. Friedrich setzte bereits wieder zum Sprung auf ihn an. Asheroth musste es riskieren. Er blieb stehen, statt wie sonst immer zur Seite auszuweichen. Friedrich bekam seinen linken Arm mit den Zähnen zu fassen und begann naturgemäß daran zu reißen. Doch Asheroth gelang es in diesem Moment, sein Genick mit der rechten Hand zu zerfetzen. Sobald er zwei seiner Halswirbel herausgerissen hatte, ließen Friedrichs Kräfte schlagartig nach. Danach brauchte Asheroth noch einige Schnitte mit seinem Dolch, um Muskeln, Luftröhre und Fell zu durchtrennen. Der Löwe wurde wieder zum Menschen. Asheroth wischte sich das viele Blut aus dem Gesicht. Er hatte gesiegt. Da es keinen Tag-Nachtwechsel gab, war er sich nicht ganz sicher, wie lange der Kampf gedauert hatte. Er hielt seinen linken Arm lieber fest, er hing nur noch an wenigen Fasern. Sie heilten zwar und bildeten neues Fleisch um seinen Knochen, doch es würde noch eine ganze Weile dauern, bis er den Arm wieder bewegen konnte. Asheroth atmete tief durch. Es gab Hoffnung. Vielleicht hatten die fremden Adler Tove nicht verschleppt, um sie zu töten. Er erhob sich von dem Findling, auf dem er nun eine Stunde ausgeruht hatte. Eine leise Erschütterung ließ ihn innehalten. War es Leandros? Asheroth presste sofort die rechte Hand auf den Boden. Wenn der verfluchte Schnee doch nur nicht so dicht wäre. Es dauert noch drei Atemzüge, bis Asheroth wusste, dass es keiner seiner Leibwächter war. Er flehte im Stillen darum, dass Leandros und Charles nicht einmal in der Nähe waren. Geschweige denn irgendjemand sonst. Hoffentlich kam Anzheru nicht zurück. Hoffentlich nicht.

„Ich grüße dich, Asheroth."

Seine Stimme war schneidend wie eine Rasierklinge. Seine dürre aber hochgewachsene Gestalt schob sich unaufhaltsam durch die Dunkelheit. Horatio lächelte ihn wie so oft an. Ohne

Freude. Ohne Zuneigung. Asheroth bezweifelte, dass es so etwas in Horatios Wesen überhaupt noch gab.

„Wie ich sehe, hast du den Löwen erlegt. Wie bedauerlich, nun haben die Gestaltwandler kein Oberhaupt mehr."

Asheroth erwiderte nichts. Er wich erst ein paar Schritte zurück, dann wandte er sich nach links, um den Abstand zu Horatio ja nicht zu verringern. Langsam umkreisten sie die zahllosen Gesteinsbrocken und den Leichnam von Friedrich Eisengrunth.

„Dein Halbblut ist nicht hier?", fragte Horatio.

„Niemand ist hier."

„Wo ist sie denn?"

Asheroth schwieg. Es spielte keine Rolle, ob er log oder einfach nicht antwortete. Horatio würde ihm sowieso anmerken, dass er es nicht wusste.

„In höchster Gefahr also", stellte Horatio amüsiert fest. Sie hatten sich so lange belauert, dass Asheroth nun die Ruine wieder im Rücken hatte. Er spürte die Anspannung in Horatios Körper, als er zum Sprung ansetzte, nicht. Er war plötzlich über ihm und schlug die Zähne in seinen Hals. Mit seinem rechten Arm konnte er noch zuschlagen, aber es half nichts. Horatio bekam sein Handgelenk zu fassen und presste ihn unerbittlich auf den kalten Boden. Asheroth konnte sich langsam nicht mehr gegen seinen Biss wehren, zu viel Blut sog Horatio ihm aus. Er stöhnte auf vor Schmerz, dann brach sein Widerstand. Horatio raubte ihm all seine Geheimnisse, alles was er zum Schutz anderer nie preisgegeben hatte. Die Kälte umfing ihn mit eisernem Griff. Auch an absolutem Blutverlust starb ein Vampir. Er musste doch wenigstens eine vage Vermutung bewahren können…

Sein Blut war verbraucht. Nichts war übrig. Horatio erhob sich und legte den Kopf zurück. Einen Augenblick schien er wie berauscht zu taumeln. Er streckte sich, wobei seine Gelenke knackten. Dann beugte er sich wieder so weit zu Asheroth hinunter, dass dieser seinen Atem auf der Haut spüren konnte. Sein Körper schien mit seinem Herzschlag unregelmäßig zu pulsieren.

„Wirklich interessant, wie viel du über die Jahre verbergen konntest." Horatio lächelte erneut, ohne dass auch nur ein Funken Freude seine Augen erreichte. „Es ist an der Zeit, ihn endgültig auszulöschen, wenn er sich den Tod so sehr gewünscht hat, meinst du nicht auch? Vorher werde ich ihm allerdings einen Grund geben, deinen Sohn zu töten. Und nun stirb Asheroth. Stirb in dem Wissen, dass du niemanden schützen konntest, der dir ach so wichtig war."

Horatio erhob sich und verschwand aus seinem Sichtfeld. Ihm blieb nicht einmal die Kraft, die Augen zu schließen. Er lag mit ausgebreiteten Armen inmitten der Trümmer. Kein Atem. Kein Herzschlag. Der Tod erschien in schlichtem Gewand und ohne Gesicht. Er hatte sich schon mehr als einmal betrogen gefühlt. Dieses Mal würde er sicher nicht ohne ihn gehen.

Er schwebte über Asheroth und wartete darauf, dass er seine Hülle aufgab. Der Tod war geduldig.